二見文庫

あの日のときめきは今も

ジェイン・アン・クレンツ／安藤由紀子＝訳

PROMISE NOT TO TELL
by
Jayne Ann Krentz

本作品中、テクノロジーに関する場面で助言を仰いだドナルド・キャッスルに多大なる感謝を。たとえどこか誤りがあったとしても、その責任はすべて著者たる私にある。ありがとう、ドン！　きみは世界一の甥っ子だわ！

あの日のときめきは今も

登　場　人　物　紹　介

カボット・サター	私立探偵
アンソン・サリナス	カボットの養父。元警察署長
ヴァージニア・トロイ	画廊オーナー
オクタヴィア・ファーガソン	ヴァージニアの祖母。大学教授
キンバリー・トロイ	ヴァージニアの母親。教団施設の火事で死亡
ジェシカ・エームズ	画廊のアシスタント
ハナ・ブルースター	画家
アビゲール・ワトキンズ	B&B経営者。ハナの親友
ルーアン・モントローズ	アビゲールのB&Bの清掃管理
ローズ・ギルバート	アビゲールのB&Bの後継者
クィントン・ゼイン	かつてのカルトの教祖
ジョッシュ・プレストン	ナイトウォッチCEO
サンドラ・ポーター	ナイトウォッチ元社員。IT部門
タッカー・フレミング	ナイトウォッチ社員。IT部門
ローレル・ジェナー	ナイトウォッチ社員。マーケティング・チームのヘッド
ケイト・デルブリッジ	ナイトウォッチ社員。ウェブサイトのライター
ジャクリーン・サター	カボットの母親。教団施設の火事で死亡
ウィティカ・ケニントン	カボットの祖父。サンフランシスコ財界の重鎮
エマソン・ケニントン	カボットのおじ
メリッサ・ケニントン	エマソンの妻。離婚係争中
ゼイヴィア・ケニントン	エマソンの息子
リード・スティーヴンズ	弁護士。カボットの友人
バーリー	ケニントン家の弁護士
シュウォーツ	シアトル警察刑事
マックス・カトラー	私立探偵。カボットの兄弟
ジャック・ランカスター	犯罪心理学者。カボットの兄弟

1

ハナ・ブルースターは小さなログハウスの内部に大あわてで油をまいた。もう時間がない。悪魔はきっと今夜来る。ハナには確信があった。これまでの数週間で悪魔はじりじりと彼女に忍び寄ってきていた。

どうすべきか、さんざん思い悩んで苦しい時間を過ごした末の決断である。自分の作品をこの世から消し去るほかに選択肢はないと悟ってのことだ。ずっと昔にかわした約束を守るためには、そうしたうえで一縷《いちる》の望みにすがるほかない。

空になった容器を扉からすぐの床に置き、マッチ箱を手に取った。まったく震えていない両手を見てわれながら驚いた。まるでまっさらなカンバスを前に絵筆を手にして立ったときのようだが、今宵のハナは炎で絵を描こうとしていた。

あのときの彼女は正気を失っていた、正気と狂気を隔てる微妙な境界線をとうとう超えてしまったのだ、と言われるだろう。しかし本当のところ、これほどまでに頭が冴えていたことは久しくなかった。自分のしなければならないことがはっきりとわかっていた。

数週間前、あの悪魔がこの島にはじめてやってきたとき、ハナは、これは幻覚だ、と自分に言い聞かせようとした。またいつもの幻覚よ、と。このごろは過去が、しばしば現実と混同しそうになるほど真に迫った幻となって去来していた。とはいえ、あれは二十二年前のことであり、クィントン・ゼインは死んだと誰もが断言していた。

だが二週間前、ハナの目は再び彼をとらえた。わたしの目なんか当てにならないわ、と懸命に思いこもうとしたが、その夜は自分に注がれる視線を感じてもいた。それゆえ、もはや幻覚を見ていると自分をだまして思いこむことはできないと悟った。夜はいつも破壊的な鮮明さで真実を知らしめる。

深夜、ハナは絵筆を取り、しっかりした筆づかいで最後の絵を描きはじめた。夜ごとその絵を描きつづけ、ついに完成させた。

そのうちハナは悪魔の出現を待ちわびるようになった。

この数日は午後になると、フェリーの船着場を見るために小さな村まで長い道のりを歩いていった。そしてハーブティーを売る店に入り、そこからフェリーを下りてくるごくひと握りの客を観察した。いまは二月。ここ太平洋に面した北西部はまだまだ相当寒い。一年のうちのこの時季、観光客はせいぜいひと握りなのだ。

ハナは一瞬にしてあの悪魔を見分けた。たとえサングラスとニット帽と黒いパーカで変装したところでハナの目は欺けない。たびたびの幻覚に悩まされてきたかもしれないが、そのどれもが細部に至るまで鮮明だった。なんと言おうが、ハナは絵描きである。

クィントン・ゼインは、ハナが長いあいだずっと守り通してきた秘密を追っている。情け容赦のない男だ。ハナを探し出したからには、否応なく現実を思い知るまでけっしてあきらめたりはしないだろう。そして欲しかったものを手に入れさえすれば、ハナを殺すはずだ。ハナは死ぬことは怖くなかった。実際、アビゲールが死んでからは、最後にもう一度どこかへ引っ越そうかと考えてもいた。あれはクリスマスの少し前だった。しかし、ハナには二十二年前にかわした約束があり、あのときの誓いを守るため、これまで最善を尽くしてきた。

現実問題として恐れているのは、自分にはクィントン・ゼインに抗えるほどの強さがないことだ。あの卑劣な男は、信じこませたいことを相手に信じこませることができる。かつてはハナもあの男の魔法にかかり、とてつもない代償を払わされた。この期におよんでまたしてもあの男の罠にかかることはできない。なんとしてでもあの子どもたちを守る義務がある。彼らに警告を発することができる人間はもうハナひとりしか残っていないのだから。

ログハウス内に充満した油のにおいが鼻をつく。そろそろ実行の時だ。

マッチを擦った。マッチ棒がしっかり燃えはじめると玄関扉の外に出て、そのマッチを中に投げ入れた。

数秒間は何も起きなかった。失敗したのかもしれないと不安を覚え、マッチ箱からつぎの一本を引き出そうとした瞬間、轟音とともに勢いよく火の手が上がった。燃えさかる炎はログハウスの内部、そしてハナが最後に描いた絵を照らし出し、おぞましい色に浮かびあがらせた。

ハナは戸口ごしに地獄さながらの光景に目を凝らし、その絵をじっくりと眺めた。絵は壁面に描かれていたが、それは大きなカンバスがなかったため、そうするほかなかったからだ。

炎がログハウスと絵を貪るようにのみこんでいくにつれ、ただならぬ熱気があたりに放たれた。ハナは本能的に数歩あとずさり、ピュージェット湾の冷たい水面から漂ってくる夜気の冷ややかさに救いを求めた。

みずからの決断による破壊行為のなりゆきに目を奪われ、その場にただ立ち尽くした。頭の中で過去と現在の出来事がないまぜになる。子どもたちの悲鳴が聞こえるような気がするが、それが記憶であることは間違いなく、いまの現実ではない。近くに子どもなどいなかった。このログハウスを選んだのは、これが人里離れた場所に建っていたからだ。風変わりな暮らしぶりが許されるだけでなく、むしろ期待されるこの島ではあっても、深夜に絵を描く習慣が隣人たちの迷惑になることはわかっている。ただひとり、アビゲールだけがハナのおかしな習慣を理解し容認してくれた。

つまり、あたりに悲鳴を上げる子どもはいないのだ。それなのに心臓の鼓動は速まり、息苦しくなった。ずっと前のあの恐怖の一夜とちょうど同じように。

ハナは炎を見つめながらじっと待った。もうすぐあの男がやってくる。確信があった。

クィントン・ゼインはログハウスを囲む鬱蒼とした木立の陰から現われた。その姿はまるで彼女が描いた絵の中から、あの過去から、彼女が見る悪夢の中から抜け出てきたかのようだった。

あの男に手を触れさせてはならない。あの男は力があり、強い。彼女をとらえれば、力ずくで事実を引き出すはずだ。誰もが口をそろえて言うように、彼女は正気を失っているのかもしれないが、秘密を守り通す方法は知っていた。

「わたしに触らないで」男に向かって言った。冷静で力強い声にわれながら驚いた。

だが、ゼインがいきなり駆けだし、彼女に向かってきた。肩幅の広い長軀の輪郭が荒々しい炎を背景に浮かびあがる。遠い昔のあの夜、燃えさかる建物のあいだをぬって大股で進む男を見たときと同じだ。

あの男は強い。簡単に追いつかれてしまうだろう。勝ち目はない。

男の呼びかける声がする。こっちへ来い、と呼んでいる。心配はいらない、危害は加えない、もう幻覚を見ることはない、と安心させようとする。言っていることが遠い昔と同じだが、それが嘘だとハナにはわかっている。

ハナは心を決めた。

「舞いもどってくるなんて愚かな人」男に向かって叫ぶ。「鍵を握っているのは子どもたち。あの子たちの家族にあなたがしたこと、あなた本当にあの子たちが忘れるとでも思っているの？　あなたはもう死んだ。あなたがそのことを知らないだけ」

それだけ言うと男に背を向け、夜の闇をめざして駆けだした。後方から重たく力強い足音が響いてくる。

崖のへりは月光と炎に照らし出されていた。この島で暮らした長い年月を振り返れば、何度となく来た場所だ。何度となくここにたたずみ、はるか眼下に広がる黒く深い海を見おろしては、もう一歩踏み出すことがどれほど簡単かを考えてきた。

これまでは毎回引き返した。しかし、今夜は違う。深い確信がハナを包んだ。

まだマッチ箱を握りしめていることになんとなく気づいた。もう必要ないものなのに。それを脇へ投げ捨て、そのまままっすぐ歩を進めた。まもなく足下は虚空だけになり、ハナはその虚空へと飛び、魔の手から逃れた。

最期に耳に届いたのは苛立ちと怒りに満ちたクィントン・ゼインの叫びだった。ハナは悪魔に勝ったのだ。少なくともこの瞬間は。この先、あの男を止められるかどうかは子どもたちにかかっていた。とにかく彼女は秘密を守り抜き、警報を発した。彼女にできるのはそこまでだ。

束の間とはいえ、心に平和が訪れた。

つぎの瞬間、黒い海がハナを迎え入れた。

2

「あなたは命の恩人です、ミスター・サリナス」ヴァージニア・トロイが言った。「ずっとお礼が言いたかったのに、いまになってようやくあなたを探し出したなんて恥ずかしくてしかたがありません。しかも、またあなたに助けていただきたくてここへ来たんですからなおさらです」

「謝る必要などないさ」アンソン・サリナスが言った。「あの夜、私は自分の任務を遂行しただけだ。きみはまだほんの子どもで、狂気の沙汰としか言いようのないあの場所にとらわれていた。大人になったきみがわざわざ私を探し出す必要などまったくない」

アンソンが最後にヴァージニア・トロイを見たのは、彼女が九歳の子どもで、燃えさかる納屋に閉じこめられた八人の子どものひとりだったときだ。アンソンは錠のおりた扉に向かって車を突進させて破り、中にいた子ども八人をつぎつぎにＳＵＶに放りこむが早いか、そのままバックで彼らを地獄――地獄からやってきた卑劣な男――から救い出した。車が安全なところまで後退した直後に納屋は焼け落ちた。

彼は子どもたちを救いはしたが、彼と地元の消防士たちは大人たちを全員救うことはできなかった。ヴァージニア・トロイの母親もほかの数名とともに非業の死を遂げた。

クィントン・ゼインは夜間、女性を子どもから引き離していた。それぞれがべつの建物に閉じこめられていたのだ。ゼインは姿をくらます前に全施設に火を放った。それを考慮すれば、カルトのメンバーが数名生き残ったのは奇跡であり、通報電話を受けた者のおかげだと言えよう。翌朝、焼け跡を調べると、ゼインに信者の誰ひとりとして生き延びさせるつもりはなかったことが明白になった。要するに、誰もが証人となる可能性があったからだ。

「あなたがあの夜してくださったことは片時も忘れたことはありません」ヴァージニアが言った。「あれから祖父母は一生懸命、わたしから過去のあの部分を消し去ろうとしてくれました。でも、娘であるわたしの母を失ったばかりか、わたしを育てる義務を背負わされたことによるストレスは大きく、最終的に二人の結婚は破綻をきたしてしまいました。祖母はいまだにあのころの話はしませんが、あの納屋に閉じこめられていたわたしたち全員をあなたが救ってくださったことは、これからも一生忘れません」

「おじいさんとおばあさんを責めてはいけないよ」アンソンの心にも重いものがのしかかってきた。「お二人がどれほどつらかったか。きみはあの夜、お母さんを失い、おじいさんとおばあさんは娘を失ったんだからね」

「ええ」

ヴァージニアの声ににじむ冷ややかさから、幼いころに母親を亡くしたことを彼女がただ嘆き悲しんでいるばかりではないことが伝わってきた。もしかすると彼女はべつの重荷も背負っているのではないだろうか。アンソンはふとそんな気がした。それが生き残った者の後ろめたさだとアンソンにはわかった。というのは、あの夜を振り返るたび、彼が感じる後ろめたさに近いものだからだ。クィントン・ゼインの教団にいた全員を救うことができなかったという思い。

しばしのあいだ、アンソンとヴァージニアはデスクをはさんで向かいあったまま、ただ黙ってすわっていた。アンソンは無理に会話をつづけようとは思わなかった。かつて警察官だった彼は、沈黙の価値を理解していた。

二月半ばの雨が静かに、だが間断なく窓を叩いている。シアトルに移り住んで半年ほどになるが、この街ではじめて冬をまるまる過ごしながら、ここの冬は濃い灰色の季節だと思いはじめていた。空は一日の大半を雲におおわれ、たまに太陽が思い出したように短い時間だけ顔をのぞかせたとしても、地平線すれすれの低いところに出てくる。斜めに射す弱々しい光がきらきらした真新しいオフィス・タワーに遮られることもしばしばだ。近年の超高層建築ブームが、この街のダウンタウンのほぼ全域に薄暗い峡谷を創造したと言えそうだ。

当然気が滅入りそうなものだが、と彼は思った。あにはからんや、街にはエネルギーがみなぎっていた。すると驚いたことに、彼自身もその雰囲気に呼応する何かを自分の内に発見した。彼ひとりではない。この地区は無数の新設企業にとって出発点となっていた。最先端を行くIT産業は空前の好景気をもたらし、その他ありとあらゆる業種の経営者もこの街に店を構えようと躍起になっていた。新しいレストランやコーヒーハウスが毎週のように新規開店している。

そう、シアトルには開拓精神が染みこんでいるのだ。それは現在もゴールドラッシュや製材が盛んなりし時代となんら変わることがない。とはいえ、最近はとんでもない大金がからんでくる。そこで彼は自分に言い聞かせた。調査業——アンソンと彼の養子のうちの二人、カボット・サターとマックス・カトラーとで運営している調査会社――にとっても好機であるはずだ。

アンソンの仕事は、〈カトラー・サター＆サリナス〉が成功するよう支えることだ。だから少し前に事務所の扉が開いたときも、裕福な顧客あるいは依頼人に関する秘密調査が必要になった会社経営者あるいは弁護士が入ってきてくれることを願った。

ところが、ささやかな受付ロビーに入ってきたのは、過去の影を長々と引きずったヴァージニア・トロイだった。

むろん、アンソンは彼女が誰だかわからなかった。その昔、燃えさかる納屋から救出した子どもたちの中で最年少だった子だ。一連の出来事に激しいショックを受けたため、幼い少女は目を大きく見開いたまま、五、六時間は自分の名前すら言えなかったほどだ。ヴァージニアに代わって彼女の名前をアンソンに伝えたのが、あのときに親を亡くしたカボットだった。

ヴァージニアは現在三十一歳になっている。結婚指輪はしていないな、とアンソンは心に留めた。意外ではなかった。彼女には冷ややかなよそよそしさがある。必ずしもひとりでいることを好む人間というわけではないが、ひとりでいることに慣れた人間なのだろう、とアンソンは結論づけた。彼はその違いを知っていた。

ヴァージニアは男の目を引く女だが、それは目を瞠《みは》るほどの美人だからではない。

魅力的ではあっても、一般的な意味でのそれではない。テレビで観るような美しすぎる女ではなく、彼女には人の心を動かさずにはいられない何かがある。言葉で言い表わすのがむずかしい独特の鋭さ、とでも言おうか。もしかすると太い黒縁の眼鏡やハイヒールブーツのせいかもしれないが。

たいていの男はヴァージニア・トロイのような女の扱いに手を焼くことだろう。たしかに最初はどうしようもなく惹かれ、彼女の関心を得ようとする。だが、ふつうの男ならいずれは尻尾を巻いて逃げ出すことになるはずだ。

少し前に部屋に入ってきたとき、彼女はしばし間を取り、視界に入ったものすべてを品定めした。アンソンも対象に含まれていた。結果、彼も高額な新しい家具も審査を通ったようで、彼はほっと安堵を覚えた。

アンソンの名も扉に記してあるとはいえ、厳密に言えば彼は事務所の管理人、受付係、そして雑用係にすぎない。私立探偵の免許を持っているマックスとカボットあってのこの事務所なのだ。息子は二人とも、新たに借りたオフィスの法外な賃貸料のみならず、オフィス用の家具に使った経費に不満たらたらだが、アンソンは室内装飾についてはみずから定めた基準を下げることを断固として拒んだ。

この事務所の管理全般の仕事を引き受けるまで室内装飾に目を向けることなどいっ

さいなかったが、インテリアデザイナーを雇い、みずからも細かなことにまで首を突っこんでみると、事務所のたたずまいは見込み客に的確なメッセージを送るものでなければならないと確信するようになった。となれば、高級なビルに部屋を借り、高級家具に投資するのは自然ななりゆきだった。

しかしながらその結果、〈カトラー・サター&サリナス〉はいまや大金を稼ぐほかない状況に陥っていた。

ヴァージニアは脚を組み、両手で椅子の肘掛けをぎゅっと握っていた。いよいよ彼を訪ねてやってきた理由を語る心の準備ができたか。アンソンにはそう思えた。

「わたし、パイオニア・スクエアに画廊を持っています」ヴァージニアが切り出した。「うちでたまに作品を展示していた画家が数日前に亡くなりました。警察は自殺だと考えていますが」

「だが、きみにはそうは思えない」アンソンが言った。

「何を信じたらいいのかわからないんです。そこであなたにお願いして、この出来事を調べていただこうと」

アンソンがいくつか質問をする間もなくドアが開いた。カボットがコーヒーカップ二個――一個をもう一個の上にのせてバランスを保っている――と近所のパン屋のロゴ入りの小さな袋を持って入ってきた。ショートブーツの爪先でドアを閉めなければならず、受付デスクにやや背を向けていたため、ヴァージニアがそこにいることにすぐには気づかなかった。

「コーヒーの女神からの言付けがある。新しいタトゥーを入れたから、もし父さんが彼女の特製ラテを注文してびっくりさせてくれたら、そのときは見せてやってもいいってさ。彼女きっと、工夫を凝らした特製コーヒーを全部無視してレギュラーコーヒーばっかり注文する父さんにうんざりしてるんだよ。もっと冒険しなきゃって言ってた」

アンソンは顔が赤くなるのが自分でもわかった。咳払いをし、依頼人がいることをカボットに知らせようと思ったそのとき、ヴァージニアが口を開いた。

「物ごとは、それが持ついちばん純粋で本質的な形を取ったときに真価がいちばんよくわかることもありますから」

カボットが素早くくるりと振り返り、彼女と対峙した。アンソンは思わず出かかったため息をのみこんだ。〝対峙した〟という表現は、カボットに関して使うときに大きな意味を持つ。彼がつねに喧嘩相手を探しているという意味ではない。それどころかむしろ、いつもは不自然なくらいに超然とし、感情の起伏を見せない男なのだ。よほどのことがないかぎり、怒りをあらわにすることはないが、ごくまれにそういうふうになったときは誰も近づきたがらない。

つまり、彼ははじめての——日常生活の範囲にはない未知の——物ごとや人間を、そうではないと証明されるまで、よくて面倒をもたらすかもしれない問題、最悪の場合は脅威と見なすことだ。その結果、目の前の状況や人間をどう扱うか決断を下すまでは対峙することになる。

彼にはまた、男に助けを求めている女に惹かれる悪い癖があった。残念ながら、そうしたタイプの女は彼に惹かれはするが、けっして長続きはしない。アンソンの見るかぎり、助けを求めてくる女はカボットを利用できるあいだは喜んで利用はしても、彼女たちは早晩自分を助けてくれる部分だけでなく、彼をあらゆる角度から見るようになる。カボットは扱いづらくはないとしても、取るに足りない人間だ。そして彼の恋愛は毎度惨憺たる結末を迎えている。

素早いが確実に体を回転させてヴァージニアのほうを向いた動きは、彼について多くを語っている、とアンソンは思った。たいていの人間ならば、突然振り返った拍子に上のコーヒーカップを落とすところだろうが、カボットの反射神経とバランス感覚はじつに優れていた。そういう面での才能は子どものころからのもので、さらに年月をかけて磨きがかかっていた。体のためにに走ったりウェイトトレーニングをしたりする者がいる。カボットの場合は、広く知られてはいない武術で黒帯を持っている。

彼はいま、ヴァージニアを冷静な目で計算しながらじっと見ていた。カボットにそうした視線を注がれた人間はしばしば不安を覚えることがある。新規の依頼人の相談をアンソンかマックスが受けるようにしている理由は主としてそこにあった。調査会社に仕事をたのみにくる人びとは、入り口を入ってくるとき、すでに不安を抱えている。そんなときにカボットが相手をしては、新規の客を怖がらせて逃してしまうかもしれないということで三人の意見は一致していた。

ヴァージニアは問題多きカボットの凝視をさして気にかけるふうもなかった。むしろ、おもしろがっているように見えた。

「失礼」カボットが言った。「お客さまがいらしてるとは知らなかったもので」持ってきた紙コップを一個差し出す。「アンソンのコーヒー、いかがですか？　ブラックです。砂糖も、モカも、泡立てたミルクも、チョコレート・スプリンクルも、カラメルも何もなし」

アンソンが渋い顔をした。カボットがちょっとした冗談を言おうとしているのだろうと思う人もいるかもしれないが、それは勘違いだ。カボットは人の言うことを文字どおりに理解し、彼の発言も文字どおりであることが多い。ユーモア感覚もあるにはあるが、彼という人間を本当に知ってからでないと、冗談かそうでないかを聞き分けることはできない。

ヴァージニアはカボットが差し出したカップにちらっと目をやり、ついでもう一個のカップを見た。

「ほんの好奇心からお訊きするけど、わたしが選ぶわけにはいかないのかしら？」

カボットが眉をきゅっと吊りあげた。「選ぶ？」

「だって、カップは二つあるわ」ヴァージニアの物言いからは抑えこんだ苛立ちが感じられた。「片方はブラックだと言ったわね。もうひとつが何かをぜひ聞きたいの」

「こっちはぼくので」カボットが言った。「こっちもブラックですよ。コーヒーはブラックで飲むものだと教えてくれたのはこのアンソンでね」

「なるほど」ヴァージニアが言った。「ありがとう。でも、けっこうよ」

カボットは彼女が出した結論を確認するかのように、一度だけうなずいた。そして一個をアンソンの前、デスクの上に置いた。流れるような所作は正確無比で、動きにいっさいの無駄がない。

「あなたはあれこれトッピングしたラテを好むタイプでしょう」

「残念ながら、いいえ」ヴァージニアが迷いなく答えた。「違うわ」

わざとらしさはなかった。

カボットの目尻がわずかに引きつったが、ヴァージニアから目をそらせはしなかった。アンソンはその表情に気づき、もれそうになった小さなうなり声を押し殺した。カボットの好奇心が頭をもたげたのだ。探偵にとっては大事な特性だが、それが問題を起こすこともある。

カボットは繊細なタイプではない。見たものをほぼそのまま理解する。当然のことながら、恋愛関係になるとそれがいざこざの原因になってきた。相手の女性たちは彼のとがったところを自分たちが丸くしてもなお、芯の強さに変わりはないと思いこむ嫌いがある。しかし、大きな間違いだ。それがわかるや、彼女たちは必然的に彼の芯の強さの一部である頑固さとはもうつきあいたくないとの結論に達する。

「紹介しよう。こちらはヴァージニア・トロイ」アンソンは状況がこれ以上悪くならないうちに、と話題を変えた。「あのとき納屋にいた子どものひとりだ」

それ以上の説明は必要なかった。

カボットがぴたりと動きを止めた。

「ヴァージニアか」いやに小さな声だ。「憶えているよ。小さな子だった。黒い髪。

大きな目。あの夜は本を抱えていて、あそこに置いていくのをいやがった」

その口調、表面的にはいっさい抑揚がなかった。アンソンはヴァージニアが胸の奥深くでうごめく悪夢のこだまを聞きはしないかと心配になった。

「わたしもあなたを憶えているわ」ヴァージニアが言った。彼女の口調もカボットと同じように抑制がきいていた。「みんなに、伏せろ、と言ったのはあなただったわね。煙を吸いこまないようにって」

そうか、やっぱり、とアンソンは思った。ヴァージニアにもつらい記憶がよみがえっていたのだ。彼女の声ににじむおぞましいこだまがアンソンには聞きとれた。

「ここに来た理由はあの夜の出来事なんだな」カボットが言った。

いかにもカボットらしい発言だ、とアンソンは思った。カボットには、ちらばったいくつかの事実を組みあわせて瞬時に判断を下すことができるという天賦の才――見方によっては、呪いとも言えそうだが――がある。

「どうしてわかったの?」ヴァージニアが訊いた。驚いたわけではなく、好奇心がのぞいている。

「長い年月を経たいまになって、きみがここに現われる理由がほかに考えられないからさ」カボットが答えた。

「そうね、それしかなさそうだわ」ヴァージニアは認めた。「でも、わたしはただミスター・サリナスに――」

「アンソンでいい」アンソンが言った。

ヴァージニアは軽くうなずき、彼をアンソンとファーストネームで呼ぶことを受け入れた。

「わたしはただアンソンに、祖父母がわたしに過去を忘れるように仕向けてくれたことを話していたところなの。わたし自身もずっとそうしなくちゃと努力してきたわ」

「でも、うまくいかなかったってことか？」カボットが言った。

そんな所見に気を悪くする人もいるはずだ。ヴァージニアは歪んだ笑みを浮かべてカボットを見た。

「ええ。あなたはうまくいった？」

「いや。とっくの昔にあきらめた。それよりも、自分の芯にある力を認めて、そこに意識を向けたほうがいい」

ヴァージニアはしばし彼をじっと見つめたあと、こっくりとうなずいた。「たしかに」

「こいつの言うことは気にしないでいい」アンソンが言った。「ときどきこういうことを言うんだ。武術の道の戯言、いや、哲学なんだよ」

「〝物ごとは、それが持ついちばん純粋で本質的な形を取ったときに真価がいちばんよくわかることもある〟って格言と似たようなものさ」カボットが何食わぬ顔でさらりと言った。

アンソンが不満げなうめきをもらしたが、ヴァージニアは戸惑いはいっさい見せなかった。驚いたことに、彼女の緑に金色がかかった冷静な目を微笑がよぎった。

「武道家と画廊経営者には共通点がいくつかあるみたいだわ。どちらも実際より洞察力があふれているかに聞こえるもったいぶった言葉を口にしたがる」

カボットは二人のあいだに共通点があるという考えに興味をそそられたようだ。

「きみはしょっちゅうもったいぶったことを言うのか？」

「絵画を売ろうとするときにはよく。あなたは？」

「腕利きの私立探偵らしく見せたいときによく」

そろそろ話を進めたほうがよさそうだ、とアンソンは思った。デスクの上に身を乗り出し、両手を組んだ。「ヴァージニアはシアトルに画廊を持っている。ここへ来たのは、サンファン諸島に住む画家の死についてわれわれに調べてもらいたいからだそうだ。地元の警察の見立てでは自殺だが、彼女は疑問を感じている」

「それが過去の出来事とどうつながる？」カボットが訊いた。

「もしわたしの考えが正しければ」ヴァージニアが言った。「つまり、ハナ・ブルースターが殺されたのだとすれば、クィントン・ゼインはまだ生きている可能性があると考えなければならないと思うの」

3

二人の全神経がヴァージニアに集中した。

ヴァージニアは男二人の真剣な面持ちを見て、大いに安堵した。荒唐無稽な仮説に二人がせめて耳をかたむけてくれたならと願っていたが、アンソン・サリナスとカボット・サターはただ話を聞いてくれるだけではなかった。意識を百パーセント集中させる二人は、獲物のにおいを嗅ぎつけたハンターさながらだった。

「もしわたしが間違っているなら、そう言ってください」ヴァージニアは言った。

「でも、ゼインがまだ生きているかもしれないと聞いても、あなたがたに驚いたようすはまったくないように見えますが」

「アンソンも兄弟もぼくも、あいつが死んだという確たる証拠はつかんでいないからね」カボットが言った。「物的証拠を入手するまでは、あいつは生きているという仮説に基づいて動いている」

「あなたの兄弟がゼインの教団にいたことは憶えていないわ」ヴァージニアが言った。

これについてはアンソンが答える番だった。「マックス・カトラーとジャック・ランカスターだよ。あの火事のあと、彼らには親類というほどの人がいなくてね。私と暮らすことになったんだ。私が養父になった」

アンソンの声には父親のプライドがにじんでいた。

「というわけで、ぼくには兄弟がいる」カボットが言った。「父親も」

「そういうことだったのね」ヴァージニアが言った。「ゼインが死んだことについてはみんな疑問を抱いているのかしら？」

「あれからずっと、ぼくたちはあいつがどこかで生きているかもしれないという噂や手がかりをひとつ残らず追跡してきたが」カボットが言った。「もしまだ生きているとしたら、現在は国外で活動しているんじゃないかとほぼ確信している」

「数年前にニューヨークで、あるマルチ商法事件が起きた。あいつの指紋が至るところに残っていたらしいが」アンソンが言った。「詐欺を働いた野郎はわれわれが気づく前に姿を消してしまったんだ」

「ぼくたちはふつう、このささやかな陰謀説を家族だけの秘密にしている」カボットが言った。「聞いた人にいい印象を与えないってことがわかって苦労したからね。ぼくたちのクィントン・ゼインに対する関心は不健全な妄執だと見なされる傾向があるんだ」

「そもそもクィントン・ゼインにつながりがあることは何もかもが不健全だけれど」ヴァージニアは言った。「ご存じのとおり、わたしも同じ妄執を抱えているわ」

「さあ、先を聞かせてもらおうか」カボットが言った。

カボットはアンソンのデスクの角に斜めに腰をのせ、片足を床についてバランスを取りながらコーヒーカップからプラスチックの蓋をはがした。その動作は驚くほど自然体だ。流れるような身のこなしは間違いなく天性のものだろうとヴァージニアは思ったが、その動きからは緩急がオーラとなって放たれており、それは彼が生来の才能を磨きつづけてきたことを語っていた。

頭の中で計算したところ、カボットは彼女より二、三歳上だったから、いま三十代前半になっているはずだ。ひょろりと痩せて背が高く、すごく真剣な目をしたあの少年が大人になり、たぶんパーティーを盛りあげたりはしない種類の男になっていた。とはいえ、バーで喧嘩がはじまったときは味方になってほしい種類の男である。

黒い髪を容赦ないほど短くカットし、骨張った顔立ちは硬い花崗岩の彫刻を思わせた。野性味を帯びた琥珀色の目はあいかわらず不自然なまでに真剣だ。ハナ・ブルースターならこう言っただろう。カボットは古い魂を持った人間の目をしている、と。だが、それが必ずしも的確だとは言えない。彼の目は世の中のことをどこまでも真面目にとらえる人間の目なのだ。

結婚指輪はしていない。それが意外に思えるのは、彼女は彼のあらゆる点に興味をそそられるからだ。彼を興味深いと思う女性はわたしがはじめてでないはずだ。だが一方で、カボット・サターが地球上でいちばんともに暮らしやすい男ではないことは一目瞭然である。彼が醸し出す辛辣で妥協を許さない空気は多くの女たちに、彼といっしょにいることにはやがてその価値以上の悩みがつきまとうことになると気づかせるのだろう。

ヴァージニアは女たちのそうした判断を、いささかの動揺を覚えながら理解した。彼女自身、これまでの恋愛がどれも破局を迎えたのは、何人もの男たちが彼女といっしょにいることにはその価値以上の悩みがつきまとうと判断したことの証だったと思うからだ。

「もうアンソンには話したんだけれど、ハナ・ブルースターは画家だったの。かなりな変人でもあったわ。錯乱状態にあると言う人もいたくらい。わたしの画廊はたまに彼女の作品を展示していたの」

「うまい画家だったの?」カボットが訊いた。

「うまい画家だったけれど、作品はちょっと……穏やかならぬものばかりで。大半の人にとってはあまりにも生々しくて、暗くて、内面的すぎたわ。ハナは彼女の過去——わたしたちの過去——に出現した悪魔を追い払おうとして絵を描いていたの。彼女もあそこにいたのよ」

「ゼインの教団の信者だったのか?」カボットが訊いた。

「ええ、そうなの。彼女はあの教団内でわたしの母といちばん仲のいい友だちだったのよ。あなたもきっと憶えていると思うわ。料理と掃除はほとんど彼女がやっていたから」

カボットがアンソンをちらっと見た。「ブルースターの名前がぼくたちの名簿にあるかどうか見てくれる?」

アンソンはすでにパソコンの操作を開始していた。

ヴァージニアは彼をじっと見た。「教団の信者の名簿があるの?」

「完全なものじゃない」カボットが答えた。「あそこじゃ誰も名字は使っていなかっただろう。しかも、全員の身分証明書をゼインが没収していた。そのほかにもあいつが没収した書類は全部、あの夜なくなった」

「私は火事のあと、生き残った人から事情聴取したが」アンソンが言った。「全員がトラウマを負っていた。名乗るのを拒む者もいたし、恐れている者もいた。ほとんどがすぐに立ち去り、そのまま姿を消した。私には彼らを引き留める法的根拠はなかった。これまで時間をかけてカルト教団の信者名簿を作成してきたが、カボットがいま言ったように、けっして完全なものじゃない。まだまだだ」

パソコン画面にページが現われた。腰かけていたカボットがデスクの後ろ側に回り、アンソンの肩ごしに画面をのぞいた。

「ハナ・ブルースターはないな。だが、ハナ・パーカーならいる。火事のあと、すぐに姿を消している。彼女のことを問いあわせてきた親族はいなかった」

「それ、彼女だわ」ヴァージニアがすぐさま反応した。「彼女、名前を変えたんです。ゼインが探しにくるかもしれないとつねに恐れていましたから。ロスト島みたいな離れ小島に住み着いたのも、だからです。電話もない。パソコンもない。クレジットカードもない。銀行口座もない。わたしが知るかぎり、彼女が持っていた唯一の電子機器は、わたしが一年前にあげたデジタルカメラだけ」

アンソンがひゅうっと小さく口笛を吹いた。「何もかもゼインに探し出されるのを恐れてのことか？」

「察するに、ハナ・パーカー・ブルースターはおれたちの秘密の陰謀説にぴたりと当てはまりそうだな」アンソンが言った。

「ええ」ヴァージニアが答えた。

ヴァージニアが真剣な面持ちでうなずいた。「おっしゃるとおりです」

カボットが彼女を見据えた。「彼女が先端技術を信用していないとしたら、カメラを受け取ったのはなぜだろう？」

「カメラを危険な道具だとは考えなかったからでしょうね。だって、ただのカメラですもの。島の風景を撮るのに使っていたわ。彼女、島の風景をグリーティングカードに描いて、観光客相手の島のみやげもの屋で売ってもらっていたの。それでなんとか生活していたわけ――観光客にグリーティングカードの箱入りセットを売ってね。カードの絵にサインはけっしてせず、みやげもの屋も秘密を守ってくれていた」

カボットが思案顔になった。「もしブルースターがその島から出ないような暮らしをしていたとしたら、きみはどうやって彼女を探し出したのかな？」

「わたしが探し出したわけじゃないの」ヴァージニアが答えた。「彼女を探そうなんて考えもしなかったわ。わたしがまだ子どもだったころ、祖母はゼインの教団の関係者たちとわたしのかかわりを完全に断つことに腐心していたし、わたしの知るかぎり、誰かがわたしを探しているなんてこともなかった。でも、一年半前、ハナがわたしの画廊にやってきたの」

アンソンが眼鏡の縁の上からヴァージニアを見た。「なぜだろう?」

「わたしに恐ろしい絵──カードに描く風景ではなく──を何点か渡したかったんです。どれも売るのはむずかしいと思いました──まず、ものすごく大きくて。でも、彼女がどういう人なのかを聞き、絵を見たあとは、もう知らん顔はできなくなってしまいました。彼女はお金が必要なんだろうと思ったので、絵を引き取り、前金を渡しました。前金については彼女、どうしても現金で、と言いました。でも、金額にはあまりこだわってはいなかったようです。ただその絵を手放す必要があったんでしょうね」

アンソンがげじげじ眉毛を、力強さを感じさせる鼻筋と交差する険しい一直線にした。「それがお金のためでないとしたら、どういうことなんだろう?」

「彼女の絵はなんともおぞましい悪夢の光景を描いたものだったんです」

状況をのみこんだカボットの目が熱を帯びた。「カルト教団で過ごした時期の光景か」

質問ではなかった。

「というよりも、ゼインが施設に火を放った夜の光景ね」

カボットの顎に力が入った。「なるほど、そうか」

「死ぬ前に彼女から受け取ったあの夜の絵は全部で十点になったわ」ヴァージニアが先をつづけた。「一点一点が少しずつ違っていて、少しずつずれた視点からとらえた光景なの。でも、もしあなたが見れば、すぐにわかるはずだわ。彼女はその連作を『幻影』と呼んでいた」

「彼女の絵は何点か売れたのか?」アンソンが尋ねた。

「いいえ。最初の二点が届いたあと、ハナは彼女が呼ぶところの部外者には売りたくないと決めたらしく、買い手はあの絵の本当の意味を理解している人に限定したいと主張するようになったんです」

「カルト教団の信者の生き残りってことだな」カボットが言った。

「まさにそれ」ヴァージニアが言った。「最終的には、わたしが一点、また一点と受け取って、画廊の倉庫に保管してきたの」

「自宅に飾ったりはしていないのか?」アンソンが訊いた。

「いいえ」ヴァージニアが言った。

「そりゃそうだろう」カボットが言った。「その絵はきみにとっても悪夢だ。悪夢をリビングルームの壁に飾りたい人間はいないさ」

ヴァージニアは彼を長いこと静かに見ていた。「あなた、とっても鋭いのね、ミスター・サター」

カボットの口角がかすかにぴくりと引きつったような気がした。「どう言ったらいいんだろうな？　きみはたまたまぼくが絶好調な日にここに来たってことさ」

「それじゃ、請求書はあなたが絶好調な日の働きに関してだけ送ってくださるってことにして」ヴァージニアは丁重に言った。「調子の悪い日の分まで払いたくはないから」

「憶えておくよ」カボットが応じた。「ぼくの名はカボット」

アンソンが咳払いをしてヴァージニアを見た。

「ハナ・ブルースターはいつもその絵を自分できみに届けたのかな？　それとも送ってきたのかな？」

「最初の二点は彼女が運んできましたが、本当は島から出たくなかったんだと思います」ヴァージニアが言った。「外の世界を恐れていました。そこでわたしは、絵が完成したときに連絡をもらえれば、わたしがロスト島まで行くと申し出たんです。すると彼女、大いにほっとしていました」

カボットがそれを聞いて眉をきゅっと吊りあげた。「ブルースターは電話もパソコンも持っていなかった。となると、絵が完成したことをどうやってきみに伝えてきたんだろうな？」

「ハナには島にとても親しい友人がひとりいたの。アビゲール・ワトキンズ。〈ロスト・アイランド・ベッド&ブレックファスト〉を経営していた人で、電話を持っていたの――固定電話ね。商売のためには必需品でしょ。ハナが絵を仕上げたときはいつも、そのアビゲールがわたしに電話をくれたの。でも、その固定電話以外、アビゲールも最新機器は何ひとつ使っていなかったわ」

「アビゲール・ワトキンズはブルースターの親しい友人だと言ったね？」カボットが訊き返した。

「ええ、そうよ。でも、言い忘れたけれど、ワトキンズはアビゲールの本当の名前じゃなかったわ。数年前に変えたの」

「なぜ？」カボットが訊いた。

「彼女もゼインの教団の信者だったから。それも、ゼインがウォラートン郊外の古家に最初の施設をつくったときからの。もしかしたらあなたも憶えているんじゃない？ほとんどの時間、キッチンで働いていたほっそりした小柄な女性。とっても繊細で、とってもきれいな人。この世のものとは思えないくらいに。彼女とハナは料理と家事の責任者だったのよ」

カボットの目が冷ややかな色を帯びた。「ゼインはカルト教団の運営を商売と考えていた――昔ながらのマルチ商法だ。そして切れ者のＣＥＯよろしく、自分が築いた帝国を大きくするのに役立つ人間だけを欲しがった。彼が教団に誘いこんだ人間にはひとりひとりに目的があった。信者の中には、老後の蓄えを資金にしてくれ、とゼインに差し出す者もいたし、経営やＩＴの専門家もいた。ほかにも用心棒として彼に仕える者もいた」

「そうね」ヴァージニアはよみがえった記憶に身震いを覚えた。彼女もほかの子どもも、施設内を見まわりながら練り歩くゼインの手下のならず者たちが怖くてたまらなかった。「アビゲールはゼインの最初からの信者のひとりだったの――もしかしたら信者第一号かもしれないわ」

カボットがアンソンにちらっと目をやった。「アビゲール・ワトキンズの名も名簿に加えないと」

「そうだな」アンソンが椅子を回転させてパソコンと向きあった。

「そして死亡のしるしをつけてください」ヴァージニアが言った。

アンソンとカボットが驚きをのぞかせ、ヴァージニアに鋭い視線を向けた。

彼女が首を振った。「陰謀説でもなんでもないの。アビゲールは十二月のはじめに癌で亡くなったの。すごく悲しかったわ。ハナが最期まで世話をしてね。だって二人は本当に仲良しだったのよ」

アンソンは一度だけうなずくと、アビゲール・ワトキンズの名を名簿に追加する作業に取りかかった。

カボットが再びヴァージニアのほうを向いた。「ところで、なぜハナ・ブルースターは自殺じゃなかったと思うんだ?」

「最後の絵がなんだか心配なものだったから。その絵、見せなくちゃね」

カボットは彼女の大きな黒い革のトートバッグをちらりと見た。「絵を持ってきてるのか?」

「写真があるの。オリジナルはないわ。ハナはこれをログハウスの壁に描いたから、ログハウスが焼け落ちたときに絵もこの世から姿を消してしまった」

カボットがヴァージニアをじっと見た。「だとしたら、きみはどうやってその絵の写真を撮ったんだ?」

「ハナがわたしがあげたデジタルカメラで撮って、そのカメラをわたしに郵便で送ってくれたの。カメラの日時によると、撮影したのはログハウスが焼けた日——彼女が死んだ日——の午前三時」

アンソンが顔をしかめた。「カメラにそのほかの写真は?」

「ありません。この一枚だけです。ちょっと見では『幻影』のその他の絵とほとんど同じに見えますが、重大な相違点がいくつかあるんです。さっきも言いましたけれど、一連の作品はどれもカリフォルニアの施設の火事の夜を描いたものです。どの地獄絵図にもその中を大股で歩く悪魔のような人影が描きこまれています。これまでの絵では、それがゼインだとすぐにわかります——少なくとも彼を憶えているわたしたちには。ハナが描いた彼は、肩までの長さのストレートな髪をくっきりしたV字の生え際から後ろへ流して、服はつねに頭のてっぺんから爪先まで黒ずくめで、いつも鉄製のキーホルダーを身につけていました」

「まさにゼインはそんなふうだったな」アンソンが言った。「彼はときたま町にやってきては、郵便小包を受け取ったり、黒のでかいSUVにガソリンを入れたりしていたんだ。彼がはいていたしゃれた黒い革のブーツを憶えているよ。あの野郎には芝居がかったことを演出する天性の才能があった」

カボットがかすかに目を細めた。「ぼくもそのキーホルダーは憶えている。施設内にある全部の建物の鍵がついていた。あいつが近づいてくると、鍵と鍵がぶつかる音が聞こえるんだ。あの音であいつが来たってわかるんだよ」

「わたしもあの音は憶えているわ」ヴァージニアが言った。「夜になってあの恐ろしい納屋にわたしたちを閉じこめた彼が去っていくとき、鍵がぶつかりあう音が響いていたもの」

いまも怖い夢を見ると、鍵がガチャガチャぶつかりあうあの音が聞こえることは言わずにおいた。口にしたところではじまらないと思ったからだ。コーヒーカップを持つカボットの手に力がこもるのを見て、彼もまた夢の中で恐ろしい音楽を聞いているのだと気づきもした。

「先をつづけて」アンソンが穏やかに促した。

ヴァージニアは神経を集中させようとした。殺人の証拠は十分にそろっていることをなんとしてでもアンソンとカボットに納得させ、この事件の調査を引き受けてもらわなければ。気の毒なハナと同じように、わたしも正気ではないという結論に至らせるわけにはいかない。彼女もこれまでには何人もの人――二名のセラピストと数人の元恋人を含めて――から、PTSDを抱えていると指摘されたことがあった。ここは慎重に話を進めなければならない。

トートバッグに手を入れてタブレットPCを取り出し、ハナの最後の絵の写真を開いた。カボットとアンソンから画面が見えるようにデスクの上に置く。

「最後の絵に関しては、とにかくとんでもないエネルギーが見てとれます。ものすごく急いで描いたものだと思われますね」ヴァージニアが言った。「ご覧のとおり、ログハウスの一方の壁全体をカンバスに見立てています。あたかも彼女が胸の内に見たものを等身大に描こうとしたかのようです」

カボットとアンソンは画面を食い入るように見つめた。二人の険しい表情からは、彼らもそこに彼女が見たもの——過去と現在がないまぜになった不穏な光景——を見ていることがわかった。

激しく燃えさかる炎のあいだを大股で歩く黒く大きな悪魔を思わせる人影。絵の片隅には身を寄せあう小さな人影が八つ。それが納屋に閉じこめられた、ヴァージニアとカボットを含む子どもたちを示すことにヴァージニアは気づいていた。さながらギリシャ古典劇の舞台にあって話したり歌ったりして注釈を加える役者の一団だ。みな、クィントン・ゼインをじっと見ている。彼が自分たちに向けて解き放った惨事を無言のまま目に焼きつけているのだ。

しばしののち、アンソンが顔を上げた。厳しい目をしている。「ブルースターの死に関する捜査はおこなわれなかったのか?」

「おこなわれたとしてもほんの少々」ヴァージニアが答えた。「警察は彼女がログハウスからすぐの崖から飛び降りたと信じています。遺体は明くる日に岸に打ち寄せられました。とても小さな島です。住人はわずか二百人ですから、島に警察はありません。近くの大きな島から警官が呼ばれ、ハナが何者かに襲われた形跡はないと判断しました。銃創も刺創もなかったからです。抵抗した痕跡も見つかりませんでした」

「サンファン諸島の小島じゃ最先端の鑑識技術はあまり期待できないうえに」アンソンが意見を述べた。「証拠は海水がおおかた洗い流してしまったはずだ」

「信じてください。警察の上のほうが自殺説に同意する理由もわかります」ヴァージニアは言った。「ハナを知る人は誰も、彼女が精神を蝕まれていたことは知っていました。それだけでなく、唯一の親友アビゲールを失った悲しみも抱えていました。もしもこの最後の絵が送られてこなければ、わたしも警察が下した判断が正しいと思っていたかもしれません」

カボットは画面にもう一度目を凝らした。集中力を高めた彼の姿に、ヴァージニアのうなじの毛がざわついた。画廊で作品を扱っている画家のうちの何人かと接しているときにときたま体験するぴんと張りつめた感じに近いものがあった。あたりの空気を震わせるまでに強烈な集中力は、カボットがいま彼独自の芸術作品を創作中であることを伝えてきた。

「くそっ」ついに彼が口を開いた。「彼女、本当にあいつを見つけたんだな」

「こういう絵を売るのがむずかしい理由がこれでわかったよ」アンソンが言った。

カボットがちらっと目を上げたとき、目尻が引きつっていた。「たしかこの絵だけはブルースターのほかの絵とは違うと言っていたね？」

「これ以前の絵の写真も撮ってきたの。数カ月前に受け取ったものよ。二点を自分の目で比べてたしかめて」

ヴァージニアはもう一枚の写真も画面上に開いて並べ、アンソンとカボットが比較検討できるようにした。

「主題と構成の点から見れば、最後の作品は明らかに『幻影』シリーズに当てはまりますが、細部に相違点が見られます。描かれている人物をよく見てください」

その部分の重要性を二人がしっかり理解するまでヴァージニアは待った。炎が燃えさかる地獄の光景の中を黒装束の男が大股で歩いている。みずからが築いた帝国を闊歩する悪魔だ。

「警察の人相書とは違うな」アンソンが言った。「顔の細かい部分が描かれていない。

これでは年齢すら見当がつかないが、このときの状況とこの男について何かしら知っていれば、これがゼインだとはっきりわかる。驚きだな」

「ハナは熟練の画家でした」ヴァージニアが言った。「伝統にのっとった肖像画も描けました。友人だったアビゲールの肖像画を二枚描いています。二点ともわたしの手もとにあります。ですが、『幻影』シリーズに関してはもっと抽象的な手法を用いています――おそらくは記憶と夢に基づいて描いているからでしょうね。ゼインや信者の写真は一枚も持っていなかったんです」

「それは誰も持っていない」カボットの口調は厳しい。「少なくともぼくたちは一枚も発見できずにいる。アビゲール・ワトキンズの肖像画がどうしてきみの手もとに？」

「アビゲールがハナに遺したんだけれど、ハナはアビゲールが死んでからはそれを見ることに堪えられなくなって、わたしに持っていてほしいと言ったの。そのうち誰かがアビゲールを思い出して、写真を探しにくるかもしれない、と。わたしにはそんなことがあるとは思えなかったけれど、保管するとハナに約束したわ。『幻影』シリーズと同じ倉庫に保管しているの」

カボットの目つきが鋭くなった。「このゼインの絵について聞かせてくれ」

ヴァージニアは深く息を吸いこんだ。いよいよ来たわ、と思った。豊かすぎる想像力の犠牲者などではないことを二人にわかってもらわなければならない。

「ハナは特定の要素と細部を利用して主体が誰かを示そうとした。これは図像学のひとつの形なの。ゼインがベルトにつけた鉄製のキーホルダーからぶらさがったたくさんの鍵はそのいい例ね」

カボットは画面をじっと見た。「たしかにそれでゼインだとわかるな」

「疑いの余地もないわ」ヴァージニアは言った。

アンソンが背景に小さく描かれた八つの人影を指し示した。

「納屋にいた子どもたちか。きみとカボットとジャックとマックスとそのほかの子たちだな」

「ええ」ヴァージニアは言った。「わたしたちはどの絵でもほとんど毎回、同じポーズ、同じ位置で描かれています」

カボットが顔を上げた。「ほとんど毎回?」

「この最後の一枚だけは少し違います。女の子のひとりが本を抱えているでしょ。そして一団の前に立っている。この子はわたしで、この立ち位置ははじめてなんです。これ以前の絵の中では、カンバスのもっと目立たない位置に描かれていたのに」

「きみが抱えているこの本は」カボットが言った。「あの夜きみが納屋から持ち出した本だ」

「母が死んだ日の朝、これをわたしにくれたの。算数入門の絵本。字は母が書き、ハナが絵を描いたものよ」

アンソンの顎に力がこもった。「この小さく描かれた八人があのときの罪もない子どもたちなんだな」

カボットはしばらく子どもたちの姿を見つめていたが、やがて顔を上げた。「この絵の子たちだが、なんだか裁判官か陪審の役目を負っているみたいな気がするな。ゼインが犯した罪に有罪判決を下しているようだ」

「わたしもおなじことを思ったの」ヴァージニアは言った。「どの絵の中にもゼインがいるわ。彼女の作品についてはただ子どもたちだけ。わたしはハナの絵をよく知っている以外の大人はひとりもおらず、専門家ね。彼女もその点は重々承知していたから、この絵を送ってきたということは、わたしがメッセージを受け取ってくれるものと期待したんだと思うの」

「たしかほかの絵のゼインは黒い髪を肩まで垂らしている姿で描かれていると言ったね」カボットが言った。「この絵の彼は短髪だ」

「ええ、そうなの」ヴァージニアが言った。「このすごく今風な短髪にわたしも真っ先に目がいったわ」

アンソンが顎を撫でた。「ブーツじゃないな。ランニングシューズをはいているようだ。それに黒のパーカ。フードを目深にかぶっている」

「後方に車の一部が見える」カボットが言った。「ごく最近の型式みたいだな。シルバーかグレー。ゼインの黒いSUVでないことはたしかだ」

「これまでの絵に車はいっさい描かれていなかったわ」ヴァージニアが言った。

カボットは最後にもう一度、二枚の写真を見たあと、ヴァージニアを見据えた。

「きみは彼女が死ぬ前に彼を実際に見たと思っているんだな？」

彼の口調はあくまでどっちつかずだったが、だからこそ伝わってきたのは、彼がどれほどの自制をきかせてその絵に対してわきあがってくる反応を抑えこんでいるかだった。

「ええ」ヴァージニアは答えた。「ハナ・ブルースターはそういう人なの。現実に向きあうことには問題があったけれど、だから絵を描いていた。彼女にとってはそれでしか真実を伝えることができないからだと言っていたわ」

4

アンソンは画面をもう一度じっくりと見た。「この絵ではこいつは年齢不詳だな。ゼインは、教団施設に火を放ったとき、二十代半ばだった。ということは、現在は四十代ってことだな」

「あいつはじつにみごとに自分の過去を抹殺した。ぼくたちはやつの年齢すらいまだにつかめずにいるくらいだ」カボットが言った。「ハナ・ブルースターが最初の二枚の絵をきみに届けて以来、島を出なかったことはたしかなんだね？」

「断言はできないけれど、一度もないと思うわ」ヴァージニアが言った。「ハナは身をひそめたままでいたかった。どうしてそんなことを訊くの？」

カボットが絵の背景に描かれた車を指さした。「もしきみの言うとおりなら――もしブルースターが本当にクィントン・ゼインを見たのだとしたら――あいつはフェリーで島へ渡ったとしか考えられないし、サンファアン諸島のコミュニティーはどこも小さい。となれば、彼女以外にもあいつに気づいた人間がいる可能性がある」

ヴァージニアに安堵感が押し寄せた。

「わたしの依頼を受けてくれるということかしら？」

「ああ、もちろん」カボットが言った。「なんとしてでも調査するつもりだ」

静かな口調ににじむ氷のように冷たい確信が一瞬、ヴァージニアの全身を不安で震わせた。偏見のない心でいる状態と妄執に取り憑《つ》かれている状態は紙一重だ、とヴァージニアは思った。それを心に留めておかなければ。彼女自身、何年もずっと紙一重のはざまを歩いてきたのだ。

これまで彼女の懸念を真剣に受け止めてくれる私立探偵を探していた。アンソン・サリナスの居場所を探し当てた理由もそこにあった。助言をもらえれば、と願っていた。だから、彼がいまシアトルにいて、調査会社で仕事をしていると知って大いに救われた気がした。しかし、アンソンの協力が得られるとはいえ、実際に調査を進めるのは彼ではないことが明らかになった。主としてカボット・サターを相手にすることになりそうだ。

まるで彼女の考えを読みとったかのように、カボットが目を合わせてきた。

「どうした？」彼が訊いた。「気が変わった？」

ヴァージニアは指でこつこつとデスクを叩いた。「ただちょっと思いついたこと
だったの。もしかしたらゼインはいまも生きていて、ハナ・ブルースターを殺したん
じゃないかしらって。でもまあ、わたしは依頼人。疑いを抱く権利はあるわね」
「だが、きみがひそかに抱いていた陰謀説と同じ考えを探偵も持っているとなると話
はべつだ。そういうことかな？」
「この場合、客観性の度合の維持を心配する必要があると思うの」ヴァージニアは心
して如才ない返事を返した。
「残念だな」カボットが言った。「もし客観性にこだわるなら、この調査会社を選ん
だのは間違いだ。クイントン・ゼインに関するかぎり、ここは陰謀説本部だからね」
アンソンが顔をしかめて彼をにらんだ。「依頼人を怖がらせるんじゃない、カボッ
ト」そしてまたヴァージニアのほうを向いた。「心配いらない。見かけによらず、こ
いつはしごく有能な探偵だ。実際、軍隊を辞めたあと、二年間ほど警察署長を務めて
いたくらいだ」
「本当に？」ヴァージニアが顔を上げてカボットを見た。「警察署長の職を離れたの
はなぜ？」
「クビになった」カボットが答えた。

ヴァージニアはどう応じたらいいのか戸惑った。「ふうん」

「さあ、われわれの陰謀説に話をもどそう」カボットが言った。「まず最初にすべきは、ハナ・ブルースターが死んだ島へ行くことだろうな。フェリーの時刻表を調べて、できるだけ早く行くことにする」

ヴァージニアはふと、この場の主導権を失いかけていることに気づいた。そろそろ引きもどさなければ。

「そんな必要はないわ。わたしはロスト島によく行っていたから、時刻表なら頭に入っていてよ。あの島へのフェリーは民間会社が運航していて、一日に一便だけ。出航は昼過ぎ。車で行くなら予約したほうがいいわ」

「わかった」カボットが言った。「いちばん早い便で行くことにする」

ヴァージニアは彼にさりげない笑顔を向けた。「わたしも」

カボットがぴたりと動きを止めた。彼女にどう接したものか決めあぐねているようだ。

「いい考えだとは思えないな」ついに彼が口を開いた。

「この件に関してあなたの意見を訊いたわけじゃないわ。わたしはもう明日のフェリーの予約を取ってあるの。もしあなたがそれでもこの仕事を引き受けたいなら、わたしと同行してもかまわなくてよ」

「この仕事は引き受けるつもりだ」カボットが冷静に言った。「

アンソンが長くつらそうなため息をもらした。「カボットは依頼人への接し方についてはまだ修業中だが、さっきも言ったように、探偵としてはじつに有能なんだよ、ヴァージニア。何をしたらいいのかを心得ている」

「あなたがそうおっしゃるのなら信じます」ヴァージニアはタブレットを閉じてトートバッグにしまった。「わたしに選択肢がたくさんあるわけでもないみたいですし」

カボットがかすかな笑みを浮かべた。「まあ、そうだな」

「いいわ。フェリーはわたしの車で予約を取ったから、運転はわたしがするわね。住所を教えてくれれば、明日の朝、途中であなたを拾って乗り場へ行くわ。島へ行くには二つのフェリーを乗り継がないとならないから、シアトルを七時半前には出発しないといけないの」

「わざわざぼくを拾うなんてことはしなくていい」カボットがさらりと言った。「七時半少し前にきみの家に行くから」

ヴァージニアにはためらいがあったが、どちらがどちらを迎えにいくかで言い争うなどばかばかしいと考えた。彼に住所を教える。

「コンドミニアムなの」と付け加えた。「ロビーで会いましょう」

「わかった。必ず行く」

誓約のような口調だ。彼の言葉から伝わってくる真剣さを見てとった瞬間、ヴァージニアは身震いとともに、慎重にいかなければ、と心に刻んだ。プロの探偵を雇ったという感覚とは違う――もっと大きな力を解き放ったのだ。

「そうして」ヴァージニアはほかに口にすべき言葉がなかった。そのあと、アンソンのほうにあたたかな笑顔を向けた。「またお目にかかれて光栄でした、アンソン」

アンソンは椅子から立ちあがってデスクの後ろから出てくると、トレンチコートを着る彼女に手を貸した。

「こちらこそ、会えてよかったよ、ヴァージニア」アンソンはドアを開けた。「カボットのことは心配するな。依頼人のあしらいはお世辞にもうまくないが、仕事はきっちりやる男だ」

「それだけでじゅうぶんです」ヴァージニアは言い、彼の前を通って廊下へと出た。「人当たりの悪いところは気になりません。気まぐれで変わり者の画家の扱いに慣れていますから」

アンソンがあわててドアを閉める前に、カボットのあぜんとした表情が見えただけで満足した。

すると、なんだか急にものすごく愉快な気分になった。そのまま廊下をエレベーターホールまで進み、ボタンを押した。

5

カボットは窓際に行き、雨に濡れたウェスタン・アヴェニューの歩道を見おろした。わきあがるエネルギーを感じると同時に、ひどくむかついてもいた。二つの感情がこれほど奇妙に混じりあうのを最後に体験したのがいつだったかは思い出せない。ヴァージニアが出ていくときに告げた言葉を頭から追い払うこともできない。

「**気まぐれで変わり者の画家の扱いに慣れていますから**」

ひどいことを言ってくれるじゃないか。

〈カトラー・サター&サリナス〉は、パイクプレース・マーケットから遠くない商業ビルの四階の小さな続き部屋に事務所を構えている。パイクプレース・マーケットは住所としていい。たしかに、ダウンタウンの輝きを放つタワービルのひとつのように高級感あふれる派手な住所ではないが、聞こえのいい地区である。しかも、ビルの入り口は地味で目立たないから、探偵に仕事を依頼したい人びとにとってはありがたい。

「彼女をどう思う？」カボットは振り返ることなく尋ねた。

アンソンは重いため息をついた。「ヴァージニア・トロイは過去について、答えが得られていない疑問をいっぱい抱えていそうだな」そこで一瞬の間をおいた。「ゼインの教団の生き残りはみんなそうだが」

「マックスとジャックとぼくもね」

「きみも知っているだろうが、施設が焼けたあと、おれはゼインを捕らえようとして、警察の知り合いにひとり残らず連絡を入れた。そうしたら数カ月後、あいつがなんとも都合よく船の火事で死んだらしいという知らせを受けた」

「あいつは自分の死を偽装したんだよ。さもなければ、いつまでたっても父さんが捜査を打ち切らないから」

「だが、これであいつはきみとマックスとジャックに追跡される身となった。そのあいだに世界はとんでもなく変わった。さまざまな技術が使えるようになった。遅かれ早かれ、きみたちはあいつを見つける。もしまだあいつが生きていれば、だが」

「あいつは間違いなく生きているよ、アンソン。ぼくにはわかる」

「おれにつっかかるな。おれだってあいつがヨットの火事で死んだなんて話を信じたことはない」

カボットがくるりと向きなおった。「ハナ・ブルースターだが、もし完全に正気を失っていないとしても境界線上の人間のようだ。ヴァージニアもほぼ認めていた」

「つねに忘れてならないのは」アンソンが言った。「ハナ・ブルースターはヴァージニアにとって教団との最後のリンクだったってことだ。当時の出来事に関する答えを教えてくれるかもしれない最後のひとりだった。そのブルースターが死んだとなれば、残されたヴァージニアは答えの出ていない疑問を山ほど抱えている。ブルースターが最後の絵を描いたとき、本当に幻覚を起こしていたのかどうかをヴァージニアはなんとしてでも知りたいんだよ」

「ぼくたちだって知りたいさ」

「ああ、もちろん」アンソンが言った。「あの子をどう思うかって質問に対する答えはそんなところだ。で、きみはどう思う？」

カボットは第一印象を頭の中で整理してみた。ヴァージニア・トロイは冷ややかな慎み深さを身にまとっており、それが誰をしても彼女を思いどおりに動かすことはできなくさせている。何かしら解明がむずかしい矛盾を感じさせる。

彼女が画廊を所有していると知ったときも、まったく驚かなかった。画廊のオーナーに会ったのはこれがはじめてだが、ヴァージニアは画商とはこうであろうと思われる外見——鋭敏で上品で洗練されている——からけっしてはずれてはいない。かといって、美術業界で生きている女性に対して彼が想像していたエリート的な態度はいっさいうかがえなかった。まっすぐ後ろへ撫でつけてきっちりとシニョンに結った黒に近い髪は、海を思わせる緑色の知的な目を際立たせ、黒縁の眼鏡は〝こっちを見て。でも触らないで〟的なオーラを歯切れよく伝えてきた。

そして、そうした見た目の裏には何かしらものすごく激しいものが隠れている、とカボットは考えた。彼にそれがわかるのは、自身の胸の奥深くにも同じようなエネルギーが燃えているからだ。**きみもぼくも、その芯にある炎をしかるべき方向に向ける術を学ばなければならないんだよな。**

身に着けた衣類——黒っぽいスラックスに深みのある濃い錆色の細身のジャケット——は見るからに値の張るものだ。それにブーツ。ハイヒールのブーツをはいた女性に男の目がいくのはどういうことだろう？

「画廊の経営はうまくいっているようだね」カボットが言った。

アンソンが唇をすぼめた。「順風満帆ってところだろう。しかし、金儲けをしたいってだけじゃない気がする。彼女の画廊についてちょっと調べてみるよ。何かわかるかもしれない」

「指輪はなかった」

「気がついたか？」アンソンは愉快そうだ。

「えっ？」

「いや、べつに」アンソンの口調は妙に滑らかだった。

「ぼくを変わり者だと言った」

「それはちょっと違うだろう。彼女は気まぐれで変わり者の画家の扱いに慣れていると言ったんだと思うよ」

「そこにはつまり、彼女がぼくを気まぐれで変わり者の画家と同じ種類の人間に分類しているって強い含みが感じられる」

「こんなことを言っても慰めになるかどうかわからないが、きみは気まぐれじゃない。その逆さ。きみは重苦しいドラマが好きじゃないだろう。間違いないよ」

カボットは不満げにうめいた。「そいつはどうも」

「武術の修業の成果かもしれないな」アンソンがデスクに身を乗り出し、両手を組んだ。「最初からずっと話を聞いていて思ったんだが、ヴァージニア・トロイにははっきりした理由があるんだよ。あの島に行って、いくつか質問したいという」

「同感だな」カボットが言った。「ゼインに関して新しい手がかりを得られるかもしれないこと、マックスとジャックにも知らせたほうがいいと思うけど？」

「これは手がかりとは言えないよ。誰が見ても異常と言うほかない女の幻覚に基づいた噂にすぎない。ジャックはいまシカゴでコンサルティングの仕事が進行中だ。それに集中しないとな。それに、まだこれという具体性もないのに、マックスとシャーロットをハネムーンから呼びもどすのか？　まずは状況をしっかり把握して、思いきった行動に出るのはそのあとだ」

「了解」カボットは自分のオフィスに向かった。「保険会社への調査報告書づくりを終わらせるから、父さんは請求書をたのむよ」

「そうだ、もうひとつ。あの弁護士からまた電話があった」

「バーリーか」カボットがドアの前で足を止めた。「いったいなんの用だろう？」

「最初のときと同じだよ。きみと話がしたいそうだ」

「ぼくからの伝言は伝えてくれた？」

「一言一句違わずに。生まれてこのかた、母方の家族とはいっさい接触がなかった。この先もいまの状況を変えるつもりはない、と。だが、あいつは間違いなく根気強いタイプだ」

「それはぼくもだよ」

「おれの助言、欲しいか？」

「いや。でも、結局はそれにしたがうことになるんだよな」

「そのとおり」アンソンが言った。「なぜなら、おれはバーリーがこのまま引きさがるはずはないと確信しているからだ。彼の狙いは何かを聞け。そうすれば、きみは情報に基づいた決断が下せる」

「ぼくの決断はすでに事実に基づいたものだよ。母方の家族は母がぼくの生物学上の父と駆け落ちした時点で母を勘当したって事実にね」

「きみのお母さんがケニントン家を勘当になったあと、向こうも新しい世代が大人になったんだ」アンソンが言った。「分別を持て。たぶん誰かが昔何が起きたのかを知り、きみに連絡を取りたがっているんだよ。向こうの言い分も聞いてやれ」

「もしそうだとしたら、なぜ弁護士を通して連絡してくるんだよ？　誰だって弁護士から電話なんかもらいたくないだろう」

「ま、選択の権利はきみにある」アンソンが言った。「だが、いまも言ったように、バーリーはけっしてあきらめないぞ」

「わかったよ」カボットはオフィスに入った。「電話を入れておく。彼の言い分を聞いてやって、とっととうせろ、と言ってやる」

「その意気だ。番号はデスクの上に置いといた」

カボットはオフィスに入ってドアを閉め、デスクを前に腰を下ろした。禅の心境にも似たすっきりしたデスクの上を台なしにしているのは、バーリーの名前と電話番号を記したメモ用紙だ。

彼はしばしメモの数字をにらんでいた。アンソンの言うとおりだ。弁護士ってやつは相手が電話でつかまらないからといってあきらめて引きさがったりはしないのがふつうだ。少なくとも、高額の報酬をもらっていない弁護士は。だが、サンフランシスコのケニントン家の依頼で電話をかけてくる弁護士はたっぷり報酬を得ているはずだ。

カボットの母親の一族は、一八〇〇年代のゴールドラッシュ全盛期にカリフォルニアに創設した、少数者に株と投票権が握られている帝国を支配してきた。しかしながら、そもそもの資金は金《ゴールド》ではなかった。抜け目のないトマス・J・ケニントンは、つるはしとシャベルを手に夢を追って時間を浪費したりはしなかった。その代わり、夢を追う採掘者たちにつるはしやシャベル、そのほかにもさまざまな道具を売ることで、こぢんまりした帝国を築いたのだ。

その後、ケニントンの後継者たちは石油や鉄道に投資した。そうした旧式な投資対象が時代とともにより現代的な、より多岐にわたるポートフォリオへと変わっていき、そこにはカリフォルニアの高価な不動産も含まれた。一九三〇年代以降は、〝ウォーターフロント物件なら失敗はない〟がケニントン社のモットーとなった。会社の繁栄を見れば、この言葉が利益をもたらすことは証明されている。

ほぼ五十年間にわたり、ケニントン・インタナショナルの総帥はウィティカ・ケニントンだった。カボットはこの祖父に会ったことはなく、これからもけっしてない。というのは、二カ月前に倒れて死んだからだ。死因は心臓発作だった。享年八十五歳、結婚は三回していた。家族は死亡時の詳しい状況をはぐらかし、プライバシーの問題だからと言った。だが、噂を抑えることはできなかった。死亡時、彼は愛人とともにベッドにいたようだ。

ケニントン家はこと事業にかけては大したものだったが、家族のドラマに事欠かないことでも名を馳せていた。そろって激しやすい気性なのだ。すぐに人を恨むし、世代間の確執もあり、ほとんどの人間が何度も結婚をしていた。

カボットはデスクの上の電話に手を伸ばした。さっさと片付けてしまおう、と思った。ふと、明日の朝とヴァージニア・トロイのことを考えはじめた。

上品で柔らかな女性の声が呼び出し音二回のあとに聞こえてきた。

「バーリー・ハモンドでございます」

「カボット・サターです。お電話をいただいたようで――」カボットはそこで言葉を切って、メモにちらっと目をやった。「J・L・バーリーさんから」

「はい、承知いたしております、ミスター・サター」上品な声に瞬間的にあたたかみが加わった。「ミスター・バーリーがお電話をお待ちしておりました。ただいまあいにくべつの電話に出ておりますが、このままお待ちいただけますか？」

カボットは腕時計に目をやった。「三十秒なら」

バーリーはすぐさま電話を取った。

「わざわざお電話ありがとうございます、ミスター・サター」

いかにも弁護士といった口調だ。誠意のある、信頼に足る、じつに流暢な物言い。陪審員に向かって物語を語るのにぴったりの声だ。「陪審員のみなさまは、この場で恐ろしい不正を正すまたとない機会を得られました。私の依頼人は無実の罪を着せられようとしています」

「伝言は聞きましたが」カボットは言った。「どういうことでしょうか？」

「あなたのおじいさまが二カ月前に亡くなられたことはご存じですね」

「聞きました」

「こちらの法律事務所は遺産相続の件を任されております。ご想像にかたくないとは存じますが、きわめて複雑な状況でして」

「ぼくには関係ないでしょう」

「お電話差しあげましたのは、遺言書に記された専門的な細かい事項によりますと、あなたに相当な額のお金を受け取る権利があることをお知らせしようとしたからです」

カボットは押し黙った。「それはつまり、子孫だったことを認めるしるしとして一ドルを遺贈する習慣にのっとったものじゃないんですか？　それを受け取れば、祖父はぼくの存在を知らなかったという理由でぼくが訴訟を起こしたりできなくなる。違いますか？」

「ご安心ください。本件は一ドルをはるかに上まわる金額です」バーリーが言った。

「厳密には二万五千ドル」

なるほど。たしかに訴訟を起こす理由を与えないためにくれてやるおしるしの一ドルより多いが、二万五千ドルはウィティカ・ケニントンの遺産から見れば、ほんの小銭だ——じいさんにとっては一ドルと同じだろう。

だが、ぼくの世界にあっては思いがけない授かりものだ。シアトルのアパートメントの高すぎる家賃を数カ月分払ってもまだ少々残るから、それで事務所のパソコンをアップグレードすることができそうだ。

「いやはや、そいつは驚きだな」アボットは言った。「祖父がなぜぼくの存在を認めることにしたのか、ご存じですか？」

「人はみな、人生の終わりに近づいたところでしばしば過去を振り返り、後悔を覚えたりするようです」バーリーが言った。

「祖父は愛人のベッドで死んだと聞きました。とすれば、彼が時間をかけて過去に思いを馳せることなどなかったように思えますが」

「メディアが報じたことをそのまま信じてはいけません。ミスター・ケニントンの死亡の状況はメディアにとって恰好の餌食だったのです。おじいさまはいろいろな面をそなえた方でいらっしゃった」

「ま、そういう言い方もあるでしょうね」

「卑劣で、情け容赦なく、暴君さながらの女たらしって言い方もあるが」カボットは内心つぶやいた。

「とにかく、いま申しましたように、あなたは二万五千ドルを受け取られることになりますが」バーリーが先をつづけた。「そのためには多少の書類手続きが必要です」

「わかりました。では、その書類を宅配便でオフィスに送ってください」

「じつは、これが少々込み入っておりまして。いちばん簡単かつ迅速な方法は手渡しになります」

「いまは調査中の事件を抱えているんで、時間ができたらまた連絡します」

バーリーがくっくと笑った。「わざわざ時間と旅費をかけてサンフランシスコにいらしてくださいとは申しておりませんよ。駆けまわるのは私の仕事です。もしご都合がよろしければ、明日、小切手を持ってシアトルにまいりますが」

「いや、明日はだめです」

「遺言書のその部分を説明させていただくのに十分とはかかりません。そして書類にサインをいただければ、お金はあなたのものです」

「はい、それはわかってます。ですが、いま言ったように、事件を抱えているんです。明日から何日か出張なので、戻ったら連絡します」

「じつはこれが緊急を要する問題でして」バーリーが言った。

カボットは間をおいて、どういうことかを考えた。「もしぼくが書類にサインしないと、どうなるんですか?」

「その場合、あなたに小切手をお渡しするわたしの権限がなくなります。さきほども申しましたように、状況がいささか込み入っておりまして」

「時間の猶予はどれくらいですか？」

「できれば、明日か明後日には手続きを完了したいのですが」

「ぼくの経験では、有能な弁護士は自分の都合に合わせて無期限に時間稼ぎができるものではないんでしょうか？」

「ミスター・サター、せっつくようですが、二万五千ドルがかかっていることをお忘れなく。ぐずぐずなされば、遺言書のべつの条項に抵触して、あなたへの遺贈は無効になります」

「それでは、その書類のコピーを送ってください。目を通しておきます」

バーリーが咳払いをした。「お伝えしたように、問題が込み入っていますから、至急そちらへうかがって詳細を説明させていただきたいのです」

「すみません、この件で議論している時間がないもので、とにかく書類を送ってください。それを見たあと、ご連絡します」

「そこまでおっしゃるなら、いいでしょう」バーリーは迷惑そうだったが、引きさがった。「二万五千ドルの小切手受け取りを先延ばしになさりたいとは、その事件はよほど重要なんですね」

「想像できないでしょうが」

「では、近々お目にかかるのを楽しみにしております」バーリーが言った。「とにかく、二万五千ドルがかかっていることをお忘れなく」

「そうですね」カボットは電話を切ったあと、しばらく電話を見ていた。やがて椅子から立ちあがると、デスクの脇を回ってオフィスのドアを開けた。

アンソンがパソコンから顔を上げた。

「それで?」

カボットはドア枠に肩をもたせかけ、片手の親指を革ベルトに引っかけた。「ウィティカ・ケニントンの遺産担当弁護士によれば、じいさんは心変わりしたようで、ぼくに二万五千ドルを遺したそうだ」

アンソンが鼻を鳴らした。「世間的に見れば、ちょっとばかりうれしい遺産だろうが、それがウィティカ・ケニントンの遺産かと思うと、ほんのおしるしってとこだな」

「だよな。とはいえ、二万五千ドルは二万五千ドルさ」

「そのとおり」

「でも、なんだか気になることがなくもない」カボットは言った。「バーリーによれば、小切手を現金化する前に書類にサインしなければならないんだそうだ。しかも、ぼくのサインをもらうためなら、喜んで書類持参でシアトルまで飛行機で来て、このオフィスに来るってさ」

アンソンの眉がきゅっと上がった。「ほう」

「そのうえ、その書類へのサインが大至急欲しいらしい。もし近いうちにサインしなければ、お金はもらえなくなる」

アンソンが椅子の背にゆったりともたれた。「おれは遺言書や信託財産について何を知ってるわけじゃないが、きみのおじいさんの遺産はきっとものすごく複雑なんだよ。それにしても、なんだかちょっと奇妙だな」

「ぼくもそう思ったんだ。古い諺《ことわざ》を思い出すよ――只より高いものはない」

「そりゃそうだが、孫と顔すら合わせなかったことをじいさんが深く悔やむってことはあるかもしれない」

「ぼくなんか必要じゃなかったと思うね」カボットは言った。「三度も結婚したんだ、子どもはたくさんいて、孫だって数えきれないほどいるさ」

「そう考えれば、きみの取り分が大いなる遺産とは言えない理由がわかるな。おそらく元妻たちやその子どもたちが遺産をめぐって闘争中なんだろう」

「彼らが悪いとばかりは言えないさ。ただ、バーリーからの申し出が彼が言うほど簡単でもわかりやすくもないような気がするのは、書類手続きの件なんだ。とりあえず、向こうがサインしてほしがっている書類のコピーを送ってくれと言っておいた。先に目を通しておきたいからね」

アンソンが思案顔になった。「きみの側の弁護士にも見てもらったほうがいいだろう。法律用語は解釈がむずかしい。リード・スティーヴンズに電話をしておけ。彼からの仕事は何件かしてきたし、少し前にはマックスの、これまた家族がらみの問題解決に協力してもらった。彼なら信頼できる」

「名案だ。連絡を入れておく」

カボットはもたれていたドア枠から体を離し、オフィスに戻った。

二万五千ドルはたしかに助かるが、当面はヴァージニア・トロイとのロスト島行きだけに集中したかった。

6

「ひとつ、気になっていることがあるの」ヴァージニアが言った。

ヴァージニアは車のハンドルを握り、フェリーの乗組員二人が小さな島の船着場にスロープを下ろす作業に目を向けていた。シアトルからは長い旅だった。車で長距離を運転したあと、二系統のフェリーに乗ったが、乗り継ぎのための待ち時間も長かった。

カボットとはその朝の七時二十五分にコンドミニアム・ビルのロビーで会ってからずっと、すぐそばで過ごした。そろそろ午後の二時になろうとしていた。最後に男性と二人きりで時間を過ごしたのがいつだったかは思い出せないが、これほどぴりぴりした高揚感をひそかに感じたことはいまだかつてない。この期待めいた感覚は、ようやくハナ・ブルースターの死の真相を突き止められそうだという予感のせいだとヴァージニアは自分に言い聞かせていた。しかし内心では、このちょっとしたわくわく感の本当の理由はカボットだと感じていた。

　ここから先は危険地帯だ。恋愛については、彼女は現代のシンデレラなのだ。やはり十二時までに家に帰り着くかどうかをみんなに心配してもらうのが最善策という気がしている。もちろん、そうした奇妙なところを少なくとも最初はじつに魅力的だと思ってくれる男性もいるが、時間がたてば彼らもこれは自分に対する拒否反応なのだと受け止めるようになる――実際、そのとおりなのだが。たしかに薬をのんだりワインを二杯よぶんに飲んだりして多少の時間稼ぎはできるけれど、そんなときはいつもあとから不安が全開状態になって襲いかかってくる。

　移動のあいだ彼女とカボットは双方ともに、何ごとも冷静にビジネスライクに、と気をつけていた。二人のあいだには奇妙なつながりがある、とヴァージニアは振り返った。二人は他人だが、奇妙なほどに親近感があった。共通の過去があるからだ。

　それまでスロープを下ろす作業を見ていたカボットが、彼女に目を向けた。

「気になっていることはひとつだけか？」カボットが訊いた。

「そう、考えてみればたくさんあるわね」ヴァージニアが認めた。「でも、何度となく疑問が向かうのは、もしゼインが生きているとしたら、なぜ彼に危害を加えることができるはずもない女性をわざわざ危険を冒して殺したのかってことなの？」

「それはきみの前提が間違っているからだ。いいかい、もしクィントン・ゼインがハナ・ブルースターを殺すためにここに来たとすれば、それは彼女が彼にとって面倒な問題を起こすと思いこんでいるからだろう」

「もし彼が彼女を脅威と思っていたとしたら、ずっと前に抹殺することだってできたでしょうに」

「遅くなった理由として、三つ考えられる。第一は、ブルースターはずっと脅威だったが、ゼインは最近になってやっと彼女の隠れ場所を探し当てた」

「第二は？」

「何かがゼインの世界を変えた。それが何かはわからないが、ゼインはブルースターが脅威になったと思いこんだ」

「それじゃ、第三はどんな可能性？」

「もしかしたらハナ・ブルースターは本当にみずからログハウスに火を放ち、飛び降りて死んだ」

「妄想のせいで？」

「そうだ」

スロープが固定された。ヴァージニアはエンジンをかけ、下船する古ぼけたピックアップ・トラックとセダンのあとについた。

「わたし、よくわかっているのよ。たぶんこういうことは全部時間の浪費なんだろうってことが。お金は言うにおよばず。祖母はわたしが〈カトラー・サター&サリナス〉に依頼したことを知って、ものすごく動揺してたわ。だけど、ハナの最後の絵を見てからは、いやでもつぎつぎに疑問がわいてきたのよ」

「きみからそれを見せてもらったアンソンとぼくも、いやでもつぎつぎと疑問がわいてきた」

ヴァージニアはゆっくりとスロープを下り、町の細い目抜き通りへと出た。「つまり、わたしたちがここに来るのは宿命だったのね」

「〝宿命〟か。なんて重い言葉なんだ」カボットが言った。「〝運命〟くらいでどうかな?」

「わたしたち、お互いの過去を知っているっていいことだわね。さもないと、どちらかが相手をちょっとどうかしていると結論づけるかもしれないでしょ」

「たしかにいいことだな」カボットが同調した。

ヴァージニアは、彼女のことをちょっとどうかしていると結論づけた人間が、かつての恋人を含めて何人かいたことは言わずにおくことにした。少なくとも正常ではないと思われていた。美術の業界で仕事をしていることの利点のひとつは、〝正常〟が仕事のための重要な必要条件ではないということ。

車をゆっくりと走らせ、小さなオーガニック食料品店とカフェ、こぢんまりしたガソリンスタンド、ハーブティーの店、地元の芸術家の作品を並べた何軒かの小さな画廊を通過した。

「ほんとに小さな町だね」カボットが言った。

「ええ」

「きみは地元の人を誰か知ってるの?」

「何人か紹介されたけれど、誰ひとりとしてよく知っているとは言えないわ。毎年数回、ハナを訪ねてきていたでしょう。とりわけ、彼女の友だちのアビゲールの病気が悪化してからは。ハナは昼も夜もベッドの傍らで付き添って、疲れ果てていたの。わたしの画廊は日曜と月曜が休みだから、ハナが体を休めることができるようにと思って、島で一泊か二泊してアビゲールの看病もしたわ」

カボットが彼女を見た。「きみはハナ・ブルースターのいい友だちだったんだね」

「彼女、家族がいなかったでしょう。アビゲールだけだったのに、彼女を失いかけていたんですもの」

カボットはひとことも言わずにすんなりと受け入れた。「島にはアビゲール・ワトキンズのほかに、ブルースターがゼインの教団にいたことを知っている人はいなかったのかな？」

「こういう小さなコミュニティーで秘密を守り通すのはきついのよ。だから、ハナが昔、カルト教団にいたことを知っている人がいる可能性は大いにあるわ。だけど、詳しいことまで知っている人はいないと思う。ハナもアビゲールもゼインや当時のことをほとんど話さなかったから。それはわたしに対してもそう」

「島にB&Bは何軒あるんだろう？」

「四軒か五軒あるけど、この時季はほとんど閉まっているのよ。わたしの知るかぎり、いま営業中なのはたった二軒ね。この町なかにある〈ハーバー・イン〉と、アビゲールがやっていた〈ロスト・アイランドB&B〉。今日はそこに泊まろうと思ってるわ。ハナのログハウス、というかその焼け跡にいちばん近いの。あなたがたぶん焼け跡や、彼女が飛び降りたか押されたかした崖をじっくり見たがるだろうと思ったから」

「アビゲールがやっていたB&Bを誰かが引き継いだってこと？」

「ええ、そう。アビゲールが余命いくばくもない状態になってからは、実際にはB&Bとしては店じまいしたも同然だったのよ。でも、人間が死ぬってお金がかかるから、アビゲールは亡くなる少し前にそこをローズ・ギルバートっていう女性に売ったの。その人はアビゲールが最期までその家で過ごすことに同意してくれたのね。いまはそのギルバートがB&Bを再開はしたけれど、ごく内輪な状態で継続しているだけ。彼女が言うには、大々的な改装を施して今年の夏までには新装開店する計画なんですって」

カボットは島の上空をおおいはじめた厚い雲が気になった。「もうすぐ雨が降ってきそうだ。その前にブルースターのログハウスの焼け跡を見ておこう」

「そうね。でも、言っておくけど、見るべきものはあまりないわ」

「真実は形而上的な特性を持つ」

「どういう意味？」

「形而下の状態が目の前にあろうがなかろうが、真実は存在する。それを察知することが大事なんだ」

「わお。感動的。それもまた洞察力に満ちた武道の言葉？」

「いや、いまぼくがでっちあげた。きみをいらいらさせようと思って」

ヴァージニアはくすりと笑い、目抜き通りの端で車をしばし停めた。

「そんなことだろうと思ったわ。じつは大学時代に護身術の講義を受けたことがあったんだけれど、そのときの講師は哲学的なしゃれた言葉なんかいっさい教えてくれなかった。習ったのはごくごく基本だけ」

「それはつまり、テレビで何を見たにせよ、逃げられるなら逃げろ、ってことだろ。動いている相手を仕留めるのはむずかしい。逃げられないなら戦え。汚い手を使って。目を狙うんだ。なんでもいいから手近な何かを武器として使う。チャンスと見たら素早く力いっぱい攻撃をかける。チャンスはたった一度しかないからな」

「ええ、要約すればそういうことだわね。いま言ったように、ごくごく基本は」

「そのときに習った動きはいまもまだ練習してる？」カボットが訊いた。

「ええ」説明するまでもないが、ほぼ毎日——たいていは深夜に——つづけている護身術の練習は一種のセラピーなのだ。

「いいセラピーだな」カボットが言った。「力を与えてくれる。怒りを放出する術を教えてくれる。少なくともしばしのあいだは」

まるでわたしの頭の中を読んだみたいだわ、とヴァージニアは思った。

「そんなにあからさま？」

「ぼくたちみたいな体験をくぐり抜けた人間にはね。ぼくが週に二度も道場に通うのはなぜだと思う？」

「あなたもわかると思うけど、何年もずっと過去を追い払おうとがんばったあと、こうやって当時いっしょに現場にいた人と話すと、ほっとできるわ」

「もう乗り越えたふりをするのはきつかっただろうね」カボットが言った。「ぼくはその点、アンソンや兄弟と話すことができたから」

「少しは話ができるいいセラピストもいたけれど、彼らにできることはそれが限界。現実は、あれが本当に起きたことで、わたしたちはまだ抵抗する力を持たない子どもだったってことよね」

「そして、いまのぼくたちはもう子どもじゃない」

「そうよね。だからこうしてここに来た。過去に関する答えを探しに」

「ああ」カボットが言った。

ヴァージニアは突然ものすごく気分がよくなったことに気づいた。

「もうわかっていると思うけど、わたしを本当にいらいらさせたいなら、さっきの形而上的な真実を察知するっていう言葉よりもっと素敵な哲学的な言葉をでっちあげなきゃだめよ」ヴァージニアが言った。「わたしが絵を売っている相手はたくさんのものすごくもったいぶった美術コレクターで、鼻持ちならない美術評論家たちともいろいろ話をする機会があるわ。相手を本当にぎゃふんと言わせたいときは、もっとはったりをきかさなきゃね」

「きみは自分が売っている美術品にあまり敬意を抱いていない気がすることがときどきあるんだが」

「真実がそれとなく具現化されている美術作品なら、たとえ小さなものでも敬意を払うし、真実の小さな断片を形而下的な現実に与えることができる作家にはたちまち魅了されるわ」

カボットの口角がわずかに引きつったようだった。

「きみはすごいね」

「ありがとう。もう画廊の仕事もかなりになるから。これでも作品を見る訓練、市場で売買する経験をさんざん積んできたのよ」

「きみを魅了した画家とデートしたりするの？」カボットが訊いた。

大いに好奇心を抱いているようだ。

「もうずっと前に画家とのデートは大間違いだってわかったの。彼らが欲しいものはたったひとつしかないのよ」

「セックス？」

「ううん。少なくともそれなら正直で単刀直入な目的だと言えるわ。本当のところ、彼らが欲しいものはいつだってたったひとつ。わたしの画廊に作品を展示してほしいだけ。そしてそれが売れないと、わたしを責めるのよ。だからわたし、もう画家とはデートしないことにしたわ」

「ふうん」

ヴァージニアは素早くちらりと彼を見、すぐまた目をそらせた。「あなたの仕事でも同じような問題があるでしょう」

「〈カトラー・サター&サリナス〉には基本のルールが二つあって、そのひとつが依頼人とは絶対に寝ない」

「賢明な方針だと思うわ」

たしかにじつに賢明な方針よね、とヴァージニアは思った。しかも、何かしらよほどのことがないかぎり、カボット・サターはそのルールを破ることはないという感じがした。

するとどういうわけか、それまで感じていたぴりぴりした高揚感が少々薄らいだ。ハンドルを切り、標識の出ていない岩がごつごつした崖沿いの道へと曲がった。それから数マイル進むと、ハナのログハウスの焼け跡へとつづく砂利敷きの小道が見えてきた。車を停める。小さなログハウスはほんの一部分だけがいまも残っていた。石造りの暖炉と煙突だ。

カボットはしばらく静かにすわったまま、現場に目を凝らした。そしてまもなく、後部座席に手を伸ばしてジャケットを取り、ドアを開けて車を降りた。

ハナもシートベルトをはずし、コートを取って車を降りた。入り江から吹いてくる鋭く冷たい風が髪を叩いた。コートを着、カボットに近づいて横に立つ。二人は並んで荒れ果てた現場を見つめた。

「とんでもない火事だったんだな」しばらくしてカボットがつぶやいた。「基礎のコンクリート板まで何もかもが焼けてしまっている。こいつは絶対にふつうの民家の火事じゃない」

「もう言ったように、捜査した警察官はハナが家に火をつけたあと、崖から飛び降りたと信じているの」

「自殺する前になぜ家を焼いたのか、何か仮説があるのかな?」

「ローズ・ギルバート――〈ロスト・アイランドB&B〉を引き継いだ女性――から聞いたけど、ハナはみずから命を絶つ前に自分の作品を始末せずにはいられなかったんだろうと地元の人たちは思っていたそうよ」

「もしそうだとしたら、なぜ最後の絵の写真を撮ったカメラをきみに送ってきたんだろうな」

それは質問ではなかった。

「そうでしょう」ヴァージニアが言った。

カボットは基礎のコンクリート板の周りをゆっくりと歩きながら、ときおり足を止めては黒焦げになった木片や金属を拾っていた。

やがて彼がヴァージニアの横に戻ってきた。

「警察は彼女が飛び降りた位置を突き止めたんだろうか？」

「あるいは押された位置ね？　崖の上のどこかだと思うけど。おそらくこの近くじゃないかしら」

「ログハウスは崖に面していたんだね」

「ええ」

「ドアは？」

「玄関ドアはいまあなたが立っているあたりで、もう一カ所は裏手にあるキッチンにあったわ」

カボットはコンクリート板のへりに立ち、崖をじっと見た。ヴァージニアは腕組みをして、無言で彼を見守った。彼が自分ひとりの心的領域とでも呼ぶべきところに入っているのが感じとれる。依頼人を感じ入らせるための行動ではない。画家が創作に集中し、心の目に映っているものに全神経を注いでいるときと似たものを見てとることがあった。

「もし彼女が命がけで逃げようとしたのなら、広い道めざして小道を進んだはずだ」カボットが言った。「そういうときは本能が支配するものだからね。左へ折れて町へ向かったはずだ。翻《ひるがえ》って、もし彼女が追われていたとしたら、道路のあの角あたりで犯人に追いつかれたんじゃないかと思う。とすれば、彼女が崖から落ちたのはあのへんだろうね」

カボットが片手でその方向を示した。

ヴァージニアはしばし考えをめぐらした。「もしわたしだったら、森をめざしたんじゃないかと思うの。ログハウスから近いし、夜なら木々に隠れて追っ手をまくこともできそうだもの」

カボットが彼女をちらっと見た。彼女に驚かされたかのように眉をわずかに吊りあげながら。

「きみの言うとおりだ。いやあ、頭脳明晰だな」

「それはどうも」ヴァージニアは極力控えめな口調になるよう気をつけた。

ほんの少しだけこめた皮肉が彼の頭上を髪の毛一本乱すことなく通り過ぎたことは明らかだった。なぜなら、彼はまた彼の論理に沿って推理をつづけたからだ。

「しかし、ブルースターは森をめざしはしなかったと考えることもできる。なぜかといえば、暴力の痕跡が見当たらないからだ」カボットが言った。「もしも彼女が陸地で殺されて、その後に崖から捨てられたとしたら、抵抗の名残があるはずだ。海に落ちる前に死亡したことを示す痕跡がたぶん残る」

「そうね、あなたの推理はよくわかるわ。彼女がどこから海に落ちたかがなぜ重要なの？」

「それがわかれば、確たる事実がもういくつかわかるはずだ」カボットはまた崖のほうを向いた。「いいか、もし彼女が事前に自分で命を絶つ覚悟を決めていたとすれば、彼女はあそこの岩に向かったはずだ。海までの最短距離となるとあそこだし、まっすぐに切り立っている。誤って生き延びる可能性はほとんどない」

そう言いながら、ごつごつした岩が露出しているほうに向かって歩きはじめた。ヴァージニアは自分を抱きしめるようにぎゅっと腕を組み、肌を刺すような風に向かって彼のあとについた。

カボットは砂利敷きの小道は歩かずに、ぬかるんだ開墾地をまっすぐ横切った。

ヴァージニアは彼の数歩あとを歩いた。すぐ近くには行きたくなかったからだ。カボットが岩場の少し手前で足を止めてかがみこみ、雨に濡れた小さな箱を拾いあげた。

ヴァージニアは急ぎ足で彼に追いついた。「それは？」

「マッチ箱」カボットが答えた。「家庭で暖炉に火をつけるときに使う長いマッチだな」

ヴァージニアはハナを訪ねたときのことを振り返った。暖炉にはつねに火が入っていた。むきだしの炎に対する病的な恐怖を抱えている人間であれば、見落としようのない細部である。

「ハナはそういうマッチ箱を炉棚に置いていたわ」

カボットは振り返って焼け跡を見た。「彼女は最後の絵を消し去るために家に火を放って、そのあと崖のこの地点に向かって走った。たぶんここまで来てはじめて、マッチ箱をまだ握りしめていたことに気づいたんだろう。そしてここに捨ててから飛び降りた」

ヴァージニアは深く息を吸いこみ、ゆっくりと吐き出した。「それじゃ、警察の言うとおりってことね」

カボットは手にした雨に濡れたマッチ箱に目を落とした。「ああ。しかし本当の疑問は、彼女がなぜここまで極端な手段を取らなければならないと思ったか、だ」

「地元の人たちはきっと、あの人はちょっと頭がおかしかったから、と言うわね」

カボットの目が鋼鉄さながらに冷たく光った。「地元の人たちはぼくたちのように彼女の過去を知らない」

「そうね」ヴァージニアが言った。「わたしはまだ、自分が最初に立てた仮説は間違ってはいないと思っているわ。ハナは死んだはずのクィントン・ゼインが戻ってきたと信じていた。だからわたしに、警告として最後の絵の写真を送ったあと、その絵を焼失させた」

「彼女がそうした理由はたったひとつしかないさ」カボットが言った。

「彼女はゼインにその絵を見られることを恐れたのね」

「そんなふうに見える」

「彼女の幻覚がついに精神を押しつぶしたのかもしれないけど」

「かもしれない」カボットが言った。「たしかに彼女が譫妄状態に襲われたのかもしれないという事実を排除することはできない。だが一方で、彼女にクィントン・ゼインがいまも生きていると思わせる何か、あるいは誰かを見た可能性も無視できない」

カボットは車に向かって歩きはじめた。ヴァージニアは彼のジャケットの袖に手を触れた。彼はすぐに足を止めて振り向いた。何も言わず、ただ待っている。

「どうもありがとう」ヴァージニアは言った。

「何が?」

「ハナ・ブルースターが正気を失って自殺したんじゃないってことを信じてくれたから。クィントン・ゼインに関するわたしの不安を真剣に受け止めてくれたから」

「クイントン・ゼインに関しては、ぼくはいつだって真剣だよ」

7

タッカー・フレミングはこれまで他人の家に侵入したことはなかった――オンラインの世界ならもっとずっと簡単な、はるかにリスクの低い盗みの方法を教えてくれる。しかしながら、インターネットで調べた結果、住居に侵入しての盗みは実際、驚くほど簡単な仕事なのだ。

秘訣はむろん、捕まらないことだ。

ヴァージニア・トロイの三階にあるコンドミニアムへの侵入は難なく成功した。ロビーのドアの警備システムを通過しなければならなかったが、簡単だった。入居者のひとり――大きな包みを抱えた女性――が入ろうとするまで待ち、ドアを押さえてやった。手にした工具箱と存在しない配管工事会社のロゴ入りの染みひとつない作業服が物を言った。

トロイのアパートメントの中に入ると、そこでも幸運が待っていた。警報システムが旧式なワイヤレス技術を使った安物の普及品だったのだ。おかげで、彼がオンラインで購入した部品で組み立てた違法な機器を使って難なく突破できた。

リビングルームの中央に立ち、懐中電灯の細い光線を室内に走らせた。装飾は蜂蜜とウイスキーを連想させるさまざまな暖色を基調にしていた。そこここに美術品が置かれているが、驚くには当たらない。懐中電灯の光があでやかな青と黄色に光り輝くガラスの壺の表面で躍った。ソファーの背景には宝石さながらの豊かな色彩からなる抽象画が二点飾られている。

だが、彼がここに来たのは美術品目当てではなかった。

靴跡を残さないよう、ラグを敷いた部分を避け、すべすべした板張りの床の上を歩いて廊下を進んだ。

ホームオフィスとして使われていそうな部屋を探していた。ヴァージニア・トロイのようなビジネスウーマンなら必ず持っているはずだ。

書斎に転用されているひとつの寝室を見つけた。ソファーベッドらしい長椅子がある。棚に紙の本がずらりと並んでいるのを見て笑った。オンラインの世界が数限りないエンターテインメントを提供してくれるこの時代に、本など読む人間が本当にいるのか。

一隅にデスクがあった。コバルトブルーのガラス製のペーパーウェイトが送り状、仕事関係の書状や画廊のカタログの山を押さえている。

ここに来たのは日常的な書類が目当てでもなかった。いちばん上の引き出しを開けて、過去への鍵を探しはじめた。

最初はしごく簡単だと思っていた——ハナ・ブルースターが崖から飛び降りた瞬間までは。

ブルースターが最善の策だと考えていたが、彼女が計画からはずれたいま、次善の策を見つけなければならなくなった。ヴァージニア・トロイという画廊の経営者がブルースターと外の世界をつなぐ唯一のリンクだったと判明したときは、あまりの幸運がわれながら信じられないほどだった。

トロイという名が偶然の一致であるはずがないことはすぐにわかった。ヴァージニアはキンバリー・トロイの娘であることが判明したからだ。興奮で頭がくらくらしたくらいだ。

ただちにヴァージニア・トロイの身辺を探りはじめた。急いてはならないと自分に言い聞かせながらことを進めていたが、彼女がブルースター死亡後一週間とおかずにアンソン・サリナスに連絡を取ったことを知り、パニックに陥った。そんな行動に出る理由はひとつしかない——トロイが何かを偶然に発見し、隠された大金が存在することを知ったからだ。そして彼女は鍵を探そうとしている。それを持っているのが自分だとは知らないのか、あるいは消えた大金へとつながる扉の鍵をすでに開けたか、のどちらかであることは明白だ。

重要な情報はデスクからは何ひとつ出てこなかった。

まもなく彼は家探しを切りあげ、廊下に出た。詮索好きな隣人の部屋の前を通り過ぎたとき、ドアの向こう側で足音が聞こえた。彼は目が隠れるところまで帽子を引きさげた。エレベーターには乗らず、足早に階段へと向かう。

ガレージに入ると、脇道へと通じる通用口を通って外に出た。彼の車は二ブロック離れた横丁に停めてあった。

運転席に乗りこみ、ゆっくりと縁石から離れた。あきらめる前にもう一カ所、家探しの必要がある場所があった。たぶん時間の無駄だろうが、手は尽くしておかないと。このままではあまりに危険だ。ブルースターに死なれたことは不測の災難だった。いまや時計がカチカチいう音が聞こえてくるような気がする。目の前の状況から早いとこ抜け出さなければ。

つぎの仕事はトロイ画廊に入ることだ。事前に入り口の前をゆっくりと通り過ぎたことがあり、カウンターの奥に中年女性がひとりいるのを確認した。トロイのアシスタントであることは間違いない。今夜遅くまで待つほかない。

ブルースターの最後の言葉が頭の中で響いた。**「舞いもどってくるなんて愚かな人。鍵を握っているのは子どもたち。あなたがあの子たちの家族にしたこと、あなた本当にあの子たちが忘れるとでも思っているの？　あなたはもう死んだ。あなたがそのことを知らないだけ」**

いかれた女め。

8

「ええ。ハナが亡くなった夜、ここには泊まり客が何人かいたわ」ローズ・ギルバートが言った。「そうたくさんではないの。三階はまだ改装中だから使っていないでしょ。あの日は、食事時以外は部屋から出てこない新婚旅行のカップルと、バードウォッチングが目的の退職した夫婦だったわね。なぜそんなことを？」

カボットは答えをヴァージニアに任せた。

「カボットは私立探偵なんです」ヴァージニアが言った。「わたし、ハナの死の真相を調べたくて彼に依頼したんですよ」

ローズがうなるように言った。「あの島の外から来た警官の説明に、どうもあなたは納得してないなとは思っていたけど」

「わたしはただ、もっときちんと調べてほしかっただけで」ヴァージニアが言った。

ローズが真顔でうなずいた。「わかるわ。だって本当にショックだったもの」

背が低くがっしりとしたローズは六十代前半といったところか、酒と煙草でつぶれた声を含めて、いかにも元暴走族の恋人が歳を重ねたといった空気を放っている。白髪まじりの髪をショートカットにし、つんつん立てている。デニムパンツと色褪せたデニムシャツにアクセントをつけているのがいかつい革のベストだ。ベルトに並んだたくさんの金属製スタッドは耳につけた金属製スタッドとお揃いである。〈ロスト・アイランドB&B〉の裏手に駐車してある大型四輪駆動車は彼女の愛車だろう。ほかにはヴァージニアのこぎれいな小型車だけだ。今夜の宿泊客は彼とヴァージニアだけのようだ。

二人は町の小さなカフェで食事——濃厚なベジタリアン・シチューと素朴な全粒粉のパン——をすませてきたところだ。カボットはビールをたのんだ。ヴァージニアがグラスワインを注文したのは意外ではなかった。洗練された画廊経営者のイメージにぴったりだからだ。

B&Bに戻ったあと、ローズにウイスキーでもと誘われ、クラシックなラウンジに入った。あまり種類がないのよ、とローズが申し訳なさそうに言う。「一年のこの時季はバーにいろいろ並べても無駄なのよ。お客さんが少ないから。あたしはウイスキーしか飲まないから、いまはそれしか置いてないの」

ラウンジには目を瞠るばかりの手芸作品が飾られていた。壁に掛かっている数点の大きな風景は精巧な刺繡で描かれたものだ。カボットは目が肥えているわけではないが、ソファーの背に掛けられたキルトは手づくりのようだ。何枚かの部分敷きのラグもそうらしい。鉤針編みのドイリーがあらゆるものをおおってもいる。どこから見てもローズ・ギルバートが手芸好きだとは思えない。こうした手芸作品はおそらくB&Bの前のオーナー、アビゲール・ワトキンズが遺したものなのだろう。

ローズは暖炉の脇に置かれた大きなロッキングチェアに腰を下ろした。ヴァージニアが炎が音を立ててはじける暖炉から数フィート離れた椅子を選んだことにカボットは気づいた。彼には理解できた。火に対する恐怖症はないが、それを秘めた人を死に追いやる力には彼も一目置いていた。

彼はローズと向きあう位置に置かれた大きな読書用の椅子を選び、両脚を伸ばしたくつろいだ姿勢でウイスキーを飲んだ。人は向かいあって酒をくみかわしている相手には腹蔵なく話をすると気づいたのはずっと前のことだ。

「あの夜、外出した客はいませんでしたか？」

ローズはわずかに目を細めて考えた。「みんな車で町まで行って食事をしてきたわ。今夜のあなたたちと同じようにね。でも、八時半か九時までにはみんな戻ってきていたわ。そのあと、年かさの夫婦はあたしとウイスキーを飲んだけど、新婚さんたちは二階へ直行ね」

「ハナの家の火事について聞いたのはいつでしたか？」ヴァージニアが訊いた。

「そうねえ、消防車のサイレンが聞こえたのはもっとずっとあとで、あたしはその音で何か起きたんだなと気づいたの。そしたらつぎの朝早く、ハナを探しているボランティアのひとりがここにも寄って、ハナを見なかったかと訊いたのよ。はじめのうちはみんなハナは火事で焼け死んだと思っていたのに、死体が見つからないものだから、逃げたのならよかったと思うようになったのね。逃げた彼女が森に駆けこんで、道に迷ったんじゃないかと考えた。だけどその日、もっとあとになってから入り江のひとつで死体が上がったのよ。彼女が飛び降りたって判断を警察が下したのはそのとき」

「その件に興味を示した宿泊客はいましたか？」カボットが訊いた。

「何人かはね」ローズがゆっくりと椅子を揺らした。「好奇心を示しはしたけど、さほど心配したわけじゃないわ。だって誰もハナに会ったことはないんだもの。全員がその日の午後のフェリーで島を出ていったわ」

「あの夜ですが、あなたには知らせずにB&Bを抜け出して、またこっそり戻ってきた客がいた可能性は？」カボットが訊いた。

ローズは彼をじっと見てから視線をヴァージニアに移した。「もしかして誰かがハナの家に火をつけたあと、彼女を崖から突き落としたとでも思っているの？」

「どう考えたらいいのかわからないんです」ヴァージニアが認めた。「だから探偵を雇ったわけで」

カボットはローズが決断を下すのを待った。やがてローズが再び彼のほうを向き、首を振った。

「なぜハナ・ブルースターを殺したいなんて人がいるの？　たしかに頭がおかしかったけど、誰にも危害を加えたりしなかったわ」

「いくつかの可能性を排除しようとしているんです」カボットが言った。

ローズは重苦しい吐息をつき、ウイスキーを少し飲んでからまた椅子をしばらく揺らした。「あたしは早くベッドに入ったけど、このあたりは夜はすごく静かでね。車もほとんど通らないのよ、とくに一年のこの時季は。だからもし誰かが出ていったとすれば、絶対に何かしら物音が聞こえたはずだわ。裏の駐車場は砂利だし、私道もそう。いくら静かなエンジンを積んだ車だって必ず音を立てたはずよ。それに、車を走らせようとしたらヘッドライトをつけなければ無理だわ。島には街灯なんてないから」

ヴァージニアがカボットを見た。「もしも殺人犯がいたとしたら、車を使わなければならなかったはずよ。誰かがハナの家まで歩いていったなんて考えられない。とくに夜は無理よ」

「しかも、もし大きな容器に入れた燃焼促進剤を運ぶとなれば」カボットが付け加えた。

ローズがカボットを見た。「なぜハナ・ブルースターは殺されたかもしれないと思うの？」

「もし彼女が殺されたのだとすれば」カボットは用心深く言った。「その殺人は昔起きた出来事につながっているかもしれない可能性があるからです。ハナ・ブルースターは昔、カルト教団に属していたことがあり、その教団をやっていた男は証拠隠滅のために施設に火を放ち、信者を何人も殺しています」

「ちょっとちょっと」ローズがつぶやき、向きを変えて暖炉で燃える炎を見つめた。

「いつそのカルト教団の話が出るかとびくびくしてたのよ」

ウイスキーのグラスを持つヴァージニアの手に力がこもった。「ハナは教団にいたときのことをあなたに話したんですか？」

「ううん」ローズは暖炉の火を見つめたままだ。「あたしはハナ・ブルースターをよくは知らなかったのよ。島の人間は誰だってそうだと思うわ。それに、あたしはここでは新参者だから、島の人たちはいまだによそ者だと思っている。でもね、みんなおしゃべりなのよ。小さなコミュニティーはどこもそうだけど、ここの住人たちもそう。ハナが飛び降りたあと、みんな言っていたものよ。あの人はいつだって精神のバランスが少しおかしかったって。ついでに、昔はカルト教団にいたとも言っていたわ」

「アビゲール・ワトキンズ――あなたがここを買い取る前の持ち主ですけれど――彼女も同じ教団にいたんです」ヴァージニアが言った。「そもそもハナがこのロスト島に移住した理由はそれなんです。過去のトラウマをわかりあえる人の近くにいたかった」

「ええ、それについても耳にしたわ」ローズは静かに椅子を揺すっている。「あたしから言えることは、ハナとアビゲールはそろってあのPTSDとかなんとかを抱えているって憶測が乱れ飛んでたってことだわね」

「ヴァージニアが言っていたが、この季節に開いているB&Bがもうひとつあるとか？」カボットが訊いた。

「ええ、そのとおりよ」ローズが答えた。「町にある〈ハーバー・イン〉っていうところで、経営者はバーニー・リックスとディラン・クレイン。彼らはほぼ一年中休みなしで営業しているんだけれど、あのときは丸々一週間、改装か何かで休業していたの」

ヴァージニアは暗い表情のまま、じっとすわっていた。カボットは何か慰めになる言葉をかけたかったが、彼女が楽観的になれそうなことは何ひとつ言えなかった。彼らが影を追いかけている可能性は限りなく高かった。

影を追いかけることについてなら彼もいやというほど知っていた。彼とアンソンとマックスとジャックは、もう長いあいだずっとそればかりやってきた。影を追いかけるということすなわち、つかまえるべきものはないと確信するまで追いつづけなければならないということなのだ。

9

深夜十二時を少し過ぎたとき、タッカー・フレミングはトロイ画廊の正面入り口へと歩を進めた。どちらかといえば裏口を使いたいところだが、それは細い横丁に面していた。深夜のパイオニア・スクエアで暗い横丁を歩いている人間はけっして知性的とは言えない。

入り口の扉の前の空間でいったん足を止め、歩道のようすをたしかめた。近くのクラブから大音量の音楽が聞こえてくる。同じブロックの端にあるレストランから数人の客が出てきたが、そのまま反対方向へ姿を消した。

それを見届けたあと、彼はオンラインで買い求めた道具のひとつを取り出して、画廊の入り口の扉の錠前にあてがい、三十秒とかからずに中に入った。

そしてもう一度、ばかげた警報装置を機能させない機器を使って黙らせた。多くの人間がこんな安っぽい警備システムを選んでいることが驚きである。

店の表側のブラインドが下りているのを確認し、懐中電灯を取り出した。真っ白な展示室を、作品を飾った台座や柱のあいだをぬって進み、カウンターの後方のドアを開いた。

画廊の裏の部屋は別世界だった。展示室では絵画を含む作品が一点一点、視覚的に最大限の効果を発揮するよう優雅に配置されているが、裏の部屋では絵画は壁際に四、五枚ずつ積み重ねられ、彫刻は床に点々と置かれていた。さまざまな形や大きさの工芸ガラスが幅広の棚に並べてある。従業員用のトイレかコート用クロゼットらしきドアの近くに置かれたテーブルの上に、色彩豊かなガラス製ペーパーウェイトが何個もまとめて置かれていた。

大金への鍵となる価値をそなえたものが画廊の裏の部屋にこうしてごちゃごちゃと置かれているとはありえない気がするが、考えてみればトロイは自分が何を持っているのかを知らないのだ。あのカルト教団について徹底的に調べた彼は、鍵を目の前にすればそれとわかることを願うばかりの心境だった。とはいえ、この雑然とした裏の部屋を家探しするとなると一筋縄ではいかなそうだ。

まずは展示室のカウンターからはじめることにした。

ドアを通ってカウンターの後ろに戻り、引き出しや戸棚をつぎつぎに開けた。

いくら探しても無駄だった。送り状、領収書、カタログ、画廊の名が鮮やかに描かれた包装紙で包まれた商品以外何もない。

あきらめようとしたとき、デスクのいちばん上の引き出しの中にキーホルダーを見つけた。鍵は一個しかついておらず、ありがたくも〝倉庫〟と記されたラベルが貼られていた。彼は裏の部屋に取って返し、さっきは従業員用トイレかと思ったドアで鍵を試した。

鍵が回ったとき、ちょっとした興奮が全身を駆け抜けた。興奮しすぎるな、落ち着け、と自分に言い聞かせる。

ドアを開け、中の暗闇を懐中電灯で照らした。光線は保護用の掛け布でおおったたくさんの大きな絵画を照らした。カンバスは奥行きのあるクロゼットのような空間の脇の壁に立てかける形で保管されている。

失望に打ちのめされた。またただの絵か。そこから出ようとしたとき、好奇心が頭をもたげ、足を止めた。施錠をした倉庫に保管してある絵は何が特別なのだろう？

いちばん手前の絵の掛け布の角をつかんで少しめくりあげ、カンバスを見た。

懐中電灯の光線の先には、地獄の業火《ごうか》を思わせるさまざまな熱い色彩に輝く絵があった。黒く長い髪の黒くたくましい人影が燃えあがる炎のはざまを闊歩している。

タッカーは一瞬息をのんだ。心臓がにわかにどきどきしはじめた。しばしその絵に目を凝らしたあと、掛け布を下ろした。両側に並ぶ大きな絵画がつくる通路を奥へと進みながら、掛け布を一枚一枚力任せにはがしていった。

絵は一点一点少しずつ違っていたが、いちばん奥まで達して振り向いたとき、目の前に並ぶ何枚ものカンバスを全体として見ると、燃えさかるクィントン・ゼインの教団施設だとわかった。

どの絵にも画家の署名が入っている——ハナ・ブルースター。

いちばん奥にさらに二点の絵画があった。どちらもタグがついており、〝**非売品 電話連絡待ち**〟と書かれている。

掛け布を上げると、二点ともブルースターの署名入りだったが、火事のシリーズとは異なるものだった。どちらも同じ女性の肖像画。年齢的には三十代後半、せいぜい四十といったところか。もっと若いころはおそらく絶世の美女だったと思われるが、そこに描かれた姿は弱々しく色褪せて見えた。

どちらの絵でも女は同じ大きな石造りの暖炉のそばに置かれた同じ椅子にすわり、針仕事のようなことをしている。傍らの壁にも手芸作品がいくつも飾られていた。

その背景にはどことなく見覚えがあった。そして数秒後、彼はそれが〈ロスト・アイランドB&B〉のラウンジだと気づいた。ついにわかった。いま見ているのはおそらくアビゲール・ワトキンズの肖像画だと。

好奇心に駆られ、女性の顔をもっとじっくりと見た。間違いない。ワトキンズは弱々しく、哀れを誘う表情をしていた。完璧にカルト教団向けの人間だ。

嫌悪を覚え、掛け布をもとに戻した。

もう一度振り向いて、ブルースターが描いた地獄の業火の光景をしげしげと見た。美術に精通しているわけではないが、燃えさかる炎の光景には背筋がぞくぞくした。目がくらむような興奮に身震いすら覚えた。この絵は重大な意味を持つ――重大な意味を持っていなければおかしい――が、どうしてなのかは彼にわかるはずがない。

ヴァージニア・トロイはどういうわけか私立探偵を雇った。それもただの私立探偵ではない――雇った探偵は子どものころにカリフォルニアの教団施設にいた男だ。論理的に考えて、理由はたったひとつしかない――トロイも鍵は持っていないからだ。

いずれにしても、まだいまは。しかし、彼女は鍵を探している。〈カトラー・サター&サリナス〉に連絡した理由はそれで説明がつく。たぶん彼らを仲間に加えて、もし大金を発見したときには、彼らにも分け前を与えることに同意したのだろう。

追跡劇が熾烈さを帯びてきた。

携帯を取り出して、絵の写真を撮りはじめた。ここに手がかりがあるのかもしれないし、あるいはただ、妄想に苛まれた画家が過去を忘れられずに描いただけの作品かもしれない。どちらにせよ、これらは彼の秘密コレクションに加わる資格を完璧にそなえていた。

10

あの最低野郎はわたしを利用するだけすると、もう必要ないと判断した時点で捨てた。それだけでなく解雇までさせた。彼女はいま、その男にその代償を払わせようとしていた。それもとびきり高い代償を。

サンドラ・ポーターは長い黒いコートのポケットの中で小型拳銃を握りしめ、車を降りた。トロイ画廊の正面入り口に向かって進む。数分前にタッカーがそのドアから侵入するのを見ていたのだ。侵入に成功した彼が中から施錠をするとは思えない。

その日はもっと早い時刻に、配管工の作業服を着てヴァージニア・トロイのコンドミニアムに忍びこむところを見てもいた。最初はトロイとのセックスが目的で入っていったものと思った。困惑したのは、ヴァージニア・トロイが明らかに美術通であるのに対し、タッカーはそこにはいっさい関心がなかったからだ。そしてもし彼女が彼の新たな情事の相手だとしたら、なぜ配管工の恰好をしているのか？

彼女がタッカーについて知っていることはたったひとつ、彼には人を利用したり巧みに操ったりしてきた過去があるということだ。疑問は、どうして彼がトロイを利用しようとしているのかだ。

ヴァージニア・トロイがいまシアトルにはいないとわかり、疑問はなおいっそう深まった。なぜタッカーが彼女のコンドミニアムに侵入したのか？

最近数週間で彼の性格がなんだか変わったことは否定できなかった。彼女への関心を失っただけではない。ゲームへの関心も失っていた。何かほかに彼の心をがっちりとつかんだものがあったのだ。最初はほかに恋人を見つけたのだろうと思った。しかし昨日、彼女は彼の秘密を知った。

タッカー・フレミングはまもなく知ることになる。いくらもう彼女が必要なくなったからといって、簡単に放り出すことはできないのだと。

11

タッカーは画廊の正面入り口のドアが静かに開く音を聞いた。あわてふためきながら懐中電灯のスイッチを切り、物陰にじっと身をひそめた。最初に頭に浮かんだ、多少なりとも筋の通った考えは、同じ鍵を追う何者かに尾行されていたのではないかというものだった。

しばらくして、展示室と裏の部屋を仕切るドアから人影が現われた。

「タッカー？　いったいここで何をしてるの？」

声の主はすぐさまわかった。安堵感がどっと押し寄せた。つづいてこみあげてきたのは冷ややかな怒りだった。

「こっちを見るな、サンドラ。これじゃまるでストーカーじゃないか。ばかな女だ。おれをつけたのか？　いったいなんだってそんなことを？」

タッカーは懐中電灯をつけた。光線の先で彼女が構えた小型拳銃が光った。全身の血が凍った。**いかれた女め。**

「あなたの携帯に追跡装置を取り付けたのよ」サンドラが言った。「それにわたし、ばかじゃないわ、タッカー。誰よりもわかっているのはあなたのはずよね。考えてみて。ナイトウォッチであなたがあんなボーナスをもらったのは、すべてわたしがプログラミングしてあげたからでしょ。今月の最優秀社員に選ばれたのだってわたしのおかげ。なのに、あなたは手柄とお金をもらい、わたしはひどい目にあった。あなたはわたしを利用した。そのうえ、わたしを解雇させた。わたしがあのまま引きさがると本当に思ってた？」

彼がIT部門で働くいかれた女とファックしたのは、たしかにそれが狙いだった。

「きみはただ、ほんのちょっとしたプログラミングをしてくれただけだろ、サンドラ。それだけだよ。高校生だってあれくらいできるさ。ナイトウォッチ・アプリのニューバージョンの映像はぜんぶおれの手柄だよ」

「そりゃあ子どもでもプログラミングできたかもしれないけど、あなたにはできなかったのよね？　あなたはまあまあだけど、とびきりってわけじゃないわ。あなた程度のスキルはハイテクの世界じゃそこらへんにいくらでも転がってるの。そのうえ、この業界はつねに最先端のスキルをそなえた最年少の人材を雇いたがっている。あと二年もハイテクの世界にいれば、あなただってお払い箱になるわ。だけどあなたは万が一にそなえて計画を立てた。そうでしょ? ナイトウォッチで巧妙な帳簿外プロジェクトを動かしている」

「なんのことだかまったくわからないよ、サンドラ」タッカーがなだめるような声で言った。「きみとのことは楽しかったけど、もう終わったことだ。こういうことになったら、きみは会社を辞めたほうがいい。きみだってわかってるはずだ」

「あなたにとってはそのほうが都合がいいかもね。だけど、わたしはどうなの? かんべんしてよ。わたし、失業したのよ。ま、わたしのことはもういいわ。ナイトウォッチでのあなたの新規プロジェクトについて話しましょうよ。ついでに、なぜ今夜トロイ画廊にいるのかについても。何か関係があると思うんだけど」

「いいだろう。話しあおう。だが、ここじゃまずい。とにかくここから出ないことには、窃盗罪で逮捕される危険がある」

「ううん、ここで話しあおうじゃないの。あなたのナイトウォッチ・プロジェクトについてはもう知ってるから、この画廊に危険を冒して侵入した理由を教えて」

タッカーが鋭く息を吸いこんだ。「話せば長いんだ。詳しいことまで話してる時間がない。だが、これだけは言える。今夜ここに来たのは、二十二年前に行方不明になったものすごく価値あるものを探すためだ」

「そんなものが画廊で見つかると思ったの？」

「ああ、ここで見つかればいいと思っていたが、もっと探しつづけなければならないことがわかった。ヴァージニア・トロイはこれまでに入手した中でいちばんの手がかりなんだ」ここで少し間をおいた。「事態が複雑になってきた。きみのテクニカル・サポートが必要になりそうだ」

「あなたって本当に最低なやつ」

「今度はおれたち、パートナーになろうぜ、サンドラ。大金が絡んでるんだ。ナイトウォッチ・プロジェクトがけちくさく見えるほどだ。きみにもたっぷりの分け前を約束する」

「ところで、探してるものってなんなの？」サンドラが訊いた。

「その倉庫の中を見てみろよ」

「その手には乗らない――」

「安心しろ。きみをだましたりしないから」

サンドラはしばしためらったあと、おそるおそる開いたドアに向かって歩きだした。

真っ暗な内部をのぞく彼女をタッカーは見ていた。

「なんにも見えないわ」サンドラが言った。

タッカーはひとことも発することなく懐中電灯の明かりを倉庫の中に向けた。陰で火事の炎が躍った。サンドラは素早く全体に視線を走らせたあと、振り返った。

「薄気味悪い絵があるだけじゃないの。火事になった建物。背景に子どもが何人かいて、黒ずくめの男がいる。これになぜ価値があるっていうの？」

「おれの過去に関係がある」

「あなた、火事にあったの？」

「ま、そんなことはどうでもいい。きみはただ、この火事の前後に大金が行方不明になったってことだけ知っていればいいんだ。おれはそれを探してる。前にも言ったように、きみに協力してもらえるなら、喜んで分け前二十五パーセントをやるよ」

「冗談じゃないわ。半々じゃなきゃ、わたしは降りる」

「わかったわかった。半々でいい。それじゃ、とにかくここから出よう」

「ついでにあなたのナイトウォッチ・プロジェクトの上がりも半分いただくわ。さもなければ、ジョッシュ・プレストンがお金が足りない理由を突き止めるようにするけど」

タッカーがうめいた。「おれを意のままに操ろうってわけか。おれには交渉の余地もないんだな」

サンドラがまた冷たい微笑を浮かべて彼を見た。「ええ、ないわ。わかった？　ところで、本当にわたしが必要なのね？」

「ああ、きみが必要だ」

「わたしたち、有能なチームになると思うわ」

タッカーがにこりとした。「ああ、もちろんさ」

サンドラはコートのポケットに無造作に拳銃を突っこんだ。「たしかにあなたの言うとおりだわ。早くここから出なくちゃ」

予想どおりだ、とタッカーは思った。ただし、今夜拳銃を手にここに現われたのは予想外だ。こんな展開を予測できなかったことは認めざるをえない。いかれた女め。

12

ヴァージニアはいつもの悪夢からぱっと目が覚めた。すぐさま上体を起こし、不安定に飛び跳ねている感覚を鎮めようとする。数秒たったとき、いまいるのが〈ロスト・アイランドB&B〉の客室であることを思い出した。

大丈夫。火事なんか起きてないわ。それに、もし火事が起きたとしても出口は二カ所ある——ドアと窓。ここは二階。下りるときはシーツを使えばいい。最悪でも足首を折るくらいですむ。足首の骨折で死んだりしない。

これは十代のときに考え出した呪文《マントラ》だ。慣れない環境で眠りにつく前には必ず、万が一火事になったときにそなえて少なくとも二カ所の出口を確認しておく。

今夜はそれに加えて三つ目の選択肢もあることを思い出した——カボットの部屋とのあいだのドアだ。彼の部屋側からは鍵をかけずにおくから、と寝る前に彼が言っていた。じつはヴァージニアも、自分の部屋側の鍵をこっそり開けておいた。二人とも肉欲を抑えがたくなる状況などありえないとわかっていた。ドアの鍵をかけずにおく本当の理由については言葉にする必要はなかった。万が一の火事の場合に三つ目の脱出口を確保したいだけだとわかっていた。

そうよね、出口が三つ。これなら大丈夫。

また眠ろうとしてもしばらくは無理なことがわかっていたため、上掛けをはいでローブを着た。旅に出るときにはつねに持ってくる常夜灯の仄暗い明かりをたよりに部屋を横切り、小さなテーブルを隅に押しやった。夜間は空間を広くしておく必要がある。

日課のエクササイズをしてもいいし、代わりに瞑想という手もある。どちらも不安に襲われたときにたよるのだが、ふつうはエクササイズのほうが効果がある。

黒装束の人影を頭の中に思い浮かべながら、手近なものに手を伸ばした。空の花瓶。空想の中の敵の顔に花瓶で一撃を加えるべく、流麗な所作をひとつひとつ決めていく。狙うのは敵の目、つぎに喉もと。

積年の怒りが全身で煮えたぎってくると、エネルギーが白熱した炎となって不安を消し去っていく。

最初の一連の所作を終えると、花瓶をテーブルの上に戻し、つぎに手近な武器をつかんだ。古色蒼然とした燭台。もう一度、さまざまな動きを繰り返した。打つ、切る、突く——昔からの悪夢がもたらした恐怖を激しい怒りに浄化させる。

十二分後、ヴァージニアはベッドのへりにすわりこんだ。不安発作はなんとかおさまったものの、まだ神経がぴりぴりしてとうてい寝つけない。これが自宅なら、廊下に出てキッチンに行き、ハーブティーをいれるところなのだが。だが、今夜はこのB&Bの一室にこもっていなければならない。客が廊下をうろついたりすれば、ローズ・ギルバートがいらいらするのは目に見えている。

脈拍が正常に戻ったと思えたとき、ヴァージニアは腰を上げ、窓際に寄って外を見た。つねにカーテンは開けたまま眠る。悪夢がつらい夜、街にあふれる明かりを眺めると心が休まるからだ。しかし、この島では月明かりしかない。しかも今夜は半月。B&Bの周囲の開墾地の向こう側の森はジャングルかと思えるほど暗く鬱蒼としている。

隣室とのあいだのドアをそっとノックする音がした。ヴァージニアはぎくりとし、思わず飛びあがると同時に首を絞められでもしたかのような声をもらした。

懸命に自制をきかせ、部屋を横切って二、三インチだけドアを開くと、カボットが立っていた。薄暗い常夜灯の明かりでも、彼がズボンをはき、黒っぽいクルーネックのTシャツを着ているのがわかった。足は、と見ると素足だった。

「どうかしたの？」ヴァージニアが訊いた。

「それはこっちが訊きたかったことさ。大丈夫？」

「ええ、なんでもないわ。水が飲みたくて起きたの」

たとえ嘘でもかまわないわ。プライバシーを守る権利はあるもの。

「きみが動きまわる音が聞こえたんで」カボットが言った。「眠れないんだろうと思ったんだ」

「よく寝られない質なの」ヴァージニアは認めた。

「きみだけじゃないさ。いつもは数時間は眠れるんだが、これくらいによく目が覚める。で、また寝つけるまでは時間がかかる」

「いま一時半ね」ヴァージニアは時計にちらっと目をやった。「一時四十五分まであとちょっと」

「冗談はよせ」

「ゼインが建物に火を放った時刻」

「そうだな。くそっ。きみはそれと関係があるかもしれないと思うんだな？」

「洞察力があると言って」

「これまで悪夢のせいで何度恋愛が終わったことか」カボットが言った。

「どういうことか、わたしにはわかるわ。わたしは人が恋愛と呼ぶような人間関係はもうあきらめたの。いまはとっかえひっかえいろんな人とデートするだけ。最近はそれさえご無沙汰だわ」

「拘束が嫌なのか?」

「ええ、それもあるわ。あとは捨てられるのが嫌だし、不安発作が嫌。どこをとってもわたし、恋愛対象としては失格なのよ」

「きみとぼくには共通点がいくつもあるみたいだな」

「まだ服を着たままなのね」ヴァージニアが言った。「ベッドにも入っていなかったの?」

「いや。でも、さっき起きて調査についていろいろ考えていた。きみに質問があるんだが、しばらく話していてもかまわない?」

「いま?」

「お互いにぜんぜん眠れなそうだから」カボットが指摘した。

「たしかにそうね」ヴァージニアはためらいがちに彼の横から後方の狭い部屋をちらっとのぞいたあと、衝動的に一歩あとずさってドアを大きく引いた。「わたしの部屋のほうがよさそうね。あなたのほうより広いから。椅子も二つあるわ」

二人は窓のそばの小さな丸テーブルをはさんで腰を下ろした。どちらも明かりをつけようとはしなかった。それぞれが考えた結果、暗い中で話すほうが気楽かもしれないとの結論に達したかのように。

「質問って何かしら？」ヴァージニアが訊いた。

カボットは前かがみになり、膝の上に前腕をのせて両手を軽く組みあわせた。「ゼインが教団を設立したのがシアトルの近くだったことは知ってるよね」

「ウォラートン郊外にあった家ね。あの不気味な古い家、憶えているわ」

「ぼくもだ。でも、あそこにいたのはたった二カ月くらいで、そのあと全員をカリフォルニアの施設に移した」

ヴァージニアは身震いを覚えた。「あなたやわたしにとって幸運だったのは、あの町の警察署長がアンソン・サリナスだったってことだわね。さもなければ、あの納屋の火事できっと死んでいたわ」

「うん、たぶん。だが、ぼくが気になるのは、ゼインが信者を太平洋側の北西部で集めたことだ」

ヴァージニアはそれについてしばらく考えた。「いままでゼインの過去についてよく考えたことなんかなかったわ。あいつは子どものころからずっと悪魔だったのよ。冷血な殺人者。あなたはあいつがシアトル周辺の出身だと思う？」

「はっきりとはわからないんだ」カボットが答えた。「ゼインの家族については何もつかめていない。どこから見ても、あいつは正真正銘の孤児だ。過去を消し去るために徹底的な仕事をしたんだろうな。だが、教団の最初の施設として北西部の、人里離れたウォラートンの老朽家屋を選んだことはよく知られている。ぼくの経験によれば、悪党たちは可能なかぎり土地勘のある場所で仕事をしたがるものだ」

ヴァージニアは影になったカボットの顔をじっと見た。その表情からは、その日の午後、ハナ・ブルースターがどういう状況で死に向かったのか、仮説を立てているときの彼に見た激しさと同じ暗い集中力がうかがえた。彼を包む空気の中、不気味で危険なエネルギーが震えていたと言ってもよさそうだった。

「もしあいつがこの太平洋岸北西部を居心地がいいと感じていたのだとしたら、カルトの本拠地をカリフォルニアに移したのはなぜかしら？」ヴァージニアは訊いた。

「理由はいくつか考えられるが、いちばん論理的だと思えるのは、こっちには彼を知る人間がいたが、当時のやつはカルト教祖としての自分をつくりあげようとしていたから、誰も彼が誰だかわからない土地のほうが都合がよかった」

「だから、あなたの兄弟とアンソンは彼がこのあたりの出身である可能性が高いって結論に行き着いた」ヴァージニアが言った。「筋が通るわ。教団施設に火をつけたとき、彼はまだ若かったわよね」

「あいつの年齢はまだ突き止められていないが、あいつが当時使っていた偽造IDによれば、信者を集めはじめたのはおそらく二十四歳か五歳のときだ」

ヴァージニアはそれについて考えをめぐらした。「あいつは最初、ごくわずかなお金しか持っていなかったはずだけど、あのウォラートンの家はどうやって手に入れたのかしら？」

「それは財産税の記録を調べたら簡単にわかった。信者のひとり――ロバート・フェンウィックって名の男――のものだった。その男は不動産譲渡証書をゼインに渡してまもなく、交通事故で死んだ」

「なんて都合のいい」

「ゼインにとってもはや必要のない人間になったからだ」

「そうね」

室温がぐっと下がったように感じた。ヴァージニアは寒気を覚え、両腕を胸でぎゅっと交差させた。

「ゼインは人を巧みに操るサイコパスだったわ」ヴァージニアが言った。「そういう邪悪さはすごく幼いころ顕現するから、二十四歳ないしは二十五歳になる前に間違いなく敵をつくっていると言っていいでしょうね」

「ゼインはサイコパスだが、頭はおかしくなかった。自分が本物の預言者、あるいは超能力をそなえた教祖だと信じているかどうかって意味では、頭はおかしくなかった。けっして妄想的な人間じゃなかった。あいつはカルトをビジネスと考えていた。なんのためかといえば、カネのため、そしてぼくたちの母親みたいな人間を操ったときに感じるパワーのためだった」

ヴァージニアはまたじっくりと考えた。「あいつはお金のために教団をはじめたということね」

「あの教団は長続きはしなかった――十八カ月くらいだ。だが、その間にあいつは現金を山ほどかき集めた。というか、信者があいつのためにカネをかき集めた。老後の蓄えを差し出した者もたくさんいた。ぼくたちが知るかぎり、あいつは自分にとって役に立たない人間を信者にしたりはしなかった」

「わたし、ずっと考えていたの。なぜ母はあいつに誘われたのかって。子どもを抱えてひとりで生きている若い母親。ゼインに差し出すお金なんかなかったのに」

「きみのお母さんがなぜ教団に必要だったのかはわからないが、あいつがなぜぼくの母親を支配したかったのかはわかっている」カボットが言った。「母は資産家の娘だった。母の父親、つまり祖父は母がぼくの父と駆け落ちしたときに勘当したが、母が信託財産に手をつけるのを止めることはできなかった」

「お父さまはどうなさったの？」

「交通事故で死んだよ」

「ゼインにウォラートンの家を差し出した人みたいに？　これでひとつのパターンが見えてきたわね」

「ああ、そうだな。きみのお父さんはどうしたの？」

「爆発物を仕掛けた車で死んだの」ヴァージニアが言った。「車に爆弾を仕掛けた犯人は捕まらなかったわ。警察は父が犯罪組織と関係があったにちがいないと言ったけど、そんなばかげたことがあるはずないの。だって、父は画家だったんだもの」

「ゼインがカルト活動をはじめた時期に、都合のいい死亡事件がたくさん起きたってことか」

「あいつが太平洋岸の北西部からよそへ移ろうとしたのも無理はないわ」ヴァージニアはそこでしばし考えた。「ゼインはあなたのお母さまの財産を使いきったの？　お母さまはあいつにとって用なしになったの？　お母さまが殺されたのはだからだと思う？」

「いや、母が殺されたとき、信託財産はまだ残っていたはずだ。きみに訊かれる前に言っておくが、そもそも信託が設定されたときの文書によれば、ぼくはそこに含まれていなかった。祖父は母が相続財産に手をつけるのは止められなかったが、あれこれ策を練ってぼくの手にはびた一文渡らないようにした」

「ひどいわね」

「祖父は娘が気に入らない男と駆け落ちしたことで、かんかんに怒っていたんだ」

「あなたはおじいさまに会ったの？」ヴァージニアが訊いた。

「いや」

「それはつまり、あなたの家族は認めることができない男と駆け落ちしたお母さまを許すことはせず、あなたが養子に出されるかもしれない状況を黙って見ていたのね？」

「祖父は二カ月ほど前に死んだんだが、それまでずっとケニントン一族は祖父の鉄拳とでも呼びたくなるような厳しい支配の下に置かれていた。一族の者はみな、遺産の分け前にあずかりたければ命令にしたがうほかなかったのさ」

「みごとなまでに支配欲が強かったのね」

「ああ。でも、ぼくは運がよかった」

ヴァージニアがにこりとした。「アンソン・サリナスね」

「そう、彼だ」少し間をおき、またカボットが話をつづけた。「いまも言ったが、ウィティカ・ケニントンはごく最近死んだんだ」

「あなたは当然、葬儀に参列しなかった」

「ああ。だが、祖父の遺言書にはぼくへの遺産も記されていた」

「つまり、おじいさまは最期に心変わりなさったのかしら?」

「かもしれないが、どうだろうな」カボットが言った。「それよりも祖父の最初の妻——ぼくの祖母——が亡くなる前にぼくに遺産を遺した可能性のほうが高そうだ。祖父にはタッチできない形を取ってるのかもしれない。ひょっとしたらね。大した額じゃない。二万五千ドルだ」

「とはいっても、二万五千ドルは二万五千ドルだわ」

「たしかに。それだけあれば、オフィスのコンピュータシステムをアップグレードできる。もうすぐ詳細がわかるはずだ。ケニントン家の弁護士と会うことになっているからね。それはともかく、話を本題に戻そう。なぜゼインがぼくの母親を役に立つ人間だと思ったのかはわかっている」

「信託財産なのね」

「そうだ。きみのお母さんを誘った理由だが、何か思い当たることは?」

ヴァージニアはしばらく懸命に頭を回転させた。

「これまでそういう視点から疑問を抱いたことがなかったのよ。母がなぜカルト教団に入ったのかは何度も考えたけど、ゼインがなぜ母を誘いこんだかについては考えたこともなかったの」

「きみはまだほんの子どもだったが、当時の状況について何か憶えていることはないかな?」

「母は画家と恋に落ちて、妊娠して、大学を中退したの。二人は駆け落ちしたわ。母の両親はもうかんかん。大喧嘩になった。その後もわたしの両親と祖父母との関係はぴりぴりしてたわ。そうこうするうち、父が殺され、母はどういうわけかゼインの影響を受けるようになっていた。なぜだか説明してくれたことはなかったわ」

「おじいさんとおばあさんにとってはショックだったにちがいない」

「ショックなんてものじゃなかったわ。二人とも大学教授だったのよ。学問ひと筋に生きてきた人たち。娘がカルトにだまされたって事実は、精神的なショックだっただけじゃなく、ものすごく恥ずかしいことでもあったの」

「きみはたしか、お母さんはあまりお金を持っていなかったと言ったが、もしかしたらお父さんの生命保険金を受け取っていたかもしれない。相当な金額の」カボットが言った。

「ううん。保険金なんかなかったことは間違いないわ。母は頭のいい人で、祖母はいつも、あの子なら数学者として素晴らしい実績をつくれたはずだって言っているくらいだけど、大金を手にしたことはなかったわ」

「お母さんは働いていたの？」

「もちろんよ。さっきも言ったでしょ、父が画家だったって。貧乏絵描き」

「お母さんの仕事は？」

「母は簿記係になったのよ。なぜ？」

「ゼインの詐欺の手口は、本質的には昔ながらのピラミッド型のネズミ講だ」カボットが言った。「底辺にいる多くの人が連鎖のてっぺんにいる人にお金を送る」

「底辺の人たちはけっしてお金持ちにはなれないけれど、てっぺんの人はなれる。なるほどね。事業形態としてはそういうことだったのね。さ、つづけて」

「ゼインは、成功した詐欺師や合法的な事業に欠かせない基盤を構築する必要性を感じていたはずだ。流れこんでくるカネをうまくさばくことができる人材もそこに含まれる」

ヴァージニアはぴんときた。

「簿記係が必要だったのね」小さくつぶやいた。「それも、思いどおりに動いてくれる簿記係。わたしの母。あいつは母の技能が必要だった」

「ゼインは高い利益を生む事業を築いたが、本人はCEOだ。毎日毎日のカネの出入りを処理するための時間は取れない。そこで、信頼してカネの処理を任せられる人間が必要だった」

「簿記係ほどお金の流れの秘密を詳しく知っている人間はいないわ」ヴァージニアが言った。「母はきっと教団内で何がおこなわれているのかを知っていたのよ」

「ああ、そうだ」

「でも、もしゼインの事業がうまく回っていたなら、なぜ教団施設に火を放って、自分にお金をもたらしてくれる人たちを殺したりしたのかしら？」

「いい質問だ」カボットが言った。「兄弟とぼくはそれについてさんざん考えた。その結果、たどり着いた結論はひとつしかなかった。それはゼインがなんらかの理由で、カルト教団の運営を打ち切ってつぎの行動に移るのが最善の策だと判断したからだ。

そして可能なかぎり何もかも焼き尽くした」

「自分の足跡を消し、証人の口封じをする」ヴァージニアが言った。「でも、すべては二十二年前に起きたことでしょう。なぜこんなに時間がたってからハナ・ブルースターを殺したのかしら？」

「何かが起きたってことだな」カボットが冷静に言った。「ゼインもしくはほかの誰かを陰から引っ張り出すほどの何かが。それが誰であれ、そいつはハナ・ブルースターを脅威と見たか、あるいは彼女が持っていると思われる情報が欲しかったか。ブルースターがみずから命を絶ったと考えるなら、後者にほぼ間違いない」

「ハナは何か危険な情報を持っていて、その秘密を墓場まで持っていこうとがんばって死んだ。でも、その直前にわたしに警告を送った」

「きみの身も危険にさらされていると考えたにちがいない」

13

プロさながらの二連発が撃ちこまれた。サンドラ・ポーター、またの名をいかれたストーカー女はもはや問題でもなんでもなくなった。

タッカーはそのときの光景を頭から追い払えなかった。よく冷えたウォッカのグラス片手に自宅の中をうろついている。これが最初ではなかった。これぞ現実世界のビデオゲームだ。刺激的で、血沸き肉躍る。想像以上だ。いまや大リーグでプレーしている気分だ。

いまだに意外だったと思えるのは、銃声二発を誰も気に留めなかったことだ。それがパイオニア・スクエアという場所なのだろう。深夜の銃声は誰の耳にも届かず、画廊の外壁の古い煉瓦とあたりに反響するいくつかのクラブの音楽にかき消されてしまったにちがいない。

たったの二発。くそっ、まるでプロの仕事だぜ。

いまになって銃のことを思い出した。まだポケットの中にある。おそらく処分すべきなのだろう。しばし考えたあと、手放さないと決めた。処分が必要になったら、そのときはいつだってエリオット湾に捨てることができる。

リビングルームの窓の前で足を止め、通りの向かい側に立つ小さな平屋を見た。たったひとつ、玄関の明かりだけがともっている。高齢の夫婦はもう何時間も前に床に就いたのだろう。

このあたりは信じられないほど退屈だ。カフェ、コーヒーハウス、バーなどが近くにあるダウンタウンのコンドミニアムかアパートメント・タワーに住みたいのはやまやまだが、彼はこの家を母親だと名乗る麻薬びたりの女から相続したのだ。大金が入った暁にはこんな家は売り払うつもりだ。だがそれまでは、ここにはプライバシーという利点がある。この通りで最年少の彼の行動など誰ひとり気にもかけていないからだ。

すでに千回目くらいになるが、今夜の画廊での出来事を細部に至るまで思い返してみる。彼自身の痕跡はいっさい残してこなかったと確信しているものの、月曜日の朝の画廊の開店時刻になれば――それ以前ではないとしても――死体が発見される。そうなれば、警察の出番だ。

警察官がナイトウォッチのオフィスにやってきて聞き込みをはじめるのも時間の問題だ。それが警察の仕事だからしかたがない。そして被害者の恋人や夫に厳しい目を向ける。

サンドラには、ナイトウォッチの社長ジョッシュ・プレストンはじつにいやなやつで、社内恋愛はいっさい認めないと豪語しているから、二人の関係は絶対秘密で通そうとつねに言ってきた。そのことはサンドラも承知していた。しかし、二人の関係が終わったあと、サンドラが油断したり復讐を心に決めたりしていた可能性はなくもない。

タッカーは窓に背を向けた。いくつか後始末をしなくちゃまずいな。サンドラの携帯はすでにエリオット湾に捨てた。彼女のアパートメントでセックスをしたことは一度もない——必ずホテルに行こうと誘い、偽造ＩＤでチェックインしていた。とはいっても万全を期すため、帰る途中迂回して彼女のアパートメントに寄り、室内をざっと調べてきた。二人の関係を示す明らかな証拠は何ひとつないとわかってほっとしたところだ。それだけでなく、彼女の部屋には生きていた証のようなものはほとんどなかった。サンドラはＩＴのスキルこそまあまあだったが、それを除けば掛け値なしの負け犬だった。

タッカーにも必要以上に二人の関係をつづけるつもりはまったくなかった。サンドラ・ポーターはどんな男にとってもセックスの女神とは言いかねる女だ。家族も友人もおらず、社会性もゼロの一匹狼。それでも彼はあのアプリを完成させるために彼女のプログラミングの才能が必要だったのだ。誘惑するのは本当に簡単だった。だから捨てるのも同じようにすんなりいくものと考えていたのだが、誤算だった。

頭の中でチェックリストに目を走らせた。携帯は捨てた。アパートメントもきれいだった。つぎはパソコンを立ちあげて、何時間かけてあのクソ女が二人の関係を示す手がかりをオンラインに上げていないかをたしかめないと。二人の関係の痕跡を完全に消し去らなければならないというわけでもない、とタッカーは考えた。彼とサンドラはなんと言おうが同僚なのだから。たまにはなんらかの接触くらいあったほうが自然だ。とにかく彼が元恋人であることを示唆する痕跡が残らないことだけをたしかめておかないと。

警察をまったく逆の方向に動かす手がかりを仕込んでおくのもよさそうだ。パイオニア・スクエアで殺人がおこなわれた。最も論理的な筋書きは麻薬と謎の男が関係しているというもの。インターネット上に幽霊をつくることならできる。警察はサンドラの正体不明の恋人を追って数日ないしは数週間を浪費したあげく、あきらめることになる。

タッカーはそれについてじっくり考えた。そうか、これは名案だ。大いに気に入った。警察は男を探すはずだ。現実には存在しない男を仕立てて、警察の目をそっちに向けさせることにしよう。

冷蔵庫に戻り、よく冷えたウォツカの瓶を取り出して、もう一杯注いだ。画廊の裏の部屋での出来事を反芻した。もう一度。邪悪な刺激が全身を震わせながら駆け抜けた。

プロさながらの二連発。

いかれたクソ女め。

14

明くる朝、ヴァージニアが客室のドアを開けると、いれたてのコーヒーの香りが彼女を迎えた。

廊下にはよく見知った顔が。

「おはよう、ルーアン」ヴァージニアは声をかけた。

ルーアン・モントローズは小柄で華奢で、骨張った顔をした四十代前半の女性だ。ヴァージニアが彼女と知りあったのは、以前彼女がアビゲール・ワトキンズの下で働いていたときで、現在はローズ・ギルバートの下でB&Bの清掃管理を受け持っている。

今日のルーアンはジーンズとフランネルのシャツを着、白髪がまじる髪を後ろできっちりとまとめ、ゴムで止めていた。掃除道具を満載した大きなカートを押している。

ヴァージニアに気づくと、足を止めた。

「ようこそ、ヴァージニア」ルーアンが明るい歌うような声で挨拶を返した。「今朝出勤して、ローズからあなたがまた島に来たって聞いたのよ。今回はお友だちといっしょだそうね」

ルーアンの顔にはきつい年月を耐え忍んできた女性特有の厳しさと皺があった。おそらくなんらかの依存症もくぐり抜けてきたのだろう。ヴァージニアには不自然とまで感じられる穏やかで幸せそうな表情をつねにたたえている。ちなみに彼女はヨガと瞑想を熱心に学んでいる。

隣室のドアが開き、カボットが出てきた。

ルーアンがカートを止めた。「あなたがヴァージニアのお友だちでいらっしゃるのね。ロスト島へようこそ」

「どうも」カボットが言った。

ヴァージニアはすぐさま二人のあいだに立った。「こちらはルーアン・モントローズよ、カボット。もう何年も前からこのB&Bで働いているの」

カボットが会釈した。「どうぞよろしく、ルーアン」

「こちらこそ」ルーアンが歌うように言った。「こちらには長く滞在なさるの？」

「ううん」ヴァージニアが答えた。「今日の午後のフェリーで帰る予定なの。カボットは私立探偵なのよ」

ルーアンの弱々しい青い目を警戒の色がよぎった。カボットをじっと見ている。

「ハナの死について調べているそうだけれど、それはなぜ？」ルーアンの声から歌声のような軽やかさが消えていた。「何か怪しいところがあると思っているの？」

「現時点ではまだ、いろいろ訊いてまわっているだけです」カボットがやんわりと答えた。「ハナ・ブルースターをご存じでしたか？」

「ええ、もちろん知っていたわ。島の人間はみんな知っていた」

「誰かが彼女を傷つけたがっていたかもしれない原因として何か思いつくことは？」

カボットが質問した。

「島の人間は誰もそんなこと。間違いないわ」ルーアンが今度はきっぱりと言った。

「ハナはお世辞にもやさしいとか親切だとかというタイプではなかったわ。彼女の真の友だちはたったひとり、以前このB&Bをやっていた女性、アビゲール・ワトキンズだけ。でも、ハナは虫も殺さない人だったから、島の人間は誰ひとり彼女を疎ましく思ったりしたことはないの」

「わたしもまったく同感」ヴァージニアが間髪をいれずに言った。「でも、もしハナの過去から何者かがこの島まで彼女に危害を加えるためにやってきたのだとしたら、と考えてるの」

ルーアンの雰囲気がまた変化した。どうやら好奇心が頭をもたげてきたようだ。

「もしかすると、昔ハナとアビゲールが属していたカルト教団のことを言っているのかしら？」

ヴァージニアはうなずいた。「ええ」

「でも、あれはずいぶん昔のことだわ」ルーアンが言った。「こんなに時間がたったいま、なぜ誰かがハナを追ってここに？」

「わからないの」ヴァージニアが言った。「でも、そんな考えがどうしても頭から離れなくて」

一瞬にしてルーアンに穏やかで幸せそうな表情が戻った。ヴァージニアに至福の笑顔を向ける。

「邪悪な考えが頭の中にあって、それを追い出すことができないときの感じはよくわかるわ」ルーアンの声は再び歌うような声になっていた。「そんなときはどうすべきか、知っているでしょ？」

「えっ？」ヴァージニアが言った。

「瞑想をしてみるといいわ。不思議なほど心が静まるはずよ」

「アドバイスをありがとう。試してみようかしら」ヴァージニアは言った。

「今日はもうチェックアウトするって言ったわね？」ルーアンが訊いた。

「ええ、そのつもりです」カボットが答えた。

「それじゃ、もうあなたたちの部屋のベッドメイクをさせてもらってもかまわない？ベッド以外の掃除はチェックアウトのあとでいいけれど」

「ええ、どうぞ。ベッドメイクをすませて」ヴァージニアが言った。

「ありがとう」ルーアンが言った。「それじゃ、新しいシーツを取ってくるわ」

ルーアンはカートをそこに置いたまま、廊下の少し先へ進んで洗濯室へと姿を消した。

カボットは自分の部屋のドアを閉めたあと、ヴァージニアもそうするのを待った。二人は階段のほうへ歩きだしたが、洗濯室のドアの前でカボットが足を止めた。ヴァージニアもそれにならった。

その大邸宅はそもそも裕福な材木商が大家族のために建てた夏の別荘だった。所有者一族は客を招いては豪勢にもてなしたらしい。当時は使用人が何人もいたはずだ。洗濯室には汚れたリネン類をつけおき洗いするための深いシンク、タオルやシーツを高く積みあげておく棚、さらにはランドリーシュートまであった。

ルーアンはシーツを棚から取ろうとしていた。

「ちょっと質問してもいいですか？」カボットが言った。

「なんでしょう？」

「ハナ・ブルースターが死んだ夜、ここに泊まっていた客を誰か憶えていますか？」

カボットが尋ねた。

ルーアンが顔をしかめた。「なぜ？」

「ほんの好奇心です」カボットが答えた。「職業病だと思ってください」

「お役に立てそうもないわ。わたしはお客の誰とも会わなかったの——宿泊客が何人かいたことも知らなかった。あの前後、島にいなかったのよ。オレゴンで開かれた一週間のヨガ研修に参加していたの」

15

「わたしには理解できないわ、ミスター・サター」オクタヴィア・ファーガソンが不満顔で超然とカボットを見た。「いったいどうして過去の出来事の蓋を開けたいの？　いいことなんて何ひとつ出てこなくてよ。あなたはお金のためにそうしようとしているんでしょう？　孫娘はあなたにいくら払うの？」

カボットの経験によれば、過去の出来事の蓋を開けることをいちばん恐れるのは、たいていがその過去にいちばん縛られている人びとだ。

オクタヴィア・ファーガソンに紹介された三分後、ヴァージニアの鋭さと決断力は祖母譲りなのだとの結論に達した。オクタヴィアは手強い女性だ。いまこうして向きあってすわっていると、教室いっぱいの学生の前に立つ教授姿がたやすく想像できる。試験勉強を怠った学生やレポートを遅れて提出した学生には我慢がならなかったはずだ。

引き締まった健康そうな体形をした六十代後半か七十代前半、髪はしゃれたショートカットにし、控え目なブロンドに染めている。黒っぽいズボンをはいて青と白のストライプのセーターを着、耳には金のスタッドのピアスをつけているが、結婚指輪はない。

まだ夕方になったばかりなのに、カボットは空腹に気づいた。島から本土に戻るためのフェリーを二系統乗り継いだあと、彼とヴァージニアはそのままシアトルに通じる州間幹線道路を走った。最初に車を停めたのが、このクィーン・アン・ヒルズに建つオクタヴィア・ファーガソンのヴィクトリア朝様式の家だった。

ヴァージニアの顔を見たオクタヴィアは明らかにうれしそうで、はじめのうちはカボットも歓迎する雰囲気をのぞかせていた。ヴァージニアが男といっしょにいるのを見て、驚くと同時に少しほっとしたのかもしれないという印象をカボットは受けた。ヴァージニアには、ここに男を連れてきて祖母に紹介する習慣がないことは一目瞭然だ。つぎつぎにデートの相手を代える状況にオクタヴィアが眉をひそめそうだということはカボットにもわかった。

歓迎の雰囲気は長くはつづかなかった。彼に対するオクタヴィアのオブラートに包もうともしない好奇心が、彼が私立探偵だと知ったとたん、まずショックに、ついで強い警戒心へと形を変えた。

ヴァージニアが立派な庭園を見わたす窓辺で口を開いた。「オクタヴィア、お願いだから結論に飛びつく前にわたしたちの話を聞いてちょうだい」

対峙する意志強固な女性二人の姿は、心躍る光景でもあり、少々怖い光景でもあるとカボットは思った。

「あなたの話によれば、ハナ・ブルースターは心に深刻な病を抱えていたようじゃないの」オクタヴィアが言った。「警察は彼女は自殺したとはっきり言ったんでしょ。それなのになぜあなたはその真相を突き止めようだなんて、時間もお金も無駄にするようなことをするわけ？」

「ハナ・ブルースターは殺された、あるいはみずから命を絶つほかない状況に追いこまれた可能性が少なくともある程度あると思うから」ヴァージニアが言った。「わたしの考えでは、この二つは同じことだわ」

「まさかそんなこと。ありえないわ」オクタヴィアが言った。「でも、たとえそうだとしても、それは警察の問題でしょう。あなたが私立探偵を雇って首を突っこむことじゃないわ」

そう言いながら、カボットにまた不快な表情を向ける。カボットは口を固くつぐんだまま見守った。賢明な男は二頭の雌ライオンの喧嘩に口をはさんだりしない。

ヴァージニアが庭園に背を向けて、祖母と向きあった。

「これはわたしの問題よ。それにカボットの問題でもあるの。聞いてちょうだい。もしハナが殺されたとしたら、その死はクィントン・ゼインのカリフォルニアの教団施設で起きたことにつながっている可能性がすごく高いわ。最大の懸念はゼインがいまも生きているということ」

オクタヴィアが電気ショックを受けたかのように激しくたじろいだ。苦悩、怒り、恐怖がその表情をよぎる。だが、そうした感情も自制のきいた冷ややかな表情の裏にたちまち消えた。

「ありえないわ」オクタヴィアが言った。「あの怪物があなたのママやそのほかたくさんの人を殺してから二十二年たつのよ。そんな昔に起きたことが現在に影響をおよぼすはずがないじゃないの」

「それはそうだけど」ヴァージニアが認めた。「でも、カボットは仮説を立てたわ」

カボットはしぶしぶ口を開くほかなくなった。

「ハナ・ブルースターが精神疾患を抱えていたかもしれない点についてはぼくも同感です」カボットは言った。「ですが、前後の事情を考えれば、彼女がどういう状況に置かれたのかを調べる必要が生じます」

オクタヴィアがカボットをじっと見たが、その目は言いたいことをいっさい隠してはいなかった。ヴァージニアをそそのかして過去をかき混ぜるな、と非難しているのだ。

「ゼインは死んだと警察から報告が来たのよ」オクタヴィアが言った。「盗難したヨットで国外脱出を図ったけれど、船が火事になったそうよ。船の残骸は発見されたの」

「たしかに焼けた船の残骸は発見されましたが、ゼインの死体は見つかっていません」

オクタヴィアは両手をぎゅっと組みあわせた。「海上の事故ではよくあることだと聞いたわ」

ヴァージニアが祖母を見た。「ハナ・ブルースターは死ぬ直前にゼインを見たんだと思うの」

オクタヴィアが凍りついた。「まさか」小さくつぶやく。

「ハナは今風な服を着たゼインを絵に描きこんでいるの。それだけでなく、車の一部も描かれていたわ」

「ハナはなぜ彼の絵を描いたりするの？」オクタヴィアの口調がきつい。「もし彼を見たのなら、あなたに話すとか、警察に知らせるとかするはずでしょう。絵を描くなんて考えられないけど」

「彼女が絵を描いたのは、自分が見たものに確信が持てなかったからだと思うわ」ヴァージニアが言った。「彼女は自分が幻覚を見ることをよくわかっていた。だからいつも言っていたのよ。自分が真実をとらえることができる唯一の手段は絵を描くことなのだと。ゼインを描いた最後の絵を完成させたとき、彼女はその絵の写真を撮って、カメラごとわたしに送ってきたの。原画を焼いてしまったのは、それがゼインの目に触れることを恐れたからなのよ」

「何もかもが情緒不安定な人のすることだわね」オクタヴィアは椅子の肘掛けをぎゅっとつかみ、今度はカボットのほうを向いた。「まだあなたの仮説とやらを最後までうかがっていなかったわね、ミスター・サター」

話すチャンスなど与えてもらえませんでしたからね、とカボットは思った。そしてこのまま保留することにした。

「まだ調査中ですが、結論的には、もしハナが殺されたのだとすれば、それは一連の問題に何か新しいことが起きたからという可能性がきわめて高いと思われます」

「たとえばどんな？」オクタヴィアが食いさがる。

カボットはヴァージニアに無言のまま視線を向け、あやうい部分に話が進む前に彼女の了解を得ようとした。するとヴァージニアが短くうなずいた。

カボットはまたオクタヴィアに視線を戻した。「ヴァージニアから聞きましたが、彼女のお母さんはゼインのカルトに入る前は簿記係をなさっていたそうですね」

「娘が簿記係として働いていたのは、この人と何がなんでも結婚すると言い張ったしがない芸術家がつくるろくでもない彫刻じゃ、糊口をしのぐことすらできなかったからなのよ」オクタヴィアが歯噛みしながら言った。「キンバリーには数学の才能があった。もしいまも生きていたら。たぶん大学で数学を教えていたはずだわ」

ヴァージニアの顎がこわばったが、彼女は何も言わなかった。

「ゼインの教団には大金が流れこんでいました」カボットが言った。「当時、ぼくもぼくの兄弟もまだ幼すぎて、そういう面には意識が向いていませんでした。しかし、あとになって教団の財政面に目を向けるようになり、ちょうどゼインが姿を消したころ、教団のカネもすべて消えたことを発見しました」

「そりゃそうでしょう。彼は最初からお金のためにあんなことをしていたのだから。あいつは盗っ人で詐欺師だった」

「はい。ですが、おそらく自分で帳簿はつけていなかった」カボットが辛抱強く聞こえるような口調で先をつづけた。「ものすごく複雑な帳簿になっていたはずです。というのは、カネを隠す方法を見つける必要があったからです——たぶん海外口座でしょうが」

オクタヴィアの表情が引きつった。「あなたはわたしの娘が彼のお金を隠す手伝いをしたと思っている？　よくもわたしの娘を犯罪者呼ばわりしてくれるわね。あの子はゼインの被害者なのよ」

「ぼくにわかっていることは、いま話したとおりです」カボットが言った。「ゼインが姿を消したころ、大金も消えた。もしやつが海で死んだとしたら、教団の利益を利用するチャンスはなかったはずです。つまり、そのカネはいまもどこかにあるのかもしれない。もしもお嬢さんが彼の簿記係として働いていたとすれば、カネの隠し場所を知っていたことになる」

「でも、キンバリーは死んだ」オクタヴィアが言った。

「それは、ママが教団の財政について知りすぎていたからかもしれないわ」ヴァージニアが静かに言った。

オクタヴィアからはいっさいの反応がなく、ただ苦悩に全身をこわばらせるだけだった。

カボットが視野の隅でとらえたのは、つらそうに目をぎゅっと閉じて祖母に背を向け、また庭園のほうを向くヴァージニアだった。

「ヴァージニアによれば、ハナ・ブルースターは教団内ではお嬢さんといちばん親しい友人でした」カボットは先をつづけた。「もしキンバリーが本当にゼインの指示でカネを隠したか、あるいはその隠し場所を知っていたとすれば、その資金のありかを知っていた可能性のある人間はハナ・ブルースターしかいません。そしていま、その彼女も死にました」

「二十二年たっているのよ」オクタヴィアは当惑気味に首を振った。「関係があるはずないわ」

「ないかもしれませんが」カボットは言った。「この仕事をしていてわかったのは、お金はつねに強力な動機になるということです」

長い沈黙が室内に垂れこめた。古風な背の高い時計が容赦なくチクタクと時を刻む。

ついにオクタヴィアが痺れを切らした。「でも、あなたとヴァージニアはゼインがまだ生きているかもしれないと言ったわね。もしそういうことなら、ゼインは二十二年前にお金を全部手に入れたのよ。そう考えれば、あなたの仮説はまったく意味をなさなくなるわ。ゼインがいまになってお金を探しに現われる理由がないんですもの」

「ママがお金を隠して、その秘密を墓場まで持っていかなかったとしたら、そうね」ヴァージニアが静かに言った。

オクタヴィアはそれについてしばし考えをめぐらせた。「それにしても、これだけ時間が経過しているとなるとね。もしゼインが二十二年前にそのお金を手にしないまま、いまも生きているとしたら、なぜこんなに長い時間待ってからハナ・ブルースターを狙ったのかしら？」

「その疑問を考えたとき、話はぼくの仮説に戻ります」カボットが言った。「何か変化が起きたんです。引き金になった出来事が何か、それを突き止めたときに答えがわかるはずです」

オクタヴィアがため息をついた。「理解できないわ。どうやって手がかりを探しはじめるつもり？」

「すでに調査は開始していますが」カボットが言った。「過去についてできるだけ多くの情報を収集できれば、それに越したことはありません。二、三、質問にお答えいただけますか？」

ヴァージニアは身じろぎひとつしなかった。カボットにはわかっていた。彼女は祖母が彼に、冗談じゃないわ、と言ってそっぽを向くだろうと思っているのだ。だが彼はそんなことになるとは思わなかった。オクタヴィアは苦悩に満ちた過去への扉を閉ざそうとしていたが、いまや扉はこじ開けられていた。彼女は練達の学者である。答えを求める本質がそなわっているはずだ。

「質問を言って」オクタヴィアが穏やかに言った。「役に立つ情報を差しあげられるかどうかわからないけれど、真相を突き止めようとしていたのに行く手にわたしが立ちはだかったとヴァージニアに非難されたくないの」

こういうときに黙っているヴァージニアには分別がある。

「ありがとうございます」カボットは言った。

オクタヴィアが彼と目を合わせた。「もしあなたの言うとおりなら、もしあのクソ野郎のゼインがいまも生きているのなら、わたしは喜んでこの手に銃を取ってあいつを殺すつもりよ」

「バックアップをお願いします」カボットが言った。「念のため警告しておきますが、前線の兵士はそろっています」

「最前線はだあれ？」オクタヴィアが訊いた。「あなたとご兄弟？」

「いいえ」カボットが答えた。「ぼくの育ての親、アントン・サリナスです」

16

「正直に言うと、思ったよりずっとうまく事が運んだわ」ヴァージニアが言った。「オクタヴィアはこれまで、わたしがいくら当時のことについて質問してもほとんど答えてくれなかったのよ」

「たぶん答えるようなことがあまりなかったからだろうし、持っている答えはできれば答えたくないことだったからだろうね」カボットが言った。

二人はヴァージニアが住むコンドミニアムのエレベーターに乗っていた。ここはスペースニードルからわずか数ブロックのところに位置しながらも、シアトルを象徴する建造物は近年建てられた一群のビジネス並びに住宅用のタワービルに遮られて見えない。

建築面積は相当大きい——ブロックの大部分を占めている——が、タワーではない。実際、たった六階の高さしかないからだ。一階には何軒かの小さな店、カフェ、コーヒーハウスが入っている。

エレベーターが三階で停まった。ドアが開くと、カボットはヴァージニアがロスト島に持っていったキャスター付きの小ぶりのキャリーバッグの取っ手を握り、彼女のあとから廊下へと出た。

「この廊下のいちばん奥よ」ヴァージニアが言った。

カボットが廊下のいちばん奥に目をやると、非常口の標識が目に留まった。意外でもなんでもない。彼もシアトルに来てアパートメントを探したとき、非常口に近い部屋にしか目がいかなかった。

「オクタヴィアのことだけど、持っている答えはできれば答えたくないことだからって言ったわね。どういう意味？」ヴァージニアが訊いた。

オクタヴィアはカボットの質問に答えてくれたが、これといって新しいことや確実な情報は得られなかった。しかも、義理の息子が死んだことや娘と孫娘がゼインのカルト教団に取りこまれた事実を知ったのは、キンバリーがヴァージニアを連れてウォラートン郊外にあった教団の最初の施設で暮らしはじめたときだったという。

「おばあさんはきみのお母さんをカルトに追いやったことで自分を責めているんだよ」カボットが言った。

ヴァージニアはあぜんとし、鍵穴に鍵を差しこもうとしていた手をぴたりと止めた。「ううん、あなたは完全に誤解してる。オクタヴィアは母の人生を台なしにしたわたしの父を責めてるわ。それに、両親の結婚の原因であるわたしも責めてる。母が妊娠なんかしなければ、何もかもがまったく違っていたはずだと思ってるのよ」

カボットは訓練を受けた心理学者ではない自分を意識した。「ぼくがおばあさんを誤解したのか。家族ってやつは複雑だな」

ヴァージニアの口もとが引きつった。「ほんと」

「質問に答えてくれたときのおばあさんの表情や声の調子からそんな気がしただけだ」

「祖母は怒っていたし、つらそうでもあったわ」

「それはぼくも感じた。でも、きみに責任があるなんて思っちゃいないさ。もう言ったけど、彼女は自分を責めている」

ヴァージニアが鍵をぐっと差しこんだ。「わたしを信じて。祖母はわたしと父を責めてる。そしてそれもわからないではないの。だって、もしわたしがいなければ、母はおそらくゼインのカルトで最期を迎えるなんてことにはならなかったはずよ」

「ぼくの母の父親もぼくと父を責めていた。祖父は母を勘当すれば、母も目を覚まして、父を捨てて家に戻ってくると考えていたんだ。ところが、母はカルトで最期を迎えた」

「あなたはおじいさまの行動をそんなふうに分析するけれど、それが間違っていないとどうして確信が持てるの？　おじいさま、娘に厳しく接した自分を内心責めていらしたかもしれないわ。あなたにささやかな遺産を遺された理由はたぶんそれだと思うの」

「かもしれない」

「少なくとも祖母とわたしはいまもこうして話ができるわ」ヴァージニアが言った。

「それを忘れちゃだめだ」

「そうよね」

隣室のドアが開いた。八十五歳から百歳のあいだのどこかだろうと思われる、小柄で痩せてはいるが、たくましい印象の女性が顔をのぞかせた。スカイブルーのベロアのジャージー上下に身を包み、がっしりしたウォーキングシューズをはいている。皺だらけの両手には何個もの指輪が光っている。老女は好奇心をむきだしにしてカボットをしげしげと見、ヴァージニアににっこり笑いかけた。

「あら、お帰りなさい、ディア。こちらは新しいお友だちかしら。紹介していただけて？」

ヴァージニアは開けたドアを持ったまま、足を止めた。「ハイ、ベティー。こちらはカボット・サター。カボット、こちらはベティー・ヒギンズよ」

「はじめまして、ミズ・ヒギンズ」カボットが言った。

「まあ、ベティーと呼んで、ディア。こちらに何日お泊まりになるの？」

「いえ、泊まりません」カボットが答えた。「これはヴァージニアのキャリーバッグなんです。ぼくはセカンド・アヴェニューのアパートメントに住んでいます」

「ほんの数ブロックのところね。すごく便利だわね」ベティーは何やら憶測するように目を細めながらヴァージニアをもう一度見た。「お見かけしたところ、この方はいつもの芸術家たちとは違うタイプだわね、ディア」

「ええ」ヴァージニアが答えた。「カボットは芸術とは関係のない職業で」

「それはつまり、堅い職業ってことね？　まあ、それは素敵。儲かるお仕事っていうことね、たぶん？」

「ま、多少は」カボットは認めた。

ベティーが、合格よ、といった笑顔を見せた。

「よけいなことは考えないで、ベティー」ヴァージニアが言った。「カボットはただの……友だち。昔からの」

「昔ねえ?」ベティーが鼻を鳴らした。「あなたみたいな若い人に昔なんて言わせないわ」

「カボットとわたし、子どものころから知っていたの。最近までずっと音信不通だったのよ」

「ああら、子どものころのお友だちなのね」ベティーの顔がぱっと明るくなった。「そして最近再会した。あなた、ご結婚は、カボット?」

「いいえ」カボットが答えた。

それを知ったベティーの表情が本当にきらきら輝いた。「完璧じゃないの」

「それじゃ、そろそろ失礼しますね。カボットもわたしもすごく疲れた一日だったもので」ヴァージニアが玄関の中に入りかけた。「これから出かけて、一杯やりながら食事をしてきたいんです」

「まあ、いいこと」ベティーがウインクをした。「デートの邪魔はこれくらいにしておかないと」ドアを閉めかけ、ふと手を止めた。「ところで、このつぎ修理の人をたのむときは、遠慮なくわたしに鍵を預けていってね。喜んで監督しておくわ。一人住まいの女性が留守のあいだに他人を家に入れるには、もっと用心しないとね。近ごろじゃ、何が起きるかわからないわ」

ヴァージニアがぴたりと動きを止めた。「いったいなんのことかしら？　留守のあいだに修理などたのんでいませんけど」

「本当に？」

「ええ、間違いありません」

「まあ、だとしたら、管理人がよこした人だわね、きっと。配管工みたいだったわ。入っていったときに警報機も鳴らなかったから、鍵を持っていて暗証番号も知っていたってことね」

ヴァージニアがベティーをじっと見た、「昨日は土曜日ですよね」

「ええ、そう。だからわたし、よほど緊急を要することなのだろうと思ったの。土曜日の出張作業に近ごろの配管工がいったいいくら請求してくるのかも想像がつかなかったし」ベティーがそこで少々間をおいた。「なんの故障だったの、ディア？」

「さあ」ヴァージニアの声がこわばっている。「あなたのおっしゃるとおり、きっと管理人が何か緊急性のあるチェックのために送りこんだのね」

「その配管工、どんな風体でしたか？」カボットが訊いた。

ベティーは答えられないとでも言うかのように片手を振った。「どう見ても配管工だったわ。作業服を着て、道具箱をさげていた」

「髪の色は?」カボットがつぎの質問を繰り出した。

「そうねえ?」ベティーが顔をしかめた。「どうだったかしら。黒っぽかったと思うけど、自信がないわ。帽子をかぶっていたから、よく見えなかったのよ。背は高いほうだったわね」

「年齢はわかります?」カボットがなおも食いさがる。「若かった? 歳を取っていた?」

「うーん。身のこなしは若者みたいだったけど、何歳かと訊かれてもわからないわ。ねえ、その男が何か怪しいとでも思っているの?」

ヴァージニアは傍目にもわかるほど懸命に気を取り直した。「いえ、そんなことはなさそうです。まずは何かなくなっていないかを調べて、明日になったら管理人室に電話して何があったのか訊いてみます」

「ええ、そうなさい」ベティーが言った。「それじゃ明日ね、ディア。あなたもね」

ベティーはカボットにウインクをしてドアを閉めた。

ヴァージニアは自分の部屋のドアを開けた。警報装置のコントロールパネルでライトがちかちかした。ヴァージニアが素早く数字を打ちこむ。

「暗証番号を誰かに教えたことは？」カボットが感情をこめずに訊いた。

「ないわ。そうだわ、祖母が知っているけど、祖母だけ」

「あとは装置を取り付けた警備会社だけか」

カボットは彼女のあとから玄関ホールに入り、キャリーバッグを置いてドアを閉めた。

ヴァージニアが明かりをつけた。「当ててみましょうか。あなたはその配管工の話はよくないことだと思っている」

「ぼくが何を思っているかと言えば、きみはコンドミニアム内を調べたほうがいい。でも、ぼくが先に行く」

カボットはベッドルーム二室とバスルーム二カ所のこぢんまりした空間に素早く目を配り、小さなバルコニーも調べると、ヴァージニアを見てうなずいた。彼女も無言のまま、コンドミニアム内を一室一室歩いて回った。そうしながらクロゼットや引き出しをつぎつぎに開けていく。

しばらくすると、ヴァージニアがリビングルームにやってきて足を止め、カボットを見た。

「何もなくなってはいないみたい。もし本当に家探ししたとしたら、ものすごく慎重にやっているわ。でも、知らない人がわたしのものに手を触れていったかと思うと……ちょっと気味が悪いわ」

「空き巣や不法侵入の被害を受けたあと、人はよく暴行を加えられた気分だと言う。ごく自然な反応なんだろうな」

ヴァージニアが玄関ホールをちらっと振り返った。「ここの警報装置だけど……」

「よくある既製品だ。しばらく機能を停止させるくらい天才でなくてもできる」

ヴァージニアが渋い表情をのぞかせた。「このラインでは最高級品だと言われたのに」深く息を吸いこんでゆっくりと吐いた。「いいわ。それじゃ、最悪のシナリオを考えましょう。わたしが留守のあいだに配管工の恰好をした何者かがここに侵入した。いったい何を探しにきたのかしら？」

「この侵入が偶然の一致であるはずはない。犯人が何者であれ、そいつは間違いなくブルースターの死と関係がある。そいつはここに何かを探しにきたと考えるほうがよさそうだ。そして、そいつがここに来たのは、きみがその何かを持っているかもしれないと思っているからだ」

ヴァージニアは手のひらをカボットに向けて両手を上げた。「待って。ちょっと待って。話が早すぎるわ。そうすぐさま結論を出さなくてもいいと思うけど」

「ぼくたちみたいな陰謀論者はついついそうなりがちなんだよ」

「いいわ、あなたの言うことはわかった」ヴァージニアが言った。「つぎはどうしたらいいのかしら？　警察に通報しても無駄よね。何もなくなっていないんだから」

「きみの画廊を見にいく必要があるな」

「こんな時間に？　なぜ？」

「もしぼくが何かを探していて、それがここになかったら、つぎはきみの仕事場に行ってみるからだ」カボットが忍耐強く言った。

「あそこにも警報装置が取り付けてあるわ。警備会社からも警察からも今のところ連絡はないけれど……」

「ここのシステムと同じメーカーの？」

ヴァージニアがため息をついた。「二台目を取り付けるからって割引してもらったのよ」

17

ダウンタウンの通りに車はほとんど走っていなかった。おかげでヴァージニアはまもなく画廊からすぐの縁石沿いの空きスペースに車を停めることができた。

ヴァージニアが車を降りた。カボットも。二人とも無言のまま画廊の入り口めざして早足で歩いた。扉の錠前に鍵を差しこもうとしたとき、両手が少し震えた。アドレナリンのせいよ、と自分に言い聞かせた。こんな状況だもの、ごく自然なこと。不安発作ってわけじゃないわ。ただ、ものすごく緊張しているだけ。当然よ。

二度目――あるいは三度目――の試みで扉が開いた。カボットのいいところは、こんなときに彼女から鍵を取りあげて、すんなりと開けたりしないところだ。そんなことをされたら怒りがおさまらないはずだ。

中に入るや、ヴァージニアは壁のボックスの前へと駆け寄り、無理やり神経を集中させて暗証番号を押した。ありがたいことに、今度は一度で正しい番号を入力できた。

つぎに壁のスイッチを押して、天井のディスプレー用の照明をつけ、素早く室内を見まわしてほっとした。

「ここは何もいじられていないようだわ」

カボットが長い展示室の奥に目を向けた。「ブルースターの絵は裏の部屋に保管してあると言っていたね」

「大きなクロゼットの中にね。ええ、そうよ。いま見せるわ」

ヴァージニアは鉄とガラスで優雅にデザインされたカウンターの後ろに行き、裏の部屋のドアを開けた。何かがおかしいときの奇妙な、神経をざわつかせるような空気がドアの隙間から漂ってきた。つづいて流れこんできたにおいは彼女の原始の部分を刺激する種類のものだった。反射的に片手で鼻と口を押さえて一歩あとずさると、カボットのがっしりとした体にぶつかった。

「何かしら？」ヴァージニアがささやいた。

「ここにいて」カボットが言った。

彼はヴァージニアを脇にどかして壁のスイッチを押した。天井の照明器具の明かりがつき、乱雑に置かれた荷造り用の木枠、おおいを掛けたたくさんのカンバス、そのほか美術作品がそこここに点在する裏の部屋を照らし出した。

カボットはその空間にゆっくりと歩を進めた。彼の指示は無視して、ヴァージニアもあとについた。彼も止めはしなかった。クロゼット式の倉庫の扉は開け放たれていた。中の明かりはついていない。ヴァージニアはなんとか点と点をつなごうとしたが、脳はすでに麻痺してしまったようだった。

「ここにも来たんだわ。ハナの絵を見つけたのね。それにしても、このにおいは何？」

カボットはずらりと並ぶ木枠の端を回ったところで立ち止まり、目を落とした。

「そいつはここに来たが、ひとりではなかった」カボットが言った。

体を震わせてくる感覚がなおいっそう強まった。カボットが見ているものがなんであれ、自分が見たくないものであることはわかっていたが、全身の力を振りしぼって木枠の端を回り、現実と対峙した。

心臓が止まるかと思った。目の前には乾いた血の海に横たわる死体があった。

カボットは女の死体の横にしゃがみこみ、手を伸ばして脈をたしかめた。明らかに脈などあるはずがなかった。彼は顔を上げてヴァージニアを見た。

「誰だかわかる？」彼が訊いた。

「ううん。まったく見たこともない人だわ」

18

「警察は被害者の身元を確認したそうだ」カボットはそう言うと、キッチンが見わたせるダイニング・カウンターに電話を置いた。「サンドラ・ポーター。コンピュータ・プログラマーとして、数日前までナイトウォッチという地元の会社のIT部門で働いていたそうだ。どうやら新たなチャンスを求めてごく最近退社したらしい」

「それって解雇処分を受けたときによく使う婉曲話法ね」ヴァージニアが言った。

二人は彼女のコンドミニアムでピザと赤ワインの深夜の夕食を摂《と》っていた。というのは、警察に解放されたときにはもう、二人ともまだ開いているレストランを探す気分になれなかったからだ。

それだけでなく、ヴァージニアは神経がやたらと高ぶっていて、公共の場で何ごともなかったかのようなふりをするのはつらすぎると思ったからでもある。おなかもあまりすいてはいなかった。ピザを二口ほど食べたあとはもう、ワインだけにすることにした。

「いや、本当に自分から辞めた可能性もあるよ」カボットが言った。「優秀なプログラマーはしょっちゅう会社を変える。それができるからだ。そういう技術にはつねに高い需要がある」

「サンドラ・ポーターが裏の部屋にやってきたのは、職を探してってことではなかったようね」

「ああ。ここで生じる疑問は、彼女が画廊の裏の部屋に誰といっしょにいたか、だ」

ヴァージニアはまたワインを飲んでから椅子の背にぐったりともたれた。「昨日、このコンドミニアムに侵入した偽配管工かもしれないと思う？」

カボットがピザをもうひと切れ手に取った。「その可能性はすごく高いだろうね。しかし断言するのは時期尚早だ。情報が出そろっていない」

「なんだかものすごく複雑なことになってきてない？」

「ああ。だが、ぼくたちがつかんだ事実も昨日より二つほど増えた」

「死んだ女性の名前？」

「そして彼女の職場」

「警察が明らかな手がかりや人間関係はすべて追跡すると思うけど」

「もちろん」

ヴァージニアはほとんど空になったワイングラスを見つめた。「警官はわたしたちの陰謀説を信じてはくれないわよね。かつてカルト教団の教祖だった男が過去からよみがえって、なぜだかはまだ説明はできないけれど人を殺しはじめた、なんて話で警官を納得させようとしたら、わたしたち、頭がおかしいと思われるだけだわ」

「警察はもっともらしい説明をつけられる方向の捜査に時間をかける。それが彼らの仕事だ。過去とのつながりが見つかるかどうかはきみとぼくにかかっている」

「サンドラ・ポーターだけど、もしかするとわたしたちといっしょにゼインの施設にいた可能性も考えられるんじゃない？」

「いや、それはない。プロフィールによれば、彼女はまだ二十四歳。ということは、ぼくたちがあそこにいたころ、まだ二歳くらいだ。そんな小さな子がいた記憶はぼくにはないけど、きみはどう？」

「ないわ」

「ぼくと兄弟が作成している教団メンバーの名簿では、きみが最年少のひとりだった。ゼインは幼児や嬰児がいれば起きるいろんな問題を避けたかったんだろうな。夜間に閉じこめることができる子ども限定だったんだ」

「わたしたち、人質だったのね。母親たちをしたがわせるための保険」

「ああ」

ヴァージニアは空のグラスを脇に置き、テーブルに前かがみになって腕を組んだ。

「いいわ。つまり、サンドラ・ポーターは教団施設にはいなかった。だからといって、彼女が教団と関係がないとは言えないわ。血縁者の誰かがカルトにだまされたのかもしれない」

「可能性はあるが、真の疑問は、彼女はきみの画廊で何をしていたのか、なぜ誰かが彼女を殺したのか、なんだよ」

「その偽配管工を見つける必要があるわね。でしょ?」

「それもたしかに手がかりにはなるだろうね」カボットが言った。

「それじゃ、わたしたち、つぎは何をしたらいいの?」

「石をひとつひとつひっくり返していくわけだが、警察の邪魔はしないようにする。もしぼくたちが警察の捜査を邪魔していると思えば、彼らはものすごく不機嫌になる。もし彼らが不機嫌になれば、内部情報をぼくたちにはけっして教えてくれなくなる」

「わかったわ。でも、ひっくり返す石はどこにあるの?」

「サンドラ・ポーターは数日前まで会社員だった」カボットが言った。「ということは、彼女には同僚がいた。彼女を知る人びとだ。恋人もいたかもしれない」

「隣人や、おそらく何人かの親類もいた。警察はそういう人たち全員から話を聞くんじゃなくって？」

「ああ」カボットが言った。「だが、警察はぼくたちとはまったく違う質問を投げかける。警察が探そうとするのは、うまくいかなかった恋愛、麻薬問題、あるいは産業スパイ行為らしきものだ」

「なるほどね。どれも分別ある捜査手段って感じがするわ――どれひとつとしてサンドラ・ポーターがわたしの画廊の裏の部屋で死んだ理由の説明にはならないけれど」

「それだけじゃなく、サンドラ・ポーターがテレビや映画が一流の殺し屋の手口だと一般人に信じこませているスタイルで殺された理由の説明にもなっていない。二発の銃弾。一発目は胸部に撃ちこんで標的を倒す。そして頭部への二発目でとどめを刺す」

「ふうん。犯人はプロの殺し屋だと思うの？」

「いや、違う。ただのテレビをよく観ている人間だ。本物のプロはどこかで撃ったあと、死体をワシントン湖やエリオット湾に捨てるか、それとも車で山中まで運ぶ。死体と結びつく証拠をこんなに残すはずがない」

ヴァージニアはゆっくりと息を吐いた。「向こうに回しているのが雇われた殺し屋じゃないとわかってよかったわ」

「ぼくの兄弟、ジャックによれば――彼はそういうことを研究している――現実の世界に本物のプロの殺し屋はさほどたくさんはいないんだそうだ。実際に活動している数少ない殺し屋は特定のギャング団やマフィアに属していることが多い。訓練を受けた狙撃手《スナイパー》ももちろんいるが、彼らはそもそも遠くから仕事をする」

「そうね」

「だからといって、殺人を犯しても腕がいいから逃げおおせると思っている人間はそう多くはいないってことにはならない」

ヴァージニアはまた少しワインを飲み、ぴりぴりしている神経を抑えこもうとした。

「それじゃどうするの？」

「これから下に行ってきみの車のトランクからぼくのバッグを取ってくる」

ヴァージニアは動きを止めた。「ここに泊まるの？」

「朝までここにひとりでいたい？」

ヴァージニアはそれについてじっくりと考える必要はなかった。「こんな状況じゃ、それはないわね」

19

古い悪夢が闇の中から襲ってきた。

納屋の奥の壁にも火が回ったいま、夜間はゼインが正面の大きな扉に錠をおろしていくため、出口がなくなった。ほかの子どもたちは泣き叫んでいるが、彼女は恐怖のあまり声すら出ない。年上の少年のひとりがみんなに、床に伏せて煙を吸いこむな、と指示している。彼女も言われたようにしゃがみ、大事なものを抱きしめていた。母親が前日にくれた本……

ヴァージニアは激しいパニック発作で目が覚めた。恐ろしい不安の波は、押し寄せる途方もないエネルギーを自分には抑えることができないとわかっているぶん、なおいっそう激しさを増す。専門家に心理学的視点から言わせると、まるでいきなり闘争か逃走かの二択モードに陥れられたかのようだが、目に見える脅威があるわけではない。夢が途切れるときに自制心が失われるのだと。しかしヴァージニアに関するかぎり、その説明は腹立たしい感覚を表わしてすらいない。

不安発作の黒く深い水の底まで落ちたときは、日課の護身術でそれを食い止めることすらできなくなる。**これまでにもあった。これがはじめてのロデオじゃない。自分にできることをするしかない。**

上掛けをはぎ、バスルームまで行った。棚の扉をえいとばかりに開いて薬瓶をつかんだ。蓋を開け、瓶を揺すって一錠出し、コップの水で流しこんだ。震える手でシンクのへりをつかみ、呼吸をととのえようとする。

薬に救いを求めるのが嫌いだ。そうすることで弱い人間になった気がするからだ。だが最近、パニック発作に襲われる頻度が上がり、しかもその激しさも増していることは疑いの余地もなかった。

ベッドルームに戻り、ローブを着て廊下に出ると、仄暗い常夜灯の明かりでカボットの部屋のドアが閉まっているのがわかった。

安堵感とともに廊下を足早に進んでリビングルームに入ったが、そこでぴたりと足を止めた。キッチンのカウンターのほうからパソコン画面が放つ未来的な光線に気づいてのことだ。

「いまの怖さは十段階でどれくらい?」陰の中からカボットが訊いた。

すると彼のそのごくごく自然な問いかけが、彼女のパニックににわかに鎮静効果をもたらした。

「どうしてわかったの?」ヴァージニアは訊いた。

「ぼくにもよくあることだからだとだけ言っておくよ」

「九・九」ヴァージニアが締めつけられたような声で答えた。

あいかわらず身震いは止まっていなかったが、自制は取りもどしつつあった。

「薬はのんだ?」カボットが訊いた。

「ええ、のんだわ」

「それがいい、薬が効いてくるまではきみなりの対処法で取り組んでいてくれ。そのあと、答えてもらいたい質問がある」

「ええ」

ヴァージニアは室内を行ったり来たりしはじめた。カボットはまたパソコンと向きあった。彼に何もかも説明する必要がないとわかってほっとした。彼にはこんなときに相応しい分別があるから、抱きしめようとしたり手を触れようとしたりしない。落ち着けと言ったり、慰めの言葉をかけようとしたりもしない。ただ、彼女に発作を鎮めるために必要なことをするようにとスペースを与えてくれるだけにとどめた。

部外者にとってはおそらく奇妙に感じられる光景――ひとりが深刻な不安発作を起こしたとき、もうひとりがそうした発作はごく正常なことのように振る舞う――だろう、とヴァージニアは思った。

しばらくして脈拍が正常に戻り、呼吸も落ち着くと、部屋を横切ってカウンターの前に置かれたスツールに腰かけた。

「もう大丈夫。質問て何かしら？」

「ゼインの最初の教団施設について考えていたんだが」

「ウォラートン郊外にあった不気味な古い家ね？　あれがどうかして？」

「以前、兄弟とぼくでゼインを探しはじめたころ、あの最初の施設について調べてみた。前にも言ったが、信者のひとりがあいつに譲りわたしたものだ。ゼインはカリフォルニアに移るためにあれを売り払ってカネをつくった」

「それで？」

「手がかりとしてはそこで行き止まりになったんだが」カボットが言った。「今夜午前一時半に起こされたあと、ゼインに関する古いファイルを読みなおすことにしたんだ。そして好奇心から、ウォラートンの家があれからどうなったのか調べてみた」

「そしたら？」

「つぎからつぎと数多くの人の手に渡ったが、最終的には抵当物受け戻し権喪失ってことになっていた。所有権は銀行にある。そして空き家のままずっと放置してあったが、突然、先月後半に売れたんだ——それも現金売買」

「それほんと？　誰が買ったの？」

「これがおもしろいんだ」カボットが言った。「買い手が誰なのか突き止められない」

「どういう意味？　そういう情報は開示してるはずよね」

「買い手が信託にかこつけて不動産を購入した場合は違うんだ。信託資金で不動産を買うことは富裕層にとってさほど珍しいことではないが、所有者が誰かわかるようになっているのがふつうだ。しかしながら、これに関してはそうじゃない。その信託を設定したのが誰であれ、自分の名前は伏せたままにしておきたかったようだ」

ヴァージニアはさっきまでの不安はなんとか抑えこんでいたが、またべつの刺激が体のどこかで火花を散らしているのがわかった。

「何十年も朽ち果てるに任せてあったウォラートンの家が突然、正体不明の人間に売られた」ヴァージニアは言った。「これまた驚くべき偶然の一致だわね」

「ぼくたち陰謀論者としては、本気で追究するほかないだろう」カボットがノートパソコンを閉じて彼女を見た。「朝になったらウォラートンへ行かないか？　昔のよしみでちょっと見てこよう」

ヴァージニアは身震いを覚えた。「気が進まないわ。でも、最近つぎつぎに起きたことを考えあわせると、そうよね。まだ石は一個もひっくり返していないわけだし。画廊は日曜と月曜が定休日だし、いずれにしても裏の部屋はもう二、三日は事件現場でしょうからね。そう、自由の身なんですもの、わたしも思い出がいっぱいの土地への旅行にお供するわ」

カボットがにやりとした。

「なあに？」

「きみにはアンソンが好きな根性ってやつがある。そう思うだろ？」

「とんでもないわ。大人になってからずっと不安発作に悩まされつづけてるのよ」

「それと根性とは関係ないよ」

「根性の定義って？」

「きみの画廊で殺人が起きたあと、十段階で九・九の不安発作におそわれたにもかかわらず、きみの悪夢がはじまった場所への旅に出ると決めた。そういうのを根性というう」

ヴァージニアはしかめ面をした。「だって、ほかに選択肢がないんですもの。いまもクィントン・ゼインが生きているのかどうかを知る必要があるし、ハナ・ブルースターの身に本当は何が起きたのかを知る必要があるのよ」

「ぼくもだ」

彼の目が翳《かげ》ったのを見てとり、ヴァージニアは彼も昔の夢を見たときに子どもたちの叫び声のこだまを聞き、燃えさかる炎の熱を感じるのだと知った。二人ともあの地獄さながらの火事で母親を失ったが、ヴァージニアは幸運な子のひとりだった。祖母が引き取りにきてくれたからだ。カボットには引き取り手がいなかった。

ヴァージニアはいったん止まって分析することもできない衝動に駆られ、前に身を乗り出して唇で彼の唇をかすめた。

カボットがじっと動かなくなった。

「たのむ。そこまでにしてくれ」彼が言った。

ヴァージニアはショックを受け、すぐまた体を引いて椅子の背にもたれた。つぎの瞬間、きまり悪さが荒れ狂う波となって全身に広がった。

「ごめんなさい」ヴァージニアは口ごもった。「いまのは間違い。おかしな立場に追いこんでしまってごめんなさいね。お願いだから、いまのことは忘れて。もしよければ、わたしもう失礼して部屋に戻るわ」

カボットが立ちあがった。そして流れるような滑らかな身のこなし——たんに均整の取れた動きとも怖いほど肉感的な動きとも取れる動作——で彼女の前に立った。両手で彼女の肩をつかむ。

「ぼくが言いたかったのは、きみがもし本気でないなら、たのむ、そこまでにしてくれってことだ」カボットが言った。「ぼくは慰めてもらう必要などないし、きみの感謝も必要ない」

彼の声がかすれていた。まるで何か危険な感情を必死で抑えこんでいるかのようだ。目は欲望でぎらついている。肩におかれた両手からは欲求がひしひしと伝わってくる。しかし同時に、むきだしの精神力、強烈な自制心も感じられた。

ヴァージニアは片手を上にもっていき、指先で彼の頰に触れた。

「わたし、いつだって本気でなければキスなんかしないわ」ヴァージニアは言った。

「ぼくにキスをしたのは、ぼくをかわいそうだと思ったからじゃないかな？　あの過去のせいで？」

ヴァージニアはためらった。ためらいながら、彼には正直にならなくては、と自分に言い聞かせていた。「うーん、はじめはそうだったかもしれない。だって、記憶の中のあなたはお母さまを亡くした、お父さまのいない少年で、引き取りを申し出てくれる親類もいなかった」

「ああ、ぼくもそういうことだと思っていた。はっきりさせておくと、そういう理由でキスをしてほしくない。同情のキスはごめんだ」

「わかったわ」今度はさっきより自覚を持って彼の胸に左右の手のひらを押し当てた。「でも、誤解のないように言わせていただくと、ほかの理由であればわたしがあなたにキスしても異論はないのね？」

「理由によるが」

「わたしがあなたにキスしたいのは、それがどんな感じか知りたいからなの。これ、理由としてじゅうぶんかしら？」

カボットは一瞬考えるや、肩をつかんでいた手で彼女を胸に強く抱き寄せた。

「思いついた理由はそれだけ？」彼は尋ねた。

「ううん」ヴァージニアは彼のTシャツをぎゅっとつかんだ。「結論はこうよ。わたしはあなたの秘密をいくつか知っているの、カボット・サター。あなたもわたしの秘密をいくつか。その昔、あなたとわたしはしばらく地獄でともに過ごした。あそこにいるあいだ、わたしたちは傷ついたけれど、そろって生き延びた。これならキスの理由としてじゅうぶんでしょ」

「そうだね」カボットは言った。「いまのところは」

彼の手に力がこもり、さらにぐっと引き寄せると、機敏に、容赦なく、抵抗を許さない動きで唇を重ねた。

キスは熱く深くなり、ヴァージニアの感覚を圧倒していく。キスの前に何を期待していたのかははっきりと憶えていないが、これほどまでに破壊的で、何がなんだかわからない混乱した感覚ではなかった。ヴァージニアは必死で彼にしがみつく。

関係のはじまりから期待をふくらませすぎてはいけないことは、ずっと前に学んだ。曇りのない目で臨み、あまり多くを期待しない。それをルールにしていた。おかげで、これまで驚いたことはなかった。心地よい熱っぽさと刹那の親密感があれば、それでよかった。

〝十二時までに家に帰る〟はヴァージニアのルールだった。

最近、こういう限定的な期待ですら棚上げするほかなくなっていた。というのは、不安発作の頻度が上がり、はらはらすると必ず襲ってくるからだ。変わり目は数カ月前の忘れられない夜だった。

ブラッド・ガーフィールドはなかなかいい男だったが、おそらく一生トラウマを背負っていくことになるはずだ。親密な行為へと進む段階に達したところで女性をいきなり不安発作が襲うというトラウマ。

その悲劇のあと、ヴァージニアはデートを断つと心に誓った。少なくとも嵐の季節が通り過ぎるまでは、と。

今夜はまだ決心をくつがえす時じゃないと思った。何よりも避けたいことは、カボットとのあいだに育まれつつある脆弱な絆を断ち切ることだ。

彼とキスしたのは間違いだったのかもしれない。

だが、複雑な状況に終止符を打ったのはカボットだった。二人が深みにはまって引き返せなくなる前に唇と体を離したのだ。

「このへんにしておこう」カボットの声がつらそうにざらついていた。

彼の言うとおりだ。とはいえ、彼が切りあげた理由はおそらくヴァージニアが考えている理由とは違うはずだ。〝依頼人とは絶対に寝ない〟は彼のルールのひとつだ。

「ええ、そうね」ヴァージニアはさばさばした口調に聞こえれば、と思った。「わたしたち、ただでさえとんでもない状況の中にいるのに、これ以上複雑にはしたくないわね」

カボットはそれについてしばらく考えていた。

「寝たりしたら事態が複雑になると思っているのか？」

「うーん、そうだわね。あなたはそうは思わない?」

「ああ」

ヴァージニアはカボットをちらっと見た。「だったら、なぜやめたの?」

「それは、きみが考え直すかもしれないと思ったからだ」

「ふうん」ヴァージニアが息を吸いこんだ。「あなたってすごく……直感が鋭いのね」

「そう、ミスター直感って言われてる。きみがなぜ考え直そうとしたか、教えてもらえないかな?」

ヴァージニアは両手を広げた。「なんと言ってもまず第一は、わたしたち、お互いのことをほとんど知らないでしょう」

「ぼくに言わせれば、お互いのことはすべて知ってる気がするけど。それじゃ、ずばりと言ってみようか。きみはぼくとベッドに行くのが怖いんじゃないかな?」

ヴァージニアはだんだん腹立たしくなってきた。彼をよけて歩を進め、自分のベッドルームをめざした。

「怖いんじゃないの」振り返って言った。「だって、わたしは相手をとっかえひっかえデートしてきたのよ、忘れた? でもね、その経験からしっかり学んだの。過去一年間に関しては、毎回ひどいものだったわ。最後に男性といざこれから汗まみれの熱い場面を迎えるぞとなったときも、いきなりパニック発作に襲われた。かわいそうなブラッドは、わたしが何かの発作を起こしたと勘違いしたのね。だからわたしは救急車は呼ばなくていいと彼を説得しながら、同時に薬を探してバッグの中をかき回さなければならなかった」

「ヴァージニア、ちょっと待て――」

ヴァージニアはベッドルームの前まで来ると、開いていたドアから中に入り、彼のほうを向いた。「その夜体験したことは〝屈辱〟って言葉で表わすことすらできないわ。それが数カ月前のことで、いまだにわたしは頭の中からその光景を追い払えずにいる。そう、おっしゃるとおり、わたし、あなたとセックスしようかどうか考え直そうとしてたの」

そう言うと、必要以上に力をこめてドアを閉め、しばらく怒りを抱えたままたたずんでいた。

さまざまな感情をなんとか抑えこめたとき、ヴァージニアはもう一度ドアを開けた。カボットはさっきまでと同じところに立っていた。

「感情の起伏の激しいところを信じられないほどばかみたいな形で披露しちゃったこと、謝るわ」ヴァージニアが言った。

「気にするな」

「感情の起伏の激しい芸術家タイプをたくさん相手にしてるけど、わたしにふだん大仰な言動はないの」

カボットは壁に片方の肩をもたせかけ、腕組みをした。「もう言ったが、気にするな」

「ううん、気にする。でも、これはあくまでわたしの問題で、あなたに問題はないわ。だから、つまり、謝っておくわね」

「気に――」

「それはもう言わないで」

ヴァージニアはまたドアを閉めた。今度はそっと。そのまま部屋を横切って窓際に行き、都会の夜景をいつまでも眺めていた。

20

「昨夜、きみがベッドに戻ったあと、ナイトウォッチについてちょっと調べてみた。サンドラ・ポーターが働いていたIT企業だ」カボットが言った。

彼はガンメタル・グレーのSUVを運転していた。ヴァージニアは助手席にいる。ウォラートンにあるクィントン・ゼインの最初の教団施設まではだいたい一時間の道のりだが、すでに四十分がたった。少し前にインターステート五号線を下り、現在は二車線道路を田園地帯の奥へ奥へと向かっている。小さな町、農場、小さな牧場が点在する風景。

SUVのフロントシートの会話はこれまでのところ、礼儀正しいがぎこちない。カボットは〝卵の殻の上を歩く〟という表現の正確な意味がわかった気がしていた。

フロントシートにただようぴりぴりした緊張感は、深夜の燃えるようなキスのせいばかりではないとわかってもいた。シアトルを出る前に彼が自宅に寄って取ってきたホルスターにおさめた拳銃も原因なのだ。それを見た瞬間、ヴァージニアが訝《いぶか》しげに目を細めたからだ。

「殺人者を相手にすることになるかもしれない」そのとき彼は言った。

「わかってるわ」ヴァージニアは答えた。

最後の数マイル、彼女はほとんど口をきいていなかった。じっと前方に目を向けていた彼女が道路から目を離し、好奇心に満ちた目で素早く彼を見た。「ナイトウォッチがIT企業だっていうのはもう聞いたわ」

「店舗で商品を販売する会社じゃなく、オンラインで商品を売るって意味で言ったんだが、調べたかぎり、たんなる小売業だ」

「何を売ってるの？」

「ウェブサイトによれば、客に合わせたさまざまな睡眠補助器具を売っている。ハーブ製品、不眠症の人を眠りに導く瞑想の入門書、快眠のための一対一のオンライン・セラピー、眠りが訪れるように考えられた特殊な音楽——そんなたぐいだ」

ヴァージニアは考えをめぐらせた。「ゼインのカルトも、夢を支配して潜在能力を引き出せるようになるとかってプログラムを売ってたわね」

「ゼインは基本的なピラミッド型マルチ商法を展開していた。そこには階層ってものが存在した。ひとつ上の層に上がるために客は買いつづけなければならなかったが、それに加えて新たな客を連れてこなければ上の層には上がれなかった」

「不眠症対策グッズの販売もちょっと似ている気がしないでもないけれど」

「ナイトウォッチは不眠症治療と銘打ったガラクタを売ってはいるようだが、ぼくが調べたかぎりじゃ、マルチ商法ではない」

「たぶん全部インチキ品でしょうけど、睡眠障害を抱えて、とにかくぐっすり眠れるならなんでも試したいという人の数を考えれば、その商売も活況を呈しているんじゃないかと思うわ」

「たしかに実績は上げていて、一年前にはベンチャー投資会社の目に留まったくらいだ」カボットが言った。「ナイトウォッチはその最初の投資を受けて一気に実績を伸ばし、いままたつぎの投資を募る準備をしているって噂だ」

「ナイトウォッチの経営者についても当然調べたわよね？」

「もちろん。新設企業はどこもそうだが、ここもまだ小さな組織だ。創設者でありCEOのジョッシュ・プレストンは、かつてIT業界でコンピュータの天才として名を馳せた男で、三十前にひと財産築いている。彼が設計したソーシャルメディアのアプリが大ヒットし、それをある大手が買いあげた。しばらくは手にしたカネに物を言わせて派手に遊びまわっていたらしいが、その後、ナイトウォッチで再出発することにしたようだ」

「再び奇跡を起こせるかどうか試そうってわけね」

「たぶん。だが、ここが重要なところだが、ビジネス・メディアによれば、プレストンはまだ三十代半ばで、社員に三十歳以上はひとりもいない」

「それはつまり、クィントン・ゼインのマルチ商法にかかわった人間はいないっていうことね」ヴァージニアが言った。

「ああ」

「でも、それじゃ単純すぎる気がするわ」

「そうなんだ。だから、また出発点に立ち返ろうとしている」

ヴァージニアがまた彼を探るように見た。「ハナ・ブルースター、サンドラ・ポーターと過去の出来事のあいだには何かしらのつながりがあると確信しているから?」

「そうだと思う。うん、そうなんだ」

ウォラートンの小さなレストランで車を停め、コーヒーを飲んだあと、カボットが運転する車は樹木が鬱蒼と生い茂る丘陵地帯をさらに数マイルのぼった。めざす古い家に近づくにつれ、ヴァージニアの緊張は高まっていく。彼女だけじゃない、とカボットは思った。ぼくだってぴりぴりしている。

道路の最後の部分は舗装が傷んででこぼこなうえ、SUVが通るには幅もぎりぎりだった。

大きな家は石と木でつくられた三階建てで、前世紀の遺物のような奇怪な屋敷だ。荒れ果てた長い私道の奥に位置している。細長い谷間という立地のせいで、真夏でさえあまり日が当たらない。太平洋側北西部の冬の終わりに当たるいまも、仄暗さに包まれて建っている。

ヴァージニアは怖い顔でその屋敷をじっと見た。「ホラー映画から抜け出てきたみたい」

「それも最悪な終わり方をするやつだな」カボットが言った。

車は私道の入り口を示す一対の柱のあいだを通り抜けた。そこが門だった名残は、錆びた蝶番《ちょうつがい》から垂れさがる古ぼけた門扉だ。

「この門、いつも錠がおりてて、警備要員が立ってたのを憶えているわ」ヴァージニアが言った。「みんなを守るためだってゼインは言っていた」

「カルト教団を創設するときの第一のルールは、信者を隔離しろ、だ」カボットが言った。

「あの男はサイコパスよ」

「ああ、そのとおり」

カボットがSUVを周囲に何もない場所に停めた。二人は醜悪な姿をさらす建物にじっと目を向け、しばらくそのまますわっていた。

「ここですべてがはじまった」カボットが言った。「あんなにたくさんの人があいつの嘘にだまされたとは信じがたいが」

「ここの新しい所有者が誰かを突き止める手がかりを見つけたいのよね？」

「それがわかれば間違いなくおもしろくなる」

カボットは後部座席からウインドブレーカーとホルスターにおさめた拳銃を取り、ドアを開けて車を降りた。

ヴァージニアもパーカを取って車を降り、大型SUVの前に立つ彼の横に行った。

「あなたのすることに口出ししたくはないけれど、ここは厳密には私有財産よ」

「心配いらない。侵入するつもりはないから。ただちょっと見てまわりたいだけだ。だが、もし誰かが出てきたりしたら、そのときは都会から来たカップルが田舎道で迷ったことにしよう。GPSが機能しないんで、道を尋ねようと思って車を停めた、と」

「了解。それならなんとか理屈が通りそうだわ。あなた、こういうことは場数を踏んでいるの？」

「いや。とにかく私立探偵になってまだ間もないからね。だが、以前の仕事ではそれなりに場数を踏んだ」

「それ、警察署長だったときのこと？」

「まあね」

「警察をクビになったって本当なの？」

「これが話せば長い話でね」

「つまり、わたしに話してくれる気はないのね？」

「ま、そのうちいつか」

カボットは荒れ果てた家屋の玄関前に広がる雑草がはびこる地面を横切った。ヴァージニアも彼のあとについていく。

カボットは玄関前の階段をのぼり、ドアを軽く叩いた。応答はなかったが、驚くべきことでもなんでもない。汚れていない金属のつやが彼の目をとらえた。ドアの取っ手に目を落とす。

「錠前が新しい」

「たぶん新しい所有者がホームレスや不法占拠者を侵入させないために付け替えたんだわ」

「それとも、本人がたまにはここで過ごそうと思っているのか」

「いまでもそうするつもりだとは思えないけど」ヴァージニアが言った。「もし何年も空家のままだったとしたら、そのまま住むなんて無理でしょう。よほどあちこち手を入れなくちゃ無理よ。とりあえず、新しく配線工事も必要になるわ。キッチンとバスルームも新しくしないと」

「それは新しい所有者がここをどうするつもりでいるかによるな」カボットが言った。

カボットは階段を下りて近くの窓の前に行った。

「新しい所有者について本当に怪しいと思っているのね？」

「だって、このタイミングだろう。長いこと差し押さえられていた物件を、このタイミングで何者かが買うことにした。なぜだろう？」

「誰かがこれを掘り出し物だと思って買い、改装して売って儲けようとした可能性もなくはない」ヴァージニアは彼の後方にそびえる屋敷をじっと見た。「それにしてもこの家、大嫌いだわ」

「ぼくも心から好きとは言えないね」

「新しい所有者は、ここにかつて殺人をも厭わないサイコパスとその信者が住んでいたことを知っているのかしら?」

「いい疑問だ」カボットが言った。

窓という窓には色褪せたカーテンが引かれていた。内部はごくわずかしか見ることができない。

「裏手に回って見てくるよ。きみは車で待っていたらどう? そのほうがあたたかい」

「ええ、そうするわ」

ヴァージニアはSUVに戻って助手席側のドアを開け、シートに体を斜めにして腰かけた。ドアは開けたままにし、そこからカボットを憂鬱そうな心配そうな目で見守った。

カボットは、今日彼女をいっしょに連れてきたことは大きな間違いだったかもしれないと思った。だが一方で、シアトルで待っているよう彼女を説得できたかといえば、そうとも思えない。この件について彼女も彼と同じ気持ちでいるのだ。彼女とともに行動するようになってまだ日は浅いが、すでに彼女のことはじゅうぶんに把握しており、これが一件落着となるまで彼から離れないだろうということもわかっていた。

そんなことを考えながら建物の裏手へと回り、ポーチへつづく腐りかけた階段を好奇心にそそられてのぼった。そのとき、薪小屋の外の扉が開いているのに気づき、胃のあたりをぎゅっとひねりあげられた気がした。彼を含む少年たちに割り振られていた仕事のひとつが、薪を積みあげたり、家の靴脱ぎ場へと通じる内側の扉から運び入れたりすることだったからだ。

ポーチを進み、キッチンのドアまで行った。ここの窓にカーテンはなかった。内部に改装がはじまっている気配はない。旧式のキッチンは放置されたままのひどい状態だが、シンクのそばのカウンターの上に缶入り栄養ドリンクがいくつも積まれていた。明らかに、新しい所有者はここを訪れていた。

キッチンのドアの錠前も玄関同様新しい。カボットは取っ手を回そうと試みたが、回らなかった。

薪小屋をちらっと振り返った。そこに錠前は取り付けられていない。新しい所有者は内側にも扉があることを知らないのかもしれない。

方向転換し、ポーチを歩いて引き返そうとしたとき、林の奥で何かがちらっと動くのが見え、カボットはぴたりと足を止めた。だが、鹿ではない、と一瞬にして察知したため、とっさにポーチの床に腹をつけて伏せた。つぎの瞬間だ、最初の銃弾が建物の外壁、彼の頭上二フィートほどの高さに撃ちこまれた。

拳銃だ。ライフルじゃない。

カボットはウインドブレーカーの内側から拳銃を引き出し、林に向かって発砲した。標的は見えないから、高いところを狙った。

お返しの一発は林の中にいる相手を驚かす効果はあった。下生えをかき分けて移動する音が聞こえてきた。

カボットはその隙にポーチの端まで進んで転がり、手すりの下に滑りこんだ。そこから壁沿いに走り、とりあえず銃弾をよけられそうな建物の脇に身をひそめた。

後方からはまた何発もの銃弾が飛んではきたが、どれも狙いは見当違いだった。

カボットはさらに壁沿いに進んで角を曲がり、正面まで来ると、ヴァージニアが見えた。あぜんとした表情だが、まだ助手席にいる。

カボットと車のあいだには何もない地面が広がっている。走って戻れないこともないが、それをするとヴァージニアに危険がおよぶかもしれない。

「キーはついてる」カボットは叫んだ。「ここを出ろ」

その命令でヴァージニアを動けなくさせていた呪いが解けた。はじかれたように動きだした彼女がフロントシートをあわただしく移動する。

銃声はまだとぎれとぎれに聞こえてくる。カボットも振り向いて、また林の中へ撃ちこんだ。できることなら相手の気をそらせ、ヴァージニアが安全なところまで逃げる時間を稼ぎたかった。

21

ヴァージニアはSUVの強力エンジンを始動させ、カボットが手に銃を握り、外壁に背を当てて構えている建物の脇に向かって走りだした。フロントガラスごしに目を凝らすと、彼は建物の角から身を乗り出し、林の方向にまた発砲した。彼の全神経は掩護射撃に注がれているため、ヴァージニアが運転する車が近づいていることになかなか気がつかない。

ヴァージニアはSUVを急旋回させ、カボットのすぐ横で急ブレーキを踏んだ。助手席のドアは閉めていなかったから、ブレーキをかけた拍子に大きく開いた。

カボットが素早く振り返り、彼女を見た。そして建物の陰からもう一度発砲すると、すぐさま助手席に飛び乗った。

「行け」カボットが言った。

ヴァージニアはすでにアクセルを踏みこんでいた。

彼はつぎに助手席側の窓を下ろし、もう一度撃った。もう林からの銃弾が飛んできていないことはヴァージニアもわかっていたが、耳の中ではあいかわらず銃声が轟いていたため、確信はなかった。だが、そんなことはどうでもよかった。肝心なことはたったひとつ、不吉な屋敷から遠ざかっているということだけだ。

SUVはでこぼこした私道を激しい上下動とともに走り抜けた。カボットが横で何か言っているのが聞こえるような気もするが、いっさい無視した。

ようやく路面がだいぶ平坦な道路に達した。

「安心しろ」カボットが言った。「もう大丈夫だ。誰も追ってこない」

彼の口調は穏やかだった。まるで彼女がいま、自分のいる場所を正しく把握できていないことを理解しているかのように。

ヴァージニアはカーブがすぐそこまで迫っていること、そこに向かって猛スピードで突き進んでいることに気づいた。すると瞬間的にいつもの運転意識がよみがえった。反射的にアクセルから足を浮かせ、大型車の速度を常識的なところまで落とした。

カーブを無事に曲がり終わると、呼吸することを思い出した。すっかり忘れていたのだ。勇気を出してカボットをちらっと見た。ジャケットの内側に手を入れ、拳銃をホルスターにおさめているところだ。

「怪我は？」ヴァージニアはきつい口調で訊いた。

「いや。向こうは拳銃を使っていた。距離によっては精度は低い」

「わおっ。わたしたち、運がよかったってことね」

「たしか、ここを出ろ、と言ったと思ったが」

「だからこうして」

「いや、ぐずぐずしていた。ぼくを乗せようとして停まった」

「乗せる必要がありそうだったから」

「たしかに」カボットは深く息を吸いこみ、自制をきかせてゆっくりと吐いた。「ありがとう、助かったよ」

「お安いご用だわ」

「きみ、なんか口が軽くない？」

「そういえばそうね」

「アドレナリンのせいだな」

「そうね。だけど、すごいでしょ。パニック発作が起きてないのよ。いくらアドレナリンが一気に分泌されても、現実の脅威に襲われたときはいつもと違う感じなの」

「誰もがそういうわけじゃないと思うね。銃撃戦がはじまったら凍りついてしまう人だっているさ」

ヴァージニアはそれについて考えた。「わたしの場合、車と役割があったわ。そのおかげですんなり集中できた」

カボットが彼女を見た。「二人をあそこから脱出させる役割か」

「あのときは名案だと思ったの。そうとしか言えないわ。このちょっとした出来事、地元の警官に話すつもり？」

「あんまり意味がないだろう。こういう田舎じゃ、林の中で誰かが銃を撃ったなんてよくあることだと思うよ。それに、相手の風体もわかっていない。車すら見ていない。誰も怪我はしなかった。それに、厳密にいえば、ぼくたちは不法侵入していた。どこから見ても、なかったことにしたほうがよさそうだ」

ヴァージニアが車の速度をまた少し落とした。「なるほどね」

「今夜はお互い、きつい夜になるな」しばらくしてカボットが言った。

「ほんと、いつにもましてつらい夜になりそうな気がする」

「きみひとりじゃないよ」カボットが言った。「ぼくもいっしょにそのつらい夜をくぐり抜けるから」

「ふつうはカップルがいっしょにすることといえば、レストランに行ったり、ショーを観たりなのにね」

「そりゃ、ぼくたちはちょっと違うさ」

ヴァージニアが笑みを浮かべた。「あなたも口が軽くない？」

「うん、たしかに」

22

「こいつはゆっくり調べてみないとな」アンソンが言った。「ゼインの最初の施設で起きたことが無差別攻撃だったと決めつけるのは簡単だ、きみとヴァージニアはまずいときにまずいところへ迷いこんだ。ちょうど林の中で銃をいじっていたばかもんが、観光客らしきカップルに気づいて驚かしてみようと思った」

「あれが誰であったにしろ、わたしたちを脅したかったことは間違いありません」ヴァージニアが言った。「それに、もしかしたらカボットを殺すつもりだったかもしれません」

〈カトラー・サター&サリナス〉のオフィスに三人はいた。アンソンはデスクを前にしてすわり、カボットは窓際に立っている。ヴァージニアは依頼人用の椅子に浅く腰かけていた。やたらと長かった一日もそろそろ日没を迎えようとしている。

ヴァージニアは早くも、カボットが予測したきつい夜の接近をひしひしと感じはじめていた。いまはまだ高ぶった状態にあるが、それがどんなものになるのかは経験から知っていた。疲れ果ててぐったりとなりながらも異常な緊張状態がおさまらないこともある。とはいえ、本物の不安発作は免れそうだ。頻繁に起きる発作に対処してこなければならなかっただけあって、ごく微細な違いまでわかるようになっている。**わたしはプロ。思いどおりにはさせないわ。**

「無差別攻撃説には与しないよ」カボットが言った。「偶然の一致があまりにも多すぎる」

「よし、わかった。それじゃ、いっしょに考えてみよう」アンソンが言った。「まず第一に、きみたち二人がゼインの昔の施設に向かったことを何者かがどうして知りえたか?」

「すごくいい疑問だ」カボットがゆっくりと言い、アンソンのほうを向いた。「じつはそれ、ウォラートンの家をあとにしてからずっと考えていたんだ。あれほど長いドライブだ、尾行してくる車がいれば気がついたはずだ。そこで思い浮かんだのがＩＴ企業——ナイトウォッチ——だ」

「どういうことだ?」アンソンが訊いた。

だが、ヴァージニアはとっさに理解し、カボットを見た。「犯人がわたしたちを追跡したと思ってるのね？」

「あいつはぼくの車のGPSシステムをハッキングしたのかもしれない」カボットが言った。

アンソンが眉をきゅっと吊りあげた。「そいつはちょっと考えすぎだとは思わないか？　尾行ならもっと簡単な方法もあるだろう、カボット――きみの車のどこかに追跡装置を取り付けるだけですむ」

カボットが首を振った。「シアトルに戻ったとき、SUVを隅から隅まで調べたよ。何も発見できなかった」

「さもなければ、きみを見張っていた」アンソンが先をつづけた。「きみたちがどこかへ行くと気づき、安全な距離を保って尾行したのかもしれない。ウォラートンに通じる脇道に入ったのを見れば、天才科学者じゃなくともどこをめざしているのかは予測がつく。もしあのあたりを知っている人間なら、近道も知っているだろう。そしてきみたちより先にあそこに到着し、チャンスを待っていた」

「なるほど」カボットが言った。「可能性はある。興味深いと思うのは、拳銃を手に林に身を隠した犯人が数ヤード離れたところからぼくを狙おうとした点だ。彼は的をはずした。銃についての知識があまりなく、ああいう状況で弾が命中する可能性は低いことを知らなかったか、あるいはただたんに運よく命中すればいいと思っていたか、だ」

「そいつがもしサンドラ・ポーターを殺した犯人と同一人物だとしたら、その拳銃が最初は近距離に向いていて、二度目は遠距離に向いていると考えたのかもしれない」アンソンが言った。「さもなければ、ライフルを買ったものの、使い方を習う時間がなかっただけかもしれないな」

カボットはまた窓のほうを向いた。「IT技術はあっても武器に関する経験はあまりない人間のようだ」

アンソンが小さく鼻を鳴らした。「調べようがないな」

「ああ。だが、ナイトウォッチの方向を指してはいる」カボットが言った。

ヴァージニアはアンソンを見た。「カボットがナイトウォッチの組織図を調べたところ、写真の最年長は社長で、まだ三十五歳くらいです。そこからわかることは、この会社にはクィントン・ゼインでありえる年齢に達している人間はひとりもいないってことです」

「だからといって、過去とのつながりがないってわけじゃない」アンソンが言った。

「ところで、シアトル警察のシュウォーツって刑事とちょっと話をした。野心的な若い刑事で、情報交換に積極的だ。私も協力しようと言っておいた。いい友だちができたよ」

「役に立ちそうな情報が何かあったのか？」カボットが訊いた。

「いや」アンソンがヴァージニアのほうを向いた。「だが、画廊の裏の部屋のテープはもうはずしたと教えてくれた。もしきみの許可が出れば、ただちに清掃業者を入れて、画廊が営業再開できるようにするが」

ヴァージニアは身震いを覚えた。「よろしくお願いします」

カボットがヴァージニアを見た。「もうしばらくきみのところに泊まったほうがよさそうだな」

「そうね。でも、ボディーガードが本当に必要なのはあなたなんじゃないかしら。林の中にいたのが誰だったにせよ、あなたを狙って撃ってきた。わたしじゃなく」

アンソンが彼女を見た。「それがどういうことかといえば、きみは生かしておく必要があるとそいつが思う根拠があるのかもしれないってことだ」

23

二人はまたテイクアウトで夕食をすませた。捨てるものをシンク下の資源ゴミとコンポスト容器とに分別しながら、ヴァージニアは最近の自分の食生活を振り返った。

「いつもはわたし、菜食なのよね」

「ピザの上にトマトソースがかかっていたじゃないか」カボットが指摘した。「それにオリーブものってた。あれも野菜のうちだ」

「厳密にいえば、トマトは果物でしょう」

「とにかく、心休まる食事が大事なんだよ。きつかった一日を思えば」

「それもそうね」ヴァージニアは戸棚の扉を閉めて、カボットを見た。「これからどうするの?」

「ナイトウォッチの人間から話を聞く必要がある」

「人事管理担当部門が、警察以外には何も話すな、と箝口令《かんこうれい》を敷いたと知っても驚くような話じゃないわ」

「ああ、そうすれば社内も静かになる。だが、たぶんナイトウォッチの社員の九十九パーセントはSNSであることないことつぶやいてるはずだ。オンラインで探してみる」

「手伝えることがあればそう言って。だけど、向こうは新設ハイテク企業で働いている人たちでしょ。オンラインの世界ではわたしよりはるかに先を行ってそう」

「ぼくだって、やつらは何光年も先を行ってると思ってる」カボットはキッチンのテーブルにすわり、パソコンを開いた。「だが、それがやつらの最大の弱点てことになるかもしれない」

「どうして？」

「何もオンラインで彼らのゲームに参加するつもりなんかないからさ。彼らを追跡して、じかに会って話を聞くつもりだ。夢のような鑑識や超人的なプロファイリング技術で犯人逮捕に持ちこむテレビドラマにだまされちゃいけないね。実際のところ、犯罪捜査はほとんどが昔ながらの方法で進められているんだ」

ヴァージニアがにこりとした。「どんなハイテクを駆使しようと、人間は人間ってことかしらね？」

「そう、それだよ」カボットがキーを打ちはじめた。「でも、ハイテクの素晴らしいところは、それを利用している連中が自分たちは匿名だと思いこんでいることがよくあるって点だ。ひいてはそれが彼らを不用心にする」

「そうね。わかるわ」

「かといって、〈カトラー・サター&サリナス〉がコンピュータに精通している人材を使うことができないってわけじゃない」カボットが付け加えた。「アンソンとマックスとぼくはオンラインで人を探したり、経歴を調べたり。標準的なデータベースを調べたりすることにかけてはけっこう有能なんだが、企業の暗号化されたデータベースに侵入する悪いやつらを追いつめるなんてことはできない。だから、サイバーセキュリティー関連の仕事は引き受けないことにしている」

「つまり、オンラインで悪者をつかまえるのは果てしないモグラ叩きゲームみたいだってことね。外国からやってくる海賊がしていることと同じね。たとえ犯人を見つけたとしても、一網打尽にはできない」

「だから、そのたぐいの仕事は大きな会社に任せればいいと考えている。だが、世間にはレベルの低い詐欺師、ペテン師、ゆすり、雇い主の利益を横領して自分の老後資金にする帳簿係なんかがつねにいる」

ヴァージニアが体をこわばらせた。「わたしの母みたいに？」

カボットが顔を上げた。真剣な目をしている。「もしきみのお母さんがクィントン・ゼインのカネをこっそりくすねたとしたら、すごいぞ、としか言いようがないよ。ぼくたちにとってはそれこそ唯一の正義なんじゃないかな」

ヴァージニアがくるりと向きなおり、カウンターのへりにもたれた。「今日あなたを狙って銃を撃ったのがゼインだって可能性はあると思う？」

カボットが首を振った。「これはただの勘だが、あれはあいつじゃない」

「どうしてそう思うの？」

「ゼインならもっとましなやり方をしたはずだ——かつて自分が所有していた家のそばに数発の銃弾が撃ちこまれた死体を残していくなんてことはしないさ」

ヴァージニアはうなずいた。「ついでに、クィントン・ゼイン事件の捜査を再開させるためなら、全力を尽くして警察に働きかける女が目撃者なんですものね」

「今日の一件はなんとも杜撰《ずさん》だ。もしゼインがいまも生きているとしたら、これだけ長い年月のあいだ身をひそめていた男だ、ほかのことはどうあれ、杜撰であるはずがない」

「だから安心ってことにはならないけれど、あなたの言ってることはわかるわ」

24

どこか空気が違うと感じて目が覚めた。不安発作ではない、とヴァージニアは判断した。コンドミニアムのどこかで何かが動いた気がしたのだ。

侵入者？　そう思った瞬間、全神経が凍った。だがそのとき、思い出した。カボットが客用ベッドルームにいることを。彼がいれば侵入できる者などいない。今夜はひとりではないのだ。

上掛けをはいで立ちあがり、眼鏡に手を伸ばした。カボットが近いところにいるのはたしかだが、気持ちを落ち着けるためには自分で玄関ドアのロックをたしかめたり、バルコニーの窓を確認したりする必要がある。

ローブをはおり、ベッドサイドにつねに置いている頑丈な懐中電灯を手に取った。素足のままでドアを開け、廊下に出た。暗闇が怖いので、懐中電灯をしっかりと握りしめている。これは彼女なりの護身術の基本ルールのひとつでもあった。**どんなも**

のでも武器として使える。懐中電灯はきわめて固い棍棒として兼用できる。もうひとつの利点もある。ふつうの侵入者なら懐中電灯をひと目で脅威とはみなさない。なんの違和感もないものだからだ。

戸締まりの心配をするのはやめたが、そのまま廊下を進んだ。ズボンとグレーのTシャツを着たカボットがダイニング・カウンターにすわっていた。ヴァージニアに気づいて顔を上げたが、その表情に驚きはなく、ただ心配だけが伝わってきた。

「不安発作?」さりげない口調で尋ねる。

「ううん。変ね」ヴァージニアは笑みを浮かべた。「あなたはいつもどおり午前一時半のお目覚め?」

「ああ。ごめん、きみを起こすつもりじゃなかったんだが。ただちょっと古いファイルをあちこちのぞいて、また眠れそうになるまで時間つぶしをしている」

「ハーブティーをいれようと思うけど、あなたもどう?」

「ぜひ」

ヴァージニアはキッチンに行った。「わたしたち、これから死ぬまでずっと真夜中のこんな時間に起きるのかしら?」

「さあ、どうだろうな。でも、言わせてもらえば、ぼくひとりじゃなかったとわかってうれしいよ。午前一時半はほんとに不気味な時間なんだ。この時刻にはいろんなものがいつもと違うように思える」

ヴァージニアは食器棚の上のほうに手を伸ばしてお茶の箱を取り出した。「それ、もっと聞かせて」

「ねえ、もう一度ぼくにキスしたいとは思わない？」

ぎくりとした拍子にお茶の箱が手から落ちた。カウンターに落ちた箱から小袋が何個もこぼれる。ヴァージニアはとっさに振り向き、カボットを見た。彼はキッチンの入り口に立ち、ヴァージニアを真剣な表情で見ていた。彼の質問に対する彼女の返事がきわめて重大でもあるかのように。

ヴァージニアははっと息を吸いこんだ。「あなたがわたしにキスしたいと思っているなら」

カボットがゆったりと滑るように近づいてきて、彼女のすぐ前でぴたりと足を止めた。

「もちろん」彼が言った。「きみにキスしたくて苦しいほどだ」

噴き出すべきか切ないうめきをもらすべきか、ヴァージニアにはわからなかった。

「いいわ」

ヴァージニアが両腕を彼の首に回した。「あなたが思っていた返事ではなかったかもしれないけど、質問は理解してると思うわ」

「よかった。これ以上なんて言ったらいいのかわからないから。いまは言葉が出てこない」

カボットがもう一歩近づき、両手で彼女の眼鏡をはずした。それをカウンターに置いたあと、ゆっくりと慎重に腕を彼女に回した。唇が下りてきて重なると、焼けつくようなキスが彼女の五感に電流を走らせた。

彼の抱擁のあまりの心地よさに、ヴァージニアは全身を委ねた。いま二人のあいだに起きていることがなんであれ、それが永遠につづくことはないかもしれないが、いまこの瞬間に嘘はなく、肝心なのはそれだけだった。

彼の両手がウエストにきつく回されたかと思うと、その手はもっと上へと移動し、あと少しで胸というあたりで止まった。

「きみが欲しい」カボットの声は低く太い。「きみもぼくが欲しいかどうかをどうしても知りたい」

「ええ。ええ、あなたが欲しいわ、カボット・サター」

「いいの？」

「今夜？」

「ええ、今夜」

カボットはヴァージニアをすっと抱きあげ、ベッドルームに向かって歩きだした。ヴァージニアは彼の肩をぎゅっとつかんで支えにした。

「知っておいてほしいことがあるの」ヴァージニアは言った。「わたし、上じゃないとだめなの」

陰になったカボットの笑みはひどくセクシーで、ぎくりとするほど男性的だった。

「いいよ」

カボットはベッドルームに入ると、ベッドの横に彼女を立たせた。ヴァージニアの頭に一瞬、バスルームの棚にある抗不安薬の瓶が浮かんだが、すぐに追い払った。今夜はきっと必要ないわ。

カボットは彼女のローブをゆっくり脱がせると、両腕で抱えあげてベッドの上、くしゃくしゃになったシーツの上にそっと横たえた。ヴァージニアはすぐさま上体を起こして足を組んですわり、カボットがズボン、ブリーフ、Tシャツを脱いでいくのをじっと見つめた。彼の逞しく滑らかな肩と背中が都会の夜の明かりを背景に浮かびあがる。

彼がベッドに入ろうとしてわずかに体を回転させたとき、ヴァージニアは彼のその部分が力強くそそり立っているのを見てとった。本当だわ、彼はわたしを欲しがっている。少なくとも今夜は。

反射的に自分の状態をたしかめた。わが身の内でとぐろを巻いていた黒く不穏なエネルギーが、いつなんどきいきなり頭をもたげて襲ってくるかもしれないのだ。だが、この瞬間に感じているのは頭がくらくらしそうな期待だけ。この人はわたしを理解してくれている。わたしが神経を病んでいるとは思っていない。真夜中に起きて護身術の一連の形を練習するのを異常だとは思っていない。カルト教団施設にいた過去を気にかけてはいない。

もうこれ以上心の中でぶつぶつつぶやいていたら、せっかくのこの瞬間にけちがつきそうと思ったとき、カボットが彼女の隣に横たわろうとした。ヴァージニアはしばし疑念にとらわれた。もしかしたら彼は主導権を握りたがるタイプかもしれない。彼が放つ渇望感が波のように押し寄せてくるのを感じた。もし彼が、上じゃないと、という彼女の切なる願いを理解していないとしたら――もしも激情に駆られて主導権を握ろうとしたら――

だが、カボットは彼女を上から囲いこもうとはせず、ごろんと仰向けになって彼女を脇に引き寄せ、好みの体位を取らせようとした。

ヴァージニアは片肘をついて頭を上げると、かがみこんで彼にキスをした。彼は片手を彼女の後頭部にやり、ぞくぞくさせるほどの欲望をこめてそれに応えた。快感と欲求がないまぜになったうめきももらしたが、自制を失うことはなかった。

ヴァージニアはパニックのスイッチが入る兆しがないことに勇気づけられ、彼の胸に手のひらをぴたりと当てて、熱い肌とその下で盛りあがるたくましい筋肉をじっくりと感じた。そうしながら、唇を彼の口から喉もとへとゆっくり移動させた。つづいて指先も下に向かって彼を探っていく。手が彼の硬くそそり立つ太く長いものまで達すると、彼の緊張が伝わってきた。だが、彼に彼女を急かすような気配はいっさいない。

彼の自由なほうの手が彼女の脚をそろそろと這いあがってきて、ナイトガウンの裾から忍びこんだ。むきだしの太腿をぎゅっと握る。そのときはじめて、ヴァージニアの全身を緊張がよぎった。彼女の手はあいかわらず彼の下半身に触れていた。

カボットはすぐさま太腿をつかんでいた手を離し、そのまま体の線に沿ってゆっくりヒップからウエストへと這わせていった。

「なんていい感じなんだ」カボットのざらついた声から抑えきれない気持ちが伝わっ

てきた。「完璧だよ」

完璧なんてありえない、とヴァージニアは思った。自分以外の女性が彼とベッドをともにしたら間違いなくぞくぞくするはずだ。ヴァージニアもたしかにぞくぞくしていたが、同時に自分のどこかが怯えてもいた。不安発作という怪物が、身をひそめていた真っ暗な洞窟からいきなり飛び出してきてこの瞬間を台なしにするのではないかと。

もうそのことを考えるのはやめにして、とヴァージニアは自分に言い聞かせた。**神経を集中するの。**

ところが、考えまいとすればするほど、いやでもそのことばかり考えてしまう。気持ちを楽にして、カボットが全身を疼かせてくれている快感を楽しむことができない自分に腹が立った。うろたえながらも彼の上に這いあがってまたがると、あらゆる感覚に否応なく火がついた。

カボットも熱く応じてくれた。

「うん、その調子だ」

彼の手がヒップをぎゅっとつかみ、体勢をととのえさせた。だが、彼女はちっとも濡れてこない。彼の太く勃起したものの上から腰を落とそうとしたとき、カボットがいきなり彼女をぎゅっと押さえてやめさせた。

「無理はしなくていい。もう少し時間をかけないと」

ヴァージニアは彼の肩に爪を食いこませた。「ううん、それはいや。やらせて」

「しいっ。大丈夫。こういうのは歯医者に行くのとは違う。いまでなくてもいい」

「わたしったら、もう」ヴァージニアは目をぎゅっとつぶり、涙をこらえた。「**いやになっちゃう**」

カボットはまだ勃起したままのそこからヴァージニアを静かにどかした。「薬をのんでくるといい」

ヴァージニアはくしゃくしゃになったシーツをまとわりつかせ、彼のかたわらで膝をついて起き、ナイトガウンの裾を下ろしながら自分の感情を分析しようとした。

「パニック発作は起きていない」彼女は言った。「ただ、こんな自分に嫌気が差してるの。だって、もし発作が起きたらって怖がっているせいで気を楽に持てないんですもの」

「わかる」カボットも彼女の隣で上体を起こした。「だから言っただろう。大丈夫さ」

体をかがめて、唇でヴァージニアの唇をそっとかすめる。慰めのキス。深い理解から生まれたキス。彼女をそそろうとしているわけではない。

ヴァージニアは突然、涙を流しながらヒステリックに笑いだした。

「歯医者に行く?」なんとか口がきけるようになると、ヴァージニアがまだ少し声を震わせながら言った。「それって、あなたが思いついたいちばんましなたとえなの?」

カボットは枕に背をもたせかけ、歪んだ笑みを浮かべた。「ごめん。でも、最初に頭に浮かんだのがそれだったんだ。つぎのためにもっとロマンチックなやつを準備しておかないとな」

「つぎ?」ヴァージニアは自分の耳が信じられなかった。手の甲で涙を拭う。「本当にまたこんな目にあいたいと思ってるの?」

「それ、本気で言ってるの? ぼくだって、もう何カ月もこれほどセックスに近い体験をしたことなんかないんだ。もちろん、またやりたいさ」

ヴァージニアがカボットをにらんだ。「あなた、わたしをからかっているでしょ」

「たしかにそうだけど」カボットが認めた。「たまたま事実でもあるんだ」上掛けをはいでベッドの上ですわった。「お互い、少し寝ておくっていうのはどうだろう?」

「そうね」ほかにいくつも選択肢があるってわけではないものね、とヴァージニアは思い、悲しくなった。せっかくのムードをぶち壊しにしてしまったいま、しかたがないわ。

カボットはもう一度かがみこんで唇に軽くキスをすると、そのまま部屋を出ていった。

ヴァージニアは廊下を歩く彼の足音にじっと耳をすました。彼のベッドルームのドアが開いた。だが、閉まる音は聞こえなかった。もし彼女がまたパニック発作に襲われて目を覚ましたら、そのとき察知できるようにと思ってのことだろう。たぶんここに来て、ようすを見、薬をのんだかどうかたしかめるつもりなのだろう。

だが彼はわたしを非難したりしない。わたしがどこから来たのかを知っているから。

25

カボットは夜明け前に目が覚めた。きわめて重大なことを見逃していたと気づいて激しい動揺を覚えてのことだ。その感覚に意識を集中してみる。戦闘地域に身を置いていたときも、警察官として働いていたときも、直観力にたよってきた。

上掛けをはいで起きあがり、客用の狭いバスルームに行ってシャワーと髭剃りをした。

服を着たあと廊下に出て、足音を立てないようにしてキッチンに向かった。カウンターの上のヴァージニアの眼鏡に目がいき、苦笑した。

コーヒーメーカーの準備にかかったとき、ヴァージニアが入ってきた。バスローブ姿で、髪はもつれている。眠ったせいだろう、顔色がいい。ものすごくセクシーでもある。カボットは体が疼くのを感じながらも、いまはコーヒー豆を量ることに専念しろ、と自分に命じた。

「おはよう」カボットは言った。

「いまいったい何時？」ヴァージニアが訊いた。

カボットは彼女に眼鏡を差し出した。「六時ちょっと過ぎだ」

「ええっ、びっくりだわ」ヴァージニアの声がいきなりはっきりした。「こんな時間まで寝ることなんかないのに」

カボットはコーヒーメーカーに目を落として微笑んだ。「ぼくもさ。でも、昨日はきつい一日だったからね」

ヴァージニアが人差し指で眼鏡を押しあげた。「ほんとにそうね」

その声には驚き、というか、もしかしたら不思議がっているのかもしれない調子があった。カボットにはわかっていた。ヴァージニアは引きつづきウォラートンの家での出来事を把握しようとしているのだろうし、昨夜二人のあいだに起きかけたことを理解しようともしているのだろう。だが、もし彼女が睡眠のことに触れようとしないなら、どちらでもない。ま、遅かれ早かれわかるはずだ。

「カボット？」

カボットはヴァージニアを見た。見るからに意を決したという表情だ。

「昨日の夜のことだけど」

「そのことは話さないことにしよう」

「それはそうなんだけど、でも、お礼を言っておきたくて」

「なんのお礼？」

ヴァージニアが両手を広げた。「理解してくれたことに」それだけ言うなり、あとずさった。「シャワーを浴びたほうがよさそう」

「そうだね」カボットは言った。

「すぐ戻ってくるわね」ヴァージニアはくるりと向こうを向くと、廊下をもと来たほうへと駆けていった。

「ヴァージニア？」

彼女が立ち止まり、振り向いた顔には期待がうかがえた。カボットの印象では、彼女は彼が何か大切なこと、意味深長なことを言ってくれるのを待っているようだった。

とはいえ、確信があるわけではないので無難なことを口にした。

「ハナ・ブルースターの最後の絵について訊きたいことがあるんだ。ログハウスの壁に描いたという絵だ」

「ああ、あれね」ヴァージニアは一瞬戸惑いはしたが、すぐに落ち着きを取りもどした。「あの絵がどうかして？」

「ブルースターの最後の絵に描かれていた、きみだろうと思われる少女は絵本を抱えていたね」

「ええ。でも、それのどこが気になるの？　あの『幻影』のシリーズの全作品でわたしは絵本を抱えているわ。あれはハナが用いた主題の象徴の一部なのよ」

「あの本はきみのお母さんがきみにくれたものだと言っていたね？」

「ええ。しかも、あの日にね。あれは子どものための算数入門として描かれているの。ほら、憶えてる？　わたしたち、学校に行くことが許可されなかったでしょう？　施設にいた女性の何人かが勉強を教えてくれていた」

「あの本、まだ持っている？」

「もちろんよ。母の唯一の形見ですもの。なぜ？」

「もしよければ、見せてもらえないかな？」

「いいわよ。いま取ってくるわ」

ヴァージニアは廊下の先にある、読書室兼ホームオフィスとして使っている客用ベッドルームへと入っていった。出てきたときには、いかにも手づくりといった感じの綴じ紐が擦り切れかけた薄い冊子を持っていた。

「挿し絵はハナが描いてくれているの」ヴァージニアが言った。「上質の紙を使っているからあまり劣化してはいないけれど、それでもいまにも壊れそう」

ヴァージニアは本をキッチンのカウンターに置き、用心深くそっと開いた。カボットはコーヒーメーカーのスイッチを入れてから、彼女の横に並んで立った。ひと目見た瞬間、たちまち挿し絵に魅了された。色彩豊かな絵は、いまにもページから飛び出てきそうだ。物語の中を魔法の王国からやってきた空想的な動物たちが走ったり飛んだり跳ねたり、はたまた悠々と歩いたりしている。どの動物も数字や数学記号を運んでいる。挿し絵が飾る物語は、算数嫌いな幼い少女に動物たちが数字の世界の不思議を見せようとするものだ。

「わたし、本を読むのは大好きだけど、算数が嫌いだったのよ」ヴァージニアの声がかすかに割れていた。「だから、母はわたしみたいな子どもの物語を思いついたのね。それにハナが挿し絵を添えてくれた。つまり、わたしに計算の基本を教えようという発想だったの」

カボットは彼女の涙に気づいた。「ごめん。悲しい思い出をよみがえらせてしまった」

「ううん。あなたにしてもわたしにしても、どうにもならないことだわ。お互い、もう過去に引きもどされてしまったんですもの」

「そうだな、たしかに」

ヴァージニアは目をしばたたいて涙を追いやった。「ただ、いまになってこんなにいろいろなことが立て続けに起きたでしょ。なんだかちょっと……混乱したんだと思うわ」

「それはきみだけじゃないよ」

カボットは衝動的に彼女のほうに手を伸ばし、ぎゅっと抱き寄せた。彼女は抗わなかった。逆に彼に力なくもたれかかり、ずいぶん長く感じられるあいだ泣いていた。その涙がすごく深くて暗いところからあふれ出てきていることをカボットは知っていた。彼もその場所を知っているからだ。もう長いこと、彼もまったく同じ場所を何度となく繰り返し訪れていた。それはしばしば午前一時半だった。

自分の目からも涙が伝い落ちていることには、ヴァージニアが彼の腕の中から静かに身を引いて一歩あとずさり、潤んだ目で微笑みかけてくるまで気づかなかった。

「ごめんなさいね」ヴァージニアが言った。「こんなふうにこらえきれなくなることなんて久しくなかったのに」

「ぼくもさ」カボットは顔をしかめ、ペーパーナプキンで涙を拭った。「子どものころはアンソンが、どうってことはないよ、とよく言ってくれた。あそこで起きたことを忘れることなどできないんだから、なんとか対処しなければならないんだよ、と言うんだ。ときどき泣くのはたぶん、ろくでもないことを抑えこんでおくいい方法なんだと思う、とも」

「ろくでもないこと？」

「アンソンは訓練を受けた心理学者じゃないから、しゃれた専門用語を用いたりしないんだよ。でも、ぼくと兄弟は言われたとおりに受け止めた。泣くのもときには役に立つ」

「祖母はわたしを二人のセラピストに通わせたわ。もちろん、しゃれた専門用語を使う人たち」ヴァージニアが言った。「その人たち二人も同じことをわたしに言ったのに、祖母はそれを聞くや、まったく逆のことをわたしに言ったの――過去のことは口にしてはいけません。つらくなるだけだからって」

「それできみは過去の話はしないことにした」

「家ではね。その後、大学に行って現実の世界に身を置いたとき、誰もわたしの過去についてなんか話したいとは思ってないし、もしそう思ってる人がいたとしても、ただの異常なほどの好奇心からだってことを発見したの。みんな、カルト教団にいたことを知ると、それまでとは違った目でわたしを見るようになったわ。みんながわたしをよほど屈折した人間なのか頭がおかしいのかって思いながら見ているのがひしひしと伝わってきた。だから、口をつぐんだわ」

「ぼくと兄弟はすごく早い時期に、自分たちの過去を部外者に話すことは得策じゃないと気づいたんだ。だが、少なくともぼくたちはお互いとアンソンに話すことができた」

「わたしには過去を分かちあう人が誰ひとりいなかったの。ハナ・ブルースターがわたしの画廊に現われるまではね。彼女とは少しだけ言葉をかわしはしたけど、あのときはもうハナは自分だけの世界に住んでいた。何が現実で何が現実じゃないのかが判別するのがむずかしい状態だったわ。それだけじゃなく、徹底した秘密主義でね。完全な誇大妄想」ヴァージニアは数字の絵本にちらりと目をやった。「でも、絵本のことは何度も尋ねていたわ」

「なんと言って?」

「わたしがこれを安全な場所にしまっているかどうか、すごく心配していたの。そのうちいつか必要になるかもしれないって言っていたわ。でも、正直なところ、当時から何百回も見てきたけれど、まだ彼女がどういうつもりで言ったのかがわからないの。あなたに言えることは、動物にはあの納屋で寝かせられていた子どもたちの名前がつけられていたってことだけ。とはいっても、よほどじっくり挿し絵を見ないかぎり、それくらいのことにすら気づけないわ」

カボットは適当なページを選んで、風変わりな動物の中の一匹がかぶっている奇想天外な装飾が施された帽子に目を凝らした。はじめのうちは自分の見ているものがなんなのかがわからなかったが、やがて〈H〉とそれにつづく〈u〉が見えてきた。

「ヒューか」カボットが言い、顔を上げた。「あの夜、ヒューもいっしょに納屋にいたな。ヒュー・ルイス。彼は父親といっしょにあの施設にいた」

「彼らの名前はアンソンが管理しているリストにあるの？」

「ああ」カボットが答えた。「マックスは二年前に彼らを追跡した。いまは中西部に住んでいて、ぼくたちの知るかぎり、まああの暮らしをしている。だが、マックスによれば、二人ともゼインのところにいたときのことは語りたがらなかったそうだ。ヒューは結婚して子どもが二人。父親は再婚していた。どちらの妻も二人がゼインの教団にいたときのことは知っていたが、友人や隣人には知られたくないと言っていた」

「理由は言わずもがなだわね」ヴァージニアが言った。

「ハナはきみにこの本がなぜ大事かは教えてくれなかったと言ったね？」

「ええ。これについては何も話そうとはしなかったのよ。ただ、わたしがこれをまだ持っていることを確認したかっただけみたい。冗談じゃなく、わたしはこの中の絵と数字はもう百万回も見たわ。答えに何か意味があるのかと思って、計算問題も解いてみた。だけど、もしここに手がかりがあるとしても、わたしには見えてこないの」

カボットは顔を上げてヴァージニアと目を合わせた。「だが、きみは〈カトラー・サター&サリナス〉にやってくるまで、カリフォルニアの教団施設の火事のあと、大金が消えたことを知らなかった。お母さんがきみにこの本をくれたその日の夜に、ゼインが施設に火を放ったというのはなんとも興味深い」

ヴァージニアがしばし黙りこんだ。「つまり、この本が消えたお金を探す鍵だと思うのね？」

「もしお母さんが教団の資金を横領していたとしたら、それを隠す方法を見つけていたはずだ」

ヴァージニアははっと息をのんだ。「この本の数字と絵は何かの暗号で描かれていると思っているのね？」

「ひとつの可能性だ。そうだとすれば、きみがこれを安全な場所に保管しているかどうかをハナが確認した理由にはなる」

「もしあなたの言うとおりだとすれば、彼女の最後の絵――クィントン・ゼインの現在だろうと思われる人間が描きこまれている絵――はわたしに、彼がまた現われただけでなく、この本を追っていると警告しようとしているのね」

「いまの時点ではたんなる憶測だが、ひとつだけたしかなことがある。ぼくたちには秘密の暗号を解読している時間はないということだ。いまは無理だ。当面は調査に集中しよう」

「了解。でも、この本はどうしたらいい？」ヴァージニアが訊いた。「いままでどおりここに置いておくわけにはいかないわ。これが重要かもしれないとなったいま、それじゃまずいでしょ。貸金庫かどこかに入れておかないと」

「そうだな。だが、この本が本当に重大な意味を持つかどうかはできるだけ早く突き止めないと。きみが承知してくれるなら、ぼくはこれをアンソンに預けたいと思う。コピーを取って、そのあとオリジナルは貸金庫に入れておいてもらおう。検討するためのコピーがあれば、専門家の協力も得られる」

「専門家の協力って？」

「サイバーセキュリティーの分野で仕事をしている人間の中には、暗号やパズルに強いやつがたくさんいる。マックスやジャックはそういう業界に知り合いがいる」

「ハナの言うとおりだったんだわ。クィントン・ゼインは本当にまた現われて、わたしたちを追っている」ヴァージニアが言った。

だが、彼女から苦悩とか挫折とかいったようすはうかがえず、伝わってくるのは静かな怒りと固い決意だ。

「これからはゼインを向こうに回すことになるかもしれないが」カボットは言った。「あいつ以外の誰かが消えた大金のことを知って探している可能性も大いにあると思う」

ヴァージニアの口もとがこわばった。目もわずかに細めている。「これがゼインの仕業ではないと思うのね？」

カボットがうなずいた。「考えれば考えるほど疑念がつのるんだ」

「なぜ？」

「ゼインは腕のいい詐欺師であり、細心の注意を払う殺人者だった。いくつもミスを犯したりするはずがない。それに、もしいまも生きているとすれば、二十二年ものあいだ、じつにうまく身をひそめていたことになる。だからもし、なんらかの理由があって隠れ場所から出ることにしたのなら、もっと用心深い手段を講じると思うんだ。となれば、ぼくたちがいま向こうに回しているのは、こういうことに関してまだ経験不足の人間って気がする。あくまでぼくの勘にすぎないが」

「でも、二十年たっているのよ」ヴァージニアが言った。「そのあいだにゼインに何が起きたのかは知りようもないわ。何かのきっかけで自暴自棄になったとか、頭が完全におかしくなったとか」

「さもなければ、長い年月のあいだに誰かべつの人間が、ゼインの大金を隠す手伝いをしていたのはきみのお母さんだと知って、キンバリー・トロイの相続人を追跡しはじめた」

「わたし」

「ああ、きみさ」カボットが言った。「これがいちばん単純な答えだ」

「そのことを知りえた誰かべつの人間て？　どうやって？」

「それをこれから突き止める必要がある」

「どこからはじめるの？」

カボットはノートパソコンを開いてナイトウォッチの組織図を開いた。

「トップからはじめるのがよさそうだが、ジョッシュ・プレストンに会えるかどうか」

「彼がわたしたちに何か話すと思うの？」

「ああ。ぼくたちは警察じゃないからね。きみの画廊の裏の部屋で死体で発見された女性に関する疑問を追っている民間会社だ。好奇心の威力を侮るなかれ。ぼくたちが入手している情報をプレストンは知りたがるはずだ」

「なぜ？」

「いま、彼の会社は警察に注視されている。となれば、警察は彼によけいなことは話していないと考えていい」

数時間後、ヴァージニアとカボットがオフィスに入っていくと、アンソンはデスクを前にしてすわり、電話をかけているところだった。カボットは算数の絵本を入れた封筒を小脇に抱えている。

アンソンが電話を切って、カボットを見た。

「ちょうどいいところへ来た。シュウォーツ刑事と話していたところだ」

「シアトル警察にいる友人だね？」カボットはデスクに封筒を置いた。「何かニュースでも？」

「まあ、そう言えるかもしれないな。どうやらナイトウォッチ社内で横領の噂がささやかれているようだ。少数とはいえ、サンドラ・ポーターが犯人だったかもしれないと考えている人間もいる。彼らは、サンドラにはそういうことをやってのけるだけの技術はあったと思っているらしい」

「なかなか興味深いな」カボットが言った。「その情報と交換にこっちからシュウォーツにはどんな情報を？」

「いや、まだ何も。だが、こっちも彼が使える情報を提供しなきゃ、これ以上彼から何か引き出すことはもうできないだろう」

カボットは封筒からしゃれた空想的な算数の本を取り出した。「父さんがこれから何をするにせよ、こいつについては絶対に口外しないでくれ。ゼイン陰謀説クラブの会員限定だ」

アンソンが絵本を手に取った。「なんだね、これは？」

ヴァージニアがアンソンを見た。「たぶん――あくまでたぶんなんですけど――二十二年前に消えた大金のありかへの鍵になるかもしれないんです」

26

ジョッシュ・プレストンはデスクチェアの背にゆったりともたれ、デスクをはさんですわった二人の女性をしげしげと見ていた。二人のどちらかが盗っ人なのか？そもそもは彼のシステムに侵入できる技能を身につけた優秀な技術者を探せばいいだけだと思っていたが、ここまでは横領犯を突き止める手がかりが見つかりそうになるたび、壁にぶち当たってきた。

そしていま彼は、これまでは見当違いな連中に目を向けてきたのではないかと考えはじめていた。ローレル・ジェナーはマーケティング・チームのヘッド。ケイト・デルブリッジはナイトウォッチのウェブサイトの宣伝コピーを書いている。どちらもプログラミングができる技術者ではないが、ともに大きな仕事を仕切っていく能力は秀でている。

「サンドラ・ポーターが死んだって話はもう耳に届いていると思うが？」ジョッシュ

は切り出した。

「はい」ローレルが答えた。「今朝、人事管理担当者から知らされました。彼女が殺されたなんてまだ信じられません」

ジョッシュはうなずいた。ローレルには初対面のときから惹かれていたが、それは彼女の外見がビデオゲームに登場する、さまざまな能力を兼ねそなえたスーパーヒーロー的な女性キャラクターを連想させたからではない。彼女の赤毛は現実とは思えないほど強烈な色だが、それが緑色の目や猫顔をなおいっそう際立たせていた。かといって、彼女を雇ったのは外見的資質を買ってのことではなかった。たしかに興味津々ではあったが。彼女は頭がよく有能で、オンライン上の見込み客にどう働きかけたらいいのかを直感的に心得ていた。また、ジョッシュ同様野心家で、一週間に七日進んで仕事に励む人間でもある。

ジョッシュは彼の下で働く野心的な人間を駆り立てるのが好きだが、野心には暗黒面がある。

ふと気がつくと、指で椅子の肘掛けをこつこつと叩き、いらいらと貧乏揺すりをしていた。昔ながらの木のデスクならどうというほどのことではなかっただろう。ローレルとケイトに彼の足まで見えなかったはずだ。しかしいま、彼女たちが意識して目をそらせているのが彼にはわかった。インテリアデザイナーがガラストップのデスクを入れると言ったとき、許可するんじゃなかった。

突然、手を洗いたい衝動に駆られたが、持てる力を振りしぼって強迫観念に抗った。気を紛らわせようと、立ちあがって窓際に行き、外の景色を眺めるふりをした。このオフィスはシアトルのサウスレイクユニオン地区にある超高層オフィス・タワーの二十階にある。窓からはまだサウスレイクの一部が見えるものの、その見晴らしもいつまでつづくものやらと思っている。この数年でシアトルにはオフィス・タワーのみならず、コンドミニアムやアパートメントビルがつぎつぎに建ち、この建設ラッシュはとどまるところを知らないからだ。

ナイトウォッチを売却した暁にはじゅうぶんな現金を手にするはずだから、四十階建てのもっと上のフロアを買い、忌々しい街を一望におさめることにしよう。「今朝、シアトル警察殺人課の刑事と話した。名前はシュウォーツ。彼が今回の捜査の責任者だ。現時点ではなんの手がかりもないそうで、ナイトウォッチ社内でもサンドラを知る人たちから話を聞きたがっている」

ケイトがファイルをぎゅっとつかんだ。「サンドラのことなら社員のほとんどが知っていますよ。みんなショックを受けています。サンドラが麻薬に手を出していたのかもしれないって噂も聞こえてきます」

「人事管理部門には、捜査にはできるかぎり協力するように、と指示しておいた」ジョッシュは言った。「悲しいことではあるが、サンドラが死亡時にはもうナイトウォッチの社員でなかったことも事実だ。さあ、仕事にかかろう。ローレル？」

「新規のマーケティング戦略は今日実行に移す予定です」ローレルが滑舌よく言った。「チーム全員、本当にわくわくしています。ソーシャルメディアではすでに開始し、その他もまもなくというところです」

ジョッシュはうなずきながらローレルのボディーランゲージを読みとろうとした。ローレルを社にとって貴重な存在たらしめている資質が、同時に彼女の名を彼の容疑者リストに連ねさせている事実から目をそむけていてもしかたがない。それでも、彼女にハイテク横領を実行できるだけの技術がそなわっているとはどうしても思えなかった。

もし彼女が誰かと手を組んだとしたらどうだろうか、と考える。その可能性については前にも考えた。**くそっ。社員の中に盗っ人が二人いるのか？** それはありえないような気がしていた。横領はふつう単独で実行するものだからだが、なんにでも例外は存在する。

「広告キャンペーンの最終版ですが、もう一度ごらんになりますか？」ローレルが訊いた。

その質問が二度繰り返されたことに気づいて、振り向いた。二人の女性がそろって彼をじっと見ていた。

「いや、けっこう」ジョッシュは答えた。「プラン全般をもう承認しているんだ。詳細にまで目を通す必要はない」

ローレルが涼しげな自信に満ちた笑みを彼に向けた。「では、そういうことで。明朝までにはすべてが開始となります」

ケイトが咳払いをした。

「それでは、ケイト？」ジョッシュはじれったさを隠さずに言った。

両手の指を後ろできつく組んだ。早く自分専用のトイレに行って手を洗いたくてたまらなくなっていた。またしても。

「深い眠りの探求セクションの第三段階の販売促進に関して新たなアングルを思いつきました」ケイトが言った。「プレビューとコメントのための準備もできています。

今日の午後、チームとの会議を予定しておりますが、ご都合はいかがでしょう？　もしご都合が悪ければ、予定を組みなおしますが」

「今日の午後なら大丈夫だ」ジョッシュは言った。「それじゃ、いまはここまでにして、そのときに」しばし間をおく。「何か付け加えることがなければ、だが？」

ローレルが首を振り、椅子から立った。いつもながら落ち着き払い、動揺はいっさいうかがえない。

「わたしもべつに」ケイトが言った。

勢いよく立ちあがる姿は、ここから脱出したくてうずうずしているふうだ。

ジョッシュは二人が部屋から出ていくのを待ってからデスクに戻り、しばしそこに立ったまま、閉じたドアをにらみつけた。盗っ人を見つけないことには。それも早いところ。時間切れが迫っていた。ナイトウォッチの財務問題に関する噂はすでに広まりつつあった。そういうたぐいのゴシップはＩＴ業界では瞬く間に拡散する。計画的な犯行によってカネをまきあげられていることが公になりでもしたら、つぎの事業のためのベンチャー投資を受ける希望は潰えてしまう。大損をしたのなら、それはそれでかまわない。新設企業には想定されることだ。しかし、社内の人間に掠め取られていたとなれば致命傷だ。

オフィスを横切り、聖域ともいえる彼専用のトイレのドアを開けて入った。そして好みの温度のお湯を流しながら十五分かけて入念に手を洗った。

儀式が終わると、解放感に包まれた。これが長続きしないことは承知のうえだが、少なくともまたすっきりした頭でものが考えられる。

いつか時間ができたら、この強迫性障害について診てもらわなければと思ってはいるが、まずは社内の動きを掌握し、彼のカネを掠め取っているのが誰なのかを突き止めなければならない。

27

ケイト・デルブリッジはラテを片手に、けっこう混んでいる休憩室を横切ると、タッカー・フレミングがひとりすわっているテーブルに行った。

タッカーの目はいつものように、何を見ているのかは知らないが携帯の画面に釘付けだ。ケイトが来たことに気づくとちらっと視線を上げ、うるさそうに軽く頭を下げるや、すぐまた携帯の画面に視線を戻した。

「ゼロ＝ゼロ＝ゼロ役員室の打ち合わせはうまくいった？」タッカーが尋ねた。

会社創設当時からずっと、誰も理由は知らないまま、ジョッシュ・プレストンのオフィスはゼロ＝ゼロ＝ゼロ役員室と呼ばれていた。

「どうかしらね」ケイトは答えた。「ボスは今日、いやにいらいらしていたわ。ローレルとわたしがマーケティングと販促計画についてブリーフィングしているあいだ、落ち着いてすわっていることすらできないみたいで」

「プレストンはもともと落ち着きのないタイプだから」

「それはそうだけど、今日の彼はいままで見てきた中でも最悪だった。何かよっぽど神経に障ることでもあるんでしょうね」

タッカーが肩をすくめた。「社内でささやかれはじめている噂でも耳にしたんじゃないのかな」

「それ、横領のこと？　当然、耳に入ってるわよね。間違いないわ。わたしでさえ聞いたもの。わたし、いつだって社内の噂は最後まで知らないっていうのに。それにしても、プレストンがまだサイバーセキュリティー会社に調査を依頼していないって意外ね」

「そんなことをすれば、その瞬間から噂が噂ではすまなくなる。横領の噂がもっと声高にささやかれれば、いま彼に群がっている投資家たちもひと晩で消えてなくなる」

「たぶんあなたの言うとおりね」

ケイトはラテの蓋をはずした。携帯から目を離すことができない人間を相手に会話をつづけるのが苦手な人もいるが、ケイトは慣れていた。たいていの新設企業がそうであるように、ナイトウォッチにもカフェイン漬けで働く人間がたくさんいて、そういう連中は二つのけっして交わることのない世界——ひとつは電子機器の中に、もうひとつは現実の中に存在する——の両方で生きる能力を進化させたと確信している。彼らの多くにとってつらいのは現実世界のほうだとケイトは考えている。オンラインの世界が与えてくれる果てしない刺激にかなうものはないからだ。ケイト自身はどうかといえば、現実の世界のほうが好きだ。

タッカー・フレミングは最近、多額のボーナスをもらい、ナイトウォッチ・アプリ最新版への功績を認められて今月の最優秀社員にも選ばれた。まだ二十代半ばで、ルックスに関しても遺伝子宝くじの当選者であることは否めない。だが、予測不能な癇癪持ちであり、衝動的でもある。しかしながら、つぎつぎに一攫千金のアプリをつくりつづけているかぎり、そうした性格もまったく問題にはならない。

むろん、いつかは彼も劣化する運命にある。コロラトゥーラ・ソプラノ歌手、フットボールのスター選手、プリマ・バレリーナなどと同じく、IT業界の寵児もトップにいられる期間は短いのが常だ。タッカーはいま注目を浴びる彗星のごとき存在だが、より敏速で鋭く、機器とも慣れ親しんでいる次世代の鬼才が早くも頭をもたげてきているのがこの業界である。他の追随を許さないプログラマーでさえ、他業種ではこれからという年齢で盛りを過ぎたと見なされるのだ。

ケイト自身は、といえば、ナイトウォッチ・ブログとソーシャルメディアのコンテンツを書いている。文章が書ける強みは、有能な書き手ならばつねに誰かがどこかで必要としているという点だ。

コーヒーを飲み、カップを置いた。「サンドラの事件について警察からもう何か訊かれた？」

「うん」タッカーはあいかわらず携帯の画面に集中している。「同僚だったし、いっしょに仕事をしたこともあるけど、よく知らないと答えておいたよ。ついでに、彼女は麻薬取引にかかわっていたって噂を耳にしたって話もしておいた。そっちは？」

「わたしはまだ何も訊かれてないわ。たぶん、この先も訊かれないんじゃないかしら。サンドラとは親しかったわけじゃないから。実際、彼女のことはほとんど何も知らないの。どういうことかわかるでしょう――IT関係の連中は、わたしみたいに英語の学位を持ってるなんて人間が我慢ならないのよ」

「警察はたぶん、これはヤクの取引がうまくいかなかったかなんかって線で捜査するんじゃないの？」

「そう思う？」

「それがいちばん論理的な仮説だと思うね」タッカーが言った。「警察にも言ったけど、最近のサンドラはなんだか気味が悪かっただろう」

28

ジョッシュ・プレストンは五時少し前にオフィスを出た。カボットは彼を、地下駐車場の出口のすぐ外で待っていた。ひときわ目立つ、見るからに高価なスポーツカーが道路に出る手前で一旦停止し、運転するプレストンが左右を見たとき、カボットは運転席側の窓に歩み寄り、財布を開いて私立探偵の免許証がよく見えるように提示した。

プレストンは用心深い表情をのぞかせながらも窓を下ろした。「なんですか?」

「ある人物の死亡の真相を調査するよう依頼を受けて動いています。その人物の死がサンドラ・ポーターの死と関係があるかもしれないのですが、少しお話をうかがえませんか?」

「くそっ。警察はべつの殺人事件のことなどひとことも言ってませんでしたよ」

「もしかすると自殺かもしれません。そのへんを調べているわけでして」

「あなたはうちの社員がかかわっているると思っているんですか？」

「はっきりした根拠はないんですが――はい、まだそれはありません。現時点ではさまざまな事実を収集しているだけです。ところがですね、問題があるんですよ。サンドラ・ポーターが殺害されたのはぼくの依頼人の仕事場なんです」

「ええっ、いったいどういうことなんだ？」

「ぼくがナイトウォッチとの接点を探している理由はご理解いただけたようですね」

「警察が捜査しているのはサンドラ・ポーター殺人事件だけだと思ったが」プレストンが言った。

「はい。ですが、警察がぼくの事件に関心を示さないのは、それが自殺だと思いこんでいるからなんです」

プレストンがかすかに鼻を鳴らした。「だが、あなたの依頼人はそうは思っていないってことか？」

「はい」

「しかし、ぼくに役に立つような話ができるとは思えないな。ナイトウォッチに関係がある人が死んでいたなんてことはまったく知らなかったんだからね」

「被害者がこちらと関係があったとはかぎりません。なので、そのことをはっきりさせたいと思っています。数分でけっこうですから、お時間をいただけませんか?」

プレストンはためらった。ハンドルに添えた指先がぎこちなく躍っている。まもなく顎が引き締まった。そして、こっくりとうなずいた。

「人に聞かれずに話せるバーがある」プレストンは店と通りの名をすらすらと言った。

「そこで会おう」

「ありがとう」カボットは言った。

後ろ向きにあとずさりながら財布をジャケットの内ポケットにしまい、SUVに向かって歩きだした。ドアを開けて運転席に乗りこむ。ヴァージニアが助手席からじっと見ていた。

「それで?」

「プレストンが話を聞かせてくれるそうだ。ここから数分のバーで会う」

「好奇心を要素に挙げたあなたは正しかった」

「たいていの場合、うまくいくものなのさ。だが今回は、もうひとつこっちにとって有利な点があった」

「なあに?」

「プレストンはなぜか神経をぴりぴりさせているといった印象だった」

「それをどうとらえたらいいの？ 少し前に解雇した社員が殺されて、警察が社員から聞き込みをしている。どんなCEOだって不安になるわ。プレストンにしてみれば、何がなんだかわからないけど、殺人犯を雇っているかもしれないんですもの」

「まあ、そうだな」カボットも認めた。エンジンをかけ、SUVを縁石からゆっくりと発進させる。「しかし、殺人事件の捜査のせいで不安になっているという以上の何かがあるような気がするんだ」

プレストンは静かなバーの奥まった隅のブースで待っていた。電話がテーブルの上に置いてある。彼の前にはすでにマティーニが。ダブルのようだ。ヴァージニアに気づいて顔をしかめた。

「いったいどうなってるんだ？」プレストンが訊いた。「ここにほかの人間を連れてくるなんて聞いてないが」

「ヴァージニア・トロイと申します。サンドラ・ポーターはわたしの画廊で殺されました。ミスター・サターはわたしの依頼で調査を進めてくれています」

プレストンは彼女を値踏みするようにそっけない視線を送った。「まあ、いいか。どうぞおかけください。まずはこれまでに判明したことを聞かせてもらいましょう」

カボットはヴァージニアの椅子を引いてすわらせてから、その隣に腰かけた。

「それでは話が違います」プレストンに向かって言った。「ここに来たのは情報交換のためです」

プレストンは躊躇はしたが、うなずいた。「ま、それでもいいが。飲み物は?」

「いいえ、けっこうです」ヴァージニアがきわめて丁重に断った。

カボットはただ首を振った。「サンドラ・ポーターをなぜ解雇したのか、聞かせてもらえますか?」

プレストンは少し考えたあと、肩をすくめた。「厳密には辞職なんだが、いや、じつは彼女は辞職に追いこまれたんだ。国家機密でもなんでもない。警察にも話してある。ポーターは仕事はできたが、人事管理担当者によれば、この何週間かの彼女の言動には劇的な変化があったとか。麻薬取引にかかわっているとの噂まであった。そのうえ、恋人にふられて、ひどく落ちこんでいたらしいって話も聞いた。ところで、そちらからの情報は?」

「そうたくさんあるわけではありません」カボットは言った。「ぼくが調査しているのはハナ・ブルースターという女性の死亡の真相ですが、この人は芸術家でした。彼女の作品のうちの数点はミズ・トロイの画廊の裏の部屋にある倉庫に保管されていましたが、ぼくたちがポーターの死体を発見したとき、倉庫の扉が開いていたんです」

「ほう」プレストンがしばし考えこんだ。「あなたがたが質問したい気持ちはわかりますが、大した協力はできそうもないな。そもそもポーターとその芸術家の死亡事件がつながっているなんて思いもよらなかったものでね。で、そのブルースターって芸術家はどういう種類の作品を？　彫刻？　ガラス？」

「絵画です」カボットが答えた。

プレストンの表情からはあれこれ推測しているようすが読みとれた。「作品がよっぽど値の張るものだったとか？　もしポーターが麻薬取引に手を染めていたとすれば、ブルースターの絵を盗もうとしたのかもしれない」

「ハナ・ブルースターの絵に買い手はつきませんでした」ヴァージニアが冷ややかに言った。「少なくともこれまでは」

プレストンはここでマティーニを飲み、必要以上に力をこめてグラスをテーブルに置いた。

「これ以上話すことは何もないな。そちらがそれしかつかんでいないなら、この話し合いはこれまでということにしましょう」

「ナイトウォッチには財務に問題があるとの噂を耳にしましたが」カボットが言った。

プレストンが表情をこわばらせ、ぴたりと動きを止めた。「それがあなたがたとなんの関係がある？」

「社内の何者かが横領を働いているとはじめて気づいたのはいつですか？」カボットが訊いた。

ヴァージニアはその瞬間、プレストンは答えないだろうと思ったが、まもなく彼の表情から自信が消えたような感じがした。

「数週間前だが」彼が答えた。「なぜ？」

「サンドラ・ポーターが横領犯だったと思いますか？」カボットが訊く。

「いや」プレストンが憂鬱そうに答えた。「もし彼女が犯人だとしたら、いまも墓の下から仕事をつづけていることになる。一時間前にチェックしたところ、またカネがどこへともなく消えていた」

「彼女に共犯者がいたのかもしれない」カボットが言った。

プレストンが顔をしかめた。「共犯者が彼女を殺した？　じつはその可能性、ぼくも考えてはみた」

カボットは名刺をテーブルに置いた。「もしもほかに何か知っておきたいことがあるとか、横領に関する調査を任せられる秘密厳守のサイバーセキュリティー会社を紹介してほしいとかでしたら、連絡をください」

プレストンは名刺を見ることなく、そのままポケットに入れた。「その節はよろしく。そちらの調査の流れでたまたま、ぼくのカネを吸いあげているのが誰なのか手がかりが見つかったりしたら、そのときは知らせてもらえるかな？」

「状況によりますね」カボットが言った。

「たとえば？」

「利害の対立が生じると判明した場合ですね」

プレストンが渋い表情を見せた。「利害の対立っていったいどんな？」

「さあ、それはなんとも。ですが、もしそういうことがなければ、そしてもしぼくがあなたの会社の横領犯に関する手がかりを見つけたならば、こちらから請求書を送らせていただきますよ」

プレストンはそっけなくうなずいた。「もちろん、そうしてもらってかまわない。それなりの答えを出していただければ報酬は払うつもりだ」

「好奇心からうかがいますが、横領犯を探すとしたらどこからはじめたらいいと思われますか？」カボットが訊いた。

プレストンは指でこつこつとテーブルを叩いた。「ぼくなりに調べてはみた。会計管理部門とIT部門の人間をひとりずつ精査した。犯人はおそらくカネの動かし方に通じている人間だと思う」

ヴァージニアが身を乗り出した。「何か発見はありました？」

「いや。しかしいま、ぼくのカネをまきあげるだけの技術はないだろうと思っただけで容疑者からはずしてしまった者がいるような気がしはじめている。もしその中のひとりがポーターと組んだとすれば、ポーターには間違いなくそれだけの技術があったから――」

「名前を挙げてもらえませんか？」カボットが訊いた。

プレストンには躊躇があった。「ソーシャルメディア部門にケイト・デルブリッジというライターがいる。彼女だと決めつける根拠はまったくないが、どういうわけか彼女がもしかしたら横領にかかわっているかもしれないと思わせるんだ」

ヴァージニアが眉を吊りあげた。「彼女が容疑者からいちばん遠い存在だからですか？」

「いや、そうじゃない。じつは数カ月前、いっしょにサンフランシスコに出張したとき、週末に彼女と寝たんだ。彼女には事前に、真剣な恋愛になんか興味がないと警告した。つまり、基本ルールを伝えた――もし会社でそのことをひとことでも口にしたら、そのときは辞めてもらうしかない、と。彼女はそれでいいと了解したようだったが、いまになって、もしかすると彼女は復讐を望んでいるのかもしれないと思えてきた。ぼくには彼女の考えてることが読めなくて」

「彼女には横領しても逃げおおせるだけの技術はあるんですか？」カボットが訊いた。

プレストンが首を振った。「いや、それはない。断言できる。しかし、だからといって、ポーターと組まなかったということにはならない。ポーターが死んだいま、横領を継続できるだけのノウハウをすでに身につけているのかもしれない。ちくしょう。あの出張から帰ってきたとき、デルブリッジを解雇しておくんだった」

「いまからでも遅くないんじゃないですか？」カボットが訊いた。

プレストンが静かに鼻を鳴らした。「古い格言があるでしょう。〝友だちはそばに置け。だが、敵はもっとそばにおけ〟っていう。もしケイトがぼくのカネを掠め取っているとしたら、むしろ自分の目が届くところに彼女を置いておかないと」

「ほかに容疑者は？」カボットが訊いた。

プレストンの顎にぐっと力が入った。「いることはいるが、まだあなたに名前を言うつもりはない。いまはまだ」

29

カボットがSUVの助手席側のドアを開けた。ヴァージニアが乗りこんですわる。カボットは思案顔でドアを閉めた。ヴァージニアは車の前を歩く彼を見ていた。彼が運転席側のドアを開けて乗りこんできたとたん、車内に冷たい空気が流れた。

カボットはしばらく無言ですわっていた。**またゾーンに入ったのね**、とヴァージニアは思った。**彼独自の技能を駆使している**。

「何を待っているの？」だいぶたってから問いかけた。

「プレストンがいつまであのバーにいるのかチェックするのもおもしろいかもしれないと思ったんだ」カボットが答えた。

「たしかにそうだわ。ナイトウォッチみたいな会社のCEOが長い時間ひとりで飲んでいるとは思えないってわけね」

「ちょっとふつうじゃない気がする」カボットが言った。「プレストンのような地位にいる人間には友だちが何人もいるのがふつうだ」

「トップに立つ人間のそばにいたがる連中ね」

「ああ」

ヴァージニアはシートの角へと腰をずらした。「あなた、こういうことはしょっちゅうしているの?」

「ただじっとすわって、誰かが何かおもしろいことをするのを待つってこと? いや。たいていの人間は自分の生活を全世界と共有したくてたまらないようだ。だが、ときには旧式なアプローチに代わる手段がないこともある」

「トイレに行きたくなったらどうするの?」

カボットがヴァージニアを見た。「その質問だが、本当に答えが聞きたい?」

「ううん、聞かないでおくわ」

カボットの目を一瞬、愉快そうな表情がよぎった。

だが、二人はさほど長く待つ必要はなかった。しばらくすると、ジョッシュ・プレストンがバーの入り口から姿を現わして車に乗りこみ、車は人通りの多いサウスレイクユニオン地区をゆっくりと走り抜けていった。

カボットは目立たないような距離をおいてあとをつけた。

「彼、イーストサイドに住んでいるみたいね」ヴァージニアが言った。

「いや、アンソンが彼に関する調査でつかんだ住所はマーサー島（シアトル郊外ワシントン湖南部中央に浮かぶ最大の島。自然豊かな高級住宅街）だ。となれば、彼はイーストサイドに住んでいる誰かを訪ねようとしているのかもしれない」

30

タッカー・フレミングは携帯の画面をじっと見た。追跡プログラムによれば、ヴァージニア・トロイが再び動きだした。

彼女がいま五二〇番橋を走る車に乗り、ワシントン湖の東側に向かって移動しているとしても、筋の通る理由はいろいろ考えられる。顧客の家をめざしているのかもしれない。

画面上を移動する輝点を目で追っていく。トロイは橋を通過し終え、カークランド方面へとハンドルを切った。

タッカーのうなじを、なんだかわからない不快感が氷のような冷たさを放ちながら駆け抜けた。サンドラ・ポーターが死んだあと、これでまた事態は制御できたと自分に言い聞かせた。警察はサンドラ殺害事件の捜査をもっぱら麻薬絡み、あるいは別れた恋人——そんな者は存在しないのだが——絡みの仮説にしぼって進めている。

しかし、カボット・サターという男が予測不能になってきている。危険だ。

タッカーはお気に入りの栄養ドリンクの缶にまた手を伸ばした。蓋を引き開け、ぐっとあおった。振り返れば、開始時点では彼はゲームの主導権を握るプレーヤーだった。それなのに、つぎつぎとまずいことが起きた。ハナ・ブルースターが彼の追跡を逃れて崖から飛び降りた。ヴァージニア・トロイがあの過去とつながりのある私立探偵を雇った。さらに、サンドラ・ポーターがストーカーと化し、彼を脅迫しようとした。

何がなんでもゲームの主導権をこの手に取りもどさなければ。それも、速やかに。

31

プレストンの車はカークランドの小さな店が建ち並ぶ地区を抜け、ワシントン湖の湖岸に建つ中層コンドミニアムの前で停まった。縁石沿いに駐車し、車を降りたプレストンがセキュリティーゲートに向かって歩を進める。ブザーを押すと、数秒後にゲートが開いた。プレストンがそこを通過し、小道を歩きはじめた。

八番のドアがノックもしないうちに開いた。

カボットの目は赤毛の女性を一瞬とらえた。プレストンはその女性のコンドミニアムに入り、ドアが閉まった。

「プレストンには恋人がいるみたいね」ヴァージニアが言った。

カボットはコンドミニアムの正面をゆっくりと通り過ぎ、角を曲がった。

「そうらしいな」

車を縁石沿いに停め、携帯を取り出した。アンソンはすぐに応答した。

「どうした?」きびきびした口調だ。

「いまカークランドにいるんだが、調べてほしい住所がある。住人の名前が知りたい」

カボットは湖に面したコンドミニアムの住所を伝えた。しばらくしてアンソンの返事が返ってきた。

「所有者の名前はローレル・ジェナー。業界内のSNSですぐに調べがついた。ナイトウォッチでマーケティング・チームのヘッドをしている女だな」

「助かったよ」カボットが言った。「見たところ、プレストンとミズ・ジェナーには私的な関係があるようだ」

「ボスが女性社員のひとりと関係があるって話はざらだろうが」アンソンが言った。

「たしかにそうだ」カボットが言った。

「ともに独身だ」アンソンが付け加えた。「法にはいっさい触れない。ところで、ちょうどきみに電話しようとしたところだったんだ。なるべく早くオフィスに戻ってきてほしいんだが」

「どうかしたの?」

「いや、そういうわけじゃない。きみに会いたいという人が来ているんだ。すぐに戻ってくれ」

カボットに何も言わせず、アンソンは電話を切った。

32

道路がいつになくすいていたため、カボットは予想外に早くオフィスに到着した。ヴァージニアはしかし、そのまま歩を進め、カボットの脇をかすめて受付エリアに入っていった。

〈カトラー・サター&サリナス〉のドアを開けるなり、ぴたりと足を止めた。

カボットは彼女を見てはいなかった。二脚ある依頼人用の椅子の片方に脚を大きく開いて腰かけている若者から目が離せなくなったのだ。まだティーンエージャーのその男の目は、内容はなんであれ、携帯の画面に貼りついている。画面を片手で器用に操作する仕種はカボットに歳を感じさせた。

黒い髪を流行のスタイルにカットした若者は、いかにも少年から大人の男への過渡期らしく、ひょろりと痩せている。足もとを見ればスニーカーで、裂け目の入ったジーンズとグレーのフード付きパーカといったいでたちだ。十七歳くらいだろうか、とカボットは思った。

見知らぬ若者が携帯を持つ手を下げて顔を上げると、骨張った横顔が見えた。見覚えがあるところが不気味だ。カボットは鏡に映る幽霊――まだ子どもだったころの自分自身の幽霊――を見たような気がした。

ドアを閉めながら、説明を求めてアンソンを見た。

「こちらはゼイヴィア・ケニントン」アンソンが冷静に言った。「きみのおじさんの息子さんだ」

「ほう」カボットが言った。

「つまり、ゼイヴィアはきみの従弟ということになる」アンソンの口ぶりが意味深長だ。

「ほう」

アンソンが先をつづけた、「ゼイヴィア、こちらはミズ・ヴァージニア・トロイだ」

ヴァージニアは微笑みかけた。「はじめまして、ゼイヴィア」

ゼイヴィアがぎこちなく立ちあがって頭をちょこんと下げ、挨拶の言葉をもごもごと口ごもったが、視線はカボットに釘付けになっている。

「どうも」ゼイヴィアがカボットに言った。

カボットは静かにきちんとドアを閉めた。

「きみがここに来たこと、ご両親は知っているのか?」

「はあ。二、三分前に母にメールしました」

カボットはアンソンをちらっと見た。

「きみとゼイヴィアは二人で話したほうがいいだろう」アンソンが言った。

「アンソンの言うとおりだわ」ヴァージニアが付け加えた。

カボットはゼイヴィアに視線を戻した。「それじゃ、ぼくのオフィスで」

要請ではなく命令だった。おそるおそる、だが意を決したように、ゼイヴィアは彼のあとにしたがった。カボットはドアを閉めると、ウインドブレーカーを脱いで壁のフックに掛けた。ゼイヴィアはホルスターにおさめた銃を心を奪われたかのように見ていた。

まだほんの子どもじゃないか、とカボットは思った。**過去のことについてこいつになんの責任があるわけじゃない**。

「すわって」カボットは言った。

ゼイヴィアが椅子に腰を下ろした。片手には携帯をお守りさながら握りしめている。

カボットはデスクを前にしてすわった。

「なぜぼくに会いに？」言葉に怒りがにじまないよう彼なりに最善を尽くしたが、簡単ではなかった。

「警告しておくほうがいいと思って」ゼイヴィアが言った。

「いったい何を？」

「バーリー」

「きみのおじいさんの遺産管理をしている弁護士か？」

「あなたのおじいさまでもあった」ゼイヴィアがすぐさま言った。

「生物学的には」

「その昔、あなたの両親が家を出ていったときにどんなことがあったのか、ぼくは知らないけど、おじいさまはものすごく腹を立てていたそうです」

「それならぼくも聞いている」

「あなたのお父さまが事故で亡くなったあと、お母さまがカルトみたいなものに入っていたことは聞いています」ゼイヴィアが言った。「その後ジャクリーンおばさまが火事で亡くなり、あなたが養子に出されたことも。でも、ぼくは最近までそれしか知らなかったんです。だって、あなたのことは誰も話してくれなかったから」

「ところが、おじいさまが亡くなって、それが変わったのか」

「そうです。しばらくのあいだは何が起きているのかわからなかったんですけど、少ししてからおじいさまの遺産とあなたが関係あると知りました。ぼくの父が弁護士のバーリーに話しているのを聞いたんです」

「遺言書にはぼくの名前も書かれていたってことを知ったんだね？」

ゼイヴィアが軽蔑をこめて鼻を鳴らした。このときはじめて、彼は事実がよりはっきり裏付けられたと感じたようだった。

「どういうことになっているのか、本当に知らないんですか？」ゼイヴィアが訊いた。

「ああ、まだ知らないが、きみが教えてくれそうだとは思っている」

「細かいことまで知っているわけじゃないんですけど、ぼくが立ち聞きしたところでは、バーリーはどうも、あなたが相続するはずの遺産を奪い取ろうと画策しているらしい」

「バーリーっていうのは遺産を管理する弁護士だ」カボットは指摘した。「となれば、彼は遺産の受取人ではない。その状況で彼は何を手に入れようというんだろう？」

ゼイヴィアは顔をしかめて考えていたが、やがて肩をすくめた。「さあ。いちばん可能性が高いのは、ぼくのパパが彼にお金をつかませて、あなたの取り分をぶんどろうとしているってあたりかな」

「きみのお父さんはなぜそんなことを？」

「たぶん、パパの新しい女があなたをはずしてほしいとパパにねだったんだと思う。そうすりゃ、彼女がもらえる分が増える。言い忘れてたけど、パパはリジーと結婚するためにママと離婚しようとしているんです」

「リジー？」

「その女、ほんとはエリザベスっていうんだけど、ママはリジーって呼んでるんです。そう呼ぶとパパがいらいらするのを知っててね。リジーはぼくよりほんの二、三歳年上ってくらいなんだ」

「聞いたところ、何やら複雑な状況みたいだな」

「知らなかったでしょう。うちの家族はいろいろ複雑でね。ひょっとしてちょっと気分がすっきりするかもしれないから教えておきますけど、蚊帳の外に置かれようとしているのはあなただけじゃありません。ぼくのママも婚前契約にサインするっていう間違いを犯してます」

「なるほど」カボットはデスクの上で腕組みをした。「きみの警告に感謝するよ、ゼイヴィア。だが言っておくと、誰かがぼくがケニントン家のおじいさんの遺産を受け取るのを阻もうとしているってことが発覚したのが今年最大の驚愕ニュースというわけじゃない。ひょっとして少し気分がすっきりするかもしれないから教えておくと、バーリーがぼくにサインさせたがっている書類がどんなものであれ、ぼくの弁護士に見てもらうつもりだ」

「わかりました。ただちょっと、あなたに伝えておいたほうがいいと思っただけで」ゼイヴィアは好奇心をむきだしにしてオフィス内を見まわした。「本物の私立探偵なんですか？」

「ぼくの知るかぎりは」

「銃を携帯しているんですね」

「いまは事件の調査中だからね。不審な状況である人が死んだんだ」

「殺人事件なのかあ」ゼイヴィアが訳知り顔でうなずいた。「だから銃を持っているんですね。いっしょにいた女の人、ミズ・トロイは恋人ですか？」

「彼女は依頼人だよ」カボットは依頼人を強調した。

「ほんとですか？」

「ああ、そうだよ。ところで、ゼイヴィア、きみはいつ、どうやって家に帰るつもりなのかな？」

「さあ。シアトルははじめてなんで、何日か泊まっていこうかと」

「ほんとに？　シアトルのどこに泊まるんだ？」

「さあ。これから考えます」

外のオフィスで電話が鳴った。カボットは無視したが、誰がかけてきたのか、嫌な予感がした。

「たぶんママだ」ゼイヴィアが言った。

ドアが一回だけノックされた。アンソンがこちらの返事も待たずにドアを開けた。

「ミセス・メリッサ・ケニントンがきみと話したいそうだ」アンソンの口調はまるでこれがいつもかかってくる電話でもあるようだ。

「くそっ」カボットが言った。「いったいなんて言ったらいいんだろう？」

「知らん」アンソンはすぐにドアを閉めた。

カボットは受話器をじっと見た。生まれてこのかた、ケニントン家の人間から連絡を受けたことなどいっさいなかったのに、いまになって五分毎に彼らが顔を見せはじめたのだ。

意を決して受話器を取った。「カボット・サターですが」

「もしもし、あたくし、メリッサ・ケニントンです」はきはきとした権威を感じさせる声だが、不安もにじませている。「息子がそちらにお邪魔しているそうですね」

「はい、ここに。ちょうどこちらを出ようとしているところでした」

ゼイヴィアの表情に動揺がうかがえた。

「こちらに帰るということでしょうか?」メリッサが差し迫った口調で一縷の望みにすがる。

「それは彼に訊いてください」

カボットが受話器をゼイヴィアに差し出すと、ゼイヴィアはうめきをもらしながら、しぶしぶ椅子から腰を上げて受け取った。

「わかったよ、ママ……うん、わかってる。でもさ、せっかくシアトルまで来たんだから、二、三日滞在したいよ。自分のことくらい自分でできるさ。もうすぐ十八歳なんだから。お金も持ってるし、パパにもらったクレジットカードもある。うん、二、三日で帰る。約束するよ。大丈夫、ばかなことはしないから。うん、いいよ、彼に代わる。ここにいるから」

ゼイヴィアが受話器を差し出した。「あなたと話したいんだって」

カボットは不承不承受け取った。「なんでしょうか、ミセス・ケニントン?」

「息子をつぎの飛行機で帰してほしいの」メリッサが言った。

カボットはゼイヴィアが強情そうにいからせた肩に目をやった。「名案ですが、ぼくが無理強いすることはできません」

「だったら、していただくことがあるわ」

「ぼくに何をしろと？」

「何って、それはわからないけれど、とにかくこれはあなたのせいなのよ。息子がシアトルに行ったのはあなたを探しになんですもの」

「責任はぼくにあるとおっしゃるんですか？　ゼイヴィアとは十分前にはじめて会ったんですよ」

「息子は昔からあなたのことを聞いていたの。あなたはこの家族の謎なんですから、息子が興味を抱いたとしても無理はないわ」

「ぼくに何を期待なさっているのかは知りませんが、わかりました、彼にはチケットを買って家に帰るよう強硬に勧めます。しかし、そこから先は――」

「わかってるの」メリッサが負けを認めたように言った。「その子の父親にさんざん言われてるの。一歩さがって、ゼイヴィアには自分の行動の結果を身をもって体験させるべきだと。ゼイヴィアがこんなことをしたのは、これがはじめてではないの。でもね、学校をすっぽかしているのよ。そんなことができる状況ではないのに。だって、今年は最終学年で、秋には大学に行くことになっているの」

「いま申しあげたように、こちらでぼくができることはあまりないんです」カボットが言った。

「息子はあなたに興味を感じて、あなたを探しにいったの。気を悪くなさらないでね。でも、あなたがその子にいい影響を与えてくださるとは思えないわ。息子はもうすぐ大学に行くんだから、よそ見をしないでほしいの。どうやらあなたみたいなお仕事に非現実的な、やたらとロマンチックな幻想を抱いているようで困ったわ」

「いいですか、よく聞いてください――よい悪いはさておき、ぼくはどんな影響も与えたくありません。ケニントン家の方々にはこれまでどおりの、ぼくを完全に無視するスタンスに戻っていただきたい」

電話の向こう側に短い沈黙が訪れた。やがてメリッサがまた口を開いたとき、彼女の声は驚くほど抑制がきいていた。

「あなたのお母さまが亡くなったあと、あなたが里子養育システムに登録されるのをおじいさまが黙って見てらしたのは事実だわ」またしばし間があった。「でもね、あたくし、それとは相反する話を耳にしてもいるのよ」

「いや、里子に出されたのは事実ですが」

メリッサがうんざりした声で言った。「あなたのおじいさまは、本当にひどい方だったわ」

「ついにあなたと意見が一致したようですね、ですが、ぼくを憐れんだりして時間を無駄になさる必要はありません。里子養育システムのおかげでぼくにも運がめぐってきましたから。数分前にこの電話を取った人がぼくの父です」

「そうなのね。ミスター・サリナスはすごく感じのいい方ね。すごく物わかりがよさそうで」

「ええ、そうなんです。ぼくは違いますが」

「ゼイヴィアがあなたの居どころを突き止めたことは申し訳ないと思っているけれど、いま、あたくしたちの目的は同じだわ。あなたは息子を家に帰したい。わたしは息子に家に帰ってきてほしい。そうでしょ？　たぶんあなたが過去の出来事に関してあの子が投げるいくつかの質問に答えて、あなたの仕事がどんなことかを聞かせてくだされば、あの子はそれで満足すると思うの」

「誰からの質問であれ、それに答える義務はぼくにはありませんが」カボットが言った。

「あなたがこの一族の大人たちをどう無視しようが、かまいません」メリッサの声が再び鋭さを帯びた。「ですが、何十年も前に起きたことにあたくしはまったく関係ありませんし、息子もです。そのことを思い返して、ゼイヴィアにやさしく接していただきたいんです。息子の父親とあたくしは現在、それはそれは醜い離婚騒動の真っ只中におります。ゼイヴィアはそうした環境をうまくやり過ごせずにいるんですよ。その点については、あたくしも同じですけれど」

電話はそこで切れた。カボットは手にした受話器を丁寧に置き、ゼイヴィアを見た。ゼイヴィアの顔が赤くなった。「ぼくはただ、あなたに会いたかっただけなんです」

「だったらもう、会えたわけだ。ぼくには質問に答えている時間などないんだよ。さっきも言ったが、事件を調査中でね。ところで、今夜はどこに泊まるつもりなの？」

「さあ」

「きみみたいな年齢の子どもが、保護者同伴でなく高級ホテルにチェックインすることはほぼ不可能だってことはわかっているだろうな？」

ゼイヴィアにとってそれが初耳であることは一目瞭然だった。だが、しばし困惑をのぞかせたあと、彼は肩をすくめて問題を無視した。

「どっか見つけるさ。たとえばシェルターとか」

ゼイヴィア——お金、私立学校、ブランド服で育った世間知らずな子ども——がシアトルに何カ所かあるホームレスのシェルターのひとつで一夜を明かす光景を想像してぎくりとした。

「こんなことにかかわっている時間はないんだが」カボットは椅子から立ちあがり、デスクの横を回ってドアを開けた。「アンソン、今夜、家に客を泊めてもらえないかな？」

アンソンはカボットの後ろにいるゼイヴィアを見た。ヘッドライトに照らし出されながらもなかなか動こうとしない鹿にそっくりだ。

「ああ、かまわないよ」アンソンは答えた。「ピザでも取ろう。きみとヴァージニアもいっしょにどうだ？」

「ええ、喜んで」ヴァージニアが言った。

かんべんしてくれよ、とカボットは思った。

アンソンがヴァージニアに笑いかけた。「きみにいい知らせがある。画廊の掃除を完了したと清掃業者から連絡があったよ。もう明日は開店できる。平常どおりの営業だ」

「裏の部屋で殺人があったという事実は変わらないけど」ヴァージニアが言った。

アンソンがうなずいた。「まあ、たしかにそうだな」

ゼイヴィアが興味津々でヴァージニアを見た。「あなたのお店で誰かが殺されたんですか？」

「これが話せば長いのよ」ヴァージニアが言った。「夕食のときに教えてあげるわ」

「やったぁ」ゼイヴィアが言った。

33

翌朝、ヴァージニアは画廊の正面入り口の扉の鍵を八時少し過ぎに開けた。ずっとその瞬間を恐れていた。裏の部屋で殺人が起きたのだ。これからは画廊に入るたび、血の海に横たわる女性の死体を思い出さずにはいられないだろう。

ゼイヴィア、アンソンとともにテーブルを囲んでのピザでの夕食はまあまあうまくいったと思う。たしかにカボットはほとんど会話に加わらなかったが、無礼な態度を取ったわけではない。ただ、腰が引けていたのだろう。その後、二人でヴァージニアのコンドミニアムに戻ったとき、彼はノートパソコンを前に調べ物をはじめた。ヴァージニアが床に就いたときもまだつづけていたが、やがて彼の部屋のドアが閉まる音がした。

遅かれ早かれ、彼の従弟への接し方については話しあわなければならなくなるだろうが、いまはまだ彼にその話をもちかけるのは早すぎる気がした。カボットには時間が必要なのだ。彼は筋金入りの男だが、鉄は簡単には曲がらない。

朝食のテーブルでは、二人ともゼイヴィアのゼの字も口にしなかった。

カボットも彼女のあとから画廊の裏の部屋へと入った。プロの目で室内を見まわし、こっくりと一度うなずいた。

「清掃業者がいい仕事をしてくれたみたいだな」

ヴァージニアはサンドラ・ポーターの死体が横たわっていた床に目を落とした。驚いたことに、血痕はまったくなかった。

それでも身震いを覚えた。「ごく最近までわたし、犯罪現場の掃除を専門にしている人たちがいるなんて考えたこともなかったわ」

「高校の進路カウンセラーがあえて紹介しない職業のひとつなんだよ、きっと」カボットが言った。

そう言いながら室内をゆっくりと歩きまわる。

「何を探しているの?」ヴァージニアは訊いた。

「とくに何ってことはない」カボットが答えた。「鑑識が徹底的に調べていったのはわかっているが、それでも何かあるかもしれない」

正面の扉がまた開いた。ヴァージニアがぎくりとし、素早く振り返った。戸口に立っているのがよく見知った人間であることがわかり、ヴァージニアは大きく息を吸いこんだ。

「ごめんなさいね、ボス」ジェシカが言った。「びっくりさせるつもりはなかったんです」

「あなたのせいじゃないわ」ヴァージニアは言った。「今日はわたし、なんだかびくびくしているのよ。それだけのこと」

ジェシカがうめくように言った。「無理もないわ。死体を発見したのはわたしじゃないのに、今朝はわたしもそわそわしているの。正直なところ、先にいらしてくださっててほっとしたくらい。一番乗りにはなりたくないと思っていたの」

ジェシカ・エームズは五十代前半、背が高く、ふくよかな体形で、真っ黒に染めた髪をつねにきっちりとしたクレオパトラ・カットに保っている女性だ。黒い目の上に垂らした前髪は、まるで定規を使って切りそろえたかのようだ。

美術の業界に身を置く人間の御多分にもれず、ジェシカも黒い服を着ることが多い。今日もである。黒いタートルネックにふくらはぎ丈のゆるいズボン。そこに一点、赤銅色の金属製のネックレスが彼女の心意気を添えていた。

ヴァージニアが彼女を雇ったのは、彼女の美術に関する専門知識を買って、ではなかった。トロイ画廊にはじめてやってきたジェシカにこの分野の知識はほとんど何もなかったのだが、彼女はきわめて重要な資質を二つそなえていた。ひとつは、のみこみの早さ。もうひとつは、ものを売る才覚だ。画廊で働くことを素敵だと思う人間はたくさんいる。しかし、顧客の要望にぴったりの作品は何かを判断する能力をそなえた人間はほとんどいない。

そのうえ、ジェシカは通りを行く人びとを店に引きこむ術も知っていた。通りに面したショーウインドーに色鮮やかな手吹きガラスのペーパーウェイトを飾るのも彼女のアイディアだった。念入りに工夫した照明を受けて輝くそれは通りかかった人の目を引きつけた。そうした人びとが扉を開けて入ってくるや、ジェシカは仕事に取りかかる。手ぶらのまま画廊をあとにする客は数えるほどしかいない。

ヴァージニアはカボットを示した。「ジェシカ、こちらはカボット・サター。ハナ・ブルースター死亡の真相を調べてもらっている私立探偵よ。カボット、こちらはわたしのアシスタントのジェシカ・エームズ」

「どうぞよろしく」カボットが言った。

ジェシカは品定めするような視線をカボットに素早く投げかけたあと、合格ね、とでも言うように笑みを浮かべた。「こちらこそよろしく」そして店内をゆっくりと見まわした。「ここで誰かが殺されたなんてまだ信じられないわ。警察は何か手がかりを見つけたのかしら？」

「いまのところ、警察は麻薬絡みって線にかたむいているんだけれど」ヴァージニアが言った。「カボットとわたしはそうじゃなく、サンドラ・ポーターの死はどこかでハナ・ブルースターの死につながっているんじゃないかと考えているの」

「気味が悪いわね」ジェシカは言い、少し間をおいた。「ハナ・ブルースターがポーターと知りあいだったかもしれないと思っているの？」

「二人が顔を合わせたことはないと思うわ」ヴァージニアが言った。「でも、ハナ・ブルースターの絵を保管していた倉庫の扉が開いていたの」

「誰かがあの絵の価値をわたしたちの想定よりはるかに高いものと思ったのかもしれないわね」ジェシカが言った。

「一連の作品はときどき展示してきたわよね」ヴァージニアはジェシカの記憶に訴えた。「どの作品も一度たりとも買いたいとの申し出は受けなかった」

「ええ、たしかにそう。魅力的なところもあるけれど、なんとも不気味で見る者を不安にさせるでしょう」ジェシカの目がいつものようにきらりと輝いた。「とはいえ、ひとつだけ確実なことがあるわ」

「それは？」カボットが訊いた。

「気がついてらっしゃらないかもしれないけれど、〝画廊で殺人〟と地元のメディアでは派手に書き立てられているわ。となればそれが宣伝となって、来週の展示会にはお客さまがどっと押し寄せることになる」

ヴァージニアが顔をしかめた。「押し寄せる野次馬なんてご遠慮願いたいわね。押し寄せてほしいのは、美術品を買ってみたいというお客さまですもの」

「心配ご無用よ、ボス」ジェシカが言った。「わたしが野次馬を美術愛好家に変身させてみせるわ。わたしのスーパーパワーを信じてちょうだい」

カボットは賞賛と好奇心がないまぜになった目でジェシカをじっと見た。

「すごいなあ」

ジェシカが控え目に微笑んだ。

「彼女はほんとにすごいのよ」ヴァージニアが言った。

カボットはいつもながらの真剣な表情でジェシカを見ている。

「秘訣はなんですか？」

「お客によるわ」ジェシカが答えた。

「顧客ね」ヴァージニアが訂正した。「画廊ではお客ではなく顧客と言いましょう」

「あら、ごめんなさい」ジェシカが愛敬のある笑みを浮かべてカボットを見た。「そうなの、顧客ね」

「たとえばぼくにだったら何を売りますか？」カボットが尋ねた。

「あなたが前を通りかかってここに入ってくるとしたら、それはガラスのペーパーウェイトに目が留まった可能性が高いと思うの」

「それはつまり、ぼくが美術品の目利きには見えないからですか？」

「誰でも何かしらの美術に反応するものなの」ジェシカが言った。「ただみんな、それに気づいていないだけ。その方が必要としているのはどういうタイプの美術品か、それを的確に判断して目の前に差し出すのがわたしの仕事。あなたの場合、ペーパーウェイトがいわゆる美術愛好家への第一歩となるんじゃないかしら」

「芸術のための芸術じゃなく？」カボットが訊いた。

「それが間違っているの」ジェシカが言った。「芸術作品はどれにも目的があるの。たとえ通行人がちょっと足を止めて二、三秒見るだけだとしても」

「最上の芸術作品は物語を語りかけてくるのよ」ヴァージニアが言った。「だから巨匠たちの作品が生き残り、現代の抽象画家の作品の多くが消えていく」

カボットがジェシカを見た。「で、ぼくはペーパーウェイト向きの男ですか？」

「あなたは、形は機能についてくるってタイプだわ」ジェシカが真顔で言った。「目的がはっきりしているうえにみごとなデザイン性をそなえたオブジェに反応するタイプね。あなたが感嘆を覚えるのは、美しい手づくりのナイフとか、車体のデザインが優美な車とか、デスクの上の書類の山を押さえながら光を反射して色鮮やかに輝くペーパーウェイトとか」

ジェシカは保管室近くに置かれたテーブルから濃紺と金色のペーパーウェイトをすっと引き抜き、カボットに差し出した。カボットはそれを見つめ、ガラスの芯で躍る光に見入った。

「そういえば、アンソンの誕生日がもうすぐなんだ」カボットが言った。「これなら気に入るかもしれない。デスクの上が華やかになりそうだ」

ヴァージニアは笑いをこらえた。

ジェシカはうなずいた。「殿方のデスクの上には最高よ。男性的で、しかも役に立つ。どんなインテリアにもマッチするわ」

カボットが小さく口笛を吹いた。「ヴァージニアの言うとおりだな。あなたはすごい」

「才能のひとつくらい、誰にでもあるものよ」ジェシカが言った。

34

「わたしから何を聞きたいとおっしゃるの?」ケイト・デルブリッジの口調はきつかった。「警察はもうわたしの調書を取ったわ。人事管理部門から全社員にメモが送られてきて、警察以外には何も話さないように言われているのよ」

「それはもちろん、サンドラ・ポーター死亡のニュースが地元のIT関係者が使いたがるどのSNSにもあふれているからでしょうね」ヴァージニアが言った。

ヴァージニアとカボットはケイトのアパートメントの外廊下に立っていた。話の主導権をヴァージニアが取ることはカボットも承知していた。二人とも若いIT関係者が好む最新のソーシャルメディアサイトは部分的にしか読むことができなかったため、ヴァージニアはあくまで勘を頼りに話を進めている。しかし、最近の世界の傾向を考えれば、ナイトウォッチの社員が殺人事件について大量の情報交換をしているという前提は間違っていないはずだ。

ケイトがしかめ面をカボットに向けた。「あなたたちはなんなの？　地元のテレビ局か何か？　それにしてはカメラが見えないけど」

「ぼくは私立探偵です」カボットは言った。「サンドラ・ポーターの死亡と関係があるかもしれない事件の調査をしているところでして」

ケイトはつぎにヴァージニアのほうに向きなおった。「あなたは彼の助手か何か？」

「いいえ」ヴァージニアが言った。「わたしは彼の依頼人。サンドラ・ポーターはわたしの画廊の裏の部屋で殺されたの」

「まあ」ケイトはその意味について考えをめぐらした。「たしか死体を発見したのは画廊のオーナーというのをどこかで読んだわ」

「ええ、そのとおりよ」ヴァージニアが言った。「なぜわたしがサンドラ・ポーターの事件に興味を持っているのか、わかっていただけたでしょ」

「わかったわ。そういうことだったのね」ケイトが言った。「でも、本当にわたし、サンドラ・ポーターをあまりよく知らなかったのよ。彼女は一匹狼で、IT担当だった。廊下で顔を合わせることはあったけど、彼女、わたしなんか無視していたわ。話せることはもう全部警察に話したのよ。会社の人たちはサンドラには恋人がいたって言っているけど、それについてはものすごく秘密主義だったみたい。わたしの見たところ、最近ふられたんじゃないかしら。いつだって神経をぴりぴりさせてる子だったけど、最近はちょっと怖いみたいだったもの」

「ナイトウォッチを辞めさせられたんですってね」ヴァージニアが言った。「書類上の退職理由は知っているの――違う環境でのキャリアを求めて、とかだったわ。でも、本当の理由じゃないことも知っている。彼女がクビになったのはなぜだと思う？」

ケイトが肩をすくめた。「彼女が麻薬に手を染めていたと言っている人もいるわ。だけど、彼女は会社の資金を横領していたかもしれないって噂もあるの。経営陣はおそらくそれが証明できなくて、彼女をただ解雇ってことにしたんでしょうね」

「サンドラが怖いみたいだったと言ったけれど、それはどういう意味？」

「説明と言われても、むずかしいわね」ケイトが言った。「四六時中腹を立てているみたいだったし、気分もしょっちゅう変わるの。ある日、トイレですすり泣いているところに出くわしたから、大丈夫って声をかけたら、るせえなって言われたりしたこともあったわ」

「横領について、あなたは彼女がやっていたと思う？」カボットが訊いた。

「もうすぐ何もかもわかると思うわ」ケイトが言った。「もし彼女がお金を掠め取っていたとすれば、もう損失は止まったはずよね？」ケイトがドアを閉めようとした。

「わたしが話せることはこれで全部。ほかには本当に何も知らないんだから」

「ちょっと待って」ヴァージニアがとっさに言った。「あとひとつだけ――サンドラには社内に親しい友人はいましたか？」

「知らないわ、そんな人。あの人と友だちになりたいなんて人、いるのかしら？」

ケイトがまたドアを閉めようとした。そのとき、カボットが名刺を差し出した。

「ほかにも何か思い当たることがあったら――役に立ちそうなことならなんでもいい――ぼくに電話をください。昼でも夜でもかまいません」

「わかったわ」ケイトが名刺を受け取り、ドアを閉めた。

内側から鍵がかかる音が聞こえた。二人は無言のまま廊下を進み、エレベーターまで行った。ヴァージニアがボタンを押す。

「ところで、彼女をどう思う？」ヴァージニアが訊いた。

「神経がぴりぴりしている感じだが」カボットが言った。「だからといって、これ以上食いさがるわけにもいかない」

カボットの携帯が鳴った。画面に目をやり、メッセージを読むなり、顎のあたりがこわばった。カボットはひとことも発することなく、携帯をズボンのベルトに戻した。

「なんだったの？」ヴァージニアが訊いた。

「アンソンからのメールだ。今夜もまた、いっしょに食事をしてほしいそうだ」

「ええ、いいわ」ヴァージニアが言った。

「いいのか？」

「それくらいできるでしょう、カボット。あなたは犯罪と闘うタフな人だもの。あなたのことをもっと知りたがってるティーンエージャーひとりくらい相手にできなきゃ」

「十七歳の子どもを相手にぼくにどうしろというんだ？」

「彼に仕事を与えたらいいわ」

「仕事？　十七歳の子に？」

「そうよ」ヴァージニアが言った。「彼は十七歳。ということは、オンラインの世界についてはあなたとわたしとアンソンを合わせた以上の知識を持っているはずだわ。ゼイヴィアにオンラインを通しての調査をたのむのよ」

こんな提案に対してだから、ヴァージニアは彼が断固としてノーと答えるだろうと思った。だが、違った。彼は真剣な表情でしばらく考えをめぐらせたのちに答えた。

「なるほどね」

35

「きっとうまくいくわよ」ヴァージニアが言った。「心地よくなるとまでは言わないけれど、いずれ落ち着くわ。家族なんてどこも形こそ違え機能不全に陥っているものなの」

二人はヴァージニアのコンドミニアムに戻り、ソファーにすわっていた。ゼイヴィア、アンソンといっしょの二度目の夕食ははじめこそぎくしゃくしていたが、カボットが、アンソンはいま子ども向けの算数の本について調べているんだが、それを手伝ってくれないか、ともちかけると、ゼイヴィアの表情がにわかに熱っぽく輝いた。その後はピザをがつがつ頰張りながら、際限なく質問を投げかけていた。

カボットとヴァージニアがアンソンの家をあとにするころには、ゼイヴィアはもう絵本のコピーにどっぷりのめりこんでいた。

「どこの家族も機能不全だなんて言うのは、きみにとっては簡単だろうが」カボットはそうつぶやくと、ビールを飲んで瓶をテーブルに置いた。「つい最近までぼくの生死など歯牙にもかけなかった家族が、突然つぎつぎに現われた身にもなってくれよ」

「わかってるわ」ヴァージニアが言った。「でもね、ふと思ったんだけど、あなたはケニントン家の世代交代に立ち会っているのよ。あなたがあのじいさんと呼んでいた人は去り、若い家族が主導権を握った。その人たちが知っているのは、ケニントン家の去っていった人たちとあなたとの関係の歴史のたぶん一部だけ——」

「そういうことだね。ケニントン家の人びととぼくには関係などないんだが」

「うーん、いまはあるわ。わたしからのアドバイスは、うまく接してあげて」

カボットが彼女をじろりと見た。「きみはこの件に関してケニントン側に立つわけか?」

「どちら側に立つってことじゃないの。いまのはたんなるアドバイス」

「アドバイスなんかいらないよ」

「そう言われても、引っこめたりしないわ。心配しないで。只だから」

カボットが視線を上げた。「そもそも代金を請求する価値があると?」

ヴァージニアが彼を見た。「わたしのアドバイス、いるの? いらないの?」

カボットがうめいた。「ぼくのためを思ってくれているのはわかってるんだ。どんなアドバイス?」

「昔の出来事にゼイヴィアがまったく関係ないことはわかってるわよね」

「問題はそこじゃないんだ」

「だから、彼をひとりの人間として見てあげて。両親の離婚問題で生じる付随的損害《コラテラル・ダメージ》をこうむる一方で、誰だって抱える青年期の情緒不安定をくぐり抜けている若者なのよ。家庭内がごたごたしているときに、長いこと行方知れずだった謎めいた従兄への好奇心を、突然ふくらませたとしても驚くには当たらないわ」

「ぼくは謎めいてもいなけりゃ、行方知れずだったわけでもない。バーリーって弁護士はぼくの見つけ方を知っていたし、ゼイヴィアだってそうだ」

「それは、あなたが隠れようとしていたわけじゃないからよ。クィントン・ゼインとは違って」

「彼がまだ生きていると仮定しての話だ」

「ええ、そう仮定すればね」ヴァージニアはワインを飲むと、グラスを持つ手を下げた。「調査のほうだけど、つぎはどこへ行くつもり?」

「いい質問だ」カボットは話題が変わったことでほっとしたようだ。「ずっと考えていたんだ。引きつづきサンドラ・ポーターの同僚から話を聞くこともできる。遅かれ早かれ、突破口が開けるかもしれない。だが、きみが言ったように、その線はすでに警察が追っている。だとしたら、ぼくたちはぼくたちでこっちの事件にまた集中する必要があると思うんだ」

「ハナ・ブルースター死亡事件？」

「もしブルースターとポーターのあいだになんらかの関係があるのなら、運がよければ、こちら側からそれが見つかるかもしれない」

ヴァージニアは片方の腕をソファーの肘掛けに置いた。「つづけて」

「ぼくが最初から言っていたことになるが、消えた大金を何者かが探しているというぼくたちの考えが正しいとすれば、それは何かしらの要因に変化があったからだ——比較的最近になって何かが起きたにちがいない。ふと思ったんだが、ゼインのカルトにかかわった人間で、サンファン諸島のあの島で死んだのはブルースターが最初ってわけじゃなかった」

「アビゲール・ワトキンズ？〈ロスト・アイランドB&B〉をやっていた女性のこと？でも、もう話したけれど、彼女は不審な死に方をしたわけじゃないわ。癌だったの」

「亡くなる少し前にB&Bを売って、わずかなお金をつくったと言っていたね」

「ええ、そうなの。ローズ・ギルバートが買って、アビゲールは最期まであそこで過ごしていいと言ってくれたの」

「シアトルの不動産市場は活況を呈しているが、サンファン諸島では必ずしもそういうわけじゃない。それ以上に人里離れた島の不動産ともなれば、売りに出しても何カ月、いや何年と買い手が現われるのを待つことになるかもしれない。とりわけ、膨大な維持費がかかるヴィクトリア朝様式の大きな古い屋敷ともなれば」

「ときには幸運がめぐってくることもある。売ろうとしたら、ちょうどそのときに理想的な買い手が現われる。この場合、それがローズ・ギルバートだった。ひょっとして、あそこの売買に関して何か怪しいことでもあるとか？」

「とにかく振り出しに戻って、偶然の一致をひとつひとつ疑っていく必要があると思っているんだ」カボットが言った。

そう言いながら前かがみになり、コーヒー・テーブルの上のノートパソコンを開いた。ヴァージニアは不動産のデータベースを調べる彼を眺めていた。

「何もないな」数分後、彼が言った。「売買の記録がない。あのB&Bは売りには出されなかった。財産税の記録を見るかぎり、〈ロスト・アイランドB&B〉はいまもまだアビゲール・ワトキンズの所有になっている。ということは、あそこは彼女の遺

「アビゲールが遺言書を作成したとは思えないわ。ハナと同じように、彼女も追跡に利用される可能性がある法的な手続きなんかは避けたかったのね」

「それなのに、ローズ・ギルバートはワトキンズの死後まもなく移り住んで、周囲に前の所有者と個人契約をかわしたと話した」

「島の人は誰ひとりとしてそのことに疑問を持たなかった」ヴァージニアが言った。「もちろん、ハナもね。わたしの知るかぎり、ローズ・ギルバートが島にやってきたのはアビゲールの葬儀がすんだあとだったわ」

「ワトキンズとギルバートのあいだに取引などなかったのかもしれないな」カボットが言った。

ヴァージニアが顔をしかめた。「それはつまり、ローズ・ギルバートはある日、ふらりとやってきて、B&Bの経営をはじめたってこと?」

「不法定住者って聞いたことないかな? 差し押さえられた家や空き家で勝手に住みつく人間はどこにでもいる。しかし、不法定住者がB&Bの経営を引き継ぐというのはありえない気がするんだ」

「そういえば彼女、あそこを収入のためにやっているとは思えないわ」ヴァージニアが言った。「夏の書き入れ時にそなえて大々的に改装しなきゃっていつも言ってるけど、口先だけ。あなたも見たでしょ、あそこの最上階の客室は閉めきったままなの」

「ローズ・ギルバートについてちょっと調べてみたほうがよさそうだ。朝になったらアンソンに調べてもらおう。いずれにしても、きみのおかげでアビゲール・ワトキンズについてきわめて重要なことが二点判明している。ひとつは、彼女がゼインとかかわっていたこと」

「もうひとつは？」

「亡くなったこと」カボットが言った。「どんな人間だろうが、どんなに身をひそめようとしていようが、死亡に関連した書類や記録は作成される」

カボットはしばらくノートパソコンの画面を食い入るように見ていたが、やがて顔を上げたとき、何かを発見したことがそのダイヤモンド形の目の輝きから伝わってきた。

「アビゲール・ワトキンズにはいまも生きている家族がひとりだけいる。腹違いの姉だ。ローズ・エレイン・ギルバート」カボットが言った。

ヴァージニアにもだんだんとわかってきた。「ローズはB&Bを売りに出したときにちょうど現われた買い手ではなかったのね。腹違いの妹が死んだと知ってやってきた。おそらくアビゲールの相続人は自分しかいないと踏んでのことね」

「ああ、おそらく」

「でも、それにしてはおかしいわ。なぜローズはアビゲール・ワトキンズとの関係を口にしないのかしら？」

「ぼくたちに最初から嘘をついていたからだろう」

「もう一度、彼女と話したほうがよさそうね」

「うん」カボットが言った。「それもできるだけ早く」

ヴァージニアは電話を手に取った。「明日のフェリーの予約が取れるといいけれど。この時季だから大丈夫だと思うわ。ローズに電話してB&Bの予約は取らなくていいんでしょう？」

「もちろん」カボットが言った。「突然押しかけてびっくりさせよう」

36

ローズ・ギルバートは古ぼけたコーヒーメーカーのスイッチを入れると、キッチンの窓辺に行ってたたずんだ。こんな島、大嫌い。

朝の七時、まだローブを着て、スリッパをはいていた。急いで着替える必要などない。忌々しい一日でいちばんわくわくする瞬間——フェリーの到着とフェリーの出航——は午後だから、まだまだ時間がある。

フェリーの到着が気にかかるわけではない。そもそも客を待ってはいない。今日は週末でもなく、予約は入っていない。だだっ広い家でひとりぼっちで過ごすのと宿泊客相手にお行儀のいい雑談をするのと、どちらが退屈かはわからなくなっていた。

ワンフロアの客室でだけ客を受け入れているのは、宿屋を経営しているという幻想を周囲に与えるためだ。とはいえ、地元の人びとはもうじゅうぶん怪しんでいた。

もちろん、こんなところに長居するつもりはなかった。ところが、十二月からずっとこの島に囚われの身となってしまい、B&Bの切り盛りをするふりをしながら、タッカーが鍵を見つけるのをただひたすら待っていた。

そもそもの出発点では何もかもが簡単に思えた。アビゲールが死んだらこの島に来て、腹違いの妹のものを片付けて荷造りし、この古いヴィクトリア朝様式の家を売りに出す手配をする。家を売ったお金が少しでも手に入れば、と願っていた。

しかし、アビゲールの日記を発見し、すべてが変わった。

ぱらぱらとページを繰りはじめたときは、せいぜい退屈な読み物だろうとしか思わなかった。アビゲールは昔から弱々しくて感傷的などうしようもない女——いかにもカルトに取りこまれそうな世間知らずの間抜け——だったからだ。だが、アビゲールがクィントン・ゼインのカルトで過ごした時間の詳細は、ローズの心を釘付けにした。

それはそれは莫大なお金がかき集められ、その大半が秘密口座へと消えていった。最終的には、かつて鍵のありかを知っていた人間のうち、生き残っているのは頭のおかしいハナ・ブルースターだけとなった。

ブルースターから情報を引き出そうとしたが、失敗に終わった。崖から飛び降りて死んでしまったのだ。クィントン・ゼインの化身だと思いこんだ人間と取引するよりは、と選んだ道なのだろう。

残された唯一の手がかりはヴァージニア・トロイだ。まだ自分の存在がいかに価値あるものかにまったく気づいていないようだ。しかし、カボット・サターを雇ったことで事態を複雑にしてくれた。

コーヒーメーカーが仕事を終えた。窓の外に目をやっていたローズは振り向き、マグカップにたっぷりコーヒーを注いだ。

島でのうんざりするほど退屈な一日がまたはじまろうとしていた。

砂利を砕くタイヤの音にぎくりとした。わけがわからなかった。フェリーの到着まではまだ数時間ある。もしかしたら島の人間が何か用事があって寄ったのかもしれない。

ローズはしぶしぶ立ちあがり、ロビーを横切った。カーテンを少しだけずらしてのぞき、玄関前の階段をのぼってくる人間を見て顔をしかめた。

ドアを開ける。

「いったいここに何しにきたの?」

37

〈ロスト・アイランドB&B〉の裏手の小さな駐車場にはローズの大型四輪駆動が一台ぽつんと停まっているだけだった。

「まあ、驚くことではないわね」ヴァージニアが言った。「まだ二月ですもの」

そんな当たり前のことをなぜカボットに言わずにいられなかったのかは自分でもわからなかった。〈ロスト・アイランドB&B〉はいつも、アビゲール・ワトキンズが生きていたときでさえ、ひっそりと寂しげだった。ローズ・ギルバートが引き継いだあともいっこうに改善されていない。

だが、今日はなぜだか――たんに神経過敏になっているのかもしれないが――古ぼけたヴィクトリア朝様式の建物はいつにもましてこちらの来訪を拒んでいるかに見えた。窓という窓のカーテンはすべて引かれており、玄関ドアのガラスの中に〝満室〟の表示板が見えている。

カボットは駐車場には車を停めず、家の周囲を回って玄関前の私道に停めた。しばらくじっとすわったまま、陰気な雰囲気が漂う建物をじっと見つめていたが、まもなく後部座席に手を伸ばしてウインドブレーカーと銃を取った。ホルスターを着け、腰の拳銃が隠れるようにウインドブレーカーを着たが、前のファスナーは留めなかった。必要とあらばすぐさま銃を引き出せるようにと考えてのことかと思うと、ヴァージニアの背筋を冷たいものが走った。

でも考えてみれば、とっさに構えることができなければ銃を持っている意味がないじゃない、と自分に言い聞かせた。

「準備オーケー？」彼が訊いた。

「ええ」ヴァージニアは答えた。

シートベルトをはずし、後部座席からパーカとクロスボディーバッグを取った。ドアを開けて地面に飛び降りると、車の前に回ってカボットと合流した。

二人そろって玄関前の階段をのぼり、カボットが呼び鈴を押した。

応答がない。カボットは数秒間待って、今度はドアを鋭く叩いた。またしても応答がない。

「ローズは中にいるはずよ」ヴァージニアは言った。「もしかしたら二階にいて、呼び鈴が聞こえないのかもしれないわ」

「さもなければ、商売をする気がないのかもしれない」カボットがドアの取っ手を回してみた。簡単に回った。ドアを開けて小さなロビーへと入っていく。

ヴァージニアも彼のあとから中に入った。「気味が悪いわ。暖房が切ってあるみたいね」談話室のほうにちらっと目を向ける。「暖炉にも火が入っていないわ」

カボットが階段の下まで行った。「ローズ・ギルバート? カボット・サターだ。ヴァージニア・トロイもいっしょに来た。協力してほしいことがある」

返事はない。二階から足音も聞こえてこない。

カボットが振り返った。「ここで待っていろ」

なぜなのか訊きたかったが、彼がウインドブレーカーの中に手を差し入れて銃を取り出すのを見たとき、答えは聞かないほうがよさそうだと思った。**彼は警官だったから、昔の習慣が抜けないんだわ**、と心の中でつぶやいた。

カボットは素早く一階の部屋、オフィス、キッチン、談話室を見てまわった。

少しして戻ってきた彼が言った。「誰もいないようだが、いちおう二階を見てくる。戻ってくるまでここを動かないで」

「了解」ヴァージニアが言った。「でも、なんだかすごく変な感じがするわ。気をつけてね。いい？」

カボットは銃を手に、一段おきに階段をのぼっていった。上の踊り場から彼の姿が消えたあと、頭上からくぐもった足音が聞こえてきた。少ししてドアをノックする音がした。ローズの住居部分のドアの前に立っているのだろう。

カボットが階段の上から大きな声で言った。「返事がないんで、彼女の部屋に入ってみる」

「ひとりじゃだめよ」ヴァージニアは階段を駆けあがった。「何かが起きたんだわ。中に入る前にわたしに声をかけさせて。銃を持ったあなたがいきなりドアを開けたりしたら、彼女、震えあがってしまうわ」

カボットは反論しなかった。

ヴァージニアが階段の上に着くと、カボットは手ぶりでドアの反対側に行くよう指示を出し、彼は壁に背中をぴたりとつけて取っ手を握った。同時にヴァージニアにしゃべるよう合図を送る。

「ローズ、わたしよ、ヴァージニア。カボット・サターといっしょに来たの。わたしたち、ただあなたが無事かどうかをたしかめたいだけなの」

返事はなかった。

カボットが取っ手を回した。ドアに鍵はかかっておらず、蝶番の甲高いきしみ音とともに勢いよく開いた。冷たい風が、二人にはすぐにそれとわかるにおいとともに廊下に向かって吹いてきた。ヴァージニアは胃のあたりにむかつきを覚えた。

「いやよ」小声で言った。「二度といや」

だが、ヴァージニアの声は誰もいない廊下に響いただけだった。カボットは早くも部屋の中にいた。ヴァージニアも意を決して中に入った。

ローズの死体は、専用のバスルームへの入り口の外、床の上にうずくまるようにあった。ローブと寝間着には血がたっぷり染みこんでいる。頭部の下にはそれ以上の量の血が広がっていた。

カボットはぴくりとも動かないローズの傍らにしゃがみこみ、喉もとに手を当てた。

「銃弾は二発。一発は胸部、もう一発は頭部」

ヴァージニアは胃を締めあげられた気分になった。ここで吐いたりしないことを願うばかりだ。

「サンドラ・ポーターと同じ」小さくつぶやいた。

「死後数時間といったところだな。つまり、殺されたのは今日の午前中。室内が寒いんで断言はできないが。通報する前にざっと調べることにする」

「通報ってどこにしたらいいのかすらわからないわ」ヴァージニアが言った。「この島に警察はないのよね。ボランティアの消防団があるだけ。雑貨屋の主人が非常時の対応の責任者ってことになっているの。連絡するとしたら彼ね」

カボットが立ちあがり、化粧テーブルの前に行って箱からティッシュを何枚か引き出した。バスルームに行き、引き出しを開けはじめる。

ヴァージニアは気を取りなおし、クロスボディーバッグからティッシュを取り出した。「わたしは整理だんすとクロゼットを調べてみる。何を探したらいいか、わかる？」

「いや」カボットが言った。「だが、ローズ・ギルバートとクイントン・ゼイン、あるいはナイトウォッチの誰かとを結びつけるものが何か見つかれば、間違いなく役に立つ」

「もし何か見つかったら、どうするの？　犯罪現場の保存に関する規則があるわよね」

「何かを盗もうってわけじゃない。何か見つけたら写真を撮ればすむ」

「たしかにそうね」

ヴァージニアは整理だんすを素早く調べた。上の引き出し二つには寝間着、セーター、靴下、下着などが取りまぜておさめられていた。見たところ、どれもローズのすんぐりした体形にぴったりのサイズかと思われる。

その下の引き出しにも衣類が入っていたが、どれもたたまれていない。見るからに急いでかき集めて引き出しに放りこまれたかのようだ。しかも、どれをとっても古く、洗濯を重ねて色褪せていた。

好奇心に駆られ、寝間着をひとつ広げてじっくりと眺めた。

「サイズが違うわ」困惑気味に言った。

カボットがバスルームのドアまで来た。「どうした？」

「上の引き出しの衣類はローズのものらしいけど、下の引き出しに入っているものは、どう見ても彼女には小さすぎるの。たぶんアビゲール・ワトキンズのものだわね。ローズはここに移り住んだあとも、アビゲールのものをわざわざ片付ける気がなかったみたい」

「それがどうかした？」カボットはまたバスルームの中に引き返し、戸棚を開けた。

「女性は死んだ人のセーターを取っておくこともあるけど、それは自分に合う場合だと思うの。死んだ女性の下着や寝間着は着ないはずだわ」

カボットが興味をそそられた表情でまたドアから顔をのぞかせた。

「ワトキンズの持ち物を処分するのが面倒だったんだろう」カボットが言った。

「そうかもしれない。でも、死んだ人の下着まで取っておくなんて気味が悪いわ。せめてそういうものを袋か何かに詰めて地下室に置いておいたりするんじゃないかと思うのよ」

「それが何を意味するかといえば、ローズは少なくとも最初のうちは、ここでずっと暮らす気などなかったってことだと思う」カボットが言った。「だが、何かがきっかけで彼女は心変わりした」

ヴァージニアは整理だんすの調べを終えて、ナイトテーブルに移動した。そこには古い手芸雑誌が何冊か置いてあった。手がかりになりそうなものがあるとは期待もせず、いちおう手に取ってみた。

するとと雑誌の下に封がされていない大判の封筒があった。宛先も書かれていない。ヴァージニアは口を開いて中を見た。中には数枚の紙ともうひとつ、小ぶりの封筒が入っている。

「カボット？」

「何か見つけた？」

「さあ、どうかしら」ヴァージニアが封筒をベッドの上でひっくり返すと、中身がキルトの上にちらばった。「コピーね」

カボットが近くにやってきた。「なんの?」

「まだわからないわ。たぶん、手紙。アビゲール・ワトキンズが手書きしたものだと思う。驚くほどきれいな字を書く人だったの。ととのっていて正確で――あの人の刺繍と同じ」

「きみのカメラで撮っておいてくれ」カボットが言った。「全部のページを」

「了解」ヴァージニアはバッグに手を入れてカメラを取り出しかけたとき、小ぶりの封筒のことを思い出した。大型封筒とは異なり、歳月を経て黄ばんでいた。こちらにも宛名はなく、封もしていない。口を開いてかたむけると、写真が一枚、ベッドの上にはらりと落ちた。

さりげないスナップ写真だ。男女二人がフェリーの甲板の手すりの前で腕を組んで立っている。後方には空を背景にしたシアトルの街の輪郭が見える。女性は心から幸せそうで、見るからにきらきらしている。彼女に腕を回しているハンサムな男性は穏やかで魅力的な笑みをたたえているが、どこか爬虫類を思わせる目をしていた。

ヴァージニアははっと息をのんだ。

「カボット。これを見て」

カボットが彼女のすぐ後ろに来て、肩ごしに写真を見た。

「くそっ」カボットが言った。「クィントン・ゼインだ」

「わたし、昔からずっと彼がどんな顔をしていたのか思い出そうとしていたけど、子どもの目でしか見たことがないせいで、どうしても思い出せなかったの。でも、そうだわ。こんな感じだった」

カボットが写真をもっと近づけて見た。「こっちはアビゲール・ワトキンズか？」

「ええ、間違いないと思うわ。この写真の彼女は十六歳か十七歳ってところかしら。わたしたちがはじめて会ったときより二、三歳若かったってことだけど、あの素敵なレッド・ゴールドの髪は憶えているわ。抜群にきれいな人だった。ボッティチェリの『ヴィーナスの誕生』を連想させるのよ。すごく無垢な感じで」

「ゼインみたいなクソ野郎にとっては恰好の標的だな」カボットは写真を裏返した。「この日付はゼインがカルトをはじめる二年前だ。だとすると――」

くぐもった弱い爆発音がし、古い床板が震えた。

ヴァージニアは驚いてカボットを見た。

「いまの気づいた？」鋭い口調で尋ねる。「地震？」

「いや、違うな」カボットが言った。「ここにいろ」

カボットはすでに銃を手にドアに向かって歩きだしていた。廊下のようすを素早くチェックする。

「異状なし」振り返って言った。「だが、何か変だ。いますぐここを出よう」

ヴァージニアは躊躇した。手紙と写真を写す間がなかったからだ。手早く全部をかき集め、そのままバッグに押しこんだ。警察にはあとで謝るわ、と心に誓った。

あわてて廊下に出た。二度目のくぐもった爆発音が再び古い家を震わせた。

「銃声かしら？」ヴァージニアが小声で言った。

「違う」カボットが言った。「爆発だ。どうやら罠にかかったようだ」

二人が階段の上に行ったとき、三度目の爆発音で窓がカタカタ鳴った。カボットは踊り場で足を止め、下を見た。

「問題が生じた」カボットが声を抑えて言った。

ヴァージニアはかすかな煙が階段下からのぼってくるのを見た。

四度目の爆発音が壁という壁にこだました。古い建物が断末魔の苦しみにうめいているかのようだ。

一階で勢いよく火の手が上がった。炎が立てる轟音は恐ろしいほど耳になじんでいた。ヴァージニアが地獄絵図さながらの悪夢の中でしょっちゅう聞いている音だ。

38

カボットは銃をホルスターにおさめると、ヴァージニアの上腕をつかんでいちばん近くの客室へと向かった。

「シーツを使って地面に降りればいい。外にいる人間がひとりだけであることを願うばかりだ。ひとりならば、建物の四方の壁を一度に見張ることはできない。おそらく彼は玄関ドアと裏口に意識を集中しているはずだ。人間の本能さ」

カボットがとっつきの客室のドアを開けたとき、ヴァージニアは窓の外に燃えあがる炎を見た。

パニックに呼吸ができなくなりそうになる。

「ここはだめだわ」喘ぎながら言った。

カボットは廊下のいちばん奥まで行き、そこの客室をのぞいたが、すぐにドアを閉めた。

「ここもだめだ」カボットが言った。「犯人は建物の外周に沿って爆薬を仕掛けたんだろうな。一階は火に包まれている」

ヴァージニアは速すぎる心臓の鼓動と、まともに呼吸ができていないのを漠然と意識した。煙のせいではなさそうだ。二階はさほど激しく燃えてはいない。いまのところはまだ。火事のとき、人が死ぬのは煙が原因。となれば、死刑宣告まではまだいくばくかの時間的猶予がある。

まいった。ヴァージニアの判断力を曇らせているのはむきだしの恐怖だ。いま、彼女とカボットは罠にはまっていた。その昔、クィントン・ゼインが火を放った納屋に閉じこめられていたときとちょうど同じように。だが今度は、救い出してくれるアンソン・サリナスがいない。

「火の手は家の内部から上に向かってきている」カボットが言った。「ここや三階に出口はない。こうなったら地下室に下りるしか道はないな」

「下りる？」ヴァージニアは喘ぎながら訊いた。「でも、下が燃えているのよ」

「それは一階だ。地下室じゃない。犯人が地下室に火を放とうとはしなかった可能性は高い。地下室はコンクリートだからな。どこか外への出口もあるはずだ」

「昔の石炭貯蔵庫」ヴァージニアが言った。「いまはあそこが階段になっているわ。

でも、どうやって地下室に下りるの？　階段はまるで煙突よ」

「ランドリーシュートだ」カボットが彼女の手首をつかみ、廊下を駆け足で引き返した。洗濯室のドアを一気に押し開く。「これが唯一のチャンスだ」

ヴァージニアも彼のあとから中に入り、バタンとドアを閉めた。くるりと向きなおって棚から何枚かのタオルをつかみ取ると、すでに二階の廊下にも流れこみはじめた煙を一時的にでも遮断しようとドアの下の隙間に押しこんだ。

カボットはまっすぐ洗濯用シンクに行き、二個の蛇口を両方とも勢いよくひねって全開にした。棚から大判シーツを二枚引っ張り出し、叩くように振って広げると、それを水のたまったシンクにせわしく突っこんだ。

「シーツは濡らしたほうが強いんだ」説明を加える。「シュートを調べてくれ。異状がないかどうか」

ヴァージニアは旧式な大型ランドリーシュートの扉を力いっぱい引いて開けた。太い縦穴から煙がのぼってこないのがわかったとき、安堵が恐怖心を一部打ち消した。

「火が回っているようすはないわ」ヴァージニアが言った。

カボットが濡れたシーツを一枚、シンクから引き出した。ヴァージニアがシーツの角を見つけるあいだに、カボットは二枚目を引き出した。

「どっちもキングサイズのシーツだから、二枚で足りるはずだ」

カボットが二枚目のシーツの角をつかみ、ヴァージニアが持つシーツの角とがっちりとこま結びにした。

「きみが先に行け。ぼくが上からシーツを下げる」

「あなたはどうするの？」ヴァージニアが訊いた。

カボットは顎をしゃくって、シンクのそばの小さなテーブルを示した。「片方の端をあのテーブルに結びつける。シュートよりだいぶ大きいから穴の入り口に引っかかるはずだ。よし、それじゃはじめよう」

ヴァージニアはランドリーシュートの入り口へと急いだ。下で何が待ち受けているのかわからないまま、暗い穴を下りるかと思うと恐ろしかった――が、家をのみこんでいく炎ほどには怖くなかった。いよいよ煙のにおいもしてきた。ドアと枠の隙間から忍びこんできている。

最後の最後になって、まだバッグを掛けていたことに気づいた。クロスボディーストラップ式のバッグだ。それを肩からはずし、シュートの中に投げ入れると、下に落ちたときになんの物音も聞こえなかった。

「いい兆候だな」カボットが言った。「運がよければ、下には汚れたタオルやシーツが山をなした洗濯物カートがある」

「地下室のコンクリートの床に比べれば断然いいわ」

シュートの広い口によじのぼろうとするヴァージニアにカボットが手を貸し、彼女が体勢をととのえるあいだ、両手の手首をがっちりとつかんで押さえた。ヴァージニアは両手でシュートのへりにつかまり、未知の穴の上方にぶらさがった。真っ暗な穴の底に落ちていくことを思うと恐ろしかった。

カボットがシーツの端を彼女の手首に巻きつけ、彼女がそれをきつく握りしめるまで支えて待った。

だが、彼女が恐怖をつのらせるほどの時間は与えなかった。

「しっかりつかまって。何があっても、けっして放さないように」

そう言うと、すぐに彼女を下ろしはじめた。ヴァージニアは反射的に目をつぶった。下までの旅がさほど長くはかかるはずはない。おそらくは数秒だが、なんだか永遠のように思えた。

シュートの内部はびっくりするほど広々していた。しかも、壁は洗濯物が数十年をかけて磨いてきただけあった。にもかかわらず、ひどく狭苦しく、空気が足りないような気がした。**棺みたい**、とヴァージニアは思った。**ううん、そうじゃない。脱出用**

ハッチよ。前向きに考えなきゃ。

ときどき肩やヒップがシュートの壁にぶつかったが、つっかえることはなかった。そうするうちになんの予告もなく、足がいきなりシーツやタオルの山に触れた。

ヴァージニアは握りしめていたシーツの結び目から手を放した。

「到着よ」上に向かって叫んだ。「火は回ってきていないわ。いまのところはまだ」

「すぐに行く」

ヴァージニアは周囲を手で探ってバッグを見つけ、洗濯物用カートのへりを乗り越えて床に下りた。地下室は真っ暗ではなかった。地面の高さの細い窓から入ってくる暮れかけた日のはかない光は、窓をおおう年月をかけた汚れでなおいっそう暗くなってはいたが、コンクリートに囲まれた空間を把握するにはじゅうぶんだった。

二階からドスンとくぐもった音が聞こえてきた。最初はカボットが脱出できなくなったのかと思い、またしてもパニックが吐き気とともに襲ってきた。

そのとき、さらにゴトン、ドスンという音が何度か聞こえてきた。ヴァージニアは懸命に呼吸を繰り返した。カボットがシュートを下りてきた。彼の大きな体、広い肩幅は彼女のようにすんなりとシュートの中を滑りおりることができなかった。

何秒後か、彼がようやくカートに放りこまれたシーツとタオルの山の上に達し、すぐさまへりをまたいで外に下りた。

「石炭貯蔵庫へ」カボットが言った。

かつて石炭を貯蔵するのに使われていた空間は、もう何十年もがらんと放置されたままだった。いつだったのか遠い昔、何代も前の家主が庭師や使用人が家の中を通らずに地下室に行けるようにと考えて、木の階段をしつらえさせたのだ。

「ぼくが先に行く」カボットが言った。

そして再び銃を取ると、階段をのぼったあと、斜めに取り付けられた両開きの扉の片方を用心深く開いた。

ヴァージニアの鼻に煙のにおいは届いたが、炎は見えない。石炭貯蔵庫の扉は母屋から数フィート離れたところに位置し、伸び放題の木々の陰に隠れていた。

ヴァージニアはパーカのへりで鼻と口をおおい、カボットはウインドブレーカーで顔の下半分をおおった。

カボットが先に立って扉を抜け、ヴァージニアも彼にならって急いで地上に上がった。

「木立をめざせ」カボットが言った。「ぼくはきみのあとにつづく」

ヴァージニアは安全地帯と思える木立に向かって夢中で走った。背中に銃弾を受け、前のめりに倒れるかもしれないと思いながら。しかし、聞こえてくるのは家を貪り尽くす炎という獣の怒り狂った咆哮だけだった。

どこか遠くからタイヤが砂利を跳ね飛ばすくぐもった音が聞こえたような気がした。犯人の車が現場から逃走しようとしているんだわ。ヴァージニアは頭のどこかでそう思った。

足を止めて呼吸をととのえた。カボットもたちまち彼女に追いついた。二人はそろって後ろを向き、燃えさかる家を眺めた。B&Bは早くも建物全体が炎に包まれていた。

やがて遠くのほうからサイレンの音が聞こえてきた。島のボランティア消防団がこっちに向かっているのだ。

39

二人はその日営業していた唯一のB&B——〈ハーバー・イン〉——で一夜を過ごした。窓からは湾と町の小規模なマリーナが見おろせた。

幸いなことにカボットのSUVは〈ロスト・アイランドB&B〉から数ヤード離れたところに停めてあったため、塗装が多少焦げた部分はあったものの、炎上は免れた。車の後部に積んであった二人のオーバーナイトバッグも無事だった。ヴァージニアは清潔な下着と着替えにこれほど感謝したことはない。

〈ハーバー・イン〉のオーナーはシアトルから来た中年夫婦だ。男性同士のカップルの名はバーニー・リックスとディラン・クレインで、そろいの金の結婚指輪をはめている。フロントデスクの後方の壁には二人が優雅なタキシードに身を固め、満面の笑みを浮かべた結婚式での写真が飾られていた。

輝かんばかりの幸せに満ちた新婚夫婦の写真を見て、ヴァージニアはいささか切なくなった。どんなウェディング写真を見ても同じ反応が生じる。みずからの家庭を築き、家族を持つ可能性がどう見ても低いことを思い知らされるからだ。そうした感傷はいつものように——離婚にまつわる統計数字を思い出すことで——振り払う。

バーニーとディランは細やかな心づかいのできる人たちで、カボットが二人別々の部屋——二階にあるドアで通じた続き部屋——を希望したときも瞬きすらしなかった。手づくりのラザニアと有機野菜のサラダの、あたたかく心安らぐ夕食のあとは談話室でシェリーが供された。

そしてシェリーの席では、たくさんの質問や興味深い噂話に花が咲いた。

「島の人たちの話じゃ、ローズ・ギルバートはどうも麻薬取引に手を染めていたみたい」バーニーが言った。「商売敵のひとりに殺されたってもっぱらの噂」

バーニーは頭こそ禿げかけているが、優雅でしゃれたファッションに身を包んだほっそりした男だ。彼の夫のほうはきれいに手入れをした顎髭をたくわえたがっちりとした体格の男で、宿屋の主人がまさにぴったりの、愛想のいい外向的なタイプである。

「商売敵を排除するにしてはかなり派手な方法だな」カボットが言った。

「あの家に爆発物を仕掛けたのが誰であれ、カボットとわたしが中に入るまで待っていたとしか思えないわ」ヴァージニアが付け加えた。

バーニーが顔をしかめた。「目のつけどころがいい。あなたたち二人のほかにも誰かが火事に巻きこまれた可能性は？」

「ぼくたち以外、家の中には誰もいなかったと思う」カボットが言った。「もし誰かが使われていない三階に隠れていないかぎりは。しかし、それはないと思う。だが、ぼくたちが外に出たとき、車が走りだす音が聞こえた」

ディランが興味津々といった表情をのぞかせた。「車は見た？」

「いや、残念ながら見なかった」カボットが言った。「だが、音から判断すると小型車だ」

「町の方向に向かった？　あるいはべつの方向？」ディランが訊いた。

「じつにいい質問だ」カボットが言った。「誰が運転していたにしろ、幹線道路を町の方向に走ってはいかなかった。音から察するところ、逆方向だった。明日の午後、誰がフェリーに乗るかを見るのが楽しみだな」

「B&Bに火をつけたやつの車が必ず乗ってくるとは思わないほうがいいな」バーニーが言った。「ここはかなり大きな島で、大部分が森林だ。車を隠すところもたくさんあるし、崖から海に落とすことだってできるんだから」

「そうは言っても、放火犯はできるだけ早く島から離れたいと思っているような気がするわ」ヴァージニアが言った。

「たしかにそうだ。だが、島を出る方法はほかにもある」ディランが言った。

カボットが彼を見た。「船で？」

ディランが厳しい表情でうなずいた。「そのとおり。この島の住人の多くが自家用の船を持っているし、定期的に週末を過ごしにくる人の中にも船を持っている人がいる。爆発音を聞いたあと、バーニーとぼくはマリーナ周辺を歩いたが、姿を消した船はなかった。とはいえ、島の周りにはプライベートな船着場が点在している。そういうのは大半が夏だけここに来る人が所有している」

カボットが考え深げにうなずいた。「つまり、本土のマリーナで船を盗むか借りるかして、それを島のプライベートな船着場に着け、そのあと地元の車を盗んで〈ロスト・アイランドB&B〉に行き、火を放つことも可能というわけか」

「そうだね」バーニーが言った。「しかも、エンジンをかけるのに点火装置をショートさせる必要もないときている。この島の住人はふだん車のキーはつけっぱなしだから」

ヴァージニアは彼を見た。「ローズ・ギルバートについて、なんでもいいから聞かせてもらえない？」

バーニーがゆったりと椅子にもたれ、両脚をめいっぱい伸ばしてシェリーを飲んだ。

「ディランとぼくはB&Bの経営についてローズ・ギルバートと何度か話したことがあるんだけど、彼女、ぼくたちのアドバイスにはいっさい興味がなかったみたいだ。だから、彼女はここに長くとどまるつもりはないんだろうと思った」

「アビゲール・ワトキンズが腹違いの妹だってことは言っていた？」ヴァージニアが訊いた。

バーニーとディランは驚きを隠さず、顔を見あわせた。

「いや、ひとことも」バーニーが言った。「ただ、アビゲールからあの家を買って、アビゲールが亡くなる直前に契約が完了したとだけ言っていた」

「それは嘘なんだ」カボットが言った。「ぼくたちが調べたかぎり、ローズは腹違いの妹の死の直後にここに移り住んで、B&Bの経営を乗っ取ったんだ」

「乗っ取るほどの商売じゃないけどな」ディランが言った。「とりわけ、この時季は。病気が悪化してからは、アビゲールはたくさんの客を受け入れることができなくなって、いつの間にかあそこの常連さんはここに予約を入れるようになってね」

「ローズ・ギルバートもときどきは、数は少ないけれどお客を受け入れることは受け入れていたでしょ」ヴァージニアが指摘した。「わたしもハナに会いに二、三回島に来たけれど、いつもあそこに泊まったわ」

「ギルバートがフェリーを下りた観光客を呼びこむこともたまにはあったが、きみを除けば、島に来るたびに彼女のB＆Bに泊まる客はたったひとりしかいなかった」

ディランが言い、少し間をおいた。「いま考えてみると、あの男の車は小型だったな。これといって特徴のない、レンタカーみたいなのだった」

「その男の風体、憶えてますか？」カボットが訊いた。「若かった？　年配だった？」

「若い男だよ。二十代半ばってところかな」ディランが言った。「近くでまじまじと見たわけじゃないが。町にはいっさい出なかったな。フェリーが着くと、車でローズのところに直行していた」

「ハナ・ブルースターが死んだ夜、ひょっとしてその男が島にいたかどうか知りませんか？」ヴァージニアが訊いた。

ディランはその質問にびっくりしたようだった。「いたよ。あの夜、ローズのところに泊まっていたたったひとりの客だった」

カボットがいきなり身じろぎひとつしなくなった。

「それ、本当ですか？」カボットがたしかめた。「というのは、ローズはぼくたちにあの夜は二組の夫婦が泊まっていたとはっきり言っていたんで」

「客がひとりだけだったことは間違いないよ」ディランが言った。「ぼくは翌朝、ハナの捜索隊に参加したから知っている。〈ロスト・アイランドB&B〉に立ち寄って、ローズにハナを見なかったかと尋ねたんだよ。彼女はノーとだけ答えたが、それ以上話したがらなかった。客がひとりいるから朝食の支度に戻らなきゃと言っていた」

「客がひとりね」ヴァージニアがつぶやき、カボットを見た。「二十代半ばの男」

カボットの口もとがこわばった。それを見たヴァージニアは彼も自分と同じことを考えていることがわかった。ローズの客が殺人犯なのかもしれないが、クィントン・ゼインにしてはあまりに若すぎる。

「ローズ・ギルバートについてはっきりわかったことは」カボットが静かに言った。「彼女はぼくたちに嘘をついていたということだ」

ディランがシェリーのデカンターに手を伸ばした。「それじゃもうひとつ教えよう。さいなことだが、明白な事実だ——ローズのたったひとりの客はあの火事の翌日、フェリーで島を離れた。彼が運転する車が乗船するのをこの目で見たよ」

40

その夜、ヴァージニアは眠れるとは思っていなかったため、ベッドに入ったあと二時間ほど、うつらうつらまどろんだことにわれながら驚いた。意外だったのはパニック発作が起きないことだ。こんな状況だというのに不思議に感じられた。なぜなら、目を閉じるたび、自分とカボットが灼熱地獄で命を落としかねなかったことばかり考えていたからだ。あのときのことを思い出すだけで突然不安の嵐が襲ってきてもおかしくないというのに。なんといっても、彼女とカボットは子どものころに見た極めつきの悪夢の再現を目のあたりにしたのだ。

午前一時半ごろ、ついにあることが思い浮かんだ。**今夜は違った。今夜は自分たちで脱出したわ。**

もう眠る努力は放棄し、上掛けをはぐと、足を大きく回して床に下ろした。しばらくはそこにすわったまま、自分の気持ちと感覚を整理しようとした。バッグに薬は入っているが、必要ないと判断した、神経がぴりぴりしているのは間違いないが、驚いたことに、悲惨な体験の記憶となんとか渡りあえているようなのだ。たぶんもう少ししてから反応がなんらかの形で遅れて現われるのかもしれないが、いまのところは奇妙なことに比較的大丈夫そうだ。

立ちあがってロープをはおると、窓際の椅子に行って腰かけた。マリーナはほぼ全域が闇に包まれていたが、桟橋に沿って明かりがいくつかともっていた。個人所有の船と小型の遊覧船が黒い水面で静かに上下している。

小さくノックの音がした。カボットも起きていたのだ。ベッドサイドの時計にちらっと目をやった。一時三十五分。驚くには当たらない。

ヴァージニアは椅子を立ち、二つの部屋のあいだのドアを開けた。カボットがズボンとTシャツ姿で仄暗さの中にぬっと立っていた。黒い髪はまるで両手でかきむしったかのようで、目は真夜中の深い淵のようだった。とげとげしいエネルギーが彼の内を徘徊しているのが伝わってきた。

「当ててみましょうか」ヴァージニアは言った。「あなたも眠れないのね」

「ああ、いつもどおりだ。きみはどう?」

「それが大丈夫なの。変よね。もちろん、さっきから今日起きたことばかり考えているわ。いろんなことが思ったように運ばない可能性もあったのに、すべてうまくいったのよね」

「今日起きたことが何かといえば、ぼくたちが最強のチームになったってことだ」

「そのうえ、とんでもない幸運が舞い降りてきた」

「アンソンなら、きみたちが幸運を呼び寄せたって言うだろうな」

ヴァージニアはその言葉をよく嚙みしめてから、かすかな笑みを浮かべた。「ええ、たしかにそうだわ」

カボットが一歩あとずさった。「もしきみが本当に大丈夫なら――」

ヴァージニアがこのまま彼を行かせたくないと思っているのを知っているかのようだ。

「ねえ、ひとつ質問をしてもいいかしら?」ヴァージニアは訊いた。

「なんだい?」カボットの口調はいささか用心深かった。

「警察署長の職だけど、なぜクビになったの? わたしには関係ないと言われれば、それはわかっているけど、わたしなりに仮説を立てたの」

カボットはドア枠に体をもたせかけた。

「仮説を立てたか」繰り返す彼の口調はしごくさりげない。

ヴァージニアは地雷を踏みそうな気もしたが、かといって引きさがるつもりはまったくなかった。

「ええ」

「どんな仮説？」

「あなたはその職にとどまるには有能すぎたんじゃないかしら。小さな町ってことは、小さな町特有の政治力学が存在するわ。もしそれが正義をなす唯一の道だと考えたなら、あなただって規則を曲げたかもしれないけど、もし町の顔役があなたを脅そうとしたなら、あなたは一インチたりとも譲らないはずだわ。そしてもしあなたが規則を曲げたなら、そのときはそれが表に出ないような手段を見つけたはず。となると、いったい何をしたの？　市長の息子を逮捕したとか？」

一秒か二秒のあいだ、ヴァージニアは彼は答えないだろうと思った。すると彼が小さく口笛を吹いた。

「いったいどこからそんな仮説を引っ張り出してきた？」

「あなたとはこの何日間か、たくさんのことをいっしょにくぐり抜けてきたわ。あなたについてわかったことがいくつかあるのよ」

カボットが一瞬黙りこんだ。

「市長の息子じゃなかった」やがてまた口を開いた。「町を仕切っていたのは市長じゃなく、アシュクロフトという男だった。町いちばんの実業家でね。たくさんの人を雇っていたから、住民の半分はいろんな形で彼に借りがあったんだ。彼の息子のニックが連休がくっついた週末に大学から戻ってきていた。何人かの友だちを連れてね。ドラッグでハイになった彼らは、町の女の子を二人ナンパして——高校生だよ——意識を失うまで酒を飲ませた。そしてレイプだ。ニックの友だちのひとりは携帯でその動画まで撮っていた。ひとりの女の子の父親がぼくに助けを求めてきた。ぼくは動画を見て、ニックとその仲間を逮捕した」

「そしたら?」

「アシュクロフトが、告訴を取り下げないとクビだぞ、とぼくを脅してきた。ぼくが息子の将来をつぶそうとしているときた。ぼくが無視していたら、アシュクロフトはとうとう二人の女の子の家族と取引をした。カネで解決したわけだ。どちらの家族も告訴を取り下げた」

「そして、あなたは職を失った」

「心の準備はできていたんだ。そのときにはもう、小さな町の警察署で出世を狙うなら、政治力学をうまく利用しなければならないとわかっていたからね」

「あなたの得意なことじゃないわね」

「うん」カボットが言った。

「どこから見ても、私立探偵業のほうがあなたにぴったりの仕事って感じがするわ」

「たしかにこっちのほうが合っている」

またしばしの沈黙があった。

「キスしてもいい？」ヴァージニアが言った。

「同情のキスじゃなければかまわないけど」

「違うわ。ただあなたにキスがしたいの。でも、先に注意しておくと、恋愛に関してのわたしの問題を考えると、キス止まりになるかもしれないわ。あなたに超一流の思わせぶりな女だと思われたくないけど」

「きみは超一流だけど、思わせぶりな女なんてことは絶対にないよ」カボットが言った。「きみはいくつか問題を抱えているだけのことで、ぼくもおんなじさ」

「でも、種類の違う問題だわ」

「問題は問題だよ。こんな議論はやめにしよう。時間の無駄だ。で、キスはするの、しないの？」

ヴァージニアは一歩前に進み出て、彼の左右の肩をぎゅっとつかんでその口に猛然と唇を押しつけた。

　カボットはひるまなかった。逆に彼女の顔を両手ではさんで上向かせ、二人の顔の隔たりはわずか一インチになった。

「この前、言ったことを思い出してごらん」カボットがややざらついた声でささやいた。「歯医者に行くのとは違うんだから」

「わかってるわ」彼の肩をつかんだヴァージニアの手に力がこもった。「ただ、またこのあいだみたいにさんざんなことにしたくないのよ」

「だったら、そんなに固くなるのはよそう。力を抜いて。自分の気持ちにしたがえばいい。気持ちがなくなったら、そのときどういう状況であれ、そこでやめよう」

「すごく簡単に聞こえるけど」

「簡単なんだよ。心配いらない。こつがつかめるさ」

　ヴァージニアがくすくす笑った。ばかみたいだし、ひどく場違いだが、なぜか笑いをこらえることができなかった。

　カボットは笑いはしなかったが、常夜灯の明かりの中に浮かぶ彼は微笑んでいた。ものすごくセクシーな、ものすごく男性的な微笑だ。

　長いあいだ氷に閉ざされていたヴァージニアのその部分があたたまりはじめた。カボットの逞しさに身を寄せ、また唇を合わせた。急ぎはせずにゆっくりと、探りを入れながら。

カボットの反応が伝わってきた――彼の唇は熱く、体はこわばり、勃起したものは硬い――が、ヴァージニアを当惑させるような動きはいっさいなかった。彼女に触れた手に力をこめることもなければ、彼女を駆り立てるようなこともない。

彼の反応ばかりではなくみずからの反応にも背中を押され、ヴァージニアは彼に体を押しつけ、彼の手首をつかんでその手をウエストへと持っていった。

深い欲求がヴァージニアの内からこみあげてきた。彼に触れたい気持ち、触れられたい気持ちがつのる。自分の感覚的な一面を自由に楽しめたらと思う。

キスがしだいに熱を帯びてきた。刺激的。ヴァージニアのあらゆる感覚に攻撃を仕掛けてくる。

ヴァージニアは我慢ができなくなり、カボットの片方の手をローブの中、右胸の下に導いた。カボットは導かれるままそこに手を当てたが、それ以上の親密な触れ方はしてこない。

両手を彼のTシャツの下に滑りこませ、彼の肌の感触にどきどきした。こんなふうにいくつもの合図を送る後ろめたさなど無視しよう。もしまたわたしが怖気づいたとしても、カボットならなんとかしてくれる。もしまたパニック発作が起きたとしても、彼がなんとかしてくれる。彼ならそんなことでわたしを非難したりしない。そのことでわたしを判断したりしない。わたしを気味の悪い人間だと思ったりしない。

これまで体験したことのない興奮が彼女の血に火をつけると、カボットをまさぐる手の性急さがしだいに増していった。

「ヴァージニア」カボットがささやいた。

そして親指の先でヴァージニアの乳首をおそるおそるかすめた。それはまるでスイッチのようだった。ヴァージニアの全身を激しい欲望が駆け抜けた。

「お願い」ヴァージニアはカボットの喉もと、肩のラインを唇でなぞり、耳たぶを噛んだ。「お願い」

「急いじゃだめだ」カボットがささやいた。

「ううん、急いで」

「夜はまだ長い」

「あなたには長い夜があるかもしれないけど、わたしはそうはいかないわ。いますぐじゃなくちゃ、何かが起きるかもしれないの」

「それはそうだが、前向きに考えよう」

「わたしのこと、笑ってるのね」

「そうかもしれないが」カボットが認めた。「ほんのちょっとおかしいだけだ。ぼくが言おうとしているのは、怖がらなくてもいいってことさ。ここまでは来られたわけだし、きみがやめたいときはいつでも何度でも中断できる」

「あなたがそう言うなら」

ヴァージニアが彼の手を取り、彼女の部屋、ベッドへ連れていこうとした。

「待って」カボットが言った。

彼はヴァージニアの手を振り払おうとはしなかったが、ついていくそぶりは見せず、二つの部屋の境い目に立ったまま、大きな岩のように微動だにしなかった。

恐怖の兆しがヴァージニアの中を走り抜けた。どうやらせっかくのチャンスをまたぶち壊しにしたらしい。

「えっ？」

カボットが彼女を彼のほうへと引き寄せた。「ベッドはいらないよ」

ヴァージニアは落胆した。思ったより情けない状況のようだ。彼をその気にさせようとしたのがいけなかったのかもしれないが、彼がこの件に関して完全に興味を失ってしまったのは一目瞭然だった。

彼は彼女を引っ張って部屋を横切ると、クッションのついた読書椅子の前で足を止めた。ズボンのファスナーを下ろし、椅子にすわった。

「これで試してみよう」彼が言った。「上になりたいって言っていただろ」

ゆっくりと彼女を引き寄せ、彼女が心地よいと思える体勢を見つける時間をたっぷり与えた。やがてヴァージニアが大きく両脚を広げて彼の太腿にまたがると、寝間着がヒップの上まで上がった。

押し寄せる波の力で欲望が一気に戻ってきた。ヴァージニアは彼の両肩に手をやり、体を支えた。

カボットは片手をヴァージニアの腿の内側に沿って滑らせ、彼女のそこに触れた。そしてそっと手を動かしはじめた。もっともっとつづけてほしいと願わずにはいられない手の動き。ヴァージニアはみずからの欲望の荒々しさに抗って目を閉じた。体の内側がどこもかしこも引きつってきた。思わず息を吸いこみ、彼の肩に爪を食いこませる。

彼の指が何かしていた。その何かが彼女の感覚に衝撃とともに至福の快感を与えた。するとつぎの瞬間、彼女の内できつく巻きついていた感覚が、連続して打ち寄せる深い波を受けてほどけた。

「カボット、カボット」

彼はヴァージニアが絶頂に達する前にと、硬くそそり立つペニスの上に彼女をゆったりと下ろした。絶頂寸前の彼女はまともに呼吸ができなくなっていた。再び解放のさざなみがはじけた。最初に押し寄せたあの感覚の名残のように。

カボットのかすれてくぐもったうめきが耳に届いた。彼が迎えた重々しい絶頂の瞬間が彼のみならず二人を揺さぶった。

そして夜はしんと静まり返った。

41

ヴァージニアがもぞもぞと動いて、ゆっくりと立ちあがった。少しふらふらしたが、これほどすっきりした気分は久しく味わったことがなかった。カボットは心からリラックスして椅子にすわっていた。彼女の部屋から忍びこんでくる明かりで、彼が半ば閉じた目で彼女をじっと見ていることがわかった。

「大丈夫?」彼が訊いた。

ヴァージニアは一瞬考えてからにこりとした。ひとりよがりではなく本当にいい気分だった。「ええ。大丈夫そうだわ。あなたってほんとに最高だわ」

「そうかな? うーん、たしかにいま気分はすごくいいが、最高ってどういう意味?」

「どうしてわかったの?」ヴァージニアが訊いた。

「どうしてわかったたって、何を?」

「わたしの問題の解決策は椅子だってこと」

「ああ、そのこと。椅子のことか。まぐれさ」

ヴァージニアは大きく手を振ってそれを否定し、室内を行ったり来たりしはじめた。

「わたしきっと、いつの間にかベッドからパニック発作を連想するようになっていたんだわ。飛行機に乗るたび、パニック発作を起こす人もいるでしょ。たぶん、わたしにとってはそれがベッドなのよ」

「ひょっとして、飛行機でセックスしないかって提案してるのか？　マイル・ハイ・クラブに入会しろと？　それはちょっと。真剣に考えさせてもらわないと」

ヴァージニアはまた大きく手を動かして彼を黙らせた。「いままで体験した最悪の発作のいくつかはベッドで起きた。だからなのね。セラピストはおそらく、セックスとベッドがいつの間にか結びついてわたしの不安の引き金を引くとか言うわ。上になる必要があるって考えたのは少し前のことなんだけど、それで必ずしもうまくいったわけじゃないの」

「考えすぎじゃない？」

ヴァージニアは椅子に戻り、かがみこんで彼の額にキスをした。

「あなたって、これまでに診てもらったどのセラピストより的確だわ」体を起こしながら言った。

「いいことを知った。もしこの私立探偵業がうまくいかなくなったら、そのときはその道に転職できそうだ」

彼が手を伸ばしたが、ヴァージニアはするりと逃げた。

「お風呂に入ってくるわ」

ヴァージニアは足早に自室に戻り、バスルームに入って明かりをつけた。鏡に映る自分を見てちょっとびっくりした。頰は紅潮し、髪はもつれ、目が異様にきらきらしている。

「いい知らせがあるわ、シンデレラ」小さな声でささやいた。「もう十二時を過ぎたけど、すごくいいセックスをしたうえ、パニック発作が起きる気配もない。あなたはもうほぼ正常なのよ。少なくとも今夜に関しては」

ローズのナイトテーブルで見つけた手紙のコピーと写真のことを思い出したのは、バスルームから出たときだった。部屋を横切って、バッグを置いたテーブルに行った。バッグのファスナーを開けて中に手を入れ、封筒を取り出した。

読書用ライトをつけて眼鏡をかけ、コピーされた手紙をぱらぱらと繰った。ページの中からある名前が飛び出してきた。**キム**。

それまでの幸福感が一瞬にして吹き飛んだ。戦慄を覚えた。

「カボット？」声を抑えて呼びかけた。

カボットがズボンのファスナーを上げ、ドアのところにやってきた。「なんだい。それ、ギルバートのナイトテーブルできみが見つけた手紙のコピーと写真？」

「ええ」ヴァージニアは、いま読んでいる内容にあぜんとしながらつぶやいた。「爆発のあと、あまりにいろいろなことが起きたせいで、いままですっかり忘れていたの」

カボットが満ち足りた恋人モードから鋭いハンターのモードへと瞬時にギアを切り換えた。部屋を横切ってテーブルに近づき、コピーと写真に目を落とす。

「てっきり火事で焼けてしまったものと思ったよ」

「あの部屋を出るとき、バッグに押しこんだの。直感的に。何も考えてはいなかったけど」

「素晴らしい直感だ」

「朝になって警察が来たら、これを渡さなきゃだめかしら？」

「向こうが欲しがったら、だな。向こうはこれを重要だと思わないかもしれない。何しろ、この手紙の日付は二十年も前のものだ」

「厳密には二十二年前」ヴァージニアが冷静に言った。「それに、これは手紙じゃないわ。日記ね。いくつかのページにキムって名が書かれているの。もしかするとキンバリーの愛称じゃないかしら」

「きみのお母さん？」

「ええ、そう」ヴァージニアはさらに二ページほどめくった。「ハナの名前も出てきてるわ。それにジャッキーも」

「ぼくの母の名はジャクリーン・ケニントン・サターだ」

ヴァージニアは無言のまま、そのページをカボットに差し出した。彼は何行か読んだところで紙片をテーブルに置いた。

「これはゼインのカルトでの生活の思い出ってだけじゃない」彼が言った。「これこそ動かぬ証拠だよ。きみのお母さんとぼくの母が、ハナ・ブルースターやアビゲール・ワトキンズといっしょに、あの悪魔からカネを盗む計画を練りあげたんだ」

42

カボットは椅子をテーブルに引き寄せ、携帯を置いて腰かけた。ヴァージニアも隣にすわった。二人はいっしょに日記を読みはじめる。

「ここにはたった六ページしかないわ」ヴァージニアが言った。「それもコピー。日記のオリジナルはどうしたのかしらね？」

「知りようがないが、ローズ・ギルバートがここにあるページを重要だと考えたことは間違いない。整理だんすの下の引き出しにアビゲールのその他のものといっしょに放りこみはしなかったし、捨てもしなかったわけだからね」

どのページも新たな衝撃をもたらした。ヴァージニアは何度も何度も涙を拭いた。

……みんなこの計画がきわめて危険なことはわかっているが、これ以外にどんな道があるというの？　キムとジャッキーの言うとおりだ。ゼインが子どもたちを人質に取っているかぎり、用心棒たちに施設を支配させているかぎり、脱出は不可能。となれば、わたしたちでも使える手段を講じて、あの怪物が子どもたちを手放し、わたしたちを解放するように仕向ける必要がある。彼が大事にしているのはお金だけだから……

わたしたちは彼が人を殺せることを知っている。ジャッキーとキムはいまや、夫を殺したのは彼だと確信している……

ヴァージニアがページをめくると、それが最後のページだった。

……キムが言っていた。お金はジャッキーが彼女の信託資金を利用して開いた秘密の銀行口座に預けてあるそうだ。わたしたちの身に何が起きようと、子どもたちのための信託資金として預けられたお金は安全なのだ。鍵のありかを知っているのはわたしたち四人だけ。明日はいよいよゼインと対決する。

ヴァージニアがカボットを見た。二人ともひとことも発しない。

「計画があったのね」やがてヴァージニアが口を開いた。「ママたち、ゼインに子どもたちを解放させようとしていたんだわ。すごく向こう見ずだけど、すごく勇敢よね。死に物狂いでしたことだわね。ゼインを恐れていたにちがいないもの」

「ところが、一部の信者が裏切り行為を働いていることがどういうわけかゼインの知るところとなった。すると彼は、教団全体をつぶし、逃走前にできるだけ多くの信者を殺す決断を下す。その時点でおそらく彼は、自分のカネが秘密口座に消えていることを知らなかった。だから、隠し場所を聞き出せたかもしれない人間をほとんど殺してしまうというミスを犯した」

「残ったのはハナとアビゲールだけ」

「二人があの夜を生き延びたのは幸運というほかなかった。ほかの母親たちといっしょに閉じこめられてはいなかったようだ。ゼインは二人を施設内のべつの区画に配置していた。そこは彼にとって最後の砦というべき場所だったはずだ。火事の通報をしたのは、ハイウェイを走っていた車を運転していた人で、アンソンと地元の消防隊はただちに出動した。ゼインはサイレンを聞いたにちがいない。最初の緊急車両が現場に到着したときにはもう姿を消していた」

「そうよね。でも、お金が消えたと知ったあと、ゼインはなぜハナとアビゲールを追跡しなかったの？」

「あくまで推測だが、二人が計画について知っているとは思わなかったか、あるいは知っていたとしても、カネを手に入れるために必要な情報までは明かされていないと思ったか、どちらかだろうな。二人とも会計の分野での経験はなかった。アビゲールとハナは教団内では掃除や料理を担当していただけだ」

ヴァージニアは何も言わなかった。言葉を失っていた。カボットは無言のまま立ちあがり、彼女を立たせて抱きしめた。ヴァージニアは抱きしめられたとは感じなかった。それはたぶん、彼よりもきつく彼女のほうが彼に抱きついていたからだろう。

しばらくしてようやく、ヴァージニアは顔を上げた。「日記のオリジナルはどうしたのかがやっぱり気になるわ。ローズはなぜこの部分のコピーしか持っていなかったのかしら？」

「日記がどこへ行ったのかは知りようもないが、ぼくの勘では、ローズはカネを隠す方法、それを子どもたちを自由にする身代金として使う計画について書かれたこのページだけコピーしておけばいいと思ったんじゃないかな」

「つまり、彼女はお金のことだけしか考えなかったのね。この日記のコピーと写真、どうする？」

「はじめは警察に引き渡すつもりだったが、気が変わった」カボットが言った。

「なぜ？」

「今日の放火犯につながる情報はここには何も書かれていないからだが、この内容を警察に知らせたくない主たる理由は、鍵のありかを追っている人間にぼくたちがアビゲール・ワトキンズの日記の一部を手に入れたことを知られたくないからだ。きみがいまよりもっと危険な状況に身を置くことになるはずだからね」

ヴァージニアの目がまた潤んだ。「あなたがルールを曲げるのね。わたしのために」

カボットが首を振った。「この仕事に関してはルールは二つしかない。きみの身の安全を守ることとクィントン・ゼインが生きているかどうかを突き止めることだ」

ヴァージニアが笑みを浮かべた。「言い換えれば、ルールはあなたが自分で決めるのね」

「べつにかまわないだろう？」

「あなたは画家だわ。いい画家はルールにしたがうときとルールを破るときを心得ているものなの。創造性ってそういうふうに機能するの」

「ぼくは画家じゃないが、要するに、かまわないってことだね」カボットはヴァージニアの電話にちらっと目をやった。電話はテーブルの上、バッグと並べて置かれていた。「それからもうひとつ」

「なあに？」

「これから先、この件について携帯で話すのはやめよう。メールもだめだ」

部屋には暖房が入っていたが、ヴァージニアは突然、全身にぞくぞくした寒気を覚えた。携帯をじっと見る。

「やだ、まさか」ヴァージニアが言った。「あなた、誰かがわたしたちを追跡していると本当に思っているの？」

「今日起きたことを考えれば、最悪のシナリオも想定しておく必要がある」

「携帯を捨てる？」

「それはだめだ。もし何者かがぼくたちを追っているとしたら、そんなことをすれば、向こうはただちに警戒する。とにかく、携帯の使用についてはどこまでも慎重にならないと。ぼくの携帯はハッキングされる可能性があったんで、マックスが知り合いのサイバーセキュリティー会社に依頼して暗号化してくれた。でも、きみの携帯からは秘密がもれているかもしれない」

ヴァージニアは携帯を見つめて体を震わせた。「最近、誰かに見張られているような気味の悪い感じがすることがときどきあったの。てっきり不安発作が悪化したんだろうと思っていたけど」

「きみの直感が何かを伝えようとしていたみたいだな」

「私立探偵が女の直感なんて信じていいの？」

「この私立探偵は直感を信じている。以上」

43

ケイトはオフィスのドアを開け放したまま、一時間近く廊下から目を離さなかった。すると、ついにローレルが通り過ぎた。それまで何人かの社員が戸口で足を止めて親しげに言葉をかわしていったが、ローレルは違った。当然だわね、とケイトは思った。彼女とローレルとはこの数カ月間、なんともぴりぴりした関係にある。しかたなくいっしょに仕事をするとき以外、ローレルはほとんど彼女を無視している。だが最近、ローレルの無視に微妙な変化が起きていた。その目にうかがえるのは間違いなく敵意だとケイトは確信していた。

わたしが知っていることに気づいたのね、とケイトは思っている。**さもなければ、わたしが疑っていることに**。そろそろこれを表に出すほうがいいかもしれない。

数秒待ったのち、席を立って廊下に出た。ちょうどローレルが化粧室に入っていくところが見えた。

ケイトもそのあとからステンレスとタイルに囲まれた部屋に入った。扉が閉じた個室はたったひとつだけ。ということは、ここには彼女とローレルの二人しかいない。ケイトは髪をいじりながら、シンクの上方の長い鏡に映る閉じた個室の扉から目を離さずにいた。やがてローレルが出てきた。ケイトを見たとたん、警戒心が顔をよぎったが、たちまちいつもの表情に戻った。とっつきのシンクの前に行き、蛇口をひねる。

「ハイ」なんとか礼儀にかなう挨拶はした。

「ハイ」ケイトはあえてやさしさをこめて言った。「サンドラ・ポーターに関する最新ニュース、聞いた？　彼女、麻薬取引にかかわっていて、それがうまくいかなかったからああいう目にあったって噂」

「聞いたわ」ローレルが答えた。

素早く手を洗い、ペーパータオルに手を伸ばす。

「わたしはサンドラがそこまでどっぷり麻薬にかかわっているとは思わなかったけど、あなたはどう？」ケイトが訊いた。

「わたし、彼女をほとんど知らなかったのよ。IT部門の人だったから」ローレルは丸めたペーパータオルをゴミ箱に捨て、出口に向かった。「パソコンに不具合が起きたときしか口をきいたことがないの」

「わたしだって」ケイトが言った。

ローレルがドアのところで立ち止まった。「もしわたしがあなたなら、よけいなことは言わずにおくわ。ゴシップや噂を広めるなんて危険なことよ。とりわけ、あなたのような立場の人間にとっては」

ケイトはため息をもらした。「それ、サンドラが気の毒だからじゃないでしょう？ゴシップを恐れているのはあなたね。あなたがボスと寝ているのをわたしが知っているとわかっているからだわ。だから危険なことだなんて言うのね」

ローレルの顔が怒りでかっと赤くなった。「いいこと、もしそんな噂を広めたりしたら、あなた代償を払うことになるわよ」

「つまり、それはデマだって言いたいの？」

「わたしの私生活はあなたにいっさい関係ないと言ってるの」

「ふうん。だけど、職場恋愛の第一のルールを忘れちゃいない？　それが終わったとき——遅かれ早かれ恋愛には必ず終わりが来るわ——クビになるのはいつだって役職の低いほう。この場合、あなたよね」

ローレルの表情から察するところ、彼女の怒りは爆発寸前であるかに見えた。だが、つぎの瞬間、彼女の目が、わかったわ、とでも言いたげにきらりと光った。氷のように冷たい笑みが浮かぶ。

「あなた、嫉妬しているのね。そういうことか。あなたとジョッシュ・プレストン。わたしがいなくなれば、彼がまた自分のほうを向くとでも思っているんでしょう」

「とんでもない」

「ばか言わないで。わかったわ。わたしを信じて。あなたはたんなる週末の情事のお相手にすぎなかったの。ついでに職場のルールについて言っておくと、これだけは肝に銘じておくほうがいいわよ――あなたの代わりなんていくらでもいる。あの程度の文章なら誰でも書けるわ」

ローレルはそう言うとくるりと背を向け、ドアをぐいと開けて廊下に出た。スタッカートの足音があっと言う間に遠のいていく。

ケイトは鏡に映った自分を見つけた。現実からの逃避はできないと思い知った。ローレルとの対決は大失敗に終わった。

44

「いくら地元の警察とはいえ、きみたちがたまたま悪いときに悪い場所に居合わせたとは考えてくれないだろうな」アンソンがうなるように言った。

「ロスト島には警官はひとりも常駐していないってことを忘れないでもらいたいね」カボットが言った。「火事とローズ・ギルバート死亡を捜査するため現場に現われたのは、隣接する島の警官で、彼はギャングに雇われた殺し屋の仕業だろうと言った。あのあたりは禁酒法時代からずっと麻薬取引の横行で名高いんだと教えてくれたよ」

　アンソンが不満げに何かぶつぶつとつぶやいた。

「かつてはカナダで船積みされ、アメリカ西海岸に運ばれていたのは酒だったけど」カボットが先をつづけた。「近頃じゃ、メテドリン（中枢神経刺激薬）、コカイン、ヘロイン、最近はそれらに地球の反対側から来る新種の麻薬が加わった。人身売買もおこなわれている。密輸入は双方向で、あのあたりの島々はヤバい荷物を下ろしたり積みこんだりするのに理想的な場所だそうだ」

「昨夜泊まったB&Bを経営するカップルと話しましたが」ヴァージニアが言った。「ローズが麻薬取引にかかわっていたかもしれないと聞いても、彼女には危険な敵がいたかもしれないと聞いても、すんなりと信じられるようでした」

もう夕暮れが近い午後、彼らは〈カトラー・サター&サリナス〉のオフィスにいた。ヴァージニアは依頼人用の椅子にすわり、アンソンはデスクを前にしてすわっていた。カボットは窓際に立っている。

ゼイヴィアは薄暗くなってきた二つのオフィスのあいだを目立たないようにしながらうろついている。だが、彼が大人たちの会話に真剣に耳をかたむけ、魅了されていることがヴァージニアにはわかった。

カボットもヴァージニアも昨夜はあまり寝ていないうえ、午前中は現場にやってきた捜査責任者の刑事と長いこと話した。ヴァージニアはフェリーで少し昼寝をしたものの、いまになってストレスと疲労が重たくのしかかってきた。カボットの睡眠不足は彼女以上のはずだ。

とはいえ、この疲労困憊の原因は否定的なものばかりではなかった。椅子の上での熱いセックスを思い出すたび、ヴァージニアは胸がときめいた。**そう、わたしは正常**

にやれるのよ。


ここに到着する前、カボットはアンソンに電話を入れたが、悲惨な詳細や日記の一部を発見したニュースにはいっさい触れず、それらの報告は同じ部屋に集まったときまで待った。これから先、自分たちの携帯のセキュリティーを信じてはいけないと彼は言っていたが、それを実践したことは明らかだった。

「数週間前にも島で火事があったことは、その刑事に伝えただろうな？」アンソンが訊いた。

「もちろん」カボットが答えた。「もし新たな証拠が出てきたら知らせてもらいたいが、それまでは麻薬取引の商売敵による犯行の線を追うと言っていた」

「警察は簡単な答えを好むんだよ。実際、ふつうはそれが当たっているからな」アンソンが言った。

「オッカムの剃刀（無用な複雑化を避けるため、最も簡潔な理論を採るべきだという原則）ってことか」カボットが険しい口調で言った。

ゼイヴィアが彼を見た。「それ、どういうこと？」

「なんでもない」カボットが言った。「あとで説明するよ」

「要するに、この場合、簡単な答えがクソだってことさ」アンソンが不満をあらわにする。顔をしかめ、申し訳なさそうにヴァージニアをちらっと見た。「失礼。言葉づかいがまずかった」

昔ながらの礼儀作法にヴァージニアはかすかに笑った。

「カボットがランドリーシュートを伝ってわたしを地下室に下ろそうとしたとき、わたし、きっともっと汚い言葉をぶつぶつ言っていたんじゃないかしら」

アンソンが小さくため息をついた。「それにしても、きみたちは間一髪で脱出できたってことだな。ランドリーシュートがあったってことを思い出してよかったよ」

ゼイヴィアが言いにくそうに咳払いをした。「ランドリーシュートって何?」

三人はそろって彼を見た。

「読んで字のごとし、よ」ヴァージニアがやさしく言った。「地下室から家の上階に向かってつくられた長いシュート。あなたが上の階で洗濯物を放りこむと、シュートの下に置かれたカートの中に落ちるの。昔の二階建て以上の家にはたいていあったのよ。家が大きければ大きいほど、ランドリーシュートも太くて立派なの。〈ロスト・アイランドB&B〉のも太かったわ」

ゼイヴィアが畏怖に近いものをこめた目でカボットを見た。

「すごいね」ゼイヴィアが言った。

カボットはそんな従弟の英雄崇拝の表情に気づいていないようだ。窓の外の風景をじっと目を向けている。

「今回のロスト島行きは無駄ばかりじゃなかった」カボットは言った。「ヴァージニアはアビゲール・ワトキンズがつけていた日記の一部のコピーを発見した。日付を見るとカリフォルニアの教団施設にいたころのもので、読んだかぎり、ぼくたちの調査の方向は間違っていないことが追認された。なかでも目を引くのは、ゼインがマルチ商法でかき集めたお金の少なくとも一部を、ヴァージニアのお母さんとぼくの母が銀行の秘密口座を利用して隠したことに関する記述だ。その鍵のありかは教団にいた四人の女性だけが知っていた。キンバリー・ファーガソン、ぼくの母、ハナ・ブルースター、そしてアビゲール・ワトキンズ」

アンソンが小さく口笛を吹いた。「いまや四人ともこの世を去った」

「そこで、遺されたのがヴァージニアなんだ」カボットが言った。「何者かが鍵のありかに導いてくれるのは彼女だと考えていることは確実だ」

「なんとなんと、それはびっくりだな」アンソンがうれしそうに言ったあと、ゼイヴィアのほうを向いた。「きみが発見したことを二人に話してやってくれ」

それを聞いたカボットがくるりと向きなおり、鋭い目でゼイヴィアを見た。

「何か見つけたのか？」カボットが訊いた。

ゼイヴィアはじろじろ見られて顔を赤くし、つっかえつっかえ話しはじめた。

「あなたたちは、ま、間違ってはいなかった」だが、彼の口調はすぐにしっかりしてきた。「子どものための絵本は単純な暗号であることがわかったけれど、コンピュータとは関係がない。少なくともぼくはそう思う。ミスター・サリナスとぼくは算数の問題を解いて答えを組みあわせてみた。ミスター・サリナスはその結果の数字を銀行の番号口座――マフィアとか麻薬密売人とかがお金を隠しておく場所のひとつ――かもしれないと言った」

ヴァージニアはアンソンを見た。「海外口座かしら？」

「だと思うね」アンソンが言った。「それが口座番号かもしれないと判断したあと、また絵本に戻って、銀行の場所を示す手がかりが何かないかと探しはじめた。すると、可能性のある場所がひとつ浮上した。絵本にある魔法の王国と同じ名前の島がカリブ海にあるんだ。数十年にわたって、海外にカネを隠したい連中を相手に商売は活況を呈してきた。ここじゃ、よけいなことはいっさい訊かない」

カボットの目が少しだけ熱を帯びた。「そいつはぴったりだな。もう口座にアクセスしてみたのか？」

「いや、まだだ」アンソンが言った。「きみとヴァージニアに話すまで待ったほうがいいだろうと考えた。厳密にいえば、いま、口座はおそらく彼女のものになっているはずだ。お母さんの相続人だから」

ゼイヴィアがカボットを見た。「それもあるけど、もしぼくがオンラインで何かして失敗したら、と思って怖かったんだ。銀行のセキュリティーに警戒されたらまずいと思って。ミスター・サリナスも、調査のこの段階でそんなことになったらまずいと言ったし」

カボットが狼を思わせる笑いを浮かべた。「しごく賢明な考えだった。よくやったな、ゼイヴィア」

ゼイヴィアがにこりとした。「どうもありがとう。そういうことなら、ぼくのもうひとつのいいニュースを言ってもよさそうだね」

「家に帰る飛行機を予約したのか？」カボットが訊いた。

「ううん」ゼイヴィアが言った。「ママにもう二、三日シアトルにいてもいいか訊いたんだよ。仕事が見つかったって言った。そうしたら、あなたたちさえよければ、ママはかまわないって言われた」

カボットはおそるおそるアンソンに目をやり、すぐまたゼイヴィアに戻した。

「仕事って？」

「この事務所のインターンさ」ゼイヴィアが言った。興奮のせいか、はしゃいでいるようだ。

「ここにインターンの席などないが」カボットが言った。

「いや、いまはあるんだ」アンソンがきっぱりと言った。「この子がコンピュータに強いってことがわかったし、たまたまうちの事務所にもＩＴ部門が必要な状況になった」

カボットが思案顔でゼイヴィアを見た。「強いってどれくらい？」

「けっこう強いよ」ゼイヴィアの目は希望に輝いている。「どうして？」

「何者かがヴァージニアの携帯に追跡装置のたぐいを仕込んだ疑いがあるんだが、だとしたらきみにわかると思うか？」

ゼイヴィアがヴァージニアのほうを向いた。「たぶん」

ヴァージニアはバッグから携帯を取り出し、ゼイヴィアに渡した。

「たのむわ」

「パスワードとかを聞かないと」ゼイヴィアが警告した。

「ええ、教えるわ。あなたを信用しているもの」

ゼイヴィアが表情を輝かせた。「どうも。すぐにかかります」

ヴァージニアはつぎに、アビゲール・ワトキンズとクィントン・ゼインがフェリーの船上でお互いの体に腕を回している写真を取り出した。それをアンソンのデスクの上に置く。

「これもローズ・ギルバートの部屋で見つけたんです。この女の子はアビゲール・ワトキンズで、この男は——」

「クィントン・ゼインだ」アンソンがなんとも厳しい口調で言った。「こいつならどこにいてもそれとわかるさ。憐れだな、この子は。見たところ、あいつにぞっこんらしい」

「ええ」ヴァージニアが言った。「まだ幼くて世間知らずだったのね。ゼインはそんな彼女を誘惑して、思いどおりに操った」

45

「本当なら今夜はここに来るべきじゃなかったんだが」ジョッシュ・プレストンが言った。「ひとりになる必要があってね。仕事関係の問題をいくつか抱えていて、じっくり考えなきゃならないんだ。きみがそばにいては集中できない」セクシーな微笑らしきものを浮かべる。「どうしたってきみに目がいってしまうからね」

ローレルは彼をキッチンの入り口から見ていた。プレストンは長椅子にすわり、大きく開いた腿に前腕をあずけて前かがみになっている。疲れきってぐったりしているようだ。

酔ってはいないが、オフィスからここに来る途中、どこかで飲んできたことはわかった。彼らしくなかった。二人の情事は二カ月ほど前にはじまったばかりだが、ローレルにはもう、仕事が彼にとっていちばんの麻薬だということがじゅうぶんにわかっていた。彼を突き動かしているのは唯一の情熱――ナイトウォッチを燦然と輝く企業に成長させるという悲願――だ。

彼のキャリアの出発点での栄光の夢をもう一度と必死なのだ。当時の彼はＩＴ業界の若手の大物のひとり、まさに寵児だった。だが、この業界ではそうした返り咲きはほぼありえない。どれほどの頭脳を持った人間といえども、賞味期限の日付スタンプを押される業界である。プレストンは三十代半ば。となれば、もっとずっと年下のライバルたちの目にはすでに老人と映っている。

「それでも来てくれたんだから」ローレルがやさしく言った。「ビールくらい飲んでいって。話を聞かせて。あなたはいつだって、わたしはいい話し相手だって言ってくれてるじゃないの」

「いや、飲み物なんかいらない。もう言ったが、とにかく考えなきゃならないんだ」

「何を？」

ローレルはその瞬間、彼は答えないだろうと思った。だが、彼は椅子から立ちあがり、室内を歩きはじめた。

「きみはサンドラ・ポーターをどれくらい知っていた？」プレストンが訊いた。

「ほとんど知らなかったわ。なぜ？」

「彼女が麻薬にかかわっていたと思うか？」

「まったくわからないわ。ジョッシュ、どうして突然、サンドラ・ポーターにそんなに関心を持つようになったの？　警察が新しい証拠でもつかんだの？」

「いや」プレストンは床から天井までの窓の前で足を止め、ワシントン湖の対岸に浮かびあがるシアトルの夜景に目をやった。「だが二日前、カボット・サターって名の私立探偵と話したんだ。彼の依頼人もいっしょだった。ヴァージニア・トロイ」

「トロイ？　ひょっとして、サンドラが殺された画廊のオーナー？」

「ああ、そうだ。サターは、ハナ・ブルースターという画家の死の真相について調査していると言っていた。サンフアン諸島の中の島に住んでいた画家だ。サターの依頼人は、ブルースターは殺されたと考えているそうだ」

「それがサンドラ・ポーターとなんの関係があるの？」

プレストンがくるりと向きなおった。「サターの考えによれば、ポーターの死とその画家の死のあいだには関連があるらしい」

ローレルはそのニュースを理解した。「そうだったのね。だけど、それを知ってどうするつもり？」

「どうするつもりかだって？　教えてやろうか。ぼくはサターが二つの死亡事件の関係を見つけるんじゃないかと心配なんだ。もしそんなことになれば、ぼくの会社はおしまいだよ」

「関係があるかどうかわからないわ。サンドラは美術にはまったく関心がなかったのよ。でも、たとえ二つの死亡事件のあいだになんらかのつながりがあったとしても、それはおそらく麻薬絡みの何かだってことが証明されるはずよ。ナイトウォッチとは関係がないわ。それに、サンドラは死んだときはもううちの社員じゃなかったでしょ」

「ああ、たしかに社員じゃなかったが、だからといって、あいかわらずぼくからカネを盗んじゃいなかったってことにはならない」

ローレルはしばらくじっと彼を見た。「あなたはこれがナイトウォッチ社内でおこなわれている横領に関係があるかもしれないと思っているのね？」

「この二十四時間のあいだにもまたカネがどこかへ消えた」

「まあ、なんてこと」

「そうなんだ」

「それじゃ、サンドラ・ポーターは横領犯じゃなかったってことなのね」

「あるいは彼女には共犯者がいて、その相棒が彼女を消すことにしたのかもしれない」

「それが死んだ画家とどうつながるのかしら?」

「さあ、わからない」プレストンはまた背中を向けた。「しかし、もしぼくから最後の一ドルまで搾り取ろうとしている人間を突き止め、横領を止めなければ、資本の拡大はあきらめなければならないかもしれない。金融業界の噂は尾ひれがつく」

「あなたが進めている調査はどうなってるの?」

「それがまったくわからないんだ」

「ジョッシュ、残念だけど、そろそろどこか大手のサイバーセキュリティー会社に依頼したほうがいいころなんじゃないかしら」

「死の接吻なんだよ、それは。かえってあだになるんだ。ぼくがIT業界の笑いものになる」プレストンは唐突にドアに向かって歩きだした。「ここでこうしちゃいられない。今夜はだめだ。頭をすっきりさせて、横領犯を突き止める手段を考えないと」

「ジョッシュ、待って――」

「それじゃ明日、会社で」プレストンは指で髪をかきあげると、ジャケットを着てドアを開けた。「おやすみ」

そのまま外に出てドアを閉めた。

ローレルは彼のあとを追おうとしたが、気が変わった。常識が働いたからだ。

ジョッシュはまとわりつく女が嫌いなのだ。

それでもローレルはジョッシュ・プレストンが欲しかった。ものすごく彼が欲しい。そもそもこの関係のはじまりは、彼が社員との恋愛に関するルールを破ってまで彼女を求めてきたからだった。ところが、誰かが、あるいは何かが彼を心変わりさせた。たったいま彼女に向けられた彼の視線には寒気すら感じたほどだ。ローレルはもはや彼の心があらかた読めるようになっている。彼はローレルが横領犯ではないかと疑いはじめていた。

その日の化粧室でのケイト・デルブリッジとの遭遇を思い返した。

デルブリッジはただのライター、ライターは十把《じっぱ》一絡《ひとから》げだ。おしゃべり感覚のブログや人目を引く投稿を書く能力は珍しくもなんともない。二つの文章をつなぎあわせることができる人間なら誰でもあの程度の仕事はできる。だが、ライターは特別な技能をひとつだけそなえている——優秀なライターがたまたま嫉妬深い人間であれば、利口な横領犯にお金を掠め取られている不安なCEOが一も二もなく信じたくなるような話をでっちあげることができるかもしれない。

デルブリッジがプレストンの脳裏に疑念の種を植えつけた可能性はある。

ローレルはキッチンに戻り、大きなグラスにワインを注いだ。それを手にリビングルームに移り、少し前までプレストンが立っていた位置にたたずみ、湖のはるか対岸にきらめくシアトルの明かりを眺めた。

いまの地位を得るために今日までがむしゃらに働いてきた。大成功のチャンスにも手が届きそうになっている。嫉妬に燃える女なんかに計画をぶち壊しにさせてなるものか。

ローレルはゆっくりとワインを飲みながら、ケイト・デルブリッジを排除する最善の方法をじっくりと考えた。

46

「ゼイヴィアが数日間のインターンになると言ったとき、あなた、あまり反論しなかったわね」ヴァージニアが言った。

カボットとヴァージニアはヴァージニアのコンドミニアムのリビングルームのソファーにすわり、アビゲール・ワトキンズの日記のコピーに再び目を通しながら追加情報を拾い集めていた。コピーはコーヒー・テーブルの上に広げてある。

カボットはノートパソコン上に作成中のさまざまな出来事を時系列に並べた一覧表から目を上げなかった。

「見たところ、あの子はアンソンがきみのお母さんの絵本に隠れている暗号を探す手伝いをして職を得たらしいからな」

ヴァージニアが笑顔をのぞかせた。「わたしがどう思っているか、わかる？　あなた、ゼイヴィアをかわいそうだと思っているのね。あの子はいま、漂流しているようなものなの。碇《いかり》が欲しくてあなたを探しにきたんだわ」

「もし碇とか言うなら、それはアンソンだろう、ぼくじゃなく。ゼイヴィアのお目付け役はアンソンなんだから」

「だとしても、ゼイヴィアをつぎの飛行機で家に帰らせることもできたのに、そうはしなかったわけでしょ」

「そんな余裕がなかったんだ。このところ、ちょっとばかり忙しくて」

ヴァージニアは微笑み、何も言わなかった。

カボットがようやく顔を上げると、目尻がいささか険しかった。「ゼイヴィアはいつまでもシアトルにいるわけにはいかない」

「でも、しばらくなら？」

「しばらくなら、アンソンが進んで見張っていてくれるかぎり、しかたがないだろう」

彼の携帯が鳴ったため、ヴァージニアはこの話題についてそれ以上口出しできなくなった。彼が携帯の画面にちらっと目をやった。一瞬、彼がいっさいの動きを止めた。そしてやおら立ちあがった。

「ケイト・デルブリッジからだ」カボットが言った。「いますぐ会いたいって」

「どこで？　彼女の自宅？」

「いや、いま空港に向かっている途中で」カボットがホルスターにおさめた銃を取り、玄関に向かって歩きだした。「ぼくに話したいことがあるそうだ。この住所だが、パイオニア・スクエアから数ブロック南に行ったあたりのレストランみたいだな」

「ソードー地区ってこと？」ヴァージニアが勢いよく立ちあがり、せわしく彼のあとを追った。「あのへんは大部分が工業地帯よ。夜のこんな時間はほとんど人けがないはずだわ」

「ぼくと話しているところを見られたくないんじゃないかな」

「ぼくたち、よ」ヴァージニアが言った。「わたしもいっしょに行くわ」

カボットがドアの取っ手に手をかけたまま立ち止まった。「その必要はないよ」

「あるわ。この一件が落着するまでわたしがひとりになってはならないって言ったのはあなたよね」

カボットがうめいた。「ああ、たしかにそうは言ったが」

「アンソンに連絡して、わたしの子守に来てもらう時間はないわ。それだけじゃなく、わたしはあなたの交代要員。だって、わたしたちはチームでしょ？　忘れた？」

「交代要員か。なるほどね」

彼の口調はけっしてうれしそうではなかったものの、しぶしぶ了承したというふうでもなかった。彼がドアを開ける。

ヴァージニアはバッグをつかみ、彼のあとから廊下へと出た。

47

めざすレストランは二軒の倉庫にはさまれた古ぼけたファストフード店だった。夜間は営業していない。その駐車場に車が一台だけぽつんと停まっていた。いちばん奥の端に。ライトは消えている。

「ねえ」ヴァージニアが言った。「わたしは探偵の仕事にかかわってまだ日は浅いけど、この状況、あまり期待はできない気がするわ」

「この仕事を少しだけ経験した人間として言わせてもらうと、この状況が好ましくないことは保証する」

カボットは車をゆっくりと走らせて駐車場の入り口を通過し、そのまま先へ進んだ。

ヴァージニアは駐車場に停まっている車を振り返った。「車、停めないの？」

「どういうことなのかは何がなんでも突き止めるつもりだが、こういう状況における第一のルールは、合流点はこっちが決めるってことだ」

カボットは角を曲がったところで、車を縁石に寄せた。この位置だと、車は大きな倉庫の陰に隠れることにヴァージニアは気づいた。

カボットは携帯を取り出し、リダイヤルした。ケイトはすぐに出た。カボットはスピーカーホンに切り替え、ヴァージニアにもすべて聞こえるようにした。

「サターだ」

「こっちからは見えないけど」ケイトの声は引きつり、不安がにじんでいる。「どこにいるの？　言ったでしょう、わたし、街を出るの。シアトルにはいられないのよ。危険な状態なの」

「よく聞いて」カボットが言った。「その駐車場から出るんだ。ブロックの端で右折。道の端に停まっているSUVがぼくの車だ。その横を通過すると、荷積み区域が見えてくる。そこに車を入れるんだ。そこで車を降りて、ぼくの車のほうへ歩け。中間地点で会おう」

「ねえ、ゲームをしている時間などないのよ。あなたに電話したのは、そっちにとって役に立つかもしれない情報があるからなの。興味があるの？　ないの？」

「興味はあるが、こういう状況では用心深くならなきゃならない事情も理解してもらえるものと思う。この事件の犠牲者数も増えはじめている。そこに加わりたくはないからね。会おうというのはそっちの発案だが、どう会うかはぼくに決めさせてもらう」

しばしの躊躇が伝わってきた。だがまもなく、車が走りだすぐもった音が聞こえた。

「いいわ」ケイトが言った。「指示どおりにする。でも、ゲームはそこまでよ。わかった？」

「ああ、ゲームはそこまでだ」カボットが同意した。

カボットが電話を切った。

「声から察するに、彼女が怖がっていることは間違いないわ。わたしもいっしょにいるってことは言わなかったのね」

「それは、きみが交代要員だからさ」カボットが言った。

「あっ、そうだったわね。了解」

「会いたいと話をもちかけてきた人間には交代要員の存在を知られないことがベストだ」

「それはわかったけど、この状況で交代要員は何をすればいいの？ 銃もないのよ」

「交代要員は運転席にすわってずっとエンジンをかけ、何かちょっとでもまずいことが起きたときには速やかに逃げる態勢をととのえておく」

「言い換えれば、わたしは逃走車の運転手《ホイールマン》ってことね。ううん、違うわ。ホイールウーマン」

「いまどき、そんな古くさい言葉が使われているとは思えないが、まあ、そんなところだな」

「交代要員の仕事にしてはイマイチって気がしないでもないけど」

カボットはバックミラーから目を離さずにいる。「適材適所だよ」

ヴァージニアは抗議しようとしたが、そのとき後方からゆっくりと近づいてくるヘッドライトに気づいて口をつぐんだ。

車はSUVの横を通り過ぎ、荷積み区域へと入って停止した。ケイトの車がそびえ立つ街灯の真下に位置することにヴァージニアは気づいた。ケイトに車の停止位置を強制的に変更させたことで、カボットが場所に関する主導権を握ったことになる。

「こっちの指示にしたがっている」カボットが言った。「いい兆候だ」

ぴんと張りつめた間があったあと、ケイトの車のライトが消えた。運転席側のドアが開き、ケイトが出てきた。街灯の明かりが彼女をくっきりと照らし出している。

カボットがドアを細めに開けて車から降りた。「交代要員の仕事を忘れないように」

「了解」ヴァージニアが応じた。

ヴァージニアは這って運転席に移り、窓を下げてケイトがカボットに何を言うのか聞こえるようにした。気がつくと、かすかに震えていた。アドレナリンのせいね、神経のせいじゃないわ。ううん、もしかしたら神経かもしれないけど、不安発作じゃなければ問題なし。

ケイトは足早にカボットに近づいてきた。

不気味に静まり返ったほとんど人けのない歩道に、ケイトの足音が響きわたる。

ついにケイトが、街灯が投げかける明かりの輪のへりまで来て足を止めた。

「カボット・サター」不安げに言った。「あなたなのね？」

「ああ」カボットが言った。彼女までの距離は二十フィート、彼のほうはまだ闇に包まれている。「そのへんでいいだろう。なぜシアトルを離れるんだ、ミス・デルブリッジ？」

「ナイトウォッチの社内で横領事件が起きているんだけれど、誰かがその罪をわたしにかぶせようとしているみたいなの。だから、あまり時間がないのよ。社内の誰かべつの人をよく調べてほしいと思うわ」

「名前は特定できてるのか？」

「ええ、じつは。だから、あなたに電話を――」

ケイトの言葉がとぎれたのは、急加速したエンジンのうなりが夜の不自然なまでの静けさを破ったからだ。

ヴァージニアは反射的にケイトの車を見ようとした。その瞬間は何も見えなかった。だがつぎの瞬間、通りのはるか先から角を曲がった車が轟音とともに猛スピードで近づいてきた。ヘッドライトが闇を切り裂く。

ヴァージニアはその瞬間に見てとった。暴走してくる車は反対車線を走っており、車線変更をしないかぎり、ケイトとカボットに激突する。

ケイトはいったい何ごとかと後ろを軽く振り返った。ヘッドライトにあぜんとしたにちがいない。迫ってくる車をよけようとはせず、その場に立ち尽くした。

「**ケイト**」カボットが叫んだ。「**よけろ**」

カボットがケイトに向かっていきなり駆けだした。

ヴァージニアは思いついた唯一の作戦に打って出た――SUVのヘッドライトのスイッチを入れ、たとえ一時的であれ、強烈な明かりが猛スピードで迫りくる車の運転手への目くらまし効果を発揮してくれたらと願った。おまけにクラクションも思いきり鳴らした。

作戦は明らかに運転手を驚かした。ハンドルを握っているのが何者であれ、本能的な反応を示し、反対車線から本来の車線へとハンドルを切った。

カボットはケイトの腕をつかみ、通りから彼女の車の陰へと引っ張りこんだ。

暴走車の運転手は標的を見失い、轟音とともにそこを通過し、そのまま走り去った。

ヴァージニアは猛スピードで通過する車の運転手を見届けようとしたが、ぼやけた輪郭しかわからなかった。

そして一秒後、ハンドルを握っていたのが何者であれ、スキーマスクをかぶっていたことに気づいた。

48

「いまのはどう見ても酔っ払い運転じゃないわね」ケイト・デルブリッジが言った。

彼女はカボットのSUVの後部座席で縮こまっていた。声が震えている。

「同感だ」カボットが言った。彼はSUVの運転席に戻っていた。携帯を手にした。

「警察に通報しよう」

「待って、お願い」ケイトは両腕で腹を抱え、体を前後に揺すっている。「吐きそう」

ケイトはいまにもヒステリーを起こしそうな状態だ。カボットはヴァージニアに目で合図を送った。シートにすわったヴァージニアがすぐさま後ろ向きになるのを見て、意図は伝わったと確信した。

「警察への通報は待ってあげてもいいけど、ケイト」ヴァージニアが言った。「わたしたちに話したかったことってなんだったの?」

ヴァージニアの口調は穏やかだが、毅然としていた。ケイトは見たところ落ち着きを取りもどしてきたようだ。

「もう言ったけど、この数週間、ナイトウォッチ周辺で横領に関する噂が流れているの」ケイトが抑えた調子で切り出した。「数日前、気がついたらわたしの銀行口座にすごい金額の現金が預け入れられていて、わたし、何かの間違いだと思ったんで銀行に電話したわ。そしたら銀行が調べてくれて、なんら問題のない預金だと言ったのよ。銀行にとってみれば、そのお金はわたしの預金なの。しばらくのあいだは、銀行のミスのおかげでわたしに幸運が舞いこんできたと自分に言い聞かせていたわ。でも、いずれ銀行も気がつくだろうと思ったから、そのお金は使わないように気をつけなくちゃと考えた。ところが今日、また同じことが起きたの」

「また大金が振りこまれた？」ヴァージニアが訊いた。

ケイトが弱々しくうなずいた。「わたしだって、幸運が二度も舞いおりてきたなんて思うほどばかじゃないわ。二回とも預金額は大きいけど、銀行に報告の義務が生じる限度額は下回っていた」

「いったい何が起きているときみは思う？」カボットが訊いた。

「わたしはＩＴの知識があまりないことは認めるけど」ケイトが言った。「ナイトウォッチのみんなが思っているほどばかでもないのよ。これはきっと、誰かがわたしを横領犯に仕立てようとする罠だわ」

「もしそうだとしたら、なぜ今夜きみを殺そうとしたんだろう？」カボットが問いかけた。

ケイトが首を振った。「そんなこと、わからないわよ。わたしがあなたに話したいことがあると言って会う約束をした。だからじゃない？ 誰かがわたしの動きを逐一見張ってるんだわ。だから、シアトルを出なきゃならないの」

「きみをカモとして利用していそうな人間が誰か、心当たりは？」カボットが訊いた。

緊張感みなぎる数秒間、ケイトは押し黙っていた。

「まあね」ケイトがやっと口を開いた。大きく息を吸いこんで、自制心を取りもどしたようだ。「でも、証拠は何ひとつないわ」

「つづけて」ヴァージニアが促した。

「横領の噂が広がりはじめたとき、犯人は経理部門かIT部門の人間じゃないかと思ったわ。みんな、そうだった。だって、そういう部門の人間ならきっと、トップからお金を掠め取る手段をいろいろ知っていそうでしょう？ それに彼らは、少なくともお金の処理に関しては、かなり豊富な知識を持ってるわ。サンドラ・ポーターがクビになったとき、わたしたちみんな、彼女が横領犯で、経営陣は彼女を静かに追い出そうと決断したからだと思ったものよ。ところが今日、誰かがわたしを横領犯に仕立てようとしていると気づいて、お金を盗んでいたのはサンドラじゃなかったのかもしれない――あるいは、少なくとも彼女ひとりの仕業じゃなかった――と気づいたの」

「だったら誰？」ヴァージニアがせかした。

「あくまで推測だってことはわかってね。でも、マーケティングのヘッドのローレル・ジェナーがわたしにむかついていることはたしか」

「なぜ？」カボットが訊いた。

ケイトがまたシートで体を軽く揺すった。「彼女がボスのジョッシュ・プレストンと寝ていることはほぼ間違いないわ。彼女、わたしがそれを知っているってことを知ってるの。だから、そのおいしい状況をわたしがぶち壊すんじゃないかと恐れているんだと思う。プレストンは職場恋愛は認めないと公言しているのよ。世間にはよくあることだけど、ナイトウォッチじゃ、もし恋愛関係がばれたら、そのときはクビ」

「ということは、ローレル・ジェナーは口封じのためならあなたを殺すかもしれないと思ってるのね？」ヴァージニアが訊いた。

「さあ、それはどうかしら」ケイトの声が小さい。「でも、もし彼女がその関係を利用して、彼の会社からお金をくすねるために必要な内部情報のたぐいを入手していたとしたら、もしそんな関係の噂が彼女の計画を危険にさらすかもしれないと思っているとしたら——どうかしら。もう言ったけど、あくまで仮説よ。証拠は何ひとつないわ。でもね、ひとつだけ言えることがある。ローレルは銃を持っているのよ」

「銃のことはどうして知ってる？」カボットが訊いた。

ケイトが顔をしかめた。「何カ月か前に彼女から聞いたの。彼女とプレストンとの関係がはじまる前の話。ローレルとわたし、以前は仲がよかったのよ。そのころ彼女は泥沼の離婚騒動をくぐり抜けたばかりで、心配だから銃を買ったって言ってたわ。別れただんながストーカーになりかねないと思っていたのね。ねえ、そろそろ空港に行かなきゃ。出発まであと二時間もないわ」

「行き先は？」ヴァージニアが訊いた。

「メキシコ」ケイトが答えた。「子どものころ、家族で毎年行っていたから、あちこち知っているのよ。これで知っていることは全部話したわ。お願い、もう行かなくちゃ」

「空港まで後ろからついていくよ」カボットが言った。「きみが無事にセキュリティーを通過するのを見届けよう」

「ありがとう」ケイトが言った。「そうしてもらえれば安心だわ」

「あの車はどうするの？」ヴァージニアが訊いた。

「あれ、レンタカーなの。空港で返すわ。誰かに見張られていると気がついたとき、自分の車はアパートメントの駐車場に置いておくほうがいいと考えたの。名案だと思ったけど、今夜、意味がなかったとわかったわ。くそっ。それでもまだ、誰かがわたしを殺そうとしているなんて信じられない」

「そりゃあ気味が悪いわよね、わかるわ」ヴァージニアが言った。


しばらくののち、ヴァージニアとカボットはシータック空港の雑踏の中に立ち、ケイトがセキュリティーチェックを通過していくのを見ていた。彼女の姿が見えなくなったところで、スカイブリッジを通って駐車場へと引き返す。

ＳＵＶに乗りこんだ二人は、しばし無言ですわっていた。

「なんだか影を追っているような気分だわ」やがてヴァージニアが言った。

カボットがエンジンをかけた。「古い影と新しい影だな」

どこか遠くに向けられたような彼の冷ややかな口調は、彼がゾーンに入ったことを伝えていた。ヴァージニアは彼をちらっと見た。駐車場を照らすがさつな明かりに、厳しく熱い横顔が浮かんでいる。〈カトラー・サタ―&サリナス〉のオフィスにはじめて行った日、ちらっと見かけたあの男がそこにいた。最高の友だちになれるかもしれないし、悪夢のような敵になるかもしれない男。

どんな獣も危険な存在になりえる、とヴァージニアは思った。カボットの人を強く引きつけずにはおかないところは、名誉、決断力、忠誠心といった古くさい昔ながらの資質へのこだわりだ。彼は愛する者のため、守る義務があると感じている者のためなら、地獄の底まで踏みこんでいく男だ。

「過去と現在が交差するところを見つける必要があるんじゃない？」ヴァージニアが言った。

「そうだな」

「何か考えはある？」

「ひとつある」

「謎めいた武術の名言を聞くことになりそう」

「いや、これは現実的な探偵の名言だ」

「教えて」

「カネの流れを追え」

「わお、昔ながらの方法ね。でも、これまでもお金の流れを追ってはきたわ。母たちが二十二年前に秘密口座にお金を隠した事実は突き止めた」

「たしかにそれもカネの流れのひとつだ」カボットが認めた。「しかし、いまは二つの流れを相手にしていて、二番目はまっすぐナイトウォッチに向かっている」

「ナイトウォッチ社内で進行している横領が、二十年以上も前に消えたお金とどうつながるのかしら？」

「さあ、それはわからないが、つながりは間違いなくあるはずだ」カボットが言った。

「あとちょっとで見えそうな気がする」

ヴァージニアがにこりとした。

「なんだい？」カボットが訊いた。

「カボット・サター、あなたって画家だわね、独特な流儀を持つ」

「前にも言っただろう、ぼくは画家じゃないって」

「それは間違ってるけど、ま、いいわ、気にしないで。さあ、つぎはどこへ行く？」

「ローレル・ジェナーを調べる必要があることは明らかだが、その前にまず、サンドラ・ポーターがきみの画廊の裏の部屋で殺されたときに何をしていたのかをつかんでおきたい」

「サンドラ・ポーターが麻薬密売人だったとは思ってないんでしょう？」

「うん。どうもしっくりこない。この事件が麻薬絡みって兆候は何もないのに、みんながぼくたちにそっちの方向を向かせようとするところが気になる」

「ポーターが死んだとなると、どこで答えを探せばいいのかしら?」

「ぼくの経験では、死んだ人間の自宅には教えられることが多い。もう犯罪現場にめぐらしたテープははずされただろうと思う。明日はポーターのアパートメントの中に入れるかどうか見にいこう」

「了解。ところで、いまふと思ったんだけれど、今夜の暴走車の標的はあなただったのかもしれないわ」ヴァージニアが言った。「ケイトを狙ったんじゃなく」

「きみがそれを口にするとはおもしろい」カボットが言い、SUVのギアをバックに入れて駐車場の区画を出た。「じつはその可能性、ぼくもちょっと考えたんだ」

49

ヴァージニアは、眠りあるいは不安発作がやってくるのを待ちながら、なかなか寝つけずにいた。どちらもやってこないとわかると、眠るのをあきらめて上掛けをはいだ。時計を見ると午前一時半。二、三分はベッドのへりに腰かけて夜の音に耳をすました。しばらくして、カボットの部屋のドアが開く音がした。おそらくノートパソコンを手にリビングルームに行くのだろう。

ヴァージニアは眼鏡を取って立ちあがり、ローブをはおって廊下に出た。予想どおり、リビングルームはパソコン画面が放つ冷たい光に照らされていた。カボットはソファーにすわり、ノートパソコンは彼の前に置かれたコーヒー・テーブルの上だ。

「ねえ、知ってる？　専門家によると、寝る前にパソコン画面を凝視するのはいけないんですって」ヴァージニアが言った。「ブルーライトが問題らしいわ」

「ああ、聞いたことがある」カボットが言った。「健康な眠りのための標準的ルールのひとつなんだよな。〝毎晩同じ時刻にベッドに入りましょう〟や〝ベッドの中でテレビを観るのはよしましょう〟なんかと並んで」

「そういうルール、ひとつとしてわたしには当てはまったことがないわ」

「ぼくもさ」カボットが顔を上げた。「そういえば、不安発作は起きないみたいだね」

「そうなの。でも、眠れないのよ。今夜のこと、誰かがあなたを殺そうとしたことが頭から離れなくて」

「ぼくが標的だったとはかぎらないよ。暴走車がケイト・デルブリッジを狙った可能性も大いにある」

「その場合、あなたはコラテラル・ダメージってことになるのかしら。大して変わらないわね。今夜はやっぱり眠れそうもないわ。ハーブティーをいれるけど、あなたもどう？」

「いいね」

ヴァージニアはキッチンに行き、ハーブティーをつくった。ささやかな日課――何年間も自分ひとりのためだった――が、今夜はまったく違っていた。**だって、二人分のハーブティーをいれているんですもの。**

湯気の立つマグカップをリビングルームに運んでいくと、カボットはノートパソコンを閉じ、ソファーの背にもたれて脚をぐっと伸ばした。ヴァージニアはカップをコーヒー・テーブルに置き、自分もソファーに腰を下ろした。脚も椅子の上に引きあげて横ずわりし、カップを手に取った。

部屋の明かりはついていなかったが、シアトルの街が放つ光が室内を照らしていた。二人はしばし心地よい沈黙に包まれてハーブティーを飲んだ。

「養父としてのアンソンの保護下で育つってどんなふうだったの？」ヴァージニアが訊いた。

「よかったよ」カボットが答えた。「いつも気楽だったわけじゃないけど、よかった。まず初日、彼は地獄が氷におおわれるまでぼくたちとともにいると宣言した。ぼくたちはすぐにはその言葉の意味がのみこめなかったが、アンソン・サリナスについてわかっていたことがひとつあった——彼が何かを口にしたら、それを信頼していいってことだ」

「当時、彼は結婚していたの？」

「いや。奥さんを二年前に亡くしていた」

「再婚は一度もしなかったの？」ヴァージニアが訊いた。

「うん。いっときだけ彼女がいた。兄弟とぼくはアンソンが彼女と結婚するものだとばかり思っていた。でも、最終的にはその人はべつの男と結婚して町を離れた。その後、アンソンは数人の女性と目立たないようにつきあったようだが、深入りはしなかった」

「アンソンが最初の女性となぜ結婚しなかったのかは知ってる?」

「アンソンはそれについては何も語らなかったが、彼女がなぜべつの男を選んだのか、ジャックとマックスとぼくはわかっていた。そろっていくつかの傷を負った十代の少年三人を育てる義務を背負いたくなかったんだと思う」

「かたやアンソンは、あなたたちを捨てるようなことはけっしてしなかった」

「うん」

二人はまた黙ってハーブティーを飲んだ。しばらくしてヴァージニアが空になったカップをテーブルに置き、カボットもその隣にカップを置いた。そして彼女に腕を回した。ヴァージニアは彼の脇にもたれ、彼の体のぬくもりを味わった。

いつ目を閉じたのかは思い出せない。

早朝の光で目を覚ました。気がつけば、横、カボットと二人、ソファーに横たわり、お互いの腕の中にいた。カボットはまだ眠っている。

絡めた腕をそっとほどいて立ちあがり、しばらくその場に立ったままカボットを見つめていた。なんだか不思議な気がした。

「どうかした？」カボットが目をつぶったまま訊いた。

「ううん、なんでもない」ヴァージニアは言った。「コーヒーをいれるわね」

わたし、恋人の腕の中で眠ったんだわ。不安発作は起きなかった。

人生って捨てたもんじゃない。

50

サンドラ・ポーターのアパートメントは、ダウンタウンのこれという特徴のないアパートメント・タワーの一室だった。ロビーは硬質な素材——大部分は黒い御影石とガラス——に囲まれた光沢のあるモダンな造りだ。

「かまいませんよ。ざっと見るくらいなら」管理人が言った。白いシャツにつけた小さな名札によれば、彼の名はサム。「犯罪現場のテープは昨日警察が取っ払っていきましたけど、ポーターの荷物はまだ誰も引き取りにこないんですよ。近々全部まとめて倉庫に移さないとね。そしたら清掃業者を入れて、つぎの入居者募集をかけられる」

「部屋の番号は？」カボットが訊いた。

「一二一〇号室」サムがカボットに鍵を差し出した。「もし誰かに何か訊かれたら、私の許可を取りつけたと言ってください。部屋を借りたくて見にきたってことで」

「わかりました」カボットが言った。

そう言いながら、カボットはサムの手に百ドル札を二枚握らせた。サムはそれを慣れた手つきでポケットにしまう。こんなふうに見て見ぬふりをすることでチップを受け取るのはこれがはじめてではないのね、とヴァージニアは思った。

エレベーターに乗り、カボットと二人になったとき、それまでずっと無言でいたヴァージニアが口を開いた。

「ずるい手を使うのね。こういうのはよくやるの？」

「商取引の大半がオンラインやクレジットカードでおこなわれる世の中で、昔ながらの現金がどう通用するかには目を瞠るものがある」カボットが言った。「プライバシーを守りたいなら、いまだにこれがいちばんの方法なんだ」

ヴァージニアがうなずいた。「追跡不可能。税務署に説明する必要もない。クレジットの履歴に困った記録が残らない」

「犯罪者や私立探偵が状況しだいでは昔ながらの方法を好むのには理由があるのさ」

ヴァージニアは彼を包む空気にエネルギーが満ちているのを感じた。またゾーンに入りかけている。

「あなたはこのために生きているのね」ヴァージニアが言った。

カボットは用心深い視線を素早く彼女に向けた。「このためって?」

「想像力が現実と結びつきはじめる瞬間のため」

「たのむからぼくを変わり者の画家と比べないでくれよ」

「わかったわ」ヴァージニアが言った。「でも、はっきり言わせてもらうわね。わたし、あなたを変わり者の画家だなんて思っていなくてよ」

「そうかな?」

「ええ。ただ、ふつうの画家よ。変わり者だなんて言ってないわ」

幸運なことに、カボットが反論を思いつく前にエレベーターの扉が開いた。彼はまたすぐに神経を集中させ、エレベーターを降りた。

ヴァージニアは彼のあとから廊下を進み、彼が一二一〇号室の鍵を開けるのを待った。

サンドラ・ポーターのアパートメントは、ベッドとバスルームを配したアルコーブのあるワンルームだ。ヴァージニアがまず最初にぴんときたのは、すでに誰かが家探しをしたということ。部屋が明らかに雑然としていた。引き出しという引き出しが、まるでいったん全部空にしたあと、また中身を放りこんだかのようだ。戸棚もクロゼットも開けっ放し。家具もぞんざいに動かした形跡がある。

「なんなの、これ」ヴァージニアが言った。「サンドラ・ポーターがよほど片付けられない女だったか、誰かがわたしたちより先にここに来たか」

カボットは彼女に手袋を手わたした。「この散らかりようは鑑識の連中のせいかもしれない。証拠を探して室内を調べたあと、服をたたんだりものを棚に戻したりなんてことはしないから。それは彼らの仕事じゃない」

「そういうことなのね」

カボットは小さなキッチン・エリアに向かった。

ヴァージニアは手袋をはめて、アルコーブに入った。ベッドを見ると、上掛けもシーツもはがされていた。クロゼットの服は片側に寄せられている。たくさんの靴が床にちらばっている。

「何を探したらいいの？」大きな声で訊いた。

「わからない」カボットが答えた。「でも、見つけたときはそれとわかる」

冷蔵庫の扉を開く音がヴァージニアの耳に届いた。少ししてカボットがやってきた。

「冷蔵庫の中にはほとんど何もなかった」彼が報告を入れる、「冷凍庫もだ。見たかぎり、彼女はテイクアウトで暮らしていたようだ。こっちにこれといったものは？」

「ううん。服があるけど、どうということもないのよ。彼女の人間性がわかるものが何ひとつないの。本もない。壁に写真もない。もし何か重要なものがあったとしても、警察が発見してしまったんじゃないかしら」

「かもしれない。もしそうだとしたら、アンソンの友だちのシュウォーツはもう情報を伝えてはくれないってことだな」

ヴァージニアは引き出しを閉めた。「あなたはサンドラ・ポーターの死がゼインのカルトとつながっていると本当に思ってる？」

「この事件の何もかもがつながっているさ」

「あなたにはそれが見えるのね」ヴァージニアはそう言い、かすかな笑みを浮かべた。

「ああ」

ヴァージニアがバスルームに移動した。死んだ女性のものを調べるのは苛立たしいだけでなく、薄気味悪くもあった。

「なぜこんなことをしているのかを忘れるな」カボットが後ろから静かに言った。

ヴァージニアがぎくりとして振り返り、顔を合わせた。

「なんだか気味が悪いのよ」

「わかってる。だから、忘れるなと言ったんだ。きみが死んだ女のものを調べているのは、ハナ・ブルースターがなぜ死んだのかを突き止めたいからだし、ぼくたちを殺そうとしたのが誰かを突き止めたいからだ」

　彼の言葉に背中を押された。大きく息を吸いこむ。

「たしかにそうだわ」ヴァージニアは周囲を見まわした。「ここはもう調べたわ。今度はあなたが見て。プロフェッショナルの目で」

「ああ。だが、それはぼくが特殊な視点でものを見るということだ。きみの観察眼も同じように有効だ。角度がまったく違うというだけさ」

「それはわたしが女だから？」

「いや、そうじゃない。きみは美術の世界の人間だからだ。きみは表面下のものを見る術を知っている」

「たしかに。そういう角度から調べるべきなのね」

　ヴァージニアは彼の横をすり抜けてメインの部屋へと出た。数分のあいだ、美術作品を見るかのように周囲のものに目を向けながら室内を行ったり来たりして、真実の小さな核心が語りかけてくるのを待った。

　そろそろ降参するほかないと思ったとき、キッチンの床に置かれた段ボール箱が目に留まった。何個かのリサイクル容器の隣に置かれている。潰して廊下の先にあるトラッシュルームに捨てにいくつもりだったのだろうと最初は思った。

とりあえず箱を抱えあげて中を見た。割れたマグカップのかけらに明かりがきらりと反射した。男物の黒いTシャツも入っているが、鋏でずたずたに切られたかのようだ。そのほかには、ビーチで拾ってきたようなすべすべした小さな石が二個、叩き割られた写真用のフレームと真ん中から引き裂かれた写真。奇妙なコレクションだ。

ヴァージニアはマグカップのかけらを二個取り出し、じっくりと見た。二個を突きあわせると太くて赤い文字が読みとれた。**ハッピー・バースデイ**。

カボットがやってきて隣に立った。

「その箱の中のものはポーターがリサイクルに出すつもりなんだと思ったが」

「かもしれない」ヴァージニアはマグカップのかけらを箱の中に戻し、つぎにTシャツの切れ端を取り出した。「これ、男物でしょう。鋏で切られているの。偶然破れたわけじゃないわ」

「箱の中のものは全部壊れたり破れたりしているわけか」カボットが考えこんだ。

ヴァージニアは箱の中身をよくよく見た。すると、背筋を寒いものが走った。

「壊れたのは偶然じゃない。壊されたのよ。破壊された」

「違いがあるのか？」

「ええ、あるわ」ヴァージニアがつぶやいた。「ぜんぜん違う」

もう一度箱の中に手を入れ、引き裂かれた写真を取り出した。それをキッチン・カウンターに置く。

「これ、その写真フレームにぴったりのサイズよね」

くしゃくしゃになった写真を伸ばしてみる。

会社のパーティーで撮られたものに間違いない。〝ナイトウォッチ　一月の最優秀社員　タッカー・フレミング〟と書かれた横断幕の下に大勢が集まっている。

ヴァージニアは写真に目を凝らし、ショックのあまり全身の血が凍りついた。カボットがぴたりと動きを止めたのを感じ、彼もあぜんとなったことを察した。

お祝いの会場では、ジョッシュ・プレストンがコーヒー・マグと封筒を長身のハンサムな男に手わたしていた。見覚えのある顔に動揺が走る。

「タッカー・フレミングはクィントン・ゼインに瓜二つってわけでもないが」カボットが言った。「血縁者であることは間違いない――息子か甥、そんなところだろう。あいつほど痩せてはいないが、身長も同じくらいで体格も似ている」

ヴァージニアが体を震わせた。「顔立ちも同じ」

「彼に黒い服を着せたら、二十二年前のゼインにそっくりだろうな」

「警察はなぜこれを証拠として持っていかなかったのかしら？」

「証拠ってなんの？　これはただ、月間最優秀社員を祝う社内パーティーの写真にすぎないだろ」

「ハナ・ブルースターはロスト島でタッカー・フレミングを見たにちがいないわ」ヴァージニアが言った。「今風な服を着たゼインと最新型の車の絵を描いたのもむべなるかなだわ。おそらく死者がよみがえったと思ったのよ」

「さもなければ、あいつの息子が消えたカネを探しにきたと考えたのかもしれない」

「いずれにせよ、彼女はわたしに警告しようとした」

51

ゼイヴィアがバスから降りたとき、雨はもうざあざあ降りだった。雨宿りのできるところで足を止め、また携帯の画面をチェックした。目標にぐっと近づいていることを知り、興奮でぞくぞくした。めざす相手はこのブロックの端に建つ小さな家の中にいるらしい。

このあたりはものすごく静かだ。どの家も小さく、その多くがペンキを塗りなおしたほうがよさそうな状態にある。通りに駐車している車はどれも古い年式のものだ。あとはあの家の住所を書き留めるだけでいい、とゼイヴィアは考えた。もう少しで彼がこの事件の突破口を見つけるのだ。カボットとアンソンは感心するはずだ。もしかしたら、このまま事務所の正社員にしたがるかもしれない。ヴァージニア・トロイはきっと彼の才能を褒めたたえ、真のヒーローだと言ってくれるはずだ。

そのとき、ふと思った。家の住所だけでなく、対象である住人の写真、あるいは車のナンバーを入手できればなおよい。そうした情報をそろえれば、つぎに打つ手はカボットとアンソンが考えてくれる。

携帯をポケットに戻し、トレーナーのフードをかぶった。どんよりとした灰色の空にもかかわらず、サングラスをかけた。そのへんによくいるフード付きトレーナーとサングラスのティーンエージャーになる。

このあたりの人間に見えるよう、うつむきかげんにだらしなく歩道を歩く。そしてその家の玄関前を通ったとき、住所を記憶した。折悪しく、通りには数台の車が駐車していた。どの車が標的のものかは知りようがない。

携帯を取り出し、車のナンバープレートの写真をこっそりとつぎつぎに撮りはじめた。

ブロックの端まで達すると、いったん立ち止まって考えた。動かぬ証拠をつかむためには、この家の住人の写真を撮る必要がある。

ドアをノックして——中から誰かが出てきたら——道に迷ったふりをすればいい。しかし、それがうまくいくとは思えない。ヤクの売人みたいななりのティーンエージャーにドアをノックされたとき、ドアを開ける人間がいるだろうか？　もっとましなプランを考えないと。

なくした携帯を追跡アプリで探したらここにあるみたいなんです、とストレートに告げるのが唯一の確実な手のように思えた。玄関に出てきた人間が、この家に携帯などないとすんなり否定すれば、それは本当だろう。だが、同じように否定するときに住人がしばしの困惑と苛立ちをのぞかせることも考えられる。

アプリにしたがってこの家に来たけれど、アプリの誤作動みたいだとかなんとか言い訳をしながら、消音モードにした携帯でショートビデオを撮るのもいいかもしれない。

歩道をいま来たほうに戻り、玄関前の階段をのぼったところで動画撮影を開始した。もちろん、フラッシュはもうチェックした。心臓の鼓動が速まった。生まれてから今日まで、これほどの恐怖もこれほどの興奮も感じたことはなかった。

呼び鈴を押して固唾をのんだ。頭のどこかでは早くもこのプランを後悔していたが、もう引き返せない。携帯をぎゅっと握りしめる。

中に誰かいるとしても、ドアを開けはしないだろう。

ところが、ドアが開いた。二十代半ばの男がこっちを見ていた。片手に栄養ドリンクを持って、見るからにいらいらしていた。

「なんの用？」

ゼイヴィアは二度口ごもったあと、やっと言葉が声になった。「な、なくした携帯を探してるんです。追跡アプリによると、ここにあるみたいで」

「はあ？　手に持ってるのはなんなんだよ？」

「友だちの携帯です。ぼくのを探すために貸してもらって」

「おれがおまえの携帯を盗んだと思ってるのか？」

「スターバックスで使ってて、ラテのお代わりを買いにいくときにテーブルに置きっぱなしにして、席に戻ったらなくなっていたんです。もしかしたら間違いかもしれません」

「冗談じゃねえよ。中に入って見てみろよ」

ゼイヴィアは躊躇はしたが、敷居をまたいで一歩中に入った。携帯の画面を見るふりをしながら。

「間違えたみたいです」彼は言った。

「おかしなこと言うじゃないか」男がドアを閉めた。「間違えちゃいないだろう」

ヤバいっ。ゼイヴィアが振り向こうとしたとき、後頭部に硬い金属製の何かが押し当てられた。ゼイヴィアはその場で凍りついた。恐怖のあまり、息ができなくなった。

まるでビデオゲームみたいだが、銃は本物だ。ぼくは殺される。

「動くな」男が静かに言った。「隣の家は、片方は空き家で、もう片方は昼間は留守だ。おれが引き金を引いたところで、誰も九一一に通報なんかしやしない」

52

アンソンの目つきの険しさから、ヴァージニアは何か困ったことが起きたことを察知した。

「ゼイヴィアがいないんだ」アンソンが言った。

「カリフォルニアに帰ったんじゃないのか？」カボットがオフィスのドアを閉めた。

「ここでぶらぶらしていてもそのうちあきるだろうとは思っていたが、退屈になるのが思ったより数日早かったな」

「いや、家には帰っていないだろう」アンソンが言った。「荷物がまだうちにあるんだ。たぶん携帯だけを持って出ている」

ヴァージニアはあいかわらず、サンドラ・ポーターのアパートメントでカボットとともに発見した事実から受けたショックを必死で払いのけようとしていた。自分たちの携帯を信用できないまま、二人はタッカー・フレミングに関するニュースをアンソンに伝えようと、直接〈カトラー・サター&サリナス〉のオフィスにやってきた。土曜日だというのに、誰も仕事を休んではいなかった。それだけ予断を許さない状況なのだ。

数秒前、二人がオフィスに入ってきたとき、アンソンはデスクを前にしてすわってはいなかった。室内を行ったり来たりしており、それを見たヴァージニアはアンソンらしくないと思った。彼の目に浮かぶ深い懸念は、彼がどれほど気をもんでいるかを如実に語っていた。

ヴァージニアはデスクのそばに静かに立ち、二人のやりとりに耳をかたむけながら警戒心をふくらませていた。カボットが突然、全神経をアンソンに向けた。

「わかっていることは？」カボットが訊いた。

アンソンが足を止めた。

「ほとんどない。だから問題なんだ。あの子が出ていったのは一時間ほど前だ。退屈したと言っていた。スペースニードルやパイクプレース・マーケットなんかを見物してきたいとも。どっちも徒歩圏内だ。道はわかるか、と訊いたら、携帯を持つ手を上げて、これがあれば行き方はわかる、と言った」

「彼に電話はしました？」ヴァージニアが訊いた。

「二度」アンソンが答えた。「二回とも留守番電話になっていた。いつもならそんなことくらいで心配などしないんだが、今日はどうも何か変だと感じるんだよ。ヴァージニアの携帯に誰かが追跡アプリを仕掛けたかどうかを調べる仕事を割り振られて大満足していたからね。少なくとも私は、あの子は本気であの仕事に取り組んでいたと思うんだ」

「それはわかるが、先走るのはやめよう」カボットが言った。「相手はゼイヴィアだ。家を出て、目的地に到着するまで誰にも居どころをつかませなかった前歴がある」

ヴァージニアがいささか心配そうに動いた。「断言はできないけれど。ゼイヴィアが自分の意志で姿を消したとは思えないわ。そんなことをすれば、あなたたち二人を怒らせることはわかっているもの。そんなことはしたくないはずよ、この段階で」

男二人がそろって彼女を見た。

「それはどういう意味だ？」アンソンが訊いた。

「彼、あなたとカボットに認めてもらいたくて必死で仕事をしているのよ。あなたたちの仲間入りをしたがっているの」

カボットが訝しそうに眉を吊りあげた。「仲間入り？」

「失礼。つい口が滑ったわ」ヴァージニアがすぐさま言った。「どういうことかといえば、ゼイヴィアはあなたたちのチームの一員になりたがっているのよ。二人に、やるじゃないか、と認めてもらいたくて一生懸命って可能性のほうが高いと思うの。勝手なことをして、あなたたちを苛立たせるはずがないわ」

アンソンがカボットを見た。「彼女の言うとおりだな」

「ああ」カボットが言った。「たしかにそうだ。くそっ。ひとつよけいな問題を抱えたってことか。よし、あの子がこの事件を解決するつもりでいると仮定しよう。ヴァージニアの携帯に仕掛けられた追跡アプリを見つけたのかもしれない。さらに、そのアプリを仕掛けた人間を逆探知して、その居場所にたどり着く方法を思いついたのかもしれない」

ヴァージニアはぞっとした。「やめて。いくら彼だって、そんな危険を冒したりするはずないわ」

アンソンはぎょっとしたようだ。「そんなこともできるのか？」

「理論的には、できる」カボットが言った。「簡単じゃないはずだ。本格的なスキルが必要だってことは間違いないんだが、ゼイヴィアは言うまでもなく優秀なんだ。そうなると、最悪のシナリオを想定しておく必要があるな」

「それはつまり、厳密にはどういうことだ？」アンソンが訊いた。

ヴァージニアが咳払いをした。「カボットが恐れているのはたぶん——あくまでたぶん——ゼイヴィアがタッカー・フレミングを見つけたってことかと」

「タッカー・フレミングとはいったい何者なんだ？　なんでそいつが問題なんだ？」アンソンがきつい口調で質問した。

「フレミングはナイトウォッチの社員だ」カボットが言った。「組織表には載っていない。IT部門の平社員にすぎないからだが、ぼくたちは彼の写真をポーターのアパートメントで見つけた。こいつがクィントン・ゼインにそっくりなんだよ。ゼインの息子か甥っ子か、年齢的にはまさにそのあたりなんだ」

アンソンは稲妻に撃たれたようだった。「なんだと？」

「詳細はヴァージニアから聞いてくれ」カボットが言った。「ぼくはここでぐずぐずしているわけにはいかない」

ヴァージニアが彼を見た。「ゼイヴィアが姿を消したこと、警察に通報したほうがいいかしら？」

「いや、必要ない」アンソンが言った。「拉致された証拠は何ひとつないからな。警察ってとこは、失踪人に関してはルールとして丸一日以上たっていないと真剣に受け止めてはくれないんだ。とりわけ、家出の前科があるティーンエージャーとなればそうことさ」

ヴァージニアが顔をしかめた。「ゼイヴィアはそれに当てはまるわけね」

「待ってろ」アンソンが言った。「私もいっしょに行く」

「それは困る」カボットが言った。「理由は二つ。ひとつは、ヴァージニアから目を離さないでもらいたいからだ。彼女の身を守りながら、同時にタッカー・フレミングと交渉するとなるとむずかしい。もうひとつは、もしぼくたちの想定が間違っていた場合、ここに誰かがいる必要がある。そりゃ、わからないよ。ゼイヴィアがじつはスペースニードルの展望台まで行って写真を撮っているかもしれないじゃないか。もし彼がここに戻ってきたら、ぼくに電話してくれ」

「あなたはタッカー・フレミングをどうやって探すつもり?」ヴァージニアが訊いた。

「それは簡単さ」アンソンがパソコンの前に戻った。「フレミングなら、サンドラ・ポーターの死体発見後につくっておいたナイトウォッチの社員リストに載っているはずだ。おっ、よし、ここにあった」

「教えてくれ」カボットが言った。

アンソンはメモ用紙に住所を素早く書き留め、デスクの向こう側から差し出した。

カボットはメモを受け取り、ドアを開けて廊下に出た。ヴァージニアは瞬く間にアンソンと二人、オフィスに残された。

アンソンがいかにも法の執行官という厳しい目で彼女を見た。

「あの子がスペースニードルの展望台にいるはずがない」

ヴァージニアはカボットとともにサンドラ・ポーターのアパートメントで発見した、壊したり破ったりしたものを丁寧におさめた箱のことを思い出していた。

「ええ、そんなところに行ってはいないわ。かわいそうにあの子、トラブルに巻きこまれたのよ。わたしのせいだわ」

「そうじゃない」アンソンが首を振った。「いけないのは私だ。あんなふうに出ていかせるべきじゃなかった。まだ十七歳の子どもだ。ばかなことをする年頃だ。英雄になりたがるとか」

ヴァージニアが悲しそうな笑みを浮かべた。「カボットから聞いたところでは、あなたはティーンエージャーの男の子の扱い方についてはある程度経験をお持ちですよね」

「私みたいな父親の下で、マックスとカボットとジャックがそろって大人になってくれたことは奇跡だとつねに思ってきたよ。私は何をどうしたものやらまったくわからずにやっていたんだ。私の父親は私が二歳のときに家を出たからね。あの子たちを育てるときは何もかもぶっつけ本番だった」

「それでも、あなたはわかってらしたんだと思います」

「私がしたことといえば、あの子たちが世の中を渡っていくのに必要な方法や技能を、私が知っている範囲で教えようとしただけだ」アンソンが言った。「あとは全部、運を天に任せた。何もかもが裏目に出たかもしれなかったことを思うたび、背筋がぞっとするよ」

「そりゃあなんにでもいくらかの運不運はあるでしょうけど、親を亡くした男の子三人を無事に成人させるのは容易なことじゃありませんよ。それに、わたしが知っているいまの状況から判断すると、あなたは三人の立派な青年をつくりあげた。どこから見ても、父親として非の打ちどころのないお手本ですよ」

「きみにちょっとした秘密をこっそり教えようか」アンソンが言った。「お手本かどうかはさておき、男は誰でもどんな男になるつもりかを自分自身で決めなければならないんだよ」

「そんなこと思ってもみなかったけれど、それは男だけじゃなく女も、わたしたち全員について言えるんじゃないかしら」

アンソンは考え深くうなずき、納得のいった面持ちでヴァージニアを見た。「きみも成長段階のどこかで自分で考えて選択をしたってことだね」

「意識的な選択ではなかったんですよ。でも幸運なことに、わたしにもお手本がいたんです。祖母はわたしに、できることはなんでもして、鏡に映る自分を直視できるようになりなさい、と示してくれました」

「そこがまた複雑なんだよ」アンソンが言った。「自分自身のなんともぼやけた姿を見て生きていける人間もいる。それで思い出すのは、今回現われたクィントン・ゼインの新たな若いバージョンだ。きみが彼について発見したことをいろいろ教えてもらおうか」

「もし間違いでなければ、タッカー・フレミングは父親にそっくりなんです」

53

その通りに建ち並ぶ古ぼけた家々とは異なり、タッカー・フレミングの家は冷たく、生活感が欠落している感じがした。

カボットはリビングルームに立ち、その雰囲気をじっくり感じとろうとしていた。片手にはゼイヴィアのサングラスを持っている。エンドテーブルに栄養ドリンクの空き缶が置かれていた。ウォラートンの家で見つけた空き缶と同じメーカーのものだ。

二分前にベッドルームの窓から押し入ったときは警報装置が鳴り響くだろうと予測していた。それはそれでかまわないと思っていた。なぜなら、警察や近隣の人びとがようすを見にくる前に中に入れるだろうし、必要とあらば、出ることもできると確信していたからだ。警報などつねに鳴っている。人びとがそれに反応することなどめったにない。

だが、警報は鳴り響かなかった。警報装置——高性能のもの——が設置されているにもかかわらず、スイッチが切ってあった。フレミングがせわしく家を出ていったことは明らかだ。その際、リセットをし忘れたのか、時間を無駄にしたくなかったのか。

状況は理解できる。自宅まで追跡してきたティーンエージャーにびっくりするあまり、明晰な思考ができなかったのだろう。フレミングは最初からこのゲームの主導権は自分が握っていると思いこんできた。ゼイヴィアに居どころを突き止められたと知って驚愕したことは間違いなく、パニック寸前にまで追いこまれたのだ。

いま最優先されるべきはスピードだ、とカボットは思った。しかし、すぐには行動を起こさず、この状況を理詰めで考えた。こうした予期せぬ拉致シナリオであれば、フレミングに計画を練る時間はなかったはずだ。死体の遺棄方法を考える時間は言うにおよばず。

となれば、向かう先は彼が安全だと思え、自分の縄張りだと思える場所だ。いきなり目撃者となった十代の少年を始末することができる場所。

カボットは最後にもう一度、リビングルーム内を見まわした。多種多様なエレクトロニクス製品――ばかでかい最新型テレビ、コンピュータゲーム用の機器など――が所狭しと詰めこまれている。だが、机も雑誌の山もない――フレミングがゼイヴィアを連れてめざす場所がどこなのかを語るかもしれない個人的なものは何ひとつない。

すでに二つの狭いベッドルームはざっと調べたが、もう一度、時間をかけて家じゅうを調べなければと考えなおした。必ずや何かある。そして、それがいちばんありそうなのは、家の中のいちばん私的な空間だ。彼のベッドルーム。

カボットはドアのところでいったん立ち止まった。そこにも壁際に大型テレビがあり、ベッドサイドのテーブルやドレッサーの上にさらなるエレクトロニクス製品が置かれていた。

フレミングは救いようもなくだらしない人間ではないが、世界一のきれい好きというわけでもない。シャツとジーンズは椅子の背に掛けられていた。床にはスニーカーが一足だけ置かれている。洗濯かごには洗濯物があふれている。

クロゼットは細長く、両開きの引き戸式だ。カボットはその片側を開け、内部に素早く視線を走らせた。パイプに衣類が乱雑に掛かっており、床に数足の靴が転がっていた。

そのとき思い出したが、もうひとつのベッドルームはもっとずっと片付いていた。ほとんど使われていないことは明らかだ。しかし、家全体のちらかりようを考えれば、奇妙な気がする。経験によれば、たいていの人はものをためこむに当たって、空間が確保できるかどうかを考慮する。家の中をきちんと整理整頓するに必要なのは自制だ。

カボットは廊下を進み、もうひとつのベッドルームへと入った。**どうしてこの部屋だけがここまできれいに片付いているんだ、フレミング? おまえはこの家にしばらく住んでいて、家の大部分はためこんだものであふれかえっている。なのに、ここにはテレビすらない。キッチンのゴミも少なくとも二、三日は捨ててないのに、この部屋はいやに清潔できちんと片付いている。**

ベッドルームの奥へと進み、クロゼットの引き戸を左右に開けた。中に服はなく、床に靴もなかった。内側の壁面はカボットがずっと引きずってきた悪夢からのさまざまな場面でおおわれている。

カリフォルニアの教団施設の火事を伝える新聞の切り抜きの数々が横の壁に貼られている。写真の中には、記者に話をすることを承諾した何名かの茫然自失の生存者のものもあった。子どもたちの写真は一枚もない。アンソンは取材に押し寄せた記者たちが子どもにインタビューするのを許可しなかったのだ。

いちばん目立つ位置に額に入ったクィントン・ゼインの写真が掛かっていた。歳月の経過とともに色褪せてはいた。写真のゼインは二十代前半かと思われる。おそらくフェリーの船上で撮られたゼインとアビゲール・ワトキンズのあの写真と時期が前後しているとカボットは判断した。ゼインはカメラに向かってあたたかくオープンな笑みを浮かべている。じっくりと目を凝らさなければ、彼の目が氷のように冷たいことには気づけない。

ほとんどの写真や記事が二十二年前のものだが、そこに最近のもの――ハナ・ブルースターの『幻影』シリーズのフルカラーのプリントアウト――が数枚加わっている。携帯電話で撮影した写真らしい。

炎上する〈ロスト・アイランドB&B〉の写真のプリントアウトもあった。

クロゼットの床に小型のファイルキャビネットが置かれていた。引き出しを開けると、フォルダーが二つ出てきた。ひとつにはくたびれた革表紙の日記帳が入っていた。ローズ・ギルバートのナイトテーブルでヴァージニアが見つけたコピーと同じ筆跡で書かれたものだ。

もうひとつには最近の不動産取引に関する分厚い書類が。購入した物件はウォラートン郊外の古い家屋――恐慌をきたしたタッカー・フレミングが安全だと思え、自分の縄張りだと思える場所、目撃者を始末することができる場所。

カボットは玄関に向かって駆けだした。手にはアビゲール・ワトキンズの日記があった。

外に出るなりSUVに飛び乗って、日記を助手席の下に押しこむとエンジンをかけた。

車が走りはじめると、新しく入手したプリペイド携帯を使い、オフィスの固定電話を呼び出した。

アンソンが最初の呼び出し音の途中で応答した。

「フレミングがゼイヴィアを拉致した」カボットは言った。「断言はできないが、ウォラートンの家に連れていった可能性が高いと思う」

「よし、地元の警察に通報しよう」アンソンが言った。

「いや、だめだ。もしぼくより先に警官が玄関に現われたりしたら、おそらく人質事件になるだろう。フレミングはちょっと頭がおかしいとかではすまないかもしれない人間なんだ、アンソン。ゼインに取り憑かれている。あいつの神殿をつくっているくらいだ。もし追いつめられたら、何をしでかすかわからない」

「いま、きみはどこにいる?」

「ウォラートン郊外のかつての施設に向かっている」

カボットは電話を切り、運転に集中した。

54

肚《はら》の底からこみあげてくる本物の恐怖は、ゼイヴィアがはじめて体験するものだった。それにうまく対応できているとは思えない。

そのうえ、寒くてしかたがなかった。あいかわらずトレーナーを着てはいるものの、老朽家屋に染みこんだ寒さが相手では歯が立たない。広いリビングルームには大きな石造りの暖炉があるのに、タッカー・フレミングは火を起こそうともしなかった。ゼイヴィアにはそれがいい兆候だとは思えなかった。

ゼイヴィアは暗く冷えきった暖炉の前の床の上にいた。フレミングはダクトテープを使って彼の手首と足首を縛っていた。目的地に到着したとき、フレミングは彼の足首を拘束したテープを切り、古い家の中まで強制的に歩かせたあと、再び左右の足首をテープで拘束した。

ゼイヴィアはそこでなんらかの尋問がおこなわれるものと予想していた。ゼイヴィア以外の人間も彼を追跡しているのかどうかをフレミングが知りたがっているだろうと思ったからだ。それにそなえて、アンソンとカボットがいまにも急襲をかけてくるとフレミングに思いこませるに足る信憑性のある話をでっちあげていたが、ここまではまだそんな嘘をつく機会は与えられていない。

フレミングはゼイヴィアをリビングルームの床に放置したあと、SUVに引き返して大きくふくらんだダッフルバッグを取ってきた。そして一階のそこここに爆破装置を仕掛けると、そのバッグを引きずって二階へ上がっていった。しばらくしてリビングルームの上方の床を動きまわる音が聞こえてきた。

ゼイヴィアは懸命にもがいて上体を起こし、石造りの暖炉に背中をもたせかけた。こんな状況に置かれたとき、カボットならばどうするだろうと想像をめぐらす。おそらく足首の内側に隠した鞘からナイフを引き出すのではないだろうか。

そのナイフでダクトテープを切り、そのままフレミングが一階に戻ってくるのを待つはずだ。たしかにフレミングは銃を持っているが、カボットも持っている。フレミングにはチャンスはないだろう。

頭上の床板がきしんだ。フレミングがまた動きはじめたようだ。ゼイヴィアは体をひねって周囲を丹念に見まわした。目に入った唯一の物体は、武器というには程遠い、火のついていないキャンプ用のランプだ。それがへたった長椅子の脇のエンドテーブルの上に置かれている。

55

古い屋敷は周囲の林がつくる濃い影に閉ざされていた。

カボットは木々の陰に立ち、じっくりと作戦を練った。また風が吹きはじめていた。嵐がやってくるたび、その古い家が悲鳴を上げたりうなったりしていたことを思い出す。彼とほかの子どもたちは上掛けの下で体を寄せあい、地下室で幽霊がおぞましいうなり声を上げる姿を想像していた。

突風の音は使えそうだ、と考えた。彼もほかの子どもたちも嵐を恐れたが、いまとなれば風は味方だ。運がよければ、家に近づくときに立てるどんな音もある程度かき消してくれそうだ。

未舗装の道路に停めた車を離れ、大きな屋敷の背後で鬱蒼と茂る木立をぬって進む。玄関前の私道に停まった車が見えると、ほぼ確信が持てた。ここに来たのは間違いではないようだ。あとはただ、フレミングがまだゼイヴィアを殺害していないことを祈るばかりだ。

死体はどう遺棄するかが問題になる。フレミングはパニックに陥っているかもしれないが、この家の中で人を殺すことがいかに危険かくらいははっきり考えられるはずだ。あとに残る証拠が多すぎる、と。

だが、フレミングはいま、アドレナリンと絶望感に駆られて突っ走っているから、極度の混乱状態にあることは間違いない。ゼイヴィアは彼にとってとんでもない大問題なのだ。素早く動いてくるはずだ。

カボットもこれ以上待つわけにはいかない。こちらもいますぐ動かなければ。カボットにとって有利な点は、この建物の周囲の状況がわかっていることだ。

ホルスターから銃を引き出し、木々のあいだをするりと抜け出ると、建物の裏側の長いポーチに向かって素早く移動した。ぴんと張りつめた数秒間、彼は隠れるもののないところにいた。もしフレミングが家の脇の目隠しをしていない窓からたまたま外に目を向ければ、簡単に狙える標的となる。

前回この屋敷で起きたはじめての銃撃戦の結果から判断すれば、フレミングは標的の至近距離まで寄らないかぎり、お粗末な射手である。しかし、たとえ彼が狙いははずしたとしても、急襲に対する驚きの要素は失われる。となれば、フレミングにはゼイヴィアをとらえ、盾として利用するだけの余裕が生まれる。

幸い銃声は聞こえなかった。

カボットはポーチにのぼり、大きな木造の薪小屋の脇に身を伏せた。外側の扉は蝶番から垂れさがっている。細心の注意を払いながら扉をもう少し開き、暗い内部へともぐりこんだ。腐った古い薪や焚きつけが乱雑に置かれているのがわかった。この家ではもう長いこと、誰も火を起こしてはいないということだ。

小屋の内側の扉に近づいた。冬の嵐が猛威をふるっているときにわざわざ外に出なくても薪を家の中に運べるようにと造られた扉である。

扉の向こう側は、泥だらけの長靴や濡れた雨具、そのほか掃除や洗濯の道具などを入れておくのに使われていた部屋だ。扉の錠がおりていなければいいが。もしおりていれば、そのときはそれを破る危険を冒さなければならない。

蝶番から垂れさがった外側の扉の隙間からもれてくる光はごくかすかだが、彼の記憶の中の見取り図は正確だったと証明された。小屋の内部を横切り、内側の扉の取っ手があるはずのあたりを手探りした。

すぐに見つかった。静かに回してみる。簡単に回った。逸る気持ちを抑え、つぎの突風が板を打ちつけていない窓をカタカタ鳴らし、外壁の板の隙間からヒューヒューと吹きこんでくるのを待った。その瞬間は、ついに降りだした大雨まで伴った激しい風とともにやってきた。カボットはそれを合図に銃を構え、身をかがめて扉を開け、かつての汚れ物を置いておく部屋へと入った。

錆びた蝶番がきしみ音を立てたときはひやりとしたが、駆けだす足音も銃声も聞こえなかった。

いざ家の中に入ってみると、それまでとは違った音が聞こえた——上の階の足音。フレミングは二階にいるのか。捕虜は一階に残していったと考えるのが道理だろうと思われる。

カボットはだだっ広い家の見取り図を記憶の中から引き出した。二階には部屋がたくさんあるが、一階の部屋数は多くない。いちばん大きな部分を占めているのは広いキッチンと食料貯蔵室、ゆったりとしたダイニングルーム、そして広々としたリビングルームだ。

素早く、だが無駄なく動き、つぎつぎに部屋をのぞいた。

ゼイヴィアは石造りの大きな暖炉に背をもたせかけ、上体を半ば起こしていた。傍らの床には嵐用のランプがある。カボットに気づくと、最初はショックを受けたようだったが、まもなく大いなる安堵感をにじませた目で彼を見た。ついで頭をぐいと動かして上を示し、声は出さずに口を動かした。「う・え・に・い・る」

カボットはこっくりとうなずいたあと、かがみこんで足首に手を伸ばし、ナイフを抜いた。フレミングには人質を取った経験もなければ、大急ぎで作戦を考えた経験もない。理由はどうあれ、ゼイヴィアの手首を後ろではなく前で縛っている。ということは、ゼイヴィアは手や腕の感覚を失ってはいない。縛りを解けば、すぐさま素早い行動が可能だ。

カボットは部屋を横切って彼に近づき、手首と足首を拘束したダクトテープをナイフで切った。

ゼイヴィアを支えて立たせ、耳もとでささやいた。

「これからキッチンへ行く。ぼくの身に何が起きても、きみはそのまま先へ進め。いいな？　走れ、と言ったら、走れ。家から出て、けっして止まるな」

ゼイヴィアはごくりと唾をのみこみ、こわばった仕種でうなずいた。明らかに怯え、混乱をきたしてはいるものの、神経を集中してカボットの命令を聞いている。

カボットが彼をキッチンのほうへと行かせようとした瞬間、上方から階段に向かう足音が聞こえた。時間切れだ。フレミングはいまにも階段の上に姿を見せるはずだ。そこからはリビングルームで何が起きているのかをはっきりと見わたせる。

もう音を忍ばせる必要はなくなった。カボットはゼイヴィアをぐいと引きもどし、がっしりとした石造りの暖炉の片側に押しつけた。

フレミングは階段の上でぴたりと足を止めた。手には銃を握っている。人質が暖炉の前の床にもはや横たわってはいない現実から状況を把握しようとしているのが手に取るように伝わってきた。

ややあってフレミングがカボットの姿を見てとった。

「くそっ、いったいどうやって？」

「銃を捨てろ」カボットは命じた。「早く」

しかし、フレミングは闇雲に銃を撃ちながらあたふたと後退していく。

銃弾はどれも狙いは定まっていなかったが、だからといってカボットとゼイヴィアの身に危険がおよばないというわけでもない。カボットもゼイヴィアの隣に行き、暖炉の脇の石に背中をぴたりと押し当てた。

彼も二発発砲したが、フレミングはすでに階段上の廊下へと姿を消していた。

「カネはおれのものだからな、サター」フレミングがわめいた。「聞いてるか？　あのカネはおれに相続権がある。おれはクィントン・ゼインの息子だ」

カボットは階段の上から目を離さなかった。頭上で足音が響いた。フレミングが二階の廊下を走っているようだ。逃走を図ろうというわけか。裏階段を下り、おそらくは家の正面に停めた車まで走るつもりなのだろう。

「計画変更」カボットがゼイヴィアに言った。「彼が出ていくのを待つ。そのあと、ここを出る」

「了解。でも、問題があるかもしれない」

「なんだ？」

「あいつは完全にいかれてる」ゼイヴィアが喘ぐように言った。「この家に爆薬を仕掛けていたんだと思う。昔もどうのこうのと言っていた」

「すぐにここを出よう。いますぐに」

くぐもった爆発音が家じゅうで低く響いた。早くも炎が二人の周囲で勢いよく上がりはじめる。

「爆破装置をどのあたりまで仕掛けたんだろう？」カボットが訊いた。

「まず一階に仕掛けて、それから二階へ行った」

カボットは薪小屋について考えた。

「ここは大きな家だ。しかも、やつは急いでいた。出口をすべて塞ぐ時間はなかったはずだ。よし、行こう」

カボットは薪小屋に隣接する部屋をめざして駆けだした。ゼイヴィアもすぐあとにつづいた。

56

「ナイフを持っているだろうと思った」ゼイヴィアが言った。

カボットは彼をちらっと見た。「ほう?」

彼とゼイヴィアはSUVのフロントシートにすわり、消防団が大きな屋敷の残骸を燃やす炎と戦うのを眺めていた。雨はあれからずっと降りつづいて周辺地域を濡らし、延焼の懸念を払拭していた。

カボットは地元の警察に通報したあとすぐ、アンソンにも電話を入れた。アンソンがヴァージニアに代わった。

「本当に二人とも無事なのね」ヴァージニアが訊いた。

「ゼイヴィアはまだ少し動揺しているが、ああ、二人とも大丈夫だ」カボットが答えた。

「あなた、彼の命を救ったのね、カボット」

「彼がこんな面倒に巻きこまれたのはぼくのせいだ」

「違うわ」

「いや、そうだ」

カボットはヴァージニアと言い争いになる前に電話を切った。ちょうどウォラートン警察の刑事が到着したからだ。タッカー・フレミングの捜索はすでに開始されていた。

「ずっと考えていたんだ。もしぼくがナイフを持っていたらダクトテープを切ることができたのにって」ゼイヴィアが言った。「あなたなら間違いなく持っていたはずだと自分に言い聞かせてた」

カボットはかつての教団施設のくすぶる焼け跡から片時も目を離さなかった。

「きみがナイフを持っていたとしたら、フレミングはテープを足首に巻いたところで気づいたはずだ」

「そうだね。たぶん」

「あのランプは？」

「あれは長椅子の横のテーブルの上にあったんだ」ゼイヴィアが言った。「ぼくは床を転がっていって、なんとか上体を起こして手を伸ばして取った。役には立たなかったかもしれないけど、役に立ちそうなものがほかには何も見当たらなかったから」

「賢明だった」カボットが言った。

ゼイヴィアは暗い表情でフロントガラスの向こう側を見ていた。「ぼく、へまをしでかしちゃったね」

「ぼくが目を離さなければよかったんだが」

「あなたのせいじゃないよ。ミスター・サリナスのせいでもない。ぼくがへまをしたんだ」

「きみはタッカー・フレミングを発見した。それはお手柄だったよ」

それを聞いたゼイヴィアの表情が少しだけ明るくなった。「こっちから追跡したんだよ。向こうがミズ・トロイの携帯に仕込んだアプリを使って」

「つまり、ヴァージニアの携帯から追跡アプリが見つかったのか?」

「うん、そうだよ。彼女が見るはずのないサブフォルダーの中に隠してあった。そのおかげでぼくも彼を追跡することができたんだ」

「よくやった。しかし、〈カトラー・サター&サリナス〉ではぼくたちはチームだ。今回のきみみたいな単独行動を取れば、きみの身が危険にさらされるだけじゃなく、ほかの人びとまで巻きこむこともある。次回は何か発見したら、それを逐一チームのメンバーに連絡するんだ」

「うん、そうする」ゼイヴィアが言った。「チームか。わかった」しばし間をおいてから咳払いをした。「次回？」

「前言撤回。次回はない。今回のことをお母さんが知ったら、きみはつぎの便でサンフランシスコに帰らなければならなくなる。お母さんはシアトルまで来て、きみを飛行機に乗せるかもしれない」

ゼイヴィアがうめいた。「ママに話す必要はないよ」

「いや」カボットは言った。「話さなきゃならないさ。それもすぐにだ。警察からお母さんに連絡が行く前じゃないとまずい。きっとぼくに対して怒りを爆発させるだろうな。ま、当然だろうが」

「でも、フレミングがぼくを拉致したのはあなたのせいじゃない」

カボットがゆっくりと息を吐いた。「いや、ぼくのせいなんだよ。ここで議論してもはじまらないが。それじゃ、事件に話を戻そう」

ゼイヴィアは何がなんだかわからないといったふうに顔をしかめた。「事件？」

「ぼくたちはいま、殺人ならびに放火事件を調査している」カボットは言った。「忘れちゃいないだろう？」

「うん、もちろん」ゼイヴィアがまた元気な顔をのぞかせ、シートで背筋をぴんと伸ばした。「そうだね、事件だよ」

「さっき刑事に話していたのを聞いていたんだ。ここの調べがすんだら、彼はもう一度ぼくたちからもっと詳しい話を聞きたがるはずだ。だがその前に、フレミングが玄関ドアを開けたときからぼくがここに到着するまでに起きたことを全部聞かせてもらいたい」

「いいよ」ゼイヴィアが言った。

彼が話しはじめた。

カボットはコーヒーを飲みながら耳をかたむけた。ときおり質問を投げかけもしたが、ゼイヴィアはおぞましい体験の大部分をきちんと順序立ててうまく語った。細部を見逃すことのない鋭い目を持っている——これまでカボットが話を聞いた数多くの目撃者に比べ、はるかに鋭い。

「タッカー・フレミングの全体的な印象は？」ゼイヴィアの話が終わったところでカボットが訊いた。

ゼイヴィアはしばし考えた。「さっき刑事さんに話したとおり、口数はあまり多くないけど、しゃべっているときは怖くて、いかれてる感じだった。ヤクをやってるのかもしれないと思った」

「ヤクをやっていると思ったのは、厳密には彼がどんなことをしゃべってるときだった？」

「あいつが、声が聞こえる、とかなんとか言ったときだと思う」

「声？」

「ほら、通りを歩きながら独り言を言ってる頭のおかしな連中みたいに」

カボットがゼイヴィアの目を見た。「フレミングは彼にしか声が聞こえない相手と話していたのか？」

「ちょっと違うな。電話で父親からのメッセージを聞いたとかなんとか言っていた。でも、もしぼくたちが正しければ、フレミングの父親はカルトの教祖だよね？」

「クイントン・ゼイン」

「そう、そいつだ。だけど、ゼインは死んだってあなたは言っていたよね」

「陰謀説をめぐる不思議の国へようこそ」

57

ジェシカが画廊を閉める準備をしていると、ヴァージニアとカボットがドアを開けて入ってきた。

「いらっしゃいませ」ジェシカが言った。「大事件はどうなりました?」

「今日は興味深い展開があったのよ」ヴァージニアが言った。「それについては夕方のニュースでいろいろ聞くことになると思うわ」

ジェシカが顔をしかめた。「悪いニュースかしら?」

「もっと悪いニュースになっていたかもしれないが」カボットが言った。「そうでもなかったんで、まあいい一日だったと考えようかと。ところで、あなたに質問があるんです」

ジェシカが首をかしげた。「美術についてかしら? それとも事件の捜査について?」

「この画廊で使っているパソコンについてです」カボットが顎をしゃくって、カウンターの上に置かれたパソコンを示した。「最近、何かトラブルはありましたか?」

「いいえ、問題なく働いてくれているわ」ジェシカが答えた。「でも、そんなことを訊くなんて変ね」

ヴァージニアはみぞおちのあたりにひやりとした感覚を覚えた。「なぜ?」

「先日、このソフトウェア・パッケージの販売会社のカスタマーサービスの人から、バグを修正するためのアップデートについて電話があったのよ。電話を通じてすべてのカスタマーのソフトウェアを修正していると言っていたわ。ほんの数分しかかからないとも。このシステムを買ったとき、どんなにお金がかかったか、憶えてらして?でも、おかげでそういうテクニカル・サポートが受けられるってことがわかったわ」

カボットの顎に力が入った。「彼の質問にいろいろ答えたんですか? 彼が遠隔操作でログインするのに必要な情報を与えた?」

「ええ。修正の方法を細かく指示してくれたわ。おかげで難なくやれたの。だからもう安心」

カボットがヴァージニアを見た。「それを聞いて疑問が解けた」

ジェシカが目を大きく見開いた。「いったいどういうこと? なんの話? わたしが何かいけないことをした?」

カボットが視線をジェシカに戻した。「お願いがあります。今後、ありがたいテクニカル・サポートの人間から電話がかかってきて、ソフトウェアをまたアップデートしたいんで指示にしたがってください、と言われたら、いま忙しいんで手がすいたらこちらから電話する、と言ってください。そして電話を切って、ぼくに知らせてください」

ジェシカが目をまん丸くした。「まあ、わたしったら、なんてことを」

58

ヴァージニアはひとつのグラスにウイスキーを注ぎ、もうひとつのグラスにワインを注いだ。二つのグラスをコーヒー・テーブルに置き、ソファーにすわったカボットの隣に腰を下ろすと、片脚を座面に引きあげて横ずわりになり、左腕をクッションの上に置いて休めた。

「ゼイヴィアとお母さまとのやりとり、そんなにさんざんだったの？」

「ああ、さんざんだった」カボットがウイスキーのグラスを取ってぐっとあおり、グラスをテーブルに戻した。「最初のうちはぼくの話を信じなかった。たちの悪い冗談だと思ったんだろうな。ゼイヴィアにたのまれてそんな話をしていると思ったんだよ。だが、ようやくそれ——ゼイヴィアが現在進行中の事件の調査に巻きこまれたって話——が本当だと気づいたら、ショックを受けて怒り心頭に発した」

「思ったとおりだわ。母親ですもの、当然よ」

「で、ゼイヴィアと電話を代わった。ゼイヴィアは彼女を落ち着かせようとしたが、火に油を注いだようなものだった。彼女はまたぼくに代わるように言い、ゼイヴィアを明日の朝一番の便に乗せると約束させた。ぼくは、警察が明日もう一度、ゼイヴィアから聞き取りをしたがっていると説明した。そうしたら彼女、シアトルに来て警察と話をつけると言うんだ。だからぼくは、どうぞ、と言った。するとつぎはゼイヴィアの父親、エマソン・ケニントンからの電話だ」

「あなたのおじさまね？」

「生物学的には、そうだ。まずはひとしきり、ぼくを相手に怒鳴りつづけた。要するに、弁護士を差し向けるとかなんとかだった。ぼくは彼に、あなたの息子は殺人犯を突き止めるの協力してくれて、そいつはいま殺人容疑で指名手配されたと伝えたんだが、それを聞いた彼はなおいっそうかんかんになって、今度はゼイヴィアを怒鳴りつけた」

「エマソン・ケニントンはシアトル行きのつぎの便に乗り、ゼイヴィアの無事を自分でたしかめると言ったのね？」

「ああ、そうなんだ。明日は〈カトラー・サター&サリナス〉のオフィスで幸せな家族の再会が果たされるというわけさ。ドラマ性にかけてはテレビのリアリティー番組もケニントン家にはかなわないだろうね」

「でも、たとえエマソンがゼイヴィアの母親との離婚を進めているとしても、少なくともゼイヴィアは父親が自分のことを気にかけているってことに気づくんじゃないかしら」

カボットはまたひとロウイスキーを飲んだ。「ぼくがおもしろいと思ったのは、弁護士についてのコメントなんだ」

「ゼイヴィアが拉致されたからって、彼の父親は本気であなたを相手どって訴訟を起こすつもりなのかしら？　かなり強引な気がするけど」

「きみもぼくも知っているように、誰を相手にでも、何をめぐってでも訴訟を起こすことができるんだよ。ぼくがおもしろいと思ったのはそこじゃない」

「えっ、違うの？」

「エマソンが弁護士の名前を口にしたんだ――バーリーだよ」

「バーリーってだあれ――あっ、ちょっと待って。ひょっとしてその人、あなたに時間ができしだいシアトルまでやってきて、相続関係の書類にあなたに署名させようとしている弁護士？」

「正解」

「ということは、ゼイヴィアの父親はおそらく、あなたが二万五千ドルの遺贈を受け取ろうとしないことを確認したがっているのね」

カボットが肩をすくめた。「彼にとってははした金だろうに」

「あなたってお金はどうでもいいのね？」

「便利だってことは認めざるをえないが、そうだね、カネはどうでもいいと思ってる。その遺贈が何を意味するかといえば、祖父が最期に母の勘当を解くって決断を下したってことだ」

「それ以上の意味があるわ」ヴァージニアが言った。「おじいさまはあなたをケニントン家の一員として認めたのよ」

カボットはまたウイスキーを飲んだ。

「ああ。そういう意味もあるだろうな」カボットが言った。

ヴァージニアがにこりとした。「あなたが一員になりたいかどうかはさておき」

カボットがしかめ面をした。「問題はそこだよ」

「でも、家族ってそんなものじゃなくって？　自分に選択肢がある場合もあるけど、たいていはそんなものないでしょ」

カボットがヴァージニアの顔を見た。「で、選択肢がない場合は？」

「自分でなんとかするほかないわ」ヴァージニアはそこで一瞬、間をおいた。「でも、家族の中に味方が何人かいると心強いわね」

「ぼくにはたくさんいるよ。アンソン、マックス、それにジャック」

「たしかに。それに、いまはゼイヴィアもいるわ」

カボットはそれについて考えた。「あの子は大したものだ。今日もずっと冷静だった」

「彼、大人になったら誰みたいになりたいかを決めたんだと思うわ」

カボットが用心深い目でヴァージニアを見た。「誰かな?」

「わたしの勘によれば、彼は長いこと行方不明だった従兄のカボットをお手本にするわよ、きっと」

カボットがうなった。「彼の両親が許すはずがない」

「そうよね。だけど、それはいまの時点でゼイヴィアがあなたをお手本として選んだことが、自分たちにとってどれほど幸運かをわかっていないからだわ」

「ぼくは誰かの手本なんかになりたくないね」

ヴァージニアがワイングラスをゆっくりと回した。「あなたにはお手本があったくせに」

「アンソン」

「そうでしょ。どうやら今度はあなたの番ね」カボットは首を回し、ヴァージニアを真剣に見据えた。「きみが知るべきことがある」

「なあに?」

「もうそろそろ警察がフレミングの自宅の捜索を終えるころだ。クロゼットの中で発見したクイントン・ゼインに関するガラクタも、ほぼひとつ残らずタグをつけて証拠袋におさめられたと思う」

「ほぼひとつ残らず?」

「じつは、そのクロゼットに置かれたファイルキャビネットの中にアビゲール・ワトキンズの日記があったんだ」

ヴァージニアが息をのんだ。「それ、警察には引き渡さなかったのね?」

「ああ。タッカー・フレミングの容疑を固めるために必要なものじゃない。だが、ぼくたちには必要だ」

「それがあれば、クイントン・ゼインに関するバックグラウンドがもっと解明できるかもしれないわ」ヴァージニアが言った。「ローズ・ギルバートのナイトテーブルで見つけた写真から考えると、アビゲール・ワトキンズはゼインがカルトを創設する少なくとも二年前から彼を知っていたわ」

「ということは、彼女はたぶん、まだ生きている誰よりも彼のことをよく知っている。そしてぼくたちには、できるだけ多くの情報が必要だ」

「日記はいまどこにあるの？」

「アンソンが、きみのお母さんの算数の絵本といっしょに銀行の貸金庫にしまった。いまあれをじっくり検証している余裕はないからね。まずはタッカー・フレミングの件を片付けないと。まだまだわからないことがたくさんある」

「あなたはアビゲール・ワトキンズがタッカー・フレミングの母親だと思う？」

「大いにありえることだとは思う」カボットが言い、短い間をおいた。「もしこれまでに起きたいろいろなことと矛盾しなければね。問題は時期的にどうかってことだ。フレミングは、警察によれば、二十四歳だ。ということは、彼が生まれたのはゼインがカルトを創設する二年前」

「アビゲールは子どもがいるなんてことはひとことも口にしなかったわ——もしゼインが彼女に中絶手術を強制したとしたら、筋が通るわね」

「それでいくつかのことに説明がつく」カボットが同意を示した。「それでもまだ、興味深い疑問がいくつか残る。フレミングがどうやって生物学上の父親に関する事実を突き止めたか、だ」

ヴァージニアはそれについてじっくりと考えをめぐらした。「もう一度聞かせて。彼はクィントン・ゼインからのメッセージを受け取っていたと思っているってことについて」

「ぼくが知っていることはすべて話したよ。ぼくが確信している唯一のこと、それはゼインはタッカー・フレミングにメッセージを送ってはいなかったということ」

「それ、ほんと？　なぜそこまで確信があるの？」

「あいつは消えた大金に関するメッセージを一度も会ったことのない息子に送ることによって、自分の正体が暴かれる危険を冒すほど間抜けじゃない」

「過信は禁物よ。だって、もしタッカー・フレミングが本当に彼の息子だとしたら――」

「フレミングはゼインの息子かもしれないが、ゼインは正真正銘のサイコパスだ。自分の子どもだろうが誰だろうが、自分以外の人間のことなどまったく気にはかけないはずだ」

「もし彼がフレミングを隠れ蓑として使って、わたしたちの母親が昔隠したお金を見つけようと考えているのでなければ、ね」ヴァージニアが言った。

「ぼくはそうは思わないな。タッカー・フレミングは何をしでかすかわからないやつ《ルースキャノン》を体現したようなやつだ。クィントン・ゼインのような冷徹な戦略家が、彼を操ってこんな微妙な仕事を遂行させる危険を冒すとは思えない。フレミングはあまりにも予測不能かつ衝動的だ」

「ゼインにはほかに選択肢がなかったのかもしれないわ。だからとりあえず使える最善の選択肢で我慢した」

「そうかもしれないが、どうもしっくりこない。ぼくはこの先も目を離さずにいる必要がある」

「ぼくたちは」ヴァージニアが言った。

「ぼくたちはこの先も目を離さずにいる必要がある」

カボットは数秒間無言だった。ゾーンに入ったのね、とヴァージニアは思った。だから待った。彼が理解するまで。

やがて彼が片手を上げ、ヴァージニアの頬に触れた。彼のまなざしが少し熱っぽかった。

「うん、ぼくたちはこの先も目を離さずにいる必要がある」

「もしあなたさえよければ、今夜、わたしのベッドに来てほしいんだけど」

「それは実験？」

「ええ」

「そんな必要はもうないよ。わかってるだろ」

「あなたと寝たいのよ」

ヴァージニアは彼の手を取り、ベッドルームに向かって廊下を歩きはじめた。

59

タッカー・フレミングは個人の専用桟橋の突端に立ち、用心深く近づいてくる小型船を見守った。まもなく夜中の十二時になる。分厚い上着を着てはいても、ワシントン湖の暗い水面から吹いてくる冷たい風はナイフのように鋭かった。

船は明かりをともさずに走ってくるが、夜とはいえど空は晴れ、月が水面を銀色に照らしていた。タッカーは舵を取る人間に向かって懐中電灯を使い、異状なし、の合図を送った。

ウォラートンの家での災難からすでに数時間たつが、彼はまだ震えがおさまらず、まだ神経がぴりぴりしていた。たとえ小さな音ではあっても、彼を驚かすにはじゅうぶんだった。何もかもがうまくいかなかったことがいまだに信じられなかった。このゲームの主導権は自分が握っているつもりだったのに、いまや彼は逃亡の身となり果て、壮大な計画は煙を上げながら崩壊していた。

振り返れば、ハナ・ブルースターが飛び降り自殺を遂げた夜に計画は崩れはじめていたのだ。あれが転換点だった。あれ以来、まずいこと続きだった。今日は今日で、携帯を手にしたティーンエージャーとダサい私立探偵に居どころを突き止められた。

今日の午後にしても、いったんはサターとあのガキが炎に包まれた家から脱出できるはずがないと思えた。しかし、その直後に運が尽きた。できるだけ早く車を乗り捨て、偽のIDを使って目立たないフォードを借りた。ロスト島へ行っていたときと同じように。あれが遠い昔のような気がした。

カナダへの逃亡を考えていた――国境はここから三時間とはかからないし、入国許可だのなんだのを省いて越せる箇所がいくつもあるからだ。最終的には賑やかなショッピングモールの広い駐車場に車を入れた。そこでは彼のフォードはずらりと並んだ車の中の一台にすぎなかった。

モールに入り、スターバックスでコーヒーを買い、テーブルにすわった。そこで一時間ほど、実現可能な行動計画、再びゲームの主導権を握るための名案を練ろうとした。しかし、そのときの彼に明晰な思考は無理だったようだ。荒唐無稽な計画がつぎつぎと――しかもとっぴさを増しながら――頭の中をふわふわと通り過ぎていくだけだ。

やっとのことで自制心を働かせて現実と向きあった。実行可能な選択肢はひとつしかなかった。緊急事態を知らせる暗号の送信は何よりも避けたかったが、それしか道はなかった。助けが必要なときは、本当に信用できる人間——家族——にたよるほかない。

彼は緊急事態を知らせる暗号を送信した。

返信はすぐには来なかった。待っている時間は耐えがたいほどつらかった。呼吸がまともにできず、脈拍が異常に速まり、ここノードストローム（米の老舗高級百貨店）の真ん前でとんでもないこと——たとえば失神——になるかもしれないと思ったくらいだ。そんなことになったら一巻の終わりだ。意識が回復したらそこはERで、かたわらには彼の身柄を拘束しようと待っている警官がいる、ということになりかねない。

ちょうど彼がクィントン・ゼインは息子に背を向けようとしているのではないかと疑いはじめたころ、そのメッセージが届いた。受け取ったのはワシントン湖の岸に建つ家の住所で、深夜十二時十五分前にその家の専用桟橋で待て、とあった。船がそこへ迎えにいって彼を乗せ、彼を助けることができる唯一の人間——父親——のところへ連れていく、と。

そこは家が建ち並ぶ湖岸の中でもひっそりとした地区にあった。窓に明かりはひとつもついていない。前庭に控えめに〝売出中〟の看板が立っていた。父親はすべてを考え抜いているのだ。

こんな状況でゼインに会いたくはなかった。父親がその昔に失ったカネを手にしてから父親の前に立ち、自分がゼインの野望、才能、真の勇気を受け継いでいることを証明したかった。それにもまして、ゼインが蹉跌をきたした場所で自分は成功してみせる決意を固めていたのに、その夢はウォラートンの屋敷を包んだ炎の中に潰えてしまった。

だが、ゼインとてあれ以上の成功は望めなかった。教団内のひと握りの信者——なんと数人の女たち——にまんまとだまされたからだ。その女たちは、もし裏切り者が密告しなければ、カネを持って逃げていたはずだ。ゼインは復讐をしたが、カネはとっくに消えていた。

おれはそのころのあんたくらいには有能だよ、ゼイン。くそっ、おれはあんたがなくしたカネの足跡を見つけただろうが。カネはまだそこにある。ヴァージニア・トロイとサターはまだ見つけてはいないようだ。おれとあんたが手を組めば、先に手に入れることができるかもしれない。おれたちは途方もないチームになれる。

父親と息子のチーム。

タッカーはその言葉の響きが気に入った。当面必要なのは新しい身元と再出発だ。おれとゼインが手を組めば、誰にも止められない。このろくでもない世界を炎上させてやる。

船が桟橋の突端に滑るように接近して停まった。操舵手の姿は黒い影にすぎなかったが、タッカーは船によじのぼった。何も質問するな、と指示されていた。船に乗ったら目的地に到着するまで黙っていろ、という指示だ。

船が走りだした。はじめはゆっくりと、まもなく速度を上げて。風の冷たさは陸地にいたときの千倍になった。そう時間はかからないだろう、と思った。湖岸に建つ贅沢な家々のうちのどれがクィントン・ゼインの家なのだろうか。

ついに船が人けのない入り江に突き出た桟橋の突端で停まった。操舵手がエンジンを切った。

「やっと到着か」タッカーは言った。「湖の上はなんて寒いんだ」

操舵手が狭い操舵室から出てきた。手にした拳銃が月光を受けてきらりと光った。そのときはじめて、タッカーは恐ろしいミスを犯したことに気づいた。

「**やめてくれ**」甲高い叫びを上げた。

船を下りようと、なんとか桟橋に足を届かせようと、必死にもがいた。

一発目が彼の背中にきれいに命中し、その勢いは彼を甲板にうつ伏せに叩きつけた。ぼんやりした意識の中で操舵手が船を下りていくのがわかった。

最後に頭に浮かんだのは、父親同様、彼もだまされたということだった。

二発目が——頭部に——撃ちこまれたときはもう何も感じなかった。

60

ヴァージニアがいきなり目を覚ましたのは、何かが室内の空気を変えたと感じてのことだった。

そのままじっと横たわり、状況を判断しようとした。火事の悪夢を見てもいないし、パニックに近い激しい切迫感を覚えてもいない。

二、三秒後、カボットが彼女の隣、ベッドにいないことに気づいた。長年ずっとひとりで寝ていたというのに、恋人が隣で眠っている心地よさに早くも慣れてしまった自分に気づき、大きなショックを感じた。

たんなる恋人ではない。カボット。

目を開けると、彼はそこにいた。窓辺にたたずみ、明かりに照らされた夜に目を向けていた。つやのあるたくましい体軀がシアトルの夜の明かりを背景にシルエットになって浮かびあがっている。

わたし、彼に恋をしている。

深い驚きを覚えた。**恋をするってこういう感じなのね。**

失敗に終わる恋愛を繰り返した年月で磨きあげられた本能は、まず理屈をつけては喜びや驚きを鈍らせた。**ここで調子に乗りすぎてはだめ。そうよ、わたしたちは子どものころに同じ体験をし、この何日かは多くのことをいっしょに乗り越えてきた。彼はわたしを理解してくれて、困ったところもほかの人とは違う形で受け入れてくれる。わたしも彼を理解している。彼を信頼している。そして、そう、心底、肉体的に惹かれている。それは必ずしもセックスを意味するとはかぎらない。**

ううん、やっぱりそう。

ヴァージニアは上掛けを横に払いのけて時計を見た。意外でもなんでもない夜中の一時半だ。

ヴァージニアは立ちあがり、窓辺に立つカボットの横に行った。彼が肩に腕を回して、ぎゅっと引き寄せた。彼のほっそりしたあたたかい体を感じながら、ヴァージニアは片方の腕を彼のウエストに回した。

「考えごと？」

「引っかかるのは、カネを切り口に考えたときだ」

「なぜ？　タッカー・フレミングみたいな頭のいかれた男が、自分が相続すべき財産だと思ったお金に取り憑かれたと考えれば、筋が通るような気がするけど」

「そういうことじゃなく」カボットが言った。「問題はもう一方のカネの流れだ」

彼の言いたいことはすぐにわかった。

「ナイトウォッチ社内の横領の噂のこと？」

「無関係な金銭詐欺がたまたま同じ事件に絡む確率はどれくらいあるかな？」

「さあ、見当もつかないわ。でも、あなたが前に言ったように、横領はつねに起きているのよね。わりとよくある犯罪なんでしょう？」

「たしかにそうだ。だが、横領事件が暴力沙汰になることはめったいない。ほとんどの横領は目立たずに進行する。殺人事件について警察にあれこれ質問されたんでは、おちおちカネをくすねてはいられないはずだ」

「それじゃ、どう考えたらいいの？」

「ナイトウォッチの横領とハナ・ブルースター殺しは関係がある」

「わたし、横領犯はタッカー・フレミングだと思うわ」ヴァージニアが言った。「彼は自分とゼインの関係を知る前からナイトウォッチで横領を働いていたけれど、それを知ってからはそっちのお金も手に入れようと決めた」

「きみの言うとおりだとは思うが」カボットが言った。「それでもまだ疑問が残る」

ヴァージニアは彼のほうを向き、両腕を彼に回した。

「この一件にはほかにもかかわっている人間がいると考えているのね」

「クィントン・ゼインのふりをしてフレミングにメッセージを送っていた人間だ」

「あれは本当にフレミングの妄想かもしれなくてよ」ヴァージニアが警告した。

「ああ」カボットが両手で彼女の顔をはさんだ。「しかし、この一件にかかわった人間がほかにもいるかどうかは近々わかると思う」

「警察がフレミングを逮捕したときに？　だったらたぶん、そんなに時間はかからないわね。あなたが言ったように、彼は何をしでかすかわからないやつで、そういう人間は目立たずにいることがなかなかできない。警察が彼を逮捕すれば、そのときは答えが全部わかるわね」

「もしぼくが間違っていなければ、フレミングが話せる時間はかぎられているだろうな」

ヴァージニアがぴたりと動きを止めた。「彼は高飛びすると思っているの？」

「彼はそのつもりだろうが、救いようのないパニック状態にあるはずだ。手堅い逃走計画があるとは思えない。ここで唯一のいいニュースは、彼を利用してカネを見つけようとしていたのが誰であれ、そいつも必死になっているってことだ」

「なぜそれがいいニュースなの?」

「彼が——彼女かもしれないが——これからミスを重ねるからだ」

61

カボットの携帯が鳴ったのは、彼とヴァージニアが朝食を終えようとしているときだった。彼は画面にちらっと目をやり、期待まじりの確信を覚えた。

「アンソンだ」

ヴァージニアはフォークを置き、真顔で彼をじっと見た。

「何かわかった？」カボットが携帯に向かって言った。

「いま、シアトル警察の親友シュウォーツから電話があってな」アンソンが言った。

「今日の早朝、ジョギング中の人がワシントン湖の個人専用の桟橋でタッカー・フレミングの死体を発見したそうだ。その家は売りに出ていて、家主はもう住んでいない。人けのない地区で、銃声を聞いた者はひとりもいなかった」

「銃声？　二発？」

「一発は背中で、一発は頭部だ」

「パターンがひとつ見えてきたな」

「だろう。われわれに勝る探偵はいないさ」アンソンが言った。

「昨日の夜、ちょっと考えたんだが」

「これからどうする？」

「この事件の関係者を全員知っている人間と話してみるつもりだ。もしタッカー・フレミングが生きたまま逮捕されて自白をはじめたら、失うものが大きかったかもしれない人間だ」

「誰だ、そいつは？」アンソンが訊いた。

カボットは彼に名前を教え、電話を切ったあと、ヴァージニアにこれからの行動の意図を伝えた。

「わたしもいっしょに行くわ」ヴァージニアが言った。

「いい考えだとは思えないが」

「もしあなたの言うとおりだとしても、あなたはきっとわたしが必要になる」

62

ローレル・ジェナーはバスローブ姿でドアを開けた。ヴァージニアは彼女の当惑の表情がいやに用心深い顔つきに変わっていくのを眺めていた。

「いったいなんのご用かしら？」ローレルが言った。

「タッカー・フレミングが死にました」カボットが言った。

ローレルは心底驚いたようだ。「警官に撃たれたの？　聞いたところじゃ、放火、誘拐、殺人未遂の罪で指名手配されたそうね。昨日の夜のニュースの口ぶりでは、彼はちょっと頭がおかしいどころじゃないみたいだったけど」

「逮捕しようとした警官に抵抗して撃たれたんじゃありませんが」カボットが言った。「射殺されました。死体がここからそう遠くない入り江にある桟橋で発見されたんです」

「わからないわ」ローレルが落ち着きを欠いた目をヴァージニアに向け、そのあとカボットを見た。「どうしてあなたたち二人がここへわたしにそのニュースを知らせにくるわけ? タッカーとはたまたま同じ会社で働く同僚だったというだけなのに。親しくもなかったわ。どういうことなの?」

「いま、おひとりですか?」カボットが訊いた。

「ええ」ローレルが警戒心を強め、全身をこわばらせた。「なぜそんなことを訊くの?」

「あなたの身の安全を確認したいだけ」ヴァージニアは、気まぐれな芸術家をなだめるときの口調で告げた。「わたしたち、あなたが無事かどうか心配していたんです」

「わたしの身が危険だと思っているの」ローレルが喘ぎながら言った。

「ええ、もしかしたら」ヴァージニアが言った。「でも、あなたが考えているような形ではありません。わたしたちがうかがったのは、フレミング殺しがわたしたちの調査と関係があると考えているからです」

ローレルが顔をしかめた。「あなたたちはたしか、あなたの画廊で作品を展示したことがある画家の死亡について調べていると言っていたわね」

「ハナ・ブルースター」ヴァージニアが言った。

「ぼくたちがここに来たのは、フレミングを撃った人間があなたに殺人の濡れ衣を着せようとしているんじゃないかという気がしたからです」カボットが言った。「もしぼくの勘が当たっていれば、あなたは逮捕されるおそれがあります。ぐずぐずしてはいられませんよ」

ローレルがはっと息をのんだ。

「いったい何を言ってるの あなたたち、どうかしているわ、二人とも」ドアを閉めようとした。「帰ってちょうだい。わたしに近づかないで。警察を呼ぶわよ」

カボットがドアの隙間に足を入れた。

「その前に、ひとつだけ質問に答えてください」彼は言った。「元ご主人のストーキングを心配して買われた銃はいまもありますか?」

「どうしてそれを——? ええ、もちろんあるわ。もしいますぐ帰らないなら、あれを使うわよ」ローレルが言った。

「お願いです」カボットが言った。「銃がまだあるか、見てきてください」

「えっ?」

「安心してください」ヴァージニアがとっさに言った。「あなたに危害を加えるつもりなどありません。ここで待っています。ただ、あなたの銃が盗まれていないかどうか知りたいだけなんです」

「もし盗まれたりすれば、わかるはずよ」ローレルが言った。「セキュリティー・システムが入っているんですもの。さあ、帰って。ほっておいてちょうだい」

「お願い」ヴァージニアが言った。「銃がいまもあるかどうかだけたしかめて。もしあれば、わたしたちは謝って、すぐに帰ります。約束するわ」

ローレルが訝しげに目を細めた。「わたしの銃がタッカー殺しに使われたと本当に思っているのね？」

「おそらく」カボットが言った。「フレミングは昨日の深夜のどこかの時点で殺されました。死体が発見されたのは少し前です。もしあなたの銃が盗まれて、フレミング殺しに使われたとしたら、いまはないはずです——もし深夜に誰かが訪ねてきたりしていなければ？」

「誰も来なかったわ」ローレルが首を振った。「ずっとひとりだった」

「だとすれば、銃があなたの家で見つかるように戻しておくチャンスはまだなかったはずだ」

「あなたたち、どうかしているわ。あんな銃、わたしはもう何カ月も見たことすらないの。ずっとガンロッカーの中よ。いいわ、そこにいて。ドアを閉めて鍵をかけて、それから銃を見てくるわ。もしなくなっていたら、あなたたちにそう言うけど、もしなくなっていなければ、警察に電話して、あなたたち二人がうちに押しかけてきて脅迫しているって言うわね」

カボットがおとなしくドアの隙間から足を抜くと、ローレルがバタンとドアを閉めた。差し錠をかける音が聞こえる。

「これ、まずいやり方だったかもしれないわね」ヴァージニアが言った。「もしロッカーに銃が入っていたら、どうする?」

「そのときは何か考えよう」カボットが言った。

しばらくすると、ドアの向こうからくぐもった足音が聞こえてきた。ローレルがドアを開け、引きつった顔で二人を見た。

「なくなっていたわ」ローレルが陰気な声で恨みがましく言った。「あの女が盗んだのよ」

「誰のことですが、それは?」ヴァージニアが訊いた。

「ケイト・デルブリッジ」ローレルが、怒りと何かしらパニックに近いような表情のあいだを行ったり来たりしながら首を振った。「わたしが銃を持っていること、あなたたちに教えたのは彼女でしょう? あの女、わたしを憎んでいるのよ。嫉妬しているのね。でも、まさかここまでやるとは思わなかった。復讐を遂げるためにわたしを罠にかけて、殺人犯に仕立てようとしたのね？　あの女、正気じゃないわ」

「銃を持ち出したのがケイト・デルブリッジだとそこまで確信しているのはどうして？」カボットが訊いた。

「あの女に決まってるわ。わたしがあの忌々しい銃を買ったことを知っている数少ない人間のひとりなのよ。あれはまだ――」

「あなたとジョッシュ・プレストンの関係がはじまる前のことだった？」ヴァージニアが静かに言った。「あなたとケイト・デルブリッジがまだ友だちだったときのことね？」

「ケイトはわたしがジョッシュを彼女から奪ったと思いこんでいるのよ。でも、そういうことじゃなくて、彼女とはただ週末のお楽しみってだけだったの。そのあとすぐ彼女にあきたのね」ローレルが渋い表情を見せた。「彼がいま、わたしにあきかけているのと同じ。それが彼のパターンなの。いまになれば、わたしもよくわかるわ。だけど、わからないのは、ケイトがなぜタッカー・フレミングを殺したのかってこと」

「ぼくはケイトがタッカーを殺したとは思っていない」カボットが言った。「もうひとつ質問します。クィントン・ゼインって名前、あるいは二十年ほど前にその男が創設したカルト教団について何か聞いたことは？」

「んもう、なんてことなの」ローレルが身震いをし、両腕を胸の前でぎゅっと交差させた。「これがあの昔のカルト教団と何か関係があるんじゃないかと思ってはいたの」

63

よく晴れた日ならば、マーサー島にある大邸宅からはシアトルのビル群の輪郭が驚くほどはっきりと見えるところだが、いつもながらの灰色の靄がその絶景をぼんやりと包んでいた。

カボットは玄関ドアをノックした。応答がない。だが、期待してもいなかった。家の脇へと回り、プロの手で維持されている庭園を抜けて、芝生が植えられた傾斜地を下り、専用の桟橋へと行った。

木の桟橋の突端でつやつやした船が上下に揺れている。黒っぽいウインドブレーカーを着たジョッシュ・プレストンが船尾にいた。木製の手すりを熱心に磨いていたため、カボットが桟橋に足を乗せるまで彼が近づいてきたことに気づかなかった。

「ちょっとした後片付けかな、プレストン?」カボットが訊いた。「血しぶきはいつだって厄介なものだ。とんでもないところまで飛ぶからな」

ジョッシュは片手にぼろきれを握りしめたまま、あわてて背筋を伸ばした。「サターか。いったいここへ何をしに？」

カボットは桟橋の突端まで進んで足を止めた。「少しおしゃべりでもしたほうがいいかと思ったんだ」

「もしきみが調査している事件のことなら、よしておこう。きみの質問にはもう答えた。あれ以上話すべきことは何もない。見てのとおり、いまはちょっと手が離せないんだ」

「そいつは時間の浪費だよ。その船をいくらごしごし拭こうが、タッカー・フレミングの血痕を完全に消すことはできない。鑑識の連中はじつに優秀だ。微量の血痕が検出されれば、彼らは殺人容疑で逮捕できる」

ジョッシュは身じろぎひとつせずにカボットを見た。「いったいなんのことを言っている？　ぼくの所有地からさっさと出ていってくれ。さもないと警察を呼ぶぞ」

「あんたが警察を呼ぶとは思えない。少なくともその船を徹底的に掃除するまではな。しかし、かつて警官だったぼくが断言する。血痕を完全に消し去るなんてできるはずがない。ぼくからアドバイスするとしたら、いっそ船を沈めたほうがいい、と言いたい。証拠隠滅の手段はそれしかない」

「何を言ってるんだか。フレミングの血痕って、いったいなんの話だ？　彼が死んだとでもいうのか？」

「ああ、それはそうなんだが、いまの質問を投げかけるまでの間がちょっと長すぎたようだ。あんたは警察がやってきて、ナイトウォッチの社員がまたひとり死んだ事件についてあれこれ訊かれたときに、少しでも早く容疑者リストからはずれたいのかもしれないな。しかし、遅かれ早かれ警察はやってくる」

「もし警察が、ぼくがフレミングを殺したと考えているなら、もうとっくにここに来てるさ。なのに、ぼくはきみとこうやって話してる。なぜだろうな？」

「その理由はよくわかっているだろう。ぼくはここへ取引をしにきた。あんたがフレミングを殺して、その罪をローレル・ケイト・ジェナーにかぶせようとしたことはわかっている。もしかすると、状況が違ったら、ケイト・デルブリッジに濡れ衣を着せようとするつもりだったのかもしれない。だが、彼女はもうシアトルを離れたんで、ローレルを利用するほかなかった」

「ばかを言うな。何ひとつ証明できないくせに」

「全部は無理かもしれないが、証明しなければならないな。とりあえずは、あんたが彼を殺したんじゃないかと思う理由を警察に話せばそれですむ。いいか、ぼくは警察がどう考えるかを知っている。彼らは原則が好きだ——動機、機会、凶器、そしてできれば指紋と発砲の残留物」

「そのどれひとつとしてありゃしないが、きみがあると思うなら、どういうことか話を聞いてやってもいい」

「そうか。それじゃ、まず動機からいこう。あんたの会社は問題を抱えている。あんたは最初のベンチャーキャピタルを数カ月前に使い果たし、もっと資本金が必要だ。だが、しばらく前のこと、あんたは社員の誰かがあんたのカネを横領していることに気づいた。その出血を止めないかぎり、追加資金を外に求めることなどできるはずがない。あんたは財務状況をできるだけ目立たないようにしておくことに必死だった。たしかに横領の噂は、新たな資金を呼びこむチャンスを台なしにしてしまうだろう。だから外部のサイバーセキュリティー会社への依頼もあえてしなかった。金融メディアに情報がもれる可能性が大いにあったからだ。そこであんたは、横領犯を自分の手で見つけることにした。なんといおうが、かつてはIT業界の寵児のひとりだったんだからな」

「言っておくが、いまだって捨てたもんじゃない」

「そりゃそうだろう」カボットが言った。「あんたは自社の社員を秘密で調査した。

社員のオンライン生活を盗み見るうちに、横領犯を見つけることはできなかったが、タッカー・フレミングが大金——クィントン・ゼインのカルトが壊滅したときに消えたカネ——かもしれないものを追跡していることを知った。フレミングが自分はゼインの生物学上の息子だと信じていることもわかった」

「なんだかフレミングは精神のバランスを崩していたみたいに聞こえるが」

「フレミングはゼインとゼインのカルトに取り憑かれていたから、彼を操るのは簡単だったんじゃないのか？ あんたは巧みに偽装したメッセージを彼に何度も送り、彼に父親からの連絡が来ていると思わせた。フレミングはそれが本当に父親とのやりとりだと何がなんでも信じたかった。あんたはただ椅子にふんぞり返って、フレミングを駆けまわらせておけばいいと考えた。そうすれば、彼が消えた大金のもとへ連れていってくれるだろうと」

「話を聞いているかぎり、きみもフレミングに負けず精神のバランスが崩れているようだ」

「あんたはあらゆるリスクはフレミングに負わせればいいと考えた。彼がカネを見つけるまでじっと待つつもりでいた。そのときが来たら腰を上げて、カネを奪う。むろん、その過程でフレミングは始末しなければならなくなるだろうが、それはさほど面倒なことではないと踏んだ」

ジョッシュがうんざりしたようにうめいた。「きみはほんとに頭がおかしい」

「だが運の悪いことに、事態がまずい方向に動きはじめた。フレミングのように妄想癖のある人間を操ることに問題が生じた。彼は突飛な行動に出る予測不能な人間で、最終的にすべてをぶち壊しにしてしまった。彼がウォラートン郊外の家に火を放ち、同時にひとりの若者を殺そうとしたあと、あんたはこのゲームに終止符を打たなければならないと悟った。警察が彼を捜している。もし彼が逮捕されれば、警察があんたに目を向ける危険はきわめて高い」

「どれも証明できるはずがない」

カボットはそんな彼を無視した。「あんたは昨深夜ないしは今日の未明、フレミングを殺した。だが、いくつかのミスも犯した。たぶん焦っていたからだろう。ミスのひとつは、ローレル・ジェナーの拳銃を使ったことだ。今日のうちにガンロッカーに戻す計画だったんだろう。そのあと、匿名で警察に通報するつもりだった」

「いくらぼくが寛大でも、せいぜいきみには妄想癖があるって仮説に賛成するくらいだな。言ってることが荒唐無稽だ」

「そろそろ取引の話に入ろうか？　それならば現実的だろう？」

「きみとの取引とは？」

「この一件のスタート時点に戻れば、ぼくとあんたの目的は同じだった」カボットが言った。「ヴァージニア・トロイが彼女の母親がその昔に隠したカネへと導いてくれるものと思っていた。しかし、事は計画どおりには運ばなかった。そう、あんたは間違っちゃいなかった。すべて幻想でしかなかった」

「カネはないってことか？」

「ぼくの知るかぎり、キンバリー・トロイはたしかに数人の仲間の協力を得て、海外口座に大金を隠した。だが、誰かがそれに手をつけた——おそらく数年前に」

「それじゃ、もうカネはないのか？」ジョッシュが動きを止めた。「誰が見つけた？」

「さあ、わからない。クィントン・ゼインの信者のひとりかもしれない。いや、ゼイン本人かもしれない」

「クィントン・ゼインは死んだ」

「そう言われてはいるが、インターネット上の噂がどういうものかはよく知っているだろう。あんなもの、信じるほうがばかさ。今回の場合、カネは消えた、が結論だ。だから、ぼくはきみにたどり着いた」

「ほう？　いったいどういうことだ？」

「父親のふりをしてフレミングにメッセージを送っていたのはあんただった」

「ばか言っちゃ困る」

「本物からだと思えるように、あんたはゼインの経歴を徹底的に調べあげた」

ジョッシュの目で冷たい怒りが燃えていた。「どうしてそれがわかった？」

「ぼくがこの仕事をしてまず最初に学んだのは、恋人同士はお互いについて本人が気づいていないことまで知っているってことだ」

「ローレル・ジェナーのことか？」

「自分の銃が盗まれて犯罪に使われたことをすんなりと受け入れたわけではないが」カボットが言った。「あんたがオンラインでゼインのカルトに関する情報を調べているところを何度か見たことを思い出したんだ。それはさておき、取引の話に戻ろうか」

「取引ってなんなんだ？」

「こっちの申し出はこういうことだ。あんたがタッカー・フレミングを相手にプレーしていたゲームについては黙っていてやる。ついでにおまけもつけてやろう――あんたのカネを横領していたのは彼だったから、彼が死んだいま、ナイトウォッチのカネの流出は止まった。で、交換条件だが、ナイトウォッチへの次回の資金を調達したときは、いくらであれ、その五十パーセントをもらいたい」

「ぼくを脅迫できると本気で思っているのか？」ジョッシュが声をぐっと抑えて言った。

「ぼくはこれを取引と考えたい」

「きみは自分の力がおよばない領域でじたばたしているしけた私立探偵にすぎないんだよ、サター。ぼくがフレミングを殺したことは言うまでもなく、あいつをからかっていたことだって証明できるはずがない」

「いいか、あんたが間違っているのはそこだ。ぼくがとびきり有能なサイバーセキュリティー探偵じゃないことは認めるが、見習いがひとりいてね――これが抜群に優秀な若者なんだ。ちょうどかつてのあんたみたいに。その子があんたに伝えるように言っていたことがある。最近ダークネットにログインしていないようだから、携帯電話のソフトウェアだかファームウェアだかのアップデートを直近二回くらいしていないんじゃないかと。あれにはなんだかまだ修正できていなかった問題がいくつかあったようだな。ぼくは細部まで理解しているふりをするつもりなどないが、あんたについて必要な情報は彼がすべてそろえてくれたってことだけはわかっている。最近、携帯がちょっと重たかったんじゃないか？」

「はったりかけやがって」

「そう思いたければ思えばいいさ。考える時間を少しだけやるが、ぐずぐずするな。ローレルの家に銃をこっそり戻すチャンスはすでに完全にない。彼女はもう警察に話しているだろうから、おそらくガンロッカーの暗証番号を知っているかもしれない人間のリストはできている。そこにはほんの何人かの名前しかないはずだ。あんたはきっといちばん上だろうな」

プレストンの顔が抑えようのない怒りで歪んだ。

「邪魔ばかりしやがって。取引はなしだ」

プレストンがシートの下に手を差しこんだ。再び体を起こした彼の手には拳銃が握られていた。

だが、カボットは早くも鉤竿《ボートフック》（ボートを岸に引き寄せるのに使う）をつかんでいた。それが大きな弧を描いて振れる一方、プレストンは銃の狙いを定めようとした。

ボートフックがプレストンの肩にめりこんだ瞬間、プレストンが引き金を引いた。銃が轟音を発し、霧の中にこだました。

プレストンの狙いはカボットの胸だったが、ボートフックの一撃で彼がバランスを崩した。逸れた銃弾がカボットの左腕をとらえる。衝撃がカボットをふらつかせた。

シュウォーツが用意してくれた防弾チョッキを着けてきたというのに、と思った。**完璧な計画なんてものはそもそも存在しないんだな。**

プレストンがまた銃を構え、二発目を発射しようとした。カボットは左腕が使えなくなったいま、もう一度ボートフックを勢いよく振りあげるには力が足りないだろうと踏んだ。

とっさに足もとに転がり、巻いてある重いロープを右手でつかみ、プレストンに投げつけた。

プレストンはほどけながら飛んできたロープをなんとかよけたものの、バランスを崩して片膝をついた。その拍子に船が激しく揺れる。

カボットが船に乗りこんだ瞬間。プレストンはまだ体勢を立てなおせずにいた。突然カボットの体重がかかった衝撃で小型船は船体を震わせながら跳ねるように揺れた。カボットはかがみこみ、プレストンを押さえこんだ。

「動くな」誰かが叫んだ。

プレストンは船べりから銃を投げ捨てようとしたが、手足を大きく伸ばしたカボットが彼の上にのしかかり、プレストンが銃を持つ手を傷を負っていない腕で船底に押さえこんだ。

制服警官二名が桟橋の突端にやってきた。船底をのぞき、銃を構えた。

「銃を捨てろ」警官のひとりが大声で命じた。

「くそっ」プレストンが悪態をついた。

だが、彼は銃を手放した。警官のひとりが船に乗りこみ、それを拾いあげる。

「その銃は注意深く扱うように」カボットが言った。「そいつは盗品で、おそらくタッカー・フレミング殺しにも使われている」

アンソンが芝生を横切って走ってきた。いっしょに走ってきた私服の若い男は、片手に銃、片手にバッジを持っている。

シュウォーツがカボットのウインドブレーカーでどんどん大きくなっていく染みに目をやった。「防弾チョッキを着けていたのになあ」

「そうなんだよ」そう言ったとたん、カボットは上腕に氷と炎を感じた。「ぼくも同じことを思った」

「救急隊員がもうこっちに向かっている」シュウォーツが言った。

警官がプレストンに手錠をかけ、船から桟橋へ引きずり出した。

アンソンは船から下りるカボットに手を貸した。

「ここにすわれ」アンソンが命令口調で言った。

ウインドブレーカーを脱がしはじめると、カボットがうめきをもらした。

「そっとたのむよ。痛くて痛くて」

「そりゃそうだろう」アンソンが言った。

アンソンはカボットのウインドブレーカーを脱がせると、出血している腕に手を回してぎゅっと締めつけた。

「ヴァージニアに叱られそうだな」アンソンが言った。「プレストンとの対決作戦は防弾チョッキを着けているから危険はいっさいないと彼女を安心させただろう」

「本当のことを教えてくれ、アンソン。こういうちょっとした出来事が腕利きの私立探偵としてのぼくのイメージをそこないはしないかな?」

「まあ、評判を上げはしないな」アンソンが言った。「だが、きみは運がいい。ほかの資質もあることにヴァージニアは気づいている」

カボットはそうした考えに大いに勇気づけられた。「うん、そうなんだ。ぼくは幸運な人間だ。でも、彼女がそれを気に入るとは思えないけどね」

「たしかにそうだ」アンソンが言った。「気に入るはずがない」

64

「あなた、プレストンをだましたんでしょ?」ヴァージニアが言った。「ゼイヴィアが彼の携帯をハッキングして、タッカー・フレミングにメッセージを送信していた証拠をつかんだとプレストンに信じこませたのよね」

二人はヴァージニアのコンドミニアムのリビングルームにすわり、アンソンが窓際に立っている。包帯を巻いた左腕を吊ったカボットはソファーの背もたれに寄りかかり、脚を大きく開いてすわっていた。疲労困憊といったふうだが、いずれにしても眠る気になれないことはヴァージニアにもわかった。さっきから熱いスープやハーブティーを彼の口に運んでいたが、プレストンとの格闘で生じた動揺が彼から波動のように伝わってきていたのだ。

彼女自身もまだ興奮が冷めやらぬ状態にあった。緊急治療室に到着したときはまだ、カボットの血染めの衣類がそのままだった。その光景はこれからもたびたび彼女の夢に出てくるはずだ。

「プレストンは自分は誰よりも頭がいいと思っていたが、さすがに殺人を犯したばかりで、しかも証拠の隠滅を図っている現場を発見されたのだから動揺をきたしたのさ」カボットが言った。「ああいう状況ならば、彼の携帯を誰かがハッキングしたと信じこませるのもさほどむずかしくはなかった」

アンソンが窓際で振り返った。「人をペテンにかけるコツは出来のいい作り話を語ることだ。狙った相手の期待や恐怖をもてあそぶ話だ。話にはたっぷりの事実を盛りこんで、いかにも本当らしく仕上げる必要がある」

「芸術のひとつの形みたいだわ」ヴァージニアが言った。

アンソンがカボットを見た。「そんなふうに考えたことはなかったが、そういやそうだ、一種の芸術かもしれない」

65

翌日の午前、リード・スティーヴンズはデスクチェアを回転させて元の向きに戻し、肘掛けに腕を置いて両手の指を組みあわせた。「ゼイヴィアの言ったとおりだ。ケニントン家の誰かひとり、あるいは何人かがきみをだまそうとしている」

カボットはオフィス内をうろうろするのをやめ、窓の外に目をやった。スティーヴンズの専門は企業法である。彼の事務所は全国規模の大手企業とのかかわりは持たず、地元の中小企業や新設企業からの依頼に応じている。

「アンソンとゼイヴィアは異口同音に、どこかに落とし穴があるから慎重に、と言うんだ」カボットは言った。

「きみが署名を求められたこの書類、法律的に曖昧な箇所は数えきれないほどだが、それだけじゃなく疑念を抱かせる箇所もいっぱいある」リードが先をつづけた。「サンフランシスコにいる知り合いに連絡してみたところ、きみのおじいさんが経済界にあってなかなかおもしろい人物であることは間違いなかった。その結果、複数の元妻や何人もの子どもたちのあいだの諍いが絶えないそうだ。ということは、遺産に関しても噂や秘密の漏洩がいろいろある。ぼくの判断によれば、きみには会社の株式のうち、お母さんの取り分を受け継ぐ権利がある。きみがぼくのところに持ってきたこの書類は、きみに署名させて相続権を放棄させようとしている節がある」

不意をつかれたカボットがくるりと向きなおった。「ぼくが聞いたところじゃ、祖父は母を父との結婚後に勘当したそうだが」

「だとしたら、おじいさんが最期に心変わりしたことは間違いない」リードが前かがみになり、書類をこつこつと叩いた。「こいつは複雑、というか巧妙に書かれている。しかしながら結論的には、きみがもしこれに署名して二万五千ドルを受け取れば、ケニントンのビジネス帝国の主たる利益――二万五千とは比べものにならない莫大なもの――を放棄することになる。もしかすると、きみは何百万ドルに背を向けることになるかもしれない」

「もしぼくがこの書類に署名したら、母の株式はどういうことになるのかな?」

「ゼイヴィアの父親――きみのおじに当たるエマソン・ケニントン――のものになる」

「そのおじだが、もうすぐ三番目の妻といっしょになろうとしている」

「エマソン・ケニントンには、最初の妻とのあいだに息子と娘、二番目の妻とのあいだに息子のゼイヴィアと娘のアナがいる。つぎのケニントン夫人がすでに裏側で動いていることは疑いの余地もない。万が一自分が捨てられたときのことを考えて、自分と自分の子どものために会社の一部を確保しようとしているんだ」

「ゼイヴィアの母親は?」

「そのサンフランシスコの知り合いが言っていたが、彼女が婚前契約によって高級コンドミニアムをもらうというのは秘密でもなんでもないそうだ。彼女は税金や管理費が払えるあいだはそのコンドミニアムに住むことができる。だが、状況を考慮すれば、そうはいかないだろう。となれば、彼女はそこを売っていくばくかのお金をつくるが、それで終わりだ」

「ゼイヴィアと妹は?」

「なんとも言いがたいな。ケニントンは子どもたちの大学の費用は引き受けざるをえないだろうが、それ以外に関してはなんの保証もない。まだ子どものゼイヴィアの相続分については、つぎのケニントン夫人がだんなにどこまで圧力をかけるかによるんじゃないかな。婚前契約への署名を拒んでいるとの噂から察するに、彼女には戦略を練る才能があるような気がする。何が起きようと、きっとうまく切り抜けるはずだ」

「ぼくの選択肢としては？」

「二つある。ケニントン・インタナショナルにおけるお母さんの相続分を受け取るか、二万五千ドルと引き替えに会社の株式に対する権利の主張を放棄するか」

カボットはしばし考えこんだ。「第三の選択肢があるかもしれない」

「そいつを聞かせてもらおうか」

66

「わかりませんねえ」ジョン・バーリーは言った。大いに腹を立てると同時にいささか当惑してもいた。「なぜこのミーティングにゼイヴィアと彼のご両親まで出席する必要があるんですか？　彼らはこの一件には関係ありません。さらにそこにおいでのケニントン家とは無関係な方々の出席も必要ありません。これはあなたと私の個人的なミーティングだとお伝えしましたよね」

カボットは〈カトラー・サター＆サリナス〉の受付エリアに集まった人びとを見まわした。ヴァージニアは腕組みをして、アンソンのデスクのへりにもたれている。アンソンはデスクを前にしてすわっている。

ゼイヴィアの母親メリッサは、二脚ある依頼人用の椅子のひとつに緊張気味に浅く腰かけている。それ以外はみんな、バーリーも、リード・スティーヴンズも、ゼイヴィアも、エマソン・ケニントンも、カボットも立っていた。

「はっきりさせておきますが」カボットは言った。「ヴァージニア、アンソン、そしてぼくの弁護士ミスター・スティーヴンズには、たくさんの証人がいたほうがいいと考えて、ぼくからたのんで出席してもらいました。ゼイヴィアとご両親は、この件にかかわりがあるので、出席していただくべきだと考えたからです」

「私といたしましては、あなたは私が送った書類への署名に同意してくださったものと考えておりましたが」バーリーが断固たる口調で言った。

「いいえ、同意したのは書類に目を通すことにですよ」カボットは言った。「そして当然のことながら、それをぼくの弁護士に見せました」

リード・スティーヴンズが静かに咳払いをした。「私のことです」

「なるほど」バーリーの顎のあたりがこわばった。だが、彼はブリーフケースを開き、フォルダーを取り出した。「とにかくミーティングをはじめましょう。あなたに署名していただきたい書類をここに四部持参しました、ミスター・サター。ここにおられる二組の関係者の方々には証人になっていただきます。ここに同意を得た金額の銀行小切手を準備してきました」

バーリーが小切手を掲げて一同に見せた。

「じつに視覚的効果の高いツールだが」カボットは言った。「同意を得た金額なんてものは存在しない。そちらから申し出た金額ですね。しかるべき考慮ののち、ぼくはそれを受け取らないと決めました」

ゼイヴィアがぶつぶつと賛成の意を表した。「だから言ったでしょう、あいつらはあなたをコケにしようとしているって」

「ああ、たしかに聞いた」カボットが言った。「ついでに、ぼくの弁護士もそれを追認した」

エマソン・ケニントンが敵意をこめてカボットをにらみつけた。「いったいきみはどういうゲームをしようとしているんだね、サター？　どんなゲームであれ、私は一手一手戦うつもりだが」

リードが彼を見た。「亡くなられたミスター・ケニントンの遺言は明確で、わたしの依頼人であるカボット・サターはケニントン・インタナショナルの株式のうちの彼の母親の取り分を相続するものと確信しています」

「こちらはすでにカボット・サターの株式を買い占めたいとの申し出をもちかけています」バーリーが立て板に水のごとく言った。「むろん、交渉の余地はあります。どれくらいの数字をお考えですか、ミスター・サター？」

「交渉するつもりはありませんが」カボットが言った。「取引なら喜んでしましょう」

「では、金額をおっしゃってください」バーリーが抑揚なく言った。

「ミスター・スティーヴンズにたのんで書類を作成してもらいました。ぼくの取り分の半分をゼイヴィアと彼の妹とほかのいとこたちに移譲するというものです。それをいとこたちで等分に分けてもらいたい。当然、メリッサ・ケニントンにはゼイヴィアとアナの分を委託し、二人が二十一歳になるまで管理してもらいます。いま皆さんの前に置いてあるその書類に署名をするつもりです」カボットがバーリーに笑顔を向けた。「たくさんの証人の前で」

ヴァージニア、アンソン、そしてリードを除いた全員が、このニュースにあっけにとられた表情を見せた。

エマソン・ケニントンがいちばん早くわれに返った。

「それはだめだ」すぐさましゃべりだした。「そもそもあの株式はすべて私のものになるべきものだった。父にはジャクリーンに遺産を相続させる意志などなかった。きみの父親と駆け落ちしたその日に、遺言書から彼女の名前を削除したくらいだ」

「そしてその後、どこかの時点で、カボットの名を遺言書に加えた」リードが言った。

「しかも、それをしっかり組み立てられた信託という形式でそうなさった。あなたがもしわれわれと争いたいとおっしゃるなら、どうぞ。ですが、実際のところはミスター・バーリーから説明があるはずです――つまり、遺言書はいつでも無効にできますが、しっかり保護された信託金を解除することは文字どおり不可能です」

「あなたがそんなことをなさる必要はないわ」メリッサ・ケニントンがカボットに言った。首を振り、両手の指をしっかりと組みあわせた。「それどころか、いけないわ、こんなことをしては。あなたのお母さまは、ケニントン・インタナショナルに関するご自分の相続分をすべて、あなたに受け継がせたかったはずですもの」

「ママの言うとおりだよ」ゼイヴィアが言い、すっくと立ちあがった。「ぼくやほかのいとこたちに自分の分を分けたりしちゃいけない。そんなの公平じゃない」

「じつはわかったことがある」カボットが言った。「ぼくの母は何人かの女性でつくったグループに属していて、ゼインの施設にいて生き延びたぼくとほかの子どもたちにかなりな額の遺産を遺してくれたんだ。ケニントン家の一員らしく、母にはお金を扱う才覚がそなわっていたらしい。もし母が生きていたら、おそらくいまはケニントン・インタナショナルの経営に加わっていたと思う。そういうわけで、ぼくは飢えたりしないから大丈夫だ、信じてくれ」

まだ海外口座に預けた大金を見つけたわけではないし、ケニントン家の基準では大金ですらないうえ、それをあそこにいた子どもたちで八等分することになる。とはいえ、それでも各自に端数を切り捨てると〇がたくさん並ぶ金額が渡るはずだ。

「それについてはもっと詳細に話を詰める必要があります」バーリーがあわてて言った。「じつは酌量すべき情状がありまして。皆さんもご承知でしょうが、エマソン・ケニントンとメリッサ・ケニントンは現在、離婚の手続きを進めているところで、状況は複雑なのです」

「ええ、離婚については聞いています」カボットが言った。「たしかに厄介なことになりかねません。ですが、皆さん、安心してください。ぼくの弁護士が準備してくれた書類に複雑なことは何ひとつありません。あとはぼくが署名するだけです」

「それについて話しあおうじゃないか」エマソン・ケニントンが言った。

「何を話すんですか？　ぼくにはいとこたちにお金をプレゼントする権利があります。こうしておけば、つぎの奥さんがあなたの有り金を残らず巻きあげたとしても――誰でもそういうことになるんじゃないかと想定はしますよね――あなたはゼイヴィアと娘さんの心配をしなくてもいい。二人ともこれで守られます。ウィンウィンと考えてください」

「自分の子どもたちの面倒くらい自分で見るつもりだ。なんと失敬な」エマソンがゼイヴィアに射るようなまなざしを向けた。「メリッサにも彼女の弁護士にもそれについては明言してある」

「明確な意志を持ってらっしゃることはわかります」カボットが言った。「ですが、その意志を文面に加えようとはしなかったようですね」

「それはメリッサと私が決める問題だ」

「あなたとメリッサには決めなければいけないことがまだたくさんありそうですが」カボットは言った。「こうしておけば、ゼイヴィアと娘さんは問題なく会社の株式の一部を受け取ることになる」

リードがブリーフケースを開き、フォルダーを取り出してカボットに手わたした。

「本当にそれでいいんだね?」

「もちろん」カボットが言った。ゼイヴィアを見てウインクをする。「これでもうケニントン家でただひとり、ファミリー・ドラマに縁のない人間だとは言わせないからな」

ゼイヴィアがしかめ面をした。「あなたにはほんとに迷惑かけっぱなしだね」

「かまうものか。それが家族だろ」カボットが言った。

67

展示会を三日後に控え、ヴァージニアとジェシカは画廊の裏の部屋に立ち、どのオブジェと絵を展示するか最終決断を下していた。

「最後にもう一度言っておくと、展示会にはガラスのペーパーウェイトは並べないつもり」ヴァージニアが言った。「たしかに、通りを歩いている人の目を引きつける力が抜群だってことは認めるけれど、今度の展示会は熱心なコレクターのための本物をそろえたいの。ペーパーウェイトを本格的な美術品として扱ったりしたら、熱心なコレクターはヘッドライトを浴びた鹿みたいな目をするはずだわ」

「でも、魅力あふれる独創的なコンセプトだと受け止めてくれるかもしれないわ」ジェシカが言った。「そうねえ——美術界のエリート主義を和らげるひとつの手段だと考えたらどうかしら」

「考えが甘いわ。熱心なコレクターは美術界のエリート主義を愛してるのよ。それがあの人たちの生き甲斐なの」

ジェシカが軽く鼻を鳴らした。「だとしたら、あの人たちの名札に〝あなただけは特別です〟って文字をプリントしなくちゃ」

ヴァージニアがにこりとした。「それ、名案だわ」腕組みをし、室内を歩きながら、それまでに選んだ立体作品や絵を最後にもう一度じっくりと眺めた。ガラス鉢の前で足を止める。

「ねえ、ペーパーウェイトはだめだけど、このガラス器を加えることにするわ。それでいかが？」

ジェシカの顔がぱっと華やいだ。「わたし、それが大好きなの。照明しだいでは溶けた黄金みたいに見えるのよ」

「照明はガラス作品を生き生きと見せてくれるのよね」ヴァージニアが言い、買い替えたばかりの新しい携帯にちらっと目をやった。「あら、五時を過ぎているわ。あなたはもう帰って」

ジェシカがジャケットとハンドバッグを取り、正面入り口に向かった。「素晴らしい作品がそろったわ。お客さまに披露する日が待ち遠しいくらい。間違いなく歓声が上がるわね」

「だといいけど。それじゃまた明日」

ジェシカが戸口で足を止めた。「カボットはその後いかが?」

「ええ、元気よ。ありがとう。傷はきれいに治ってきているわ。いまはアンソンといっしょに事件の未解決部分を処理しているところ」

カボットとアンソンがアビゲール・ワトキンズの日記を調べはじめたとまで説明する必要はないと思った。ジェシカは最近の一連の出来事についていろいろ知ってはいたが、アンソンの言う〝ゼイン陰謀説クラブ〟のメンバーではない。あれはあくまで家族の秘密である。

ジェシカはドアの外に出て、雨が降る夕方の街へと消えていった。ヴァージニアはドアが閉まるまで待ったあと、選んだ立体作品と絵画をもう一度、熱心なコレクターと美術評論家の視点から見ることにした。

われながら選択眼に狂いはなかったと確信し、ジャケットが掛けてある壁に向かって歩きだした。そろそろ帰ることにしよう。今夜、彼女とカボットはアンソンを誘って食事をする予定でいた。二人がアビゲール・ワトキンズの日記から何を読みとったかを聞きたくてうずうずしていた。

ハナの絵をしまってある倉庫の扉を見た。ふと『幻影』シリーズの最後の一点の写真に〝非売品〟のタグをつけて展示したらどうかと思ってみたりした。

ハナ、あなたはわたしを守るためにできるかぎりのことをしてくれたのね。過去を埋もれたままにできなかったのはあなたのせいじゃない。たぶんあなたが発してくれた警報がわたしの命を救ってくれたんだわ。

もしハナが最後の絵を撮った写真がなかったなら、ヴァージニアはわが身が危険にさらされていることに気づかなかったはずだ。だとすれば、アンソン・サリナスを探そうともしなかった。そしてカボットとも出会わなかった。

恋をする歓びを知ることもなかったかもしれない。

そうだわ、とヴァージニアは決断を下した。『幻影』シリーズからの絵を一点飾って彼女の勇気を称えよう。二十二年前に死んだ友だちとの約束を守るために必死で闘い、崖から飛び降りて死んだ情緒不安定だった画家。

ジャケットとハンドバッグをいったん置いてデスクから鍵を取り、倉庫の扉を開けた。自分にとっての地獄をおさめたその小部屋に入るときはいつも、覚悟を決めてから足を踏みいれる。そして壁のスイッチを押した。

絵画がつくる通路を進みながら、一点一点おおっていた防水シートをはがしていった。

『幻影』シリーズの火のような絵が彼女の周りでぱっと燃えあがった。唯一ここにないのはハナの最後の絵、彼女がみずからログハウスに火を放ったときに焼失した絵である。あの絵の写真を引き伸ばして裏打ちし、額におさめようと心に留めた。そうすればシリーズが完結する。

部屋のいちばん奥まで行って足を止めた。おおいを掛け、壁に立てかけてある二枚の絵はアビゲール・ワトキンズの肖像画だ。どちらにもはっきりとしるしがついている。〝**非売品　電話連絡待ち**〟。

この数日間で過去に関する多くの疑問に対する答えが得られたものの、疑問がまだひとつ残っていた。**なぜアビゲール・ワトキンズの絵は二点あるの、ハナ？　あなたはアビゲールにたのまれて描いたと言っていたわね。そして、誰かがこれを探しにくるかもしれないから、それまでしまっておいて、と。**

しかし、まだ誰も探しにきてはいない。

ひょっとして、と思った瞬間、ヴァージニアは戦慄を覚えた。死を前にしたアビゲールがひょっとして、クィントン・ゼインがいつの日か彼女を探しにくるかもしれないと夢見ていたとしたら？　だが、それはどうもしっくりこない。ハナと同様、アビゲールもゼインを恐れていたはずだ。

しっくりくるのは、彼女がそれとはべつの夢を見ていたというシナリオだ――生まれた子どもをすぐに手放すほかなかった母親の夢。

「タッカーがいつの日かあなたを探しにくることを願っていたのね、アビゲール？」

だが、それはかなわなかった。それどころか、タッカーはまだ見ぬ父親に取り憑かれていた。アビゲールが夢を見ながらこの世を去ったのと似たようなものだ。もしも彼女が現実――息子は正気を失った殺人者だった――を知ったなら、胸が張り裂けんばかりの苦しみを味わっただろう。

それにしても……

なぜ絵が二点？

氷のように冷たい不安がささやくように頭をよぎった。それからの数秒間、ヴァージニアは混乱した頭で懸命に自分を説得しようとした。**想像力に任せて突っ走ってはいけないいわ。**

しかし、どうしてもその結論から脱却できなかった。もし二点の絵が彼女を裏切ったかつての恋人のため、あるいはずっと昔に手放した息子のために描かれたのでなかったとすれば、もうひとつの仮説が考えられる。

そうとしか考えられない。ヴァージニアはせわしく倉庫を出て、ハンドバッグに入っている携帯をめざした。

だがそのとき、裏通りに通じるドアがいきなり開き、冷たく湿った隙間風が吹きこんできたかと思うと、引きつったまなざしでヴァージニアを見るジェシカが入ってきた。

ヴァージニアはぎくりとし、裏の部屋の真ん中で立ち止まった。

「ジェシカ？　どうかしたの？」

「そ、それが、す、すみません」ジェシカがつぶやいた。

そのままつんのめるように二、三歩前に進むが、どう見ても彼女の意志で歩いているとは思えなかった。誰かに押されて入ってきたのだ。

ケイト・デルブリッジがドアから入ってきた。両手で銃を握っている。

「動くな。二人とも」ケイトが言い、ドアを足で蹴って閉めた。

銃口はジェシカの頭に向いているが、目は完全にヴァージニアに向けられている。

「あんたのせいで何もかもぶち壊しだわ」ケイトが言った。「冗談じゃなく何もかも、よ。これからその罰を受けてもらうからね」

68

「わたしを殺したって、あなたのきょうだいは戻ってこないわ」ヴァージニアは言った。「それに、彼を撃ったのはわたしじゃない。タッカーが死んだのはジョッシュ・プレストンのせいよ。ひょっとして、あなた、まだニュースを見てないの？」

ケイトが静かになった。「知ってるの？」

「あなたとタッカーが二卵性双生児だったってこと？　ふと養子に出した赤ちゃんは二人いたのかもしれないと思ったの」

「いままで誰もそうは思わなかったのに」ケイトが言った。「二卵性双生児ってふつうのきょうだいくらいにしか似ていないのよね。タッカーはあのクソおやじに外見がそっくりで、あたしは頭のほうが似たみたい」

ヴァージニアの携帯が鳴った。音がくぐもって聞こえるのはハンドバッグの中にあるからだ。

「ほっときなさい」ケイトが食ってかかるように言った。「それから、これははっきりさせておくけど、タッカーとあたしは養子に出されたんじゃないの。ローズ・ギルバートはあたしたちを記録には残らない形で売ったのよ。それも、二組の夫婦にひとりずつ。だから、タッカーとあたしはつい二年くらい前までお互いの存在を知りもしなかったの」

「それじゃ、あなたとタッカーはどうやってお互いを見つけたの？」

「タッカーを養子にした女が、死ぬ少し前にタッカーに本当のことを話したのよ。それによると、赤ん坊を二人買わないかってもちかけられたけど、ひとりしか買えなかったんだそうよ。でも、その女はタッカーがどこから探したらいいかを示す情報をいろいろ持っていたんで、あたしを探し出すことができたってわけ」

「彼はきょうだいに会いたかったのね」

「ううん、彼はただ、あたしが彼といっしょに仕事をすることに興味があるかどうかが知りたかっただけ。家族なら信用できると思ったんでしょうね。そのときはもう、オンラインでレベルの低い詐欺をやっていたのよ、あの子。あたしにも手口を教えてくれた。あたしたち、いいチームになったわ。ナイトウォッチでは荒稼ぎするはずだった」

「それじゃ、横領していたのはあなたとタッカーだったのね？」

「あの会社からはたんまり掠め取ったから、そろそろおしまいにして、つぎに移ろうと思っていたところだった。ジョッシュ・プレストンもじりじりと迫ってきていたしね」

「あなたがカボットとわたしと会った夜、車であなたを轢こうとしたのはプレストン？」

「ううん、あれはタッカーよ。あたしを狙ったわけじゃないわ」ケイトが言った。

「やっぱりカボットを殺そうとしたのね。轢き逃げ事故に見せかけて」

「タッカーには危険だからやめるように言ったけど、考えてみれば彼の言ったとおりよね。もしうまくいけば、少なくともあたしたちが抱えた問題のひとつは簡単に片付くはずだもの。だから、賛成したの。でも、タッカーは予想どおり失敗した。何もかもがうまくいかないとわかったとき、あたしはあんたたちの目をローレルに向けようとした」

「ローズ・ギルバートはいつあなたたちの前にまた現われたの？」

「十二月だったかしら、彼女からタッカーに突然連絡があって、あたしたちの両親について教えてくれたの」ケイトが言った。「やさしいローズおばさんはあたしたちをずっと見失わないようにしていたのね。もしかしたら将来、利用できるかもしれないと思っていたんだと思うわ」

「あなたたちのお母さんが亡くなるまで待って、そのあと連絡してきたわけね？」

「アビゲール・ワトキンズが生きているあいだは、あたしたちに連絡する理由がないもの。あたしたちなんか必要なかった。でも彼女、自分がアビゲールのたったひとりの相続人だと知ったのよ。だって、アビゲールが出産したことも、赤ん坊を養子に出したこともいっさい記録には残っていなかったから。ローズはB&Bの女主人になるつもりなんかさらさらなかったくせに、すぐさまロスト島に行ってB&Bを引き継いだのは、あの家を売れば、まあまあのお金を手にすることができると踏んだからよ」

「彼女、日記を見つけたのね」ヴァージニアが言った。

「そう、あの日記で何もかもが変わったの。ローズがあたしたちに連絡してきたのは、消えたお金を見つけるには助けが必要だって結論に達したから。タッカーとあたしが協力してもいいと言ったのは、どこかに大金が隠されていて、それがあたしたちのものみたいだとわかったから」

「ただ見つければいいと思っていたのに、それが思ったより複雑だと気づいた？」

「何が鍵で、どこに隠されているかはハナ・ブルースターが知っているとわかったけど、彼女は頭がおかしかった。タッカーを使って、ブルースターにクィントン・ゼインはいまも生きていると思いこませようってアイディアを思いついたのはローズよ。タッカーが当時のクソおやじにそっくりだってわかったから。タッカーを見たブルースターはパニックを起こしたわ。ゼインが死者の国からよみがえったと本気で信じたのね。ローズとタッカーには彼女なら操れるって確信があったみたいだけど、失敗だった」

「やりすぎたんじゃない？　ハナは、ゼインの支配下に入るよりは死んだほうがましだと思って崖から飛び降りたのよ」

「消えた大金を探すとしたら、唯一の希望があんただと気づいたのはこのあたし」ケイトが言った。両手で構えた銃がわずかに揺れた。「あの日記によれば、あんたの母親があんたに鍵を渡したのよね。だけど、アビゲール・ワトキンズはその鍵がどんなものかを日記には書かなかった。だからあたしたち、いったい何を探したらいいのか見当もつかなかったのよ。そしたらなんと――ばかよね、あんたも――自分がそれを持っていることを知りもしなかったっていうじゃない」

「ハナは、それを教えたらわたしの身が危険にさらされるんじゃないかと考えて、何も言わなかったのよ」

「タッカーはローズから強引に日記を奪ったの」ケイトが言った。「それを知ったときはちょっと頭にきたわ。彼、クィントン・ゼインにつながるものならなんでもよかったのよ。あらゆるものに取り憑かれちゃってたから。自分もゼインに負けないくらい頭がいいってことを証明するために、なんとしても消えたお金を見つけたかったんだわ」

「ジョッシュ・プレストンは彼のその妄想を知って、ゼインになりすましていたんですって」

「タッカーは以前から少し不安定な子だったけど、父親がじつは生きていて自分にメッセージを送ってくれていると信じてからは、ますますおかしくなって、ついに境界線を越えてしまったのよ」ケイトが言った。「それでも、ことITにかけてはピカイチだった。あんたのパソコンに侵入して、クラウド経由でつながっている携帯もハッキングしたくらい。そのあと、電話に追跡アプリをインストールしただけじゃなく、携帯とパソコンのメールを読みとることもできるようにしたのよ」

「カボットとわたしがウォラートンの家に行った日、カボットを狙って撃ってきたのはどっちだったの？」

「あれはあたし。サターが大きな障害になると気づいたのもこのあたしだったのよ。

タッカーがサンドラ・ポーターの銃を取りあげた夜もそう。サンドラを撃ったのはあたし。タッカーはあたしがあの銃をどう使おうが気にもかけていなかったみたい」

「とはいっても、彼は火が好きだったんじゃなくって？」

「そうなの。あの子には放火癖があってね」

「サンドラ・ポーターを撃ったのがあなただったとは」

「あの女、タッカーをストーキングしていたものだから、あの夜、あたし、あの女のあとをつけたの。そしたら、この画廊に入っていったんで、もう始末するほかないと思った。だって、横領に気づいたのよ。いい度胸してるわよ、タッカーを脅迫しようとしたんだから。あたしがあの女を片付けたあと、タッカーは意外なほどおたおたしてた」

「ローズ・ギルバートを撃ったのもあなた？」

ケイトが小さく鼻を鳴らした。「日記を手に入れた時点で、彼女は必要なくなったわ。なんでお金を三人で山分けしなくちゃいけないのよ？　あんたがオンラインでフェリーの予約をしたから、あんたとサターがロスト島に向かうことがわかったの。タッカーとあたしは、あんたたちを片付けなくちゃ、と決めた。明らかに、あんたたちはあたしたち以上に何かを知っているってわけじゃなかった。だから、あんたたちが消えてくれれば、あたしたちがお金を発見する可能性がそれだけ高くなるってことでしょ。じつはあたし、水上で育ったから船の操縦なんかお手のものでね。あの日の朝、フェリーがロスト島に到着する数時間前に船で島に行っていたのよ。まずはローズを片付けて、それからタッカーが家じゅうに爆薬を仕掛けて、あんたとサターが現われるのを待ってたわけ。島の連中はどうせ麻薬の売人たちの抗争だくらいにしか考えないはずなのよ」

「だけど、失敗に終わった。またしても」

「何をやってもうまくいかなかった」ケイトの声が徐々に甲高くなる。「あんたと、あの忌々しいカボット・サターのせいで、何もかもうまくいかなくなったのよ。だけど、ようやくおしまいにする時が来たわ」

「復讐のためにあらゆる危険を冒す気？」

「だって、それっきゃないじゃない」ケイトが言った。

「わたしを殺して、姿を消す。そういうこと？」

ケイトの口もとがユーモアのかけらも見せずに歪んだ。「交渉なら喜んでするわよ。あたしが相続して当然の遺産への鍵をちょうだい。そうすれば、あんたとここにいるものすごく有能な部下を生かしておいてやってもいいわ」

「この期におよんでなぜそんなことをするの？」

「あんたたちを殺す必要もないから。あたし、姿をくらますことに関してはちょっとしたもんなのよ。練習を積んでるから。そう、むしろ殺したくないの。死体って、いつだって厄介なものなのよ。だから鍵をくれれば、もうそれだけでおしまいにしてあげる」

　ここでケイトを嘘つき呼ばわりするのはまずいわ、とヴァージニアは思った。

「それよりいい方法があるわ。あなたのお母さんからお金に通じる鍵をあなたに渡してもらうことにしようと思うの」

　ケイトはショックのあまり、口をあんぐりと開けてヴァージニアをじっと見たが、まもなくなんとか気を取りなおした。

「いったい何を言ってるの？」凄むように言う。

「今日の夕方になってやっと気づいたことなんだけれど、鍵をずっと持っていたのはあなたのお母さんだったのよ。ハナ・ブルースターが描いた肖像画の中にあるんだと思うわ。それでいま、じっくり見ていたところにあなたがジェシカといっしょに入ってきたの」

「肖像画って？」

「二点あるの。それが不思議でときどき考えていたのよ。ハナはなぜ仲のいい友だちのほとんど同じ肖像画を二点描いたのか？　でも、それがいまわかったの。一点はあなたのためで、もう一点はタッカーのため。どちらにも消えたお金を見つけるのに必要な情報の一部が含まれているのよ。かわいそうなアビゲールは、再会することのなかった子どもたちのために何かを遺したかったんだと思うわ。そして彼女が知る唯一の価値あるもの、それがカルトから消えたお金だった」

「嘘ばっかり。どうしてあの人があたしたちのために肖像画を画家にたのむのよ？　ましてやあたしたちにお金を遺すなんて？　あの人はあたしたちなんか欲しくなかったんでしょう。ローズ・ギルバートに始末してってたのんだの。ギルバートにあたしたちを売りに出させたのよ」

「おそらくクィントン・ゼインがアビゲールに強制的に養子に出させたんだと思うわ。当時、完全に彼の支配下にあったアビゲールはそうした。ローズはきっと、あなたたちを愛情あふれる夫婦のところに養子に出すと約束したのよ。ローズがあなたたちを売ったこと、アビゲールは知らなかったはずよ」

「なんとでも言えばいいわ」

ヴァージニアはそのとき、相手をだますときについてのアンソンの助言を思い出していた。事実をたっぷり盛りこみ、本当らしく聞こえるいい物語をでっちあげないと。

「わたし、こう思うのよ。アビゲールは胸の奥でずっと、いつか子どもたちが自分を探しにきてくれることを願っていた。癌と診断を下されたときに肖像画を描いてと依頼したのは、もしあなたとタッカーが自分を探しにきたら、何かを――肖像画とお金へとつながる鍵を――あなたたちに遺しておきたいと考えてのことだった」

「なんとも胸打つ物語だけど、あたしは信じないからね。もしあんたが鍵のことを知っていたとすれば、早いとこそれを使ってお金を手に入れていたはずだもの」

ヴァージニアが首を振った。「だからいま言ったでしょう。それを思いついたのはほんのちょっと前、肖像画をもう一度じっくり見ていたときだったって」

「嘘よ」ケイトが言った。

だが、本当は信じたいのだ。目がそれを語っていた。駆け引きはこのへんにしておこう、とヴァージニアは思った。

「自分でたしかめたらどう?」ヴァージニアは手ぶりで倉庫の扉のほうを示した。「アビゲールの肖像画二点はいちばん奥にあるわ。お母さんは壁掛け布にあなたたちの本当の名前を刺繡したの。海外の銀行名もね。どっちの絵にも数字が並べてあるから、たぶんそれを合わせると口座番号につながる鍵になるんだと思うわ。お金はそこでずっと、誰かが自分のものだと声を上げるのを待っていたのよ」

「そんなの信じられない」ケイトが手にした銃をぐいと動かした。「あたしの名前が入っているって肖像画を取ってきて」

「それはいいけど、大きくて重いのよ。ジェシカに手伝ってもらえば、ここまで引きずってこられるけど」

ケイトは一瞬ためらったが、ジェシカを前に押しやった。

「ほら、行って」ケイトが命じた。「絵を取ってくるのよ。怪しい動きを見せたら、そのときは二人とも撃つからね。誰かが調べにきたときはもう、あたしは遠くへ姿を消しているからそのつもりで」

ジェシカは意を決して真剣なまなざしをヴァージニアに向けた。「どういうふうにしたらいい？」

「あそこはそこまで広くないから」ヴァージニアが言った。「まずわたしが入るわ。あなたはついてきて。両端が持てたら立てて運び出せばいいんじゃないかしら」

「そうね」

ヴァージニアは倉庫に入った。ジェシカは最後にもう一度、ケイトに不安げな一瞥を投げてからあとについた。

ケイトは倉庫に何歩か近づいたところで足を止め、室内をのぞきこんだ。その目にはそれまで見たことのない興奮がめらめらと燃えていた。

ジェシカはいちばん奥まで達すると、ヴァージニアの横で足を止めた。二人は並んで、布におおわれた肖像画を見た。

「どっち？」ジェシカが訊いた。

「左側がメアリーのためのだと思うわ」ヴァージニアが布を少しだけ引きあげた。

「ええ、やっぱりこっちよ」

「メアリー？」ケイトが言った。「あの人はあたしにメアリーって名前をつけたの？」

「ええ、そうよ」ヴァージニアが言った。「この絵の壁掛け布にとってもはっきりあなたの名前が刺繡してあるの。〝わが美しき娘メアリー・エレインのために〟って」

「その絵を見せて」ケイトが言った。「こっちへ運び出して。早く」

ヴァージニアは布をまた元に戻し、ジェシカを見た。

「あなたが先に行って。わたしがこっちの端を持つから」

ジェシカはまごついたが、それまでのパニックはいちかばちかの希望に取って代わっていた。少なくともヴァージニアになんらかの作戦があることは理解しているようだ。どんなときでも作戦を練ることは必要だ、とヴァージニアは思った。たとえそれが貧弱なものであっても。そして、いま頭の中にある作戦も貧弱なものだった。

考えていたのは深夜の護身術の練習とそのときに唱えるマントラだ。**手の届くところにあるものはどんなものでも武器として使える。**

ジェシカが絵の片側を持ちあげた。額に入っていない絵はさほど重くなかったが、かなり大きいカンバスである。だからそれなりに重く見えるだろうし、少なくとも運びにくくは見えるはずだ。

ヴァージニアも自分の側の端を持つと、ジェシカと二人、絵を縦にしてゆっくりと通路を進んだ。両側には『幻影』シリーズが並んでいる。出口が近づくにつれ、ジェシカの顔から希望の色が失せていく。

そしてさも不承不承といったように、もたもたと戸口を通り過ぎた。ヴァージニアは肖像画のへりがドア枠にぶつからないよう注意しているかに見せかけて、カンバスの角度を変えた。

ほんの何秒間か、ケイトの視野が大きなカンバスで部分的に遮られた。

肖像画の陰でヴァージニアは片手を重いガラス製のペーパーウェイトに伸ばし、いちばん近くにあった一個を握った。大きさはちょうど野球のボールくらいだが、鮮やかな黄色とグリーンのガラスの球体はずっしりと重い。

そのペーパーウェイトは肖像画に隠れる位置でしっかりと持った。

「絵をそこに置いて布をはがして」ケイトが命令した。

あいかわらず銃をぎゅっと握ってはいたものの、彼女の意識は絵のほうに釘付けだった。

ヴァージニアはジェシカを見た。「あの作業台の上に置けばいいわね」

二人は作業台に向かって絵を慎重に運び、ケイトから見えるように下側を台にのせて絵を立てた。

「これでよさそうね、ジェシカ。あなたは手を離していいわ」ヴァージニアが言った。

「あとはわたしに任せて」

ジェシカがカンバスから手を離した。ヴァージニアは首を軽くかしげて、後ろにさがるようジェシカに合図を送った。ジェシカは指示どおり、そろそろとあとずさって作業台から離れた。ケイトは気づいていないようだ。意識は完全に布が掛けられた絵に向けられている。

「早く」ケイトが言った。「おおいを取って」

「あなたが取ってくれない？」ヴァージニアが言った。「絵を立てておくには両手で支えていないと」

すでにお膳立てのための手は尽くした。いよいよドラマチックなお披露目のときだ。美術の世界でもそうだが、人生は至るところでプレゼンテーションが物を言う。

「いいこと、忘れないでもらいたいのは、あなたがこれから目にするお母さんは、人生の最後の年のお母さん」ヴァージニアはさらにつづけた。「まだまだ美しいけど、病気は相当悪化していたわ。そんなお母さんがあなたに遺したメッセージは、彼女の椅子の横の壁に掛かっている額におさめられた刺繡。それがあなたへの遺産よ、ケイト。それともメアリー・エレインと呼ぶべきかしら？」

ケイトが手を伸ばし、埃よけの布の角をつかんで一気に引きはがした。そして、アビゲール・アトキンズの肖像画に目を凝らす。魅了されていることは一目瞭然だ。

「この人なの？」ケイトが訊いた。「あたしの生みの母親？」

「ええ、そうよ」ヴァージニアが答えた。「本当にきれいな人だったわ」

ケイトはこみあげてきた言葉にならない感情を振り払おうとしているようだった。顎のあたりが引きつっている。

「なんだか弱々しそう。ゼインに操られたとしても、ちっとも不思議じゃないわ。銀行名と口座番号が入った刺繡ってどこ？」

「左側よ。額に入って壁に掛かっているでしょ？　いちばん上にあなたの名前が入っているの。それより小さなステッチの部分にあなたが遺産を請求するときに必要な情報の一部が含まれているわ。残りの情報はもう一枚の肖像画のほうに入っているの」

ケイトが前かがみになり、刺繡に記された文字を懸命に読みとろうとしている。いましかない、とヴァージニアは思った。彼女とジェシカにめぐってきた唯一のチャンスだ。肖像画を支えていた手を離した。カンバスが前へばたりと倒れる。びっくりしたケイトが叫び声を上げた。反射的に空いているほうの手を伸ばしてカンバスが床に落ちる前にとらえた。

ヴァージニアはペーパーウェイトを、ケイトの側頭部めがけて投げつけた。

突然何かが動いたのを察知し、ケイトは振り返りざま頭を低くすると同時にその場を離れようとした。銃を持つ手に力がこもる。そして引き金を引いた瞬間、ペーパーウェイトが当たった。

耳をつんざかんばかりの悲鳴が上がった。ヴァージニアは世界が不気味なまでに静まり、ウエストの右側に何かひどく奇妙な感覚があることはぼんやりと意識したが、そうした情報を分析している時間はない。いずれにしても、理性的な思考ができる状態ではなかった。どうにも抑えられない激しい怒りが燃えあがっていた。

長年にわたる悪夢と不安発作によって引き起こされた怒りと苛立ちが、彼女をこの荒々しいカタルシスの瞬間へと導いたかのようだった。

いま、この瞬間は復讐がすべてと化した。もはやジェシカと自分自身を守るためだけの戦いではなくなった。過去の闇をそっくりそのまま現在に引きずり出すのに手を貸したこの女を、傷つけ、罰し、抹殺したかった。この戦いでなら死んでもかまわないと思った。そのときはケイト・デルブリッジにもいっしょに死んでもらうことが必須となるが。

ペーパーウェイトはケイトめがけて飛んだが、当たる瞬間にケイトがちょっと振り返ったせいで、重いガラスのボールは側頭部を軽く打った程度だった――血を少し流しながらよろけたものの、転倒には至らなかった。

ケイトは必死でバランスを取りもどしながら、銃の狙いを定めた。しかし、そのときすでにヴァージニアが彼女に向かって突進していた。強烈な衝撃とともに二人はそろって倒れこんだ。ケイトはヴァージニアの下敷きになった。

ヴァージニアがケイトの前腕に両手をがむしゃらに回し、ひねりを加えて脇へと押さえこんだ瞬間、銃が二発目の弾を発射した。ヴァージニアはそれをものともせず、ケイトの腕を何度も何度も床に叩きつけた。

ついにケイトが金切り声とともに銃を手放した。銃が床の上を滑った。

「銃はわたしが持ってる」ジェシカが叫んだ。「銃はわたしが持ってる」

どこかでドアが勢いよく開いた。どかどかと大きな足音が聞こえたが、ヴァージニアは無視した。ケイトはパニックのせいで引きつった声でわめきながら、ヴァージニアを爪で引っかいている。

「**この女をどかして。この女をどかして。正気じゃないわ、こいつ**」

そのとき、たくましい手が伸びてヴァージニアを引きあげた。

「もう大丈夫だ」カボットが言った。力強い腕がヴァージニアの肩に回り、ぎゅっと支えた。「ここからは任せておけ。きみは無事だった。ジェシカも無事だった。これでもう、きみはひと休みしたらいい。一件落着だ」

ヴァージニアの目の前でアンソンがケイトに近づき、身柄を拘束した。そしてジェシカにちらっと目をやった。

「その銃をカボットに渡して、九一一に通報をたのむ」

「はい」ジェシカが喘ぐような声で答えた。「了解」

カボットは片方の腕をヴァージニアに回したまま、自由なほうの手で銃を受け取った。

ヴァージニアがジェシカを見た。

「あなた、大丈夫？」

「ええ」ジェシカが言い、もどかしそうに携帯を取り出した。「わたしは大丈夫だけど」ジェシカが目を大きく見開いてヴァージニアを見た。「あなたはそうとは言えないわ」

「えっ？」

　ヴァージニアは何がなんだかわからずに視線を落とした。グレーのカシミアのセーターの右脇が裂け、黒っぽい濡れた染みがじわじわと広がりはじめていた。すると突然、痛みに気づいた。

「うそっ」頭がくらくらした。「たいへん。どうしよう」

「くそっ」カボットが言った。「ジェシカ、ついでに救急車もたのむと伝えてくれ。急いで」

「ええ」ジェシカはすぐに電話に集中した。

　カボットが彼女を床に横たえてセーターをそっと脱がせたのを、ヴァージニアはぼんやりとわかっていた。ジェシカがカボットの隣で膝をつき、アビゲール・ワトキンズの肖像画をおおっていた布を丸めてカボットに差し出した。

「彼女、大丈夫ですよね？」ジェシカが訊いた。

「ああ」カボットが間に合わせの包帯を傷に押し当てた。「もちろん、大丈夫さ」

ヴァージニアは彼の言葉の力強さがなぜか愉快に思えた。

「たしかあなた、拳銃は精度があまり高くないって言ったと思うけど」

「至近距離でなければってことだよ。標的が二フィートくらいしか離れていなければ、そりゃ命中もするさ」カボットの声がしだいに大きくなった。「救急車は何をぐずぐずしてるんだ？」

「もうこっちに向かってるよ」アンソンが言った。「サイレンが聞こえるだろ？」

カボットはヴァージニアを見おろした。「ぼくが来たとわかって気絶したのか？」

「生まれてから一度も気絶なんてしたことなかったのに」ヴァージニアが言った。

「ちょっと待って」

ヴァージニアはまたドアが開く音を聞いた気がした。そのあと、室内に何人もの声が飛びかい、にわかに騒がしくなった。

世界がぐるぐる回りはじめた。ヴァージニアはどこか客観的に自分は死にかけているのかと思った。だとしたら、どうしてもカボットに言っておかなければならない大事なことがある。

「愛してる」ヴァージニアが言った。

「よかった。ぼくもきみを愛しているからね」カボットが言った。

「その女、頭がいかれてる。正気じゃないって言ってるでしょう」ケイトが甲高い声でわめいた。

カボットがヴァージニアを見た。彼の目は険しかった。

「あれはきみの台詞だよな」カボットが言った。

ヴァージニアは笑いたかったが、その力がわいてこなかった。そして世界が遠のいていった。

「わたしたちを見て。いかにも腕利き私立探偵コンビでしょう?」

ヴァージニアはそう言いながら、彼女のコンドミニアムに集まった人たちを深い愛情がこもる目で見まわした。

69

オクタヴィアはキッチンでせわしく動きまわっていた。すでに大きなポットに紅茶をいれ、いまはサンドイッチをつくっていた。もう夜も更けたというのに、まだ誰も夕食を摂っていないからだ。

アンソンはソファーにゆったりとすわり、カボットはリビングルームをうろうろしていた。ヴァージニアはパジャマにローブにスリッパといった恰好でがっしりした読書椅子に深々とすわり、足を厚いクッションにのせている。カボットの心配をよそに脇の傷は命にはいっさい別条がないと診断され、傷口を縫って包帯を巻いたあとは、痛み止めの薬と傷の手当てについての指示が書かれたパンフレットをもらって家に帰された。

ヴァージニアはこれほどまでに心配してくれる家族や友人がいたことを知り、なじみのない満足感を覚えている自分に気づいて、われながら驚いていた。ケイトに撃たれてからというもの、カボットは彼女のそばを片時たりとも離れなかった。アンソンは祖母のオクタヴィアを車で迎えにいき、病院まで連れてきた。三人はヴァージニアが病院をあとにするまでずっと彼女に付き添った。

警察も調書を取りに立ち寄った。明日の朝には再び聞き取りをおこなうそうだ。トロイ画廊はまたしても犯罪現場になった。ジェシカは、こういうPRがお客さまを増やしてくれること間違いないわ、と彼女を慰めた。

ヴァージニアはまたひと口紅茶を飲んでカボットを見た。「ところで、アンソンとあなたはあのときなぜ画廊に駆けつけてくれたの？」

カボットが足を止めてヴァージニアを見た。「アビゲール・ワトキンズの日記さ。アンソンとぼくは協力してあれを読みこむ作業を開始していた。ぼくが音読して、アンソンがパソコンにメモを打ちこんでいく。ベースになる事実を押さえ、それを時系列に並べようとしていたんだ。そうしたらアビゲール・ワトキンズが双子を養子に出すことを強制されたって箇所に来たんで、きみに電話をしたが出ない。留守番電話に切り換わったが、なんて言うんだろうな、そのときいやな予感がしたんだ。アンソンとぼくはすぐに車に乗って、きみに何かあったんじゃないかと画廊へ向かった」アンソンが鼻を鳴らした。「到着したとき、きみとジェシカはすでにあの場の主導権を奪ったことがわかった。きみがデルブリッジに語った物語だが、あれは本当か？肖像画に描かれた刺繍になんらかの情報が隠されているっていうのは？」

「いいえ」ヴァージニアが言った。「あれはでっち上げ」

アンソンがうなずいた。「きみはプロの詐欺師をだましたんだな。おみごと」

ヴァージニアが憂鬱そうな笑みを浮かべた。「ジェシカの言ったとおりだったわ。ガラスのペーパーウェイトを少なくともひとつは展示会に出しましょうって」

「わたしも大賛成だわ」オクタヴィアがそう言いながら、キッチンから運んできたサンドイッチを山のように盛った皿をコーヒー・テーブルに置いた。

アンソンとカボットがサンドイッチを前に目を輝かせた。二人そろってサンドイッチに手を伸ばした。食欲をむきだしにした男二人を見て、オクタヴィアが微笑む。

「知りたいことがひとつあるの」オクタヴィアが言った。

「なんですか？」カボットがサンドイッチを頬張りながら訊いた。

オクタヴィアが彼を見た。「あなたたちは過去についていままで以上のことを知ったわけね。クィントン・ゼインには二卵性双生児がいて、そのひとりは死んだ。でも、ゼインがいまも生きているかどうかについて、その日記に何か書かれてはいなかったのかしら？」

「それはありませんでしたが」カボットが言った。「タッカー・フレミングのおかげで、新しい手がかりがいくつか入手できたと言えそうです。ダークネットを丹念に調べたところ、興味をそそる情報がいくつかありました。その大半はこの数年間にわたって、この国以外の場所で何者かが展開している詐欺や騙《かた》りに絡むものです。システムや方法に関して、そのどれもにいくつかの共通点があります」

「どれもいわゆるマルチ商法でね」アンソンが付け加えた。

「マルチ商法って永遠になくならないみたいね」ヴァージニアが言った。

「それはそうだが」カボットが言った。「そのシステムには主催者の特徴らしきものがある。ゼインのシステムは際立っているんだ」

「ペテン師ってやつはどんなに切れ者でも、仕事に関しては〝これがうまく機能しているなら変える必要はない〟ってアプローチを取るものなんだ」アンソンが冷ややかに言った。

「タッカー・フレミングは父親が生きていると信じていたから、ゼインの特徴があるように見える詐欺や騙りを集めたファイルをつくっていた」カボットが言った。

「その結果」アンソンが言った。「われわれはクィントン・ゼインが展開している可能性がかなり高い犯罪をまとめたファイルを新たに入手した。タッカー・フレミングに感謝しないと。それにしても、これが膨大なファイルでね。優秀な専門家が何人か必要になるだろうな」

「ゼイヴィアなら、きっと喜んで手伝いたがるわ」ヴァージニアが言った。

「彼の両親の許可が取れるかどうかが問題だな」カボットが言った。「彼の才能が発揮できそうな気はするが、それでも機械から得られるのは生のデータだけだ。ゼインに関する真相をつかむためには、やはり昔ながらの捜査方法が必要になる」

「もうすぐマックスとシャーロットがハネムーンから帰ってくる」アンソンが言った。「犯罪プロファイラーだったマックスなら、ある程度までの考察はできるだろうし、ジャックの力も必要になるはずだ」

「ジャックって？」オクタヴィアが尋ねた。

「ジャック・ランカスターは」カボットが言った。「ぼくのもうひとりの兄弟です」

「まあ」オクタヴィアが言った。「それで、彼はどういう専門分野から捜査に力を貸してくれるの？」

カボットとアンソンが顔を見あわせた。

「ジャックの専門を説明するのはちょっとむずかしいんですよ」カボットが言った。

ヴァージニアはカボットが慎重に言葉を選んでいることに気づいた。

「彼は学者でね」アンソンがどこか誇らしげに言った。「犯罪心理に関する本を何冊も書いているし、コンサルティングもやっているとかで」

「でも、彼のアプローチは少々横紙破りなんです」カボットが言った。

「横紙破りを定義して」ヴァージニアが言った。

アンソンが小さく鼻を鳴らした。「定義か。ジャックに関しては無理だ。私から言えるのは、たいていの人は彼のことを気味が悪いと思っているってことだけだな」

ヴァージニアがにこりとした。「わたし、歳を取るにつれて、誰でもあれやこれや気味が悪いところがあるものだと気づくようになったわ」

「ゼインに関する手がかりをつかむむずかしさが何かというと――もしぼくたちの考えが正しくて、彼がまだ生きているとすれば――彼は昔のあのカルト教団の失敗からいくつか学んだことがあるという点だ」カボットが言った。「いまは前よりはるかに用心深くなって、自分の首は取られないようにやっていると思う。代理人や隠れ蓑や替え玉なんかを活用して、計画が失敗に終わったとき――遅かれ早かれ必ずやその時は来るからね――逮捕されるのはほかの人間てことになる。ゼインではなく」

ヴァージニアが体を震わせた。「あくまで黒幕に徹するってことね」

「ああ、そうだ」カボットが言った。

オクタヴィアが彼を見た。「彼について何かほかにわかっていることは？」

「彼は証拠隠滅のために火をつける傾向があります」カボットが言った。「おそらく彼の仕業だろうとぼくたちが見当をつけたプロジェクトのいくつかは、すでに倉庫やアパートメント、そのほかの建物が火事になって終わっています。人が死んでいるケースもあります」

ヴァージニアはそれについて考えた。「ゼインが火を放つのは証拠隠滅のためだけじゃないわ。彼はきっと自分を芸術家だと思っているのよ。どんな芸術家もそうだけど、自分の作品にサインを入れずにはいられないんでしょうね。聞いたかぎりでは、火は彼のサインみたいな気がするの」

70

不安発作が黒い頭をもたげてくる感覚で目が覚めた。

「やめて。もういや」暗がりに向かって大きな声で言った。「いいかげんにして」そろそろ日課である護身術の練習をはじめたほうがよさそうなのだが、今夜は脇腹に縫い目が入っていてそれができない。

となれば、薬しかない。

ふと気づくと、ベッドには彼女ひとりだった。わざわざ時計を見る必要もなかったが、いちおう目をやると、午前一時四十五分。たぶんカボットは何分か前に出ていったのだろう。

ため息をつきながら上掛けをはぎ、体を起こしかけた。

激痛が脇を駆け抜けた。はっと喘ぐように息を吸いこみ、ぴたりと動きを止める。

「そうなのね」とつぶやいた。そっと脇に手を触れてみる。「不安発作じゃなく、現実の痛みだったんだわ」

明らかに痛み止めの効き目が切れてきている。驚いたことに、気がつけば不安発作の前兆はしだいに遠のいていく。正真正銘の肉体的な苦痛はどうやら脳を攪乱するらしい。

ふうっと息を吐いたまま止めて、おそるおそる包帯の上から脇に手を触れた。どうにか痛みの状況を把握したところで、思いきって立ちあがった。ローブの袖に腕を通そうとじたばたしていたとき、カボットがドアのところに立っていることに気づいた。彼が近づいてきてローブを着る彼女に手を貸してくれた。

「痛み止めをのむ?」彼が訊いた。

「ええ。でも、市販薬のほうが効きそうな気がするの。それと薬代わりのウイスキーも少々ね。あなたの腕はどうなの?」

「まあまあだが、ウイスキーは大賛成だね」

「私立探偵はよくウイスキーをぐいっとあおるけど、今度の事件は例外だったの?」

「今回の事件は間違いなくふつうじゃない」

「それを聞いてひと安心だわ」

二人は廊下へ出てリビングルームへ行った。カボットは用心しながらヴァージニアを大きな読書椅子にゆったりとすわらせた。

「ウイスキーを取ってこよう」

キッチンへ行き、戸棚を開けた。彼のノートパソコンはダイニング・カウンターの上に開いて置いてある。画面が明るい光を放っていた。ヴァージニアの位置からでもそれが古い新聞記事だということが見てとれる。

「タッカー・フレミングのファイルに目を通していたの？」ヴァージニアは訊いた。

「ああ」カボットがリビングルームにグラスを運んできて、一個を彼女に手わたした。

「ゼインに関するあれこれを掘り起こすとなれば、タッカーにはひとつ利点があった。ローズ・ギルバートだ」

ヴァージニアはウイスキーをひと口飲み、グラスを持つ手を下ろした。「たしかに彼女は、ほかの誰よりもゼインのことをいろいろ知っていたはずよね。アビゲール・ワトキンズとの関係を考えればそうなるわ」

「そういうことだ。アビゲール・ワトキンズはぼくたちが思いつく誰よりもゼインのことを知っていた。なぜなら、彼女は早い時期から彼の魔法にかかっていたからだ。日記によれば、彼と会ったときの彼女はまだ十六歳だった。ゼインはそのとき二十代前半。あの日記のおかげで、あの悪党の思考回路が垣間見えたよ」

「わたしもこの陰謀説に与しているし、あなたたちの仲間。それは信じて。でもね、忘れてはならないのは、もしかしたらゼインが本当は死んでいるかもしれないっていうことよね」

「生きてるさ、あいつは」カボットが言った。「タッカーのファイルの中からいくつかをマックスとジャックに送ったんだ。二人ともぼくと同じ意見だ。タッカーは父親を追跡していたが、いまはぼくたちが引き継いだ」

ヴァージニアはそれ以上の異論ははさまずに受け入れ、うなずいた。「ケイト・デルブリッジについては何か?」

「彼女から多くが聞き出せるとは思えない」

「それはつまり、彼女にはわたしたちがゼインを探すことに協力する気がないから?」

「そうなんだ。どうやら彼女は、ずっと行方知れずだった父親を探すことに興味がないらしい。いままでそうしていたのはあくまでお金目当てであって、父親との再会など望んではいない」

「クィントン・ゼインはタッカーとケイトのことを知っているのかしら?」ヴァージニアが言った。

「もし彼が生きているなら、自分の子どもが存在するくらいのことは知っていると考えたほうがよさそうだ」

「ええ、わたしもそう思うわ。だとすると、知っていながら彼らにいっさいの接触を図らなかったということなのね」

「彼がそんなことをするはずないさ。だって、クィントン・ゼインなんだよ。たとえ血を分けた子どもであっても、利用できると思わないかぎり関心はいっさい持たないだろう」

ヴァージニアは椅子の背にもたれ、ウイスキーに意識を集中して飲んだ。脇腹の痛みと不安発作の予感の名残が両方とも静かに消えていく。カボットが脚を大きく開いてソファーにすわり、腕を脚の上にのせた。両手でグラスをやさしく揺すっている。

「今日の午後言ったことは本心だ」しばらくして彼が言った。「きみを愛している」

ヴァージニアにはそのあたたかな響きがウイスキーのせいではないとわかっていた。

「わたしだって本心から言ったのよ。愛しているわ」

「きみはもう死ぬかもしれないと思っていたんだろ」

「でも、だからといって気持ちは変わらないわ。本当よ。あなたを愛してる」

「ぼくがこれまで悲惨な恋愛ばかり繰り返してきたことを、きみも理解しておくべきだと思うんだが」

「あら、そう？　それならわたしだって負けてないけど。それ、いっしょに解決しましょうよ」

「そうだね。そうしよう。こんな状況でなければ、いますぐきみを抱きあげてベッドに連れていき、ホットなセックスで汗びっしょりになるところなんだが」

「ほんと、こんな状況でなかったら、わくわくしながらベッドに運ばれていくのにね。でも、二人とも怪我人なんだから、こうして暗い部屋にすわって、お互いをどれだけ愛しているかを語りあうのもいいんじゃないかしら」

「たしかに。でも、忘れないでもらいたいね。二人とも抜糸がすんだら、ぼくはすぐにプランAに切り替えるつもりだ」

「それって、わたしをさっと抱きあげてベッドに連れていって、ホットなセックスで汗びっしょりになるプラン？」

「そのとおり」

ヴァージニアは思わず笑った。「計画を立てるっていいことだわ」

「その計画には、ホットなセックスで汗びっしょりになったあとのプロポーズまで含まれているんだ」

ヴァージニアは思わず息を吸いこんだあと、確信とともにふうっと吐いた。

「あなたの計画に変更の余地はある？」

カボットの顎がこわばった。「たしかに早すぎるかもしれない。それはわかっているんだ。でも、遅かれ早かれぼくがそうすることはきみもわかっていると思うんだ。ぼくはもう気持ちを抑えられなくなっているから」

「わたしが提案しようとした変更っていうのは、順番を逆にはできないかどうかってこと。抜糸まで待ったりせずに、いますぐプロポーズしてくれてもいいのよ」

カボットはまったく動かなかったが、彼の周りの空気にはエネルギーがみなぎっているように思われた。活力に満ちた歓びのエネルギー。

「あの最初の日、オフィスに入っていくときみがアンソンと向きあってすわっていただろう。その瞬間、ぼくは息が止まりそうだった。何秒間かは、ただきみを見つめることしかできなかった」

「たしかにそうだったわね。わたしはあなたがわたしを胡散臭いと思っているからだと思ったけど」

「いや、それは違う」カボットがゆっくりと首を振った。ものすごく真剣な面持ちで、すでにゾーンに入っているようだ。「違うんだよ。あれは、いままでずっと探しつづけてきたものを見つけたと思ったからなんだ。きみを見たあの瞬間まで、自分が何を探してるのかにさえ気づいていなかった。ぼくと結婚してくれるかな、ヴァージニア？」

「あの日、あなたがコーヒーカップを二個とペーストリーを持ってオフィスに入ってきたとき、あなたは気がつかなかったと思うけど、わたし、何秒間か息が止まったの。退屈な抽象画がずらりと並んだ画廊を歩いていたら、突然、目の前の壁に古いルネッサンスの傑作が掛かっていたみたいな感じ」

「古い？」

ヴァージニアが微笑んだ。「最高に素敵な意味でね。ええ、もちろん、あなたと結婚するわ、カボット・サター」

カボットが立ちあがり、ヴァージニアをそっと立たせて唇を重ねた。激しく熱いキスではなく、そそるような、心を奪うようなキスでもなかった。それよりはるかに深い意味をこめたキス――誓いのしるしを思わせるキス――だった。

71

「あの子たちが心配なの」オクタヴィアが言った。

スパークリングワインのグラスを口に運ぼうとしていたアンソンが手を止めた。彼は小さな泡が立つアルコールを概して好まないが、画廊のイベントがいささかすました形式だったため、敬意を表することにしたのだ。

アンソンは隣に立っているオクタヴィアを見た。彼女もシュワシュワッと泡立ったグラスを片手に持っている。しゃれた黒のパンツスーツにハイヒールをはいた彼女は上品で、洗練されてもいた。アンソンは昔から洗練された女性に惹かれる傾向がある。

「ヴァージニアはあなたの孫娘だ。当然、彼女のことではいろいろ悩む。私はカボットのことが心配だが、言わせてもらえば、あの子とヴァージニアの相性はぴったりだと思っている。深刻な過去の出来事を共有してもいて、二人のあいだには強い結びつきがある。二人を近くで見ていれば、あなたもわかるはずだ。将来を見越すことはできないが、カボットとヴァージニアはしっかりしたものを持っていると思う」

オクタヴィアがためらいながらも、こっくりとうなずいた。「あなたの言うとおりだわ。あなたってとても直感的なのね、アンソン」

「直感的がどういうことなのかはわからないが、カボットのことはよくわかっている」アンソンが言った。

彼とオクタヴィアは人で混みあう画廊の奥の隅に身を寄せあうように立っていた。アンソンはこうした場には不慣れだったが、そんな彼の目にも展示会が大成功であることはわかった。

画廊の裏の部屋でヴァージニアとケイト・デルブリッジが対決したとの報道も、おそらくこれだけ多くの出席者を呼び寄せた一因であったはずだ。にもかかわらず、スパークリングワインをがぶがぶ飲み、しゃれたカナッペをつぎつぎと口に運んでいる客たちは、展示された作品に心底感動しているようだ。

展示作品は多種多様だが、アンソンはハナ・ブルースターの『幻影』が気になってしかたがなかった。真っ白な壁に飾られた火事の光景。地元メディアはこぞってゼインのカルト教団に関する古い物語を掘り起こしに散っていった。テレビ局のクルーとカメラは開場時刻の少し前に予告なしに押しかけてきたし、画廊に集う客も例外なく携帯を向けて夢中で写真を撮っていた。

アンソンもほかの誰にも負けないくらい『幻影』に魅了されている自分を認めないわけにはいかなかった。部屋の反対側に立っているというのに、赤々と燃える光景から目を離せずにいた。ハナ・ブルースターの筆致と構図はあの施設の恐ろしい火事の夜をどんな写真やビデオよりも深くとらえている、と感じ入った。

ヴァージニアが〈カトラー・サター&サリナス〉のオフィスを訪ねてきた日に言った言葉を思い出した。「ハナ・ブルースターはそういう人なの。現実に向きあうことには問題があったけれど、だから絵を描いていた。彼女にとってはそれでしか真実を伝えることができないからだと言っていたわ」

「彼女の言ったとおりだった」アンソンが小声で言った。

「なんのこと?」オクタヴィアが訊いた。

「ハナ・ブルースターは事実を絵に描いたんだ。つまり、ゼインの教団施設の火事の夜の光景だ。まさにこんなふうだった」

「まあ」オクタヴィアがつぶやいた。絵にじっと目を凝らす。「昔から悪夢のようだったにちがいないとは思っていたけれど」

アンソンは、いまでもつらい夢の中で聞こえる子どもたちの悲鳴を思い浮かべた。

「ああ、そうなんだ」アンソンが言った。

オクタヴィアはため息をついた。「ヴァージニアがあれを忘れることができたらと願うばかりだわ。せめて、つらい記憶を乗り越えてくれたら。だって、あの子はまだ若いんですもの」

「どうやっても忘れられないこともあるさ」

オクタヴィアはまた絵を見た。「そうね」

アンソンは『幻影』から無理やり目をそらし、群衆に目を向けた。

芸術家たちはいつになく注目を浴びて、当惑すると同時に興奮気味でもあるように見えた。

ヴァージニアは黒いドレスに、傷をおおう包帯の盛り上がりをうまく隠すかわいい黒のジャケットをはおって、優雅で魅力的なたたずまいを見せていた。髪はこぎれいにひねってまとめている。とうてい数日前に殺されかけたようには見えない。驚くほどタフなレディーだ。

高級な雰囲気が漂うこのイベントは、カボットにとってなじみのない環境だったが、はた目には体面を保っていた。この展示会を前にヴァージニアに買い物に連れ出された。その結果、ブルーグレーのジャケットに黒のズボンと黒のセーターに身を包んだ、くつろいだふうでありながら驚くほど洗練された身なりのカボットがそこにいた。いまは、レンズの厚い眼鏡をかけてしわくちゃのジャケットを着た、いやに熱心な表情をした真面目そうな男と真剣に話しこんでいる。

「ヴァージニアとカボットのあいだに強い絆があることは間違いないわ」オクタヴィアが言った。「わたしが言いたいのはそういうことじゃないの。心配なのは、あの怪物、クィントン・ゼインの追跡に取り憑かれているって点。過去を忘れ去る方法を見つけなければ、カボットとヴァージニアが本当の意味で幸せになれるとは思えないんだけれど、どうかしら？」

「大事なのは、二人が過去にどう対処するかだよ」

「そうなんでしょうね」オクタヴィアが言った。「ヴァージニアはいまだにゼインの施設が焼け落ちた夜の夢を見ているの。わたしの娘やほかの人たちが殺された火事の夢」

「悪い夢を見るのは彼女ひとりじゃない。カボットもだ。忌々しいことに、じつは私もだ」

オクタヴィアはアンソンを思案顔で長いこと見つめていた。「あなたが悪夢を見るのは、全員を救出することができなかったからなんでしょうね？」

アンソンが発泡性のワインをぐいとあおった。「そうだと思う。申し訳ない、オクタヴィア」

「わたしの娘を救出できなかったから？　あなたはわたしの娘やほかにもあの夜命を落とした母親たちがあなたに選んでほしかった選択肢を選んでくれたのよ。子どもたちを救ってくれたわ」

アンソンは、あの夜はとくに意識して子どもたちを選んだわけではなかったことを説明しようかと思った。ただ直感的に行動しただけなのだ。何カ月にもわたってゼインの施設を監視していたから、夜間は子どもたちが強制的に納屋で寝かされていることを知っていた。あのおぞましい深夜の現場では、彼にとっての最優先事項は子どもたちの救出だった。

彼は結局、何も言わなかった。オクタヴィアが理解していることはわかっていた。

二人はそのまましばらく、居心地のいい沈黙のうちに群衆を眺めた。

「美術の世界のことはよく知らないが、ここに集まっている人たちはみんな楽しそうだ」やがてアンソンが言った。

「ええ、本当に」オクタヴィアが微笑を浮かべ、喜びを静かに表わした。「カボットとヘクター・モンゴメリーはいったい何を話しているのかしら？　さっきから真剣に話しこんでいるみたいだけれど」

「気づいてはいたが、ヘクター・モンゴメリーという人は？」

「地元のIT企業の大物のひとりよ。ハイテクの世界で巨万の富を築いたあと、昨年引退したの」

アンソンが鼻を鳴らした。「見たところ、まだせいぜい四十歳だが」

「ええ、そうよ。たぶん三十五くらいね。いまは慈善財団設立をめざして動いているらしいわ。本部はここ、シアトルに置くことになるんですって。彼が今夜ここにおでましになったことは、ヴァージニアにとって予期せぬうれしい出来事なのよ。もしかしたら、この地域の美術品の収集をしようと決めたのかもしれないでしょ」

「ヴァージニアにとっては吉兆ってことなんだね？」

「美術界にあっては、ここみたいにそれまで無名だった小さな画廊に陳列された作品が、著名なコレクターの目に留まったことが判明したときほどみんなが興味津々になるニュースはないのよ」

アンソンがにやりとした。「オークション熱が高まるんだろうな？」

オクタヴィアがくすくす笑った。「ええ、そういうことね。それが人間の心理ってものだと思うわ。ほかの人たちがそれが欲しくて喜んで大金を払うとなれば、たいていのものはそれまで以上に興味深く、価値があるものに見えてくるのよ」

会場の反対側ではカボットとヘクターの会話にヴァージニアも加わっていた。ヘクターがヴァージニアとしっかり目を合わせて、彼女に何か言っている。ヴァージニアは首をかたむけて方向を示すと、先に立って会場を横切り、金属でつくられた大きな彫刻のほうへと彼を案内していく。ねじれが特徴のその作品、アンソンにはなんとも奇妙な造形としか思えなかった。

カボットは片方の肩を壁にもたせかけ、シャンパンを飲みながらヴァージニアを眺めているが、そのまなざしは夢に見ていた女性に出会えたことをちゃんとわかっている男のそれだった。

72

「展示会は成功だったようね」オクタヴィアが言った。

「あれ以上は望むべくもなかったわ」ヴァージニアはティーカップをソーサーに置いた。「IT業界の大立者で、みずからの財団をこれから立ちあげるヘクター・モンゴメリーが来場したんですもの」

昼下がりのひととき、ヴァージニアとオクタヴィアはオクタヴィアの家のサンルームでお茶を飲んでいた。視線の先には美しい庭園が広がっている。

もう痛み止めの服用はなくなったが、脇腹の傷が癒えるまでは運転は控えたほうがいいでしょうと医師に言われていた。医師の助言を金科玉条のように受け止めたカボットは、オフィスに出勤する前に彼女をオクタヴィアの家まで送ってくれた。

「モンゴメリーがあなたと話しているのはわたしも見たわ」オクタヴィアが言った。

「彼、生き生きとした表情でしゃべっていたわね」

ヴァージニアがにこりとした。「ここだけの話、彼は新しい情熱の対象を発見するたび、すぐさま夢中になるタイプなの。いまはその対象が美術品だそうだから、けなしちゃいけないわね。きみをコンサルタントとして雇いたいと言われたわ」

「まあ、すごいじゃないの。つまり、彼はコレクターになったのね？　混んだ会場で彼を見つけたとき、そうだろうとは思ったけれど」

「ええ、そのとおりよ。太平洋岸の北西部で活動する作家に限定して所蔵品を増やしていきたいんですって。でも、それと同時に新たに設立する財団の本部にシリーズもののイラストを飾りたいとか。ということは、それにかかわる画家たちは露出の機会が一気に増すってことでしょ。彼らにとっても、ついでにわたしにとっても、素晴らしいチャンスになるわ」

「ほんと」オクタヴィアがティーカップを高く上げて祝福した。「おめでとう。その調子よ。トロイ画廊が一躍その名を上げる時が来たのね。モンゴメリーがあなたをコンサルタントとして雇ったってことがいったん知れわたれば、画廊の外に行列ができるわ。インテリアデザイナーや熱心なコレクターもみんなあなたのアドバイスを聞きたがるはずよ」

「うーん、コレクターは気まぐれだし、芸術家はもともと理解しがたい人たちなのよ。

それでも、そう、おばあちゃまの言うとおりだわ。昨夜のイベントはこの上ない足がかりになったみたい。この先、この事業をつぎの段階に引きあげられるかどうかは、わたししだいだわね」

「あなたなら大丈夫」オクタヴィアが言った。「画廊はあなたの情熱の対象ですもの。それがいまやっと理解できたし、わたしがべつの道を進むようにプレッシャーをかけたときも、あなたが自分の道にこだわって邁進してくれたことに感謝しているわ」

「おばあちゃまがわたしに幸せになってほしいと願っていることはわかっていたの。だけど、おばあちゃまの考えでは、わたしが家族の筋書きに沿って学者にならなければ幸せにはなれないってことだったでしょ」

オクタヴィアが笑みを浮かべた。「幸せという状態は過大評価されているって、たしかな筋から聞いたわ」

ヴァージニアが眉をきゅっと吊りあげた。「へえ。そんなアドバイス、どこで聞いたの？」

「アンソン・サリナスとわたし、昨日の夜はかなり啓発的なおしゃべりをしていたのよ。わたしがあなたにはとにかく幸せになってほしいんだって言ったら、彼が幸せについての意見を聞かせてくれたの。彼によれば、幸せっていうのは表面的なはかない感覚で、たいていの人は自分が幸せなときは気づきもしないものなんだそうよ。みんな、自分が不幸だと気づいたときだけそれに気づいて、恨みがましくなったり怒ったりする傾向があるんですって」

「いいところを押さえていると思うわ」

「それだけじゃないの。本当に大事なのは喜びを経験する能力だって彼は言っていたわ。喜びは環境にかかわらず持続性があるから、こっちのほうが強い感情なんだと彼は感じているみたいね。一度でも喜びを知れば、人間はそれまでとはまったく違ってくる。喜びは人を変えるの」

「おばあちゃまは彼の言うとおりだと思う?」

「そのとおりだってことはわかっているの。あなたのお母さんを失ったとき、わたしは打ちのめされて、自分を責めた」

「わたしはおばあちゃまがわたしを責めていると思ったわ」ヴァージニアが言った。

「ママはわたしのせいで結婚した。クィントン・ゼインに対して無力だったのもわたしのせいだし。そのあと、おばあちゃまとおじいちゃまが離婚したのもわたしのせい」

オクタヴィアが目を閉じ、悲しみと後悔を表情ににじませた。それはどんな言葉よりもヴァージニアの胸を突き刺した。ヴァージニアはおそるおそる小さなテーブルごしに手を伸ばし、オクタヴィアの手に触れた。

「オクタヴィア……おばあちゃま。お願い。あなたは正しかったわ。わたしたち、過去の出来事について語りあったりしてはいけなかったの。そんなことをしても、傷口を大きく広げただけだったはずよ」

オクタヴィアがぱっと目を開いた。その目は決意で燃えていた。

「ようく聞いて、ヴァージニア。これからわたしが話すことはけっして忘れないでほしいの。お母さんが選んだ道についてあなたが自責の念に駆られたりしてはいけないし、おじいさまとわたしが選んだ道について責任を感じる必要などないわ。わたしたちはみんな大人だったの。自分で決断を下したことよ。その決断の結果をあなたが背負わされた。それについては心からごめんなさいと言うほかないわ。許しを請う権利などないけれど、わたしが心から申し訳なく思っていることだけはわかってほしいの」

ヴァージニアがオクタヴィアの手をぎゅっと握った。「許すも何もないわ。おばあちゃまはわたしがあなたを必要としているときにそばにいてくれた。わたしに家庭を与えてくれた。安定した家庭生活をわたしがいちばん必要としていたときに与えてくれた。だから昔からずっと、おばあちゃまはわたしを愛してくれているとわかっていた。たとえどんなに喧嘩しようとね。そりゃあ、おばあちゃまを何度となく失望させたこともわかってはいるけど、それでも、わたしもおばあちゃまを愛していることをわかっていてくれたらいいなと思っているの」

「ヴァージニア。あなたはなんていい子なの。でも、あなたは半分しかわかってないわ。あなたはわたしの命の恩人よ。もしあなたがいなかったら、キンバリーを失ったことや、もっとあとになってポールに裏切られたことに耐えて生きてこられたかどうか。あなたはわたしの人生に愛と目的を取りもどしてくれたのよ。そんな贈り物、簡単にもらえるものじゃなくってよ。それから、はっきりさせたおきたいから言っておくと、あなたはわたしを失望させたことなどないわ。喧嘩はしたけれど、それはあなたが苦しむ道を選ぶことをわたしが恐れていたからなの。あなたを守りそこなうことが怖かったの。キンバリーを守りそこなったみたいにね」

「おばあちゃまの言うとおりだったわ。ママは自分の道を選んで、最終的にはほかの女性たちと手を組んでクィントン・ゼインに公然と抗った。みんな、すごく勇敢だったし、大胆だった。計画は頓挫をきたしたけれど、子どもたちは救出された」

「アンソンに言ったのよ。あの夜、納屋から子どもたちを救い出してくれたのは正しい決断だったって。キンバリーやほかの母親たちが望んでいた決断を下してくれたのよって」

ヴァージニアはもう涙をこらえることができなくなった。こらえようともしなかった。オクタヴィアもだ。

嵐が通り過ぎたとき、二人は寄り添って窓辺にたたずみ、靄にかすむ庭園を眺めていた。

「カボットに結婚を申しこまれたの」しばらくしてヴァージニアが言った。

オクタヴィアは微笑んだ。「ずいぶん時間がかかったのね」

「どうしてそんなこと言うの？　カボットとわたし、まだ知りあったばかりなのに」

「あなたとカボットは歴史を共有しているわ。そして、あなたたち二人なら、ともに未来を思い描けるでしょう。素晴らしいことだわ」

「考えていたんだけど、この庭で式を挙げたいの」

「シアトルでは屋外での結婚式はいつだってリスキーよ。雨が降るかもしれないわ」

「だから？　もし雨が降ったら、そのときはいろいろなものを中に運ぶだけですむわ。このサンルームも素晴らしい式場になるはずよ」

「たしかにそうね」オクタヴィアが言った。

ヴァージニアが微笑んだ。「今夜はカボットと外で食事をすることになっているんだけれど、いっしょにどう?」

「お誘いはうれしいけど、ほかに予定があってね」

「何かのクラブの仲間たちと?」

「ううん、違うの。もっと楽しそうなこと。アンソンから今夜いっしょに食事をしないかって」

ヴァージニアはしばし言葉を失った。雷に撃たれたらたぶんこんなふうだろうと思うような感覚だった。

「うそっ?」ややあってなんとか言葉が出た。「おばあちゃまとアンソン・サリナスが? 食事に?」

「ブリッジ・クラブや園芸クラブより素敵だと思わない?」

73

「アンソンがデートだって？」マックス・カトラーのまさかといった声が電話の向こうでこだました。「それ、ほんとか？」

「とんでもない憶測と言われるかもしれないが」ジャック・ランカスターは言った。「アンソンのデートの相手っていうのは、彼が荒稼ぎしているセキュリティー会社のオーナーのひとりだってことを知った、年齢が彼の半分のブロンドの尻軽女だろう」

ジャックの口調からは、まさかの思いよりもむしろ冷ややかな皮肉っぽさが伝わってきた。ジャックはいつだって、反証がないかぎり、人間の最悪な部分に目を向けるのだ。そうした傾向は犯罪行動を研究する学究生活の副作用だと考えられなくもない、とカボットは思った。

「二人とも安心しろ」カボットが言った。「アンソンのデートの相手はぼくの婚約者のおばあさんだ」

「おばあさん？」マックスが繰り返した。「いったいいくつなんだ？」

「七十代前半、だと思うが」カボットが言った。「ヴァージニアから聞いたところじゃ、彼女は若くして結婚したんだそうだ――まだ大学生のときに」

「アンソンは七十一歳になったばかりだ」ジャックが言った。「ということは、少なくとも年齢的には適切な相手ということか。だが、彼とオクタヴィア・ファーガソンの共通点はなんなんだろう？」

「オクタヴィアが将来、ぼくの義理の祖母になるってこととはべつにってこと？」カボットが訊いた。

「ああ、それとはべつにだ」ジャックが答えた。

「そうだなあ、オクタヴィアとアンソンには共通の歴史があると言えなくもない」カボットが言った。「オクタヴィアはゼインが施設に火を放った翌日、ヴァージニアを引き取りにやってきた人だ」

それだけでじゅうぶんだろう。

ジャックがゆっくりと息を吐いた。「ということは、翌朝にアンソンが顔を合わせなければならなかった、たくさんの人のうちのひとりだったわけか」

「あの日がアンソンにとってどんな一日だったか、ぼくには死ぬまで理解できないんじゃないかと思うよ」マックスが言った。

「オクタヴィアははっきり言ったよ。自分に銃とゼインを撃つチャンスがあれば、ためらわずに引き金を引くって」カボットが言った。

「それを聞くかぎり、彼女もゼインの陰謀説クラブの会員資格はじゅうぶんにありそうだな」ジャックが言った。

「そうだよ」カボットが言った。「彼女は仲間さ」

「まさかアンソンのデートの相手について語りあう日が来るとはな」マックスが言った。「もしぼくたちのこのやりとりを聞いたら、きっとかんかんだよ」

「ぼくはデートについて何も言うつもりはないよ」カボットが言った。

「ぼくも」ジャックが言った。

「もちろん、ぼくもだ」マックスが言い、少し間をおいた。「アンソンに立ち聞きされてないだろうな？」

カボットはオフィスのドアの隙間からアンソンがデスクの前にいないことを確認し、にやりとした。

「アンソンはデートの支度があるんだろう、早めに帰った」

マックスが含み笑いをもらした。「いい兆候だ」

ジャックが咳払いをした。「話題としてはアンソンのデートほどおもしろくはないが、ぼくがなぜ電話をしたのかを聞いてくれ。カボットが送ってくれたゼインに関する新しいファイルにざっと目を通したんだ。彼がいまも生きているとまだ断言はできないが、ひとつ確実なことがある」

「それは？」カボットが訊いた。

「これまでぼくたちは、もしゼインが生きているとしたら、彼は外国をあちこち移動しながら暮らしていると推測していた」ジャックが言った。

「それで？」マックスがせっついた。

「だが、息子と娘の失敗を機に彼が身を隠すのをやめる可能性が高まったと思う」

「息子の死と娘の監獄行きに対する復讐を考えているからか？」カボットが訊いた。

「クィントン・ゼインは、自分の子どもも含めて人を愛したりはできない人間だから、たとえ彼らに復讐を強要したとしても、自分の首を賭けたりはしない」ジャックが言った。「となれば、もしこの状況で彼がアメリカ合衆国に戻ってくるとしたら、それはタッカー・フレミングとケイト・デルブリッジの計画の悲劇的な結果が彼自身に悪影響をおよぼすという結論に達したからだ。彼自身の力が衰えたように見えるかもしれないと踏んでのことだろう」

「なるほど」マックスが言った。「屈折した視点から、みずからの遺伝子は誰のものより勝っていると思いこんでいるのか？」

「それについて彼がどうもっともらしい説明をつけるのかはわからないが」ジャックが言った。「もし彼が生きているとしたら、いちばん頭がよく、いちばん大きな権力を握っているのは自分だってことをぼくたちと自分自身に対して証明する方法を模索すると思う」

「そのためには、ぼくたちを破滅に追いやらなければならないだろう」マックスが言った。

「そうだな」ジャックが言った。「付け加えるなら、火を用いてそれをやり遂げようとするはずだ」

カボットはヴァージニアが口にした言葉を思いだした。

「火はゼインにとってサインみたいなものだからな」彼は言った。

74

そろそろ帰郷の時が来たようだ。

かつてクィントン・ゼインだった男は真っ白な砂浜にたたずみ、ターコイズブルーの海の泡立つ波に目を凝らしていた。新たな生活はどこを取っても申し分ないが、ここ数年間は苦々しい現実――申し分のない生活は必然的に退屈を生じる――を受け止めることを強いられていた。

二十二年前、彼はみごとなまでの脱出劇を成功させた。盗んだヨットが海上で火災を起こして全焼し、乗っていた彼も死亡したという公式発表が出た。

当時は単純に、ほとぼりが冷めたころに新たな身元を入手して合衆国に帰ろうと考えていた。詰まるところ、教団施設の火災の捜査の指揮を執ったのは、予算も要員もかぎられた小さな町の警察署長にすぎなかったからだ。その男がゼインの海上での死亡の判断を受け入れないなどという事態はまったく想定していなかった。

サリナスが施設での放火殺人事件を捜査打ち切りにはしていないと知ったときはショックを受けた。とはいえ、あの状況でサリナスにできることはほんの少ししかなかった。しょせんは小さな町の警官にすぎない――ＦＢＩ捜査官とは違う。サリナスを本気で脅威だと感じてはいなかった。しばらくするとメディアも、頭のいかれたカルトの教祖がみずからの教団施設に火を放ったのち、海上で死亡したという記事を載せることにあきてきた。

それから数年がたったとき、ゼインはそろそろこっそり帰国しても大丈夫だろうと判断した。そしてあくまで用心深く東海岸にとどまった。ニューヨーク周辺にはカネがじゃぶじゃぶとあふれ返っていた。

莫大な運用利益をもたらすヘッジファンドを立ちあげたゼインだが、基本的にはマルチ商法だったため、まもなく証券取引委員会の目に留まった。当初は大した心配はしていなかった。連邦政府の役人くらいなんとかあしらえるものと考えていた。しかし、本気で調査された場合、彼の過去に疑問が生じるという厄介な可能性が出てきた。クィントン・ゼインという正体が暴かれる危険は冒せなかった。

そこで証券取引委員会の調査の手が伸びる直前、不本意ながらこっそりと国外に出て、ヨーロッパで活動を再開した。

国外を転々とする暮らしが快適きわまるものでなかったわけではない。ヨーロッパとアジアでさまざまな手段を用い、莫大なカネを稼いだ。インターネットの爆発的進化に伴って、金儲けのチャンスは無限にふくらんだ。

現在は、アマルフィに仮住居、パリにアパルトマン、ロンドンにタウンハウスを所有している。服は仕立屋であつらえ、ワインも最高級品だ。寝るときはとびきり値の張る絶世の美女たちを侍らせている。最近は関係者以外立ち入ることのできない個人所有の島に本拠地を置き、今日はそこで、予期せぬ展開などいっさいない退屈きわまる暮らしもいかがなものかと考えながらたたずんでいた。

すでにだいぶ前から、できることならまた合衆国に戻りたくなっていた。証券取引委員会の脅威は薄れたものの、年月の経過とともに新たな問題——厳密には三件——がはっきりと見えてきた。施設の火事で母親たちが死んだあと、サリナスが養子にした三人のガキが大人になり、彼がヨットの火事で死亡した顚末を信じていないことが明らかになったのだ。

それにもまして の不安要素は、三人がそろって法の執行につながる職業を選んだことだ。はじめのうちこそ、昔ながらの警察官だったサリナスに育てられたせいだと思っていた。ほかの仕事に就く想像力を欠いているからサリナスの先例にならったのだろうと。

だが、三人は高校を卒業する前から各自インターネットで彼を探しはじめていた。それぞれが社会人になってからもつねに彼を待ち構えていた。彼としても現実を認めるほかなかった。誰ひとりとして過去を葬ったままにする気はないのだから。

何年ものあいだ、母国に戻れるかどうかは大した問題ではないと彼は自分に言い聞かせてきた。外国で富を築き、きらびやかな生活を送ることに専念してきた。だが、その間もずっと、怒りと苛立ちが胸の奥深くで燃えていた。

何かしらの戦略が必要だ。それだけでなく、犠牲にしてもいい捨て駒も必要になる。そこは簡単な部分だ。人を操る才能はそなえている。演技によって人の空想をかきたてる天賦の才だ。むずかしいのは、彼自身の身を危険にさらさない方法で彼らを支配する部分だ。

絵葉書そのものの景観に背を向けて、優雅な白い別荘へと引き返す。タイル敷きの床を横切り、オフィスとして使っている部屋へと入り、パソコンを立ちあげた。

シアトルからの最新ニュースに落胆を覚えた。これまではわが身の安全が保障されていた島の隠れ家から、実験結果を観察する研究者さながらの客観的な好奇心をもってプロジェクトの全貌を見守ってきた。

正直なところ、違った結果を期待していたと認めざるをえない。なんと言おうが、双子は彼のDNAを受け継いでいるのだ。しかし、彼らは彼の遺伝子の優秀性を証明することなく、まるでボニーとクライドの兄妹版よろしく倒れた。

なんとも呆気ない結末。

しかし考えてみれば、双子の遺伝子にはアビゲールのそれも混じっている。弱々しく感傷的な女だった。これほど長い年月を経たあとだというのに、彼女がいつの間にかほかの女たちと手を組んで、彼に背く度胸をつけただけでなく、当時はいちおうひと財産といえる額のカネをくすねたことにはいまも驚くばかりだ。

カルト崩壊後の何年かではるかに大きなカネを手にしたが、過去を忘れることは片時もできずにいた。

椅子の背にもたれてすわり、きらきら光る砂浜と宝石をちりばめたような海に目をやった。古い怒りが一気にこみあげ、あやうく息が詰まりそうになったが、それを意志の力で抑えこんだ。これほど強い感情——実際、これまでに経験した数少ないうちのひとつだ——に支配されたときは明快な思考ができなくなる。とはいえ、彼はいま明快な思考を必要としていた。

手堅い戦略と何人かの捨て駒にもまして必要なものがあった。信頼できる人びとだ。

どういうことかと言えば、彼は秘密を抱えた人びとを必要としていた――それを守るためならなんでもする危険な秘密を抱えた人びと。

やがて彼はポケットから携帯を取り出し、ある番号を呼び出した。

聞こえてきたのは男の声。三十代半ばといったところか。声ににじむ冷たい傲慢さは富と権力をあわせもった結果として当然だろう。

「誰だか知らないが、この番号をどうやって知った？」

「それが長らく会っていない兄貴への挨拶か？」

信頼できる人間が必要なとき、まずは家族をおいてほかにない。

75

結婚式の日、雨は降っていなかった。

ヴァージニアは二階の、かつて彼女が使っていたベッドルームの窓から外を見て、祖母の家の庭が今日以上に美しかったことはないと思った。

たくさんの花で縁取られた真っ白な天蓋はすでに準備がととのっていた。芝生に並べられた白い折りたたみ椅子の列は数えるほどだが、すでに席はすべて埋まっていた。

新郎側には、マックス・カトラーと新婚妻のシャーロット、シャーロットの義妹のジョスリン・プルエットに加えて何人かの友人や同僚が着席している。リード・スティーヴンズは通路際に腰かけている。意外な参列者はゼイヴィアとその母親だ。

新婦側も同様に、美術関係の友人や知人で埋まっていた。

オクタヴィアとジェシカは、ヴァージニアが着たくるぶし丈の白いドレスのシンプルなベールとスカートについて最後にもう一度、ああだこうだと気をもんだのち、一歩さがって自分たちの着つけの仕上がりをうっとりと眺めた。

「きれいだわ」オクタヴィアが言った。「それに、ものすごく幸せそう——ううん、前言撤回。まるで全身から喜びがあふれているみたい」

ヴァージニアはいつの間にかたまっていた涙を、目をしばたたいてどこかへ追いやった。

「おばあちゃまもね」

「ええ、もちろん」オクタヴィアが顔を近づけ、ヴァージニアの頬に唇をかすめた。

「アンソンの言ったとおりだわ。幸せは過大評価されているけど、喜びは持続性のある贈り物ね」

「ほんとにきれいだわ」ジェシカが言った。手にした化粧用のブラシを誇らしげに揺らす。「泣いたりしちゃだめよ。わたしの苦労が台なしになるから」

「さあ、時間よ」オクタヴィアが宣言した。

三人は階下へと行き、サンルームの戸口でいったん足を止めた。オクタヴィアとジェシカがまず外に出た。ミュージシャンたちの演奏がはじまった。オクタヴィアとジェシカはカーペット沿いに天蓋に向かって歩きだした。

ヴァージニアは心臓の鼓動が速まるのを感じたが、不安発作は起きないと確信していた。大丈夫よ、と自分に言い聞かせた。不安発作にかけては専門家なのだから。オクタヴィアが言っていたとおりだ。今日、彼女が経験している感覚は喜びだった。

アンソンが戸口に現われた。ヴァージニアを目の前にして笑みをたたえ、腕を差し出した。

「きれいだよ」アンソンが言った。「準備はいい?」

ヴァージニアが微笑んだ。「ええ」

二人は並んで太陽の下に出ると、花びらがまかれたカーペットの上に立った。ミュージシャンの演奏が盛りあがり、参列者がそろって立ちあがる。ヴァージニアの目が彼女を待つカボットの姿をとらえた。両脇にはともに養子になった兄弟が立っている。

「これからは家族だ。大歓迎だよ」アンソンがヴァージニアに言った。

ヴァージニアはアンソンの腕に手をかけ、歩調を合わせて未来に向かう通路を進んだ。

訳者あとがき

シアトルの北西方向に浮かぶサンファアン諸島の小島。そこで暮らしていた画家、ハナ・ブルースターが不審な死を遂げます。警察は、精神を蝕まれていた彼女が自宅に火を放ったあと、崖から飛び降りたと考え、自殺と判断しますが、シアトルの画廊オーナー、ヴァージニア・トロイはどうしても納得がいきません。ヴァージニアはブルースターの作品をすべて預かり、画廊の倉庫におさめていました。

ブルースターの主たる作品は、二十二年前に彼女が暮らしていたカルト教団施設で起きた火事を描いた連作『幻影』ですが、そこに描かれた光景はそれを現場で体験した者にしか理解できないもので、だからこそヴァージニアに託されていたのです。

そのカルトはクィントン・ゼインという男が創設し、最初はシアトル郊外の古い屋敷に本拠地を置いたのち、しばらくしてカリフォルニアの農場に移りました。そしてある深夜、ゼインはみずから施設内のあらゆる建物に火を放ち、逃走を図ります。親とともに施設で暮らしていた子どもたちは夜間、錠をおろした納屋に閉じこめられていましたが、町の警察署長アンソン・サリナスが危機一髪のところで八人の子ども全員の救出に成功しました。当時九歳だったヴァージニアもその中のひとりで、母親が焼死したため、引き取りにきた祖母に育てられました。

当時幼かったヴァージニアのみならず、ブルースターも、ゼインの恐怖支配と火事に対する恐怖をずっと拭えずにいました。ゼインが逃走ののち、ヨットの火災事故で死亡したと聞かされても、事故は偽装だったのではないかと疑ってもいました。だからヴァージニアは、ブルースターの最近の言動を振り返り、じつは生きていたゼインに殺されたのではないかとの疑念を抱くに至ったのです。

そこでヴァージニアはアンソン・サリナスの居どころを突き止め、相談に訪れます。アンソンは養子とともに〈カトラー・サター&サリナス〉という調査会社を立ちあげたばかりです。養子とは、その火事で救出されたものの、身寄りが引き取りにこなかった少年三人でした。アンソンも、そして長じたのち、それぞれ法の執行にかかわる職業に就いた三人も、ゼインはいまも生きていると信じ、継続的にひそかに行方を追っていました。

そのひとりカボット・サターも、ブルースターの死にはゼインがかかわっているにちがいないというヴァージニアの仮説をすんなりと受け入れます。そしてさっそく翌日、カボットはヴァージニアとともにブルースターが住んでいた小島に向かい、調査を開始します。
ブルースターの死とかつてのカルト教祖とのつながりはあるのか？　調査を進める二人につぎつぎと襲いかかる不可思議な出来事の背後にいるのは誰？　交錯するいくつもの謎はどう解き明かされていくのでしょうか？

本書はジェイン・アン・クレンツの前作『ときめきは永遠の謎』と同様、〈カトラー・サター＆サリナス〉が登場し、カルト教団施設の悲惨な火事を生き延びた八人の子どものうち、アンソン・サリナスが養子として育てた三人の少年の二十二年後の姿が描かれます。前作ではカボットの兄弟に当たるマックスが、プロファイラーの職を捨てて私立探偵業をはじめたところでしたが、今回そのマックスは事件を通じて出会ったシャーロットと新婚旅行に出かけているという設定です。もうひとりの兄弟ジャックは犯罪心理学者として学問の道を歩んでいます。本書のヒーロー、カボットもいったんは警察官になりはしたものの、私立探偵に転身したところです。三人とも、警察署長だったアンソンの影響を少なからず受けましたが、彼らに犯罪を憎む心を決定的に根深く植えつけたのは幼いころの教団施設火災の恐怖でした。まさに三人、そしてヴァージニアにとっての原体験と言えましょう。共通の原体験やトラウマを抱えるヴァージニアとカボットの恋のゆくえからも目が離せません。

ＩＴ企業が支えるシアトルの活気に満ちた風景、カルト教団とマルチ商法の闇、生き延びたがゆえに罪の意識を抱えて生きる人びと……さまざまな要素を取りこんで、クレンツの筆は軽やかに、ときに辛辣に物語を紡いでゆきます。

本書訳出にあたっては二見書房の米田郷之氏に多大なるご助力をいただきました。この場を借りてお礼を申しあげさせていただきます。

二〇一八年四月

新緑が眩しく降りそそぐその下で……

安藤由紀子

23 ザ・ミステリ・コレクション

あの日《ひ》のときめきは今《いま》も

著者 ジェイン・アン・クレンツ

訳者 安藤《あんどう》由《ゆ》紀《き》子《こ》

発行所 株式会社 二見書房
東京都千代田区神田三崎町2-18-11
電話 03(3515)2311［営業］
03(3515)2313［編集］
振替 00170-4-2639

印刷 株式会社 堀内印刷所
製本 株式会社 村上製本所

落丁・乱丁本はお取り替えいたします。
定価は、カバーに表示してあります。

ISBN978-4-576-18068-7
http://www.futami.co.jp/

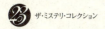